탐정 전일도 사건집

탐정 **전일도** **사건집**

한켠 지음

황금가지

차례

스파게티의 이름으로, 라멘

매운 해물 파스타와 알리오올리오

국수는 언제 먹여 줄 거냐? 그 소리만 아니었으면 시작도 안 했겠죠. 저처럼 평범한 사람이 드라마에서 재벌 2세들이나 하는 계약결혼을 할 줄은 저도 몰랐어요. 계약으로 시작했다가 발목 잡혀서 진짜 결혼하는 식으로, 혹시 내 인생에 로맨틱코미디를 찍을지도 모르겠다…… 하는 상상을 하긴 했는데……. 아무나랑 결혼해도 상관없다고는 했지만, 누구랑 결혼했는지 이제는 도저히 모르겠어요…….

저희 친가 쪽이 집성촌이거든요. 설 연휴에 내려갔더니 노인네들이, 아니 어르신들이 언제 결혼하냐고 한마디씩 하시는 거예요. 거기는 동네 뒷산 정기가 맑은 건지, 약수가 영험한 건지 수도권의 제 친구들보다 결혼들을 일찍도 했더라고요. 제 또래 사촌들은 이미 다 애가 있어서, 뭘 모르는 애를 덥석 엎드리게 해서 세뱃돈이랍시고 삥을 뜯어 가고 있고요. 남의 집 귀한 딸들 하나씩 데리고 와서 시골집 부엌에서 기름 냄새에 절어서 전 부치라고 부려먹고 있고요. 큰어머니는 저희 어머니한테 며느리가 손이 야무져서 편하다고 자랑질을 하시고요. 그 꼴을 보고 있으니 여기저기 친척 결혼식 불려 다니시며 축의금을 상납해 오신 저희 부모님이 저더러 결혼하라고 난리치시는 것도 뭐, 이해는 가요. 친척 어르신들은 자식들이 둘 아니면 셋인데 저는 외동이라 그렇잖아도 축의금을 반이나 삼분의 일밖에 돌려받지 못 하는데 아예 안 하면 그마저도 못 돌려받으니까…… 하긴 해야죠. 거기다가 아버지 정년퇴직이 올해거든요. 퇴직하시기 전에 받아내셔야죠.

부모님은 여자는 다 거기서 거기, 사람 사는 거 다 똑같으니 지금 만나는 여자 있으면 결혼을 해 버리라고 하셨는데…… 제가 초식남, 뭐 그런 거라서요. 모태솔로 아니고요. 퇴근하고 와서 영화 하나 보면서 맥주 마시고 자고 출근하고 그게 일과였는데, 연애 같은 귀찮은 거 했겠어요? 지금 보시면 아시겠지만, 제가 되게 평범하잖아요? 누가 막 연애하고 싶어 할 스타일 아니잖아요? 외로운 거요? 사람은 다 혼자 왔다가 혼자 가는 건데요. 부모님은 맞벌이셨고 스무 살 때부터 자취를 해서 혼자인 거에는 아주 익숙해요. 자식요? 이 헬조선에서 제가 물려줄 것도 없고, 월급 받아서 사교육에 투자하고 저축 못 하는 삶도 싫고, 제가 저 하나 건사하기도 귀찮은 인간이데, 와이프랑 자식을 책임지진 못 하겠더라고요. 솔직히 아버지의 퇴직이라는 데드라인하고 부모님이 신혼 전셋집에 좀 보태주신다는 것만 없었으면 결혼 같은 거 안 했을 텐데…… 마침 전세 재계약 시즌이 되었는데 전세금이 정말 미친 듯이, 제 연봉보다 더 올라서…… 그래, 전세금을 좀 도움을 받자, 싶었어요.

그래서 생각해낸 게 '계약결혼'이었어요. 계약결혼해서 전셋집을 받고, 이혼, 아니 계약해지를 하자. 근데 제 주변에 여자사람친구들을 생각해 보니…… 그런 미친 제안을 받아들일 또라이는 없더라고요. 그리고 지인들 사이에 알려지면 뒷담화 안주로 오를 일이잖아요, 이런 건. 그래서 데이팅 앱을 간 거라고요. 설마 했는데 바로 알림이 와서, 맘 바뀌기 전에 연락을 했어요. 소개팅 약속 잡는 거랑 똑같았어요.

친구한테 물어보니까 소개팅 할 때는 파스타를 먹이래요. 그래서 백화점 맨 꼭대기층의 파스타집을 갔죠. 그날

비가 와서 사실은 짬뽕을 먹고 싶었는데…… 첫인상요? 그냥 무난했어요. 저더러 고르라기에 저는 매운 해물 파스타를 시키고 여자분한테는 무난하게 알리오올리오를 시켜 드렸죠. 네, 마늘 오일로 볶은 하얀 파스타요. 사실은 제가 그것도 먹고 싶었거든요. 비가 오니까 마늘향 나는 거. 반씩 나눠먹었어요. 해물파스타는 짬뽕은 아니었지만 소스도 자작자작하고 오징어랑 홍합도 통통해서 먹을 만은 했어요. 대화요? 소개팅에서 흔히 오가는 대화였죠. 영어회화 기초반에서 배우는 문답 있잖아요. 주말에 뭐해요? 가족은요? 무슨 일 해요? 어디 살아요? 취미는요? 그런 거죠.

여행도 안 가고 취미도 없고…… 저 못지않은 집순이였어요. 이름은 '스테파니 황'이고 재미교포 2세랬어요. 부모님 두 분 다 미국에 계시고. 직업은 이탈리안 레스토랑 셰프래요. 이상하지 않았냐고요? 교포 2세니까 한국 이름이 없을 수도 있다고 생각했고, 교포라서 말이 좀 어눌한가 보다 했죠. 그리고 레스토랑 오너도 아니고 셰프가 영업할 일 없으니 명함도 없을 수 있고…… 소개팅에서 재직증명서 떼어 보고 그러진 않잖아요. 그리고 사실…… 호감이 생겼어요. 레스토랑을 나와서 카페에 가서 커피를 마시고 케이크를 먹고 했는데, 네, 그냥 평범한 소개팅 코스였어요. 그런데 파스타를 꼭꼭 씹어 먹으면서, 아메리카노를 무슨 위스키 마시듯이 음미하면서, 케이크를 그렇게 황홀한 표정으로 먹는데…… 반했어요. 사실 제가 한 건 돈 쓴 거밖에 없는데 상대방이 너무 감동하니까. 맞요? 솔직히 저는 잘 모르겠더라고요. 그게 그 정도로 맛있는 건가. 그냥 파스타는 파스타고 커피는 쓰고 케이크는 달고……. 그때는 아, 역시 셰프라서 미각이 예민한가 보다 생각했어요. 어렸을 때 생일에도 케이크를 못 먹었다기에 이민자라서 부모님이 바쁘셨구나, 생각했죠. 그 후로 두세 번 더 만났어요. 그냥 평범했어요. 한강에서 치맥도 먹고 영화도 보고. 근데 이 여자가 너무 해맑게 좋아했어요. 이렇게 여유 있게 데이트란 걸 해 보는 건 처음이래요. 정말 열심히 사는 사람이구나 했죠. 어른이 되면 내가 아무리 열심히 해도 보상을 받지 못 하는 경우가 많은데, 대단한 이벤트를 해 주는 것도 아닌데, 이런 평범한 데이트에 너무 설레면서 좋아해 주니까, 네, 그래서 좋아했던 것 같아요. 그래서 계약결혼 얘기를 꺼내는 게 조심스러웠어요.

결혼에 드는 모든 비용은 내가 부담하고, 축의금은 반씩 나누고, 혼인 신고는 하지 않고, 1년 후에 헤어지자. 주변에는 성격 차이로 헤어졌다고 하자. 제가 내민 계약 조건은 그거였어요. 인신매매 같은 거 아니고 나 나름 건실한 생활인이라고, 주민등본이랑 재직증명서까지 보여줬어요. 그걸 왜 그 서류로 증명했냐고요? 그럼 뭘로 증명해요?

뺨 맞을 각오를 하고 이를 악물고 있었는데, 스테파니는 좀 생각할 시간을 달라고 하더니 그날 저녁에 만나자고 했어요. 그러더니 계약 조건에 하나를 덧붙였어요. 자기 종교를 존중해 달라고. 자긴 사실 스파게티교도래요. 그 종교에서는 신도를 '파스타파리안'이라고 한대요. 이상하지 않았냐고요? 그때 머리에 뭘 쓰고 나오긴 했죠. 그…… 주방도구 중에 면발 건지는 체 같은 거요. 근데 그땐 설마 머리에 그런 걸 쓰고 다니는 사람이 있을 거란 생각 자체를 못해서 그냥 특이한 모자라고만 생각했어요. 게다가 그땐 맘 바뀌기 전에 붙잡는 게 중요했기 때문에 무조건 오케이했어요.

결혼 준비하면서 이상한 거 없었냐고요? 부모님이 자꾸 스테파니를 스파게티로 헷갈렸던 거 빼면 일반적인 결혼이랑 똑같았어요. 처가 쪽 친인척이나 친구나 직장동료는 안 만나 봤냐고요? 친구는 다 미국에 있다고 했고요. 제 직장동료도 결혼식장에서나 봤는데요. 결혼식을 하는 주말에는 레스토랑 영업을 해야 해서 직장 동료는 못 온댔어요. 친인척도 다 미국에 있댔어요. 상견례를 하려고 했는데 그때 마침 미국에서 트럼프가 장벽 쌓는다 입국절차 강화한다 막 그럴 때라서요. 장인장모님이 영주권자 아니시고 살

14

다 보니까 좀 그렇게 되어서…… 혹시 상견례나 결혼식 참석하러 나온 사이에 정책이 바뀌어서 미국에 못 돌아갈까 봐 불안하다고 해서 나오지도 못 하신대요. 아, 그런 얘긴 당연히 스테파니가 했죠. 상견례도 국제전화로 했어요. 기계랑 친하지 않으셔서 스카이프나 페이스타임이나 그런 거 안 하신대요. 아직 피처폰을 쓰신대서 영상통화도 못 했고요. 장모님이랑 저희 부모님이 통화하셨는데 되게 과묵하신 분이었다고 그러시더라고요. 결혼 준비하면서 중간중간 불안해하는 거 같긴 했는데 누구나 결혼 전엔 생각이 복잡하잖아요. 그래서 그런 줄 알았죠. 싸운 적은 있었어요. 신혼여행을 파리로 갈까 했는데 단호하게 해외로는 안 가겠대요. 그때 의심했어야 했는데……. 제가 농담조로 '스테파니 황'이 아니라 '스테파니 흐엉' 아니냐, 혹시 한국사람 아니고 불법체류자 아니냐, 왜 해외 가는 걸 싫어하냐 이랬더니 인종차별주의자냐고 화내서요. 미국 살면서 백인들한테 인종차별 당했나 보다, 해서 얼른 싹싹 빌었어요. 하필 그 즈음에 파리에서 폭동이 나서 한국인 단체관광객 탄 버스가 공격당하고 그래서 이래저래 신혼여행도 취소해 버렸죠.

토마토 미트볼 파스타

신혼여행 안 간 게 더 좋았어요. 휴가 기간 동안 출근 안 하고 하루 세 끼를 스파게티…… 아니 파스타를 먹었어요. 요섹남이라고 아시죠? 요리하는 섹시한 남자요. 그런 게 되어 볼까 했는데 첫날 면을 '알덴테'로 삶질 못해서 바로 부엌에서 쫓겨났어요. '안단테? 음악 용어 같은데…… 음악처럼 부드럽게 삶으면 되나?' 이러면서 푹푹 삶았거든요. 아는 척 하지 말고 그냥 물어볼 걸 그랬죠. 알고 보니 그 반대로 심지가 살아 있게 면을 익히는 거래요. 제가 먹기엔 그냥 덜 익힌 면발 같기는 했는데 뭐 그렇대요. 그 이후로 그냥 청소 빨래나 전담했죠. 혼자 살 때도 하던 거라 딱히 뭐 달라진 건 없었어요. 여자속옷도 보다 보니까 익숙해지고…….

아무리 계약결혼이지만 중고딩들 우정반지 같은 저렴한 반지에 프러포즈도 없었던 게 미안해서 선물 사 주겠다고 하니까 각종 요리책에, 요리도구에, 식자재들을 사더라고요. 여전히 그 채반 같은 건 뒤집어쓰고요. 벽에는 꽃게……가 아니라 스파게티교의 상징이라는 미트볼을 품은 면발 괴물 그림을 그려서 걸고요. 식전 기도는 '예수님의 이름으로, 아멘'이 아니라 '스파게티의 이름으로, 라멘'이라고 했어요. 이상하지 않았냐고요? 저도 처음엔 사이비 아닌가 했는데 나름 귀엽던데요? 금토일이 안식일인데 그 이유는 스파게티교의 창조주가 4일간 창조하고 3일은 술 취해서 쉬어서 그렇대나⋯⋯. 8계명도 있었는데 대충 교리가 '웬만하면 남한테 뭐 시키거나 강요하지 말고 너도 맘대로 살아라' 이런 거라서 파스타 먹는 거 빼고는 저한테 딱히 뭘 강요하지도 않고요. 아, 그 8계명도 원래는 10계명이었는데 창조주가 술 먹고 2개를 잊어버렸는지 잃어버렸는지 그래서 그렇대요. 그리고 파스타가 너무 맛있었어요. 그걸로 길들인 거죠, 저를.

시작은 토마토 미트볼 파스타였어요. 생토마토를 갈아 넣어야 하다는데 토마토가 나올 철이 아니어서 방울토마토를 제철보다 비싸게 주고 사서 강판에 갈고요. 토마토에는 바질을 넣어야 한다는데 집에 화분 같은 거 안 키웠으니까 말린 바질 가루를 대신 넣고요. 날이 따뜻해지면 창가에 바질 화분을 놓자고 했어요. 요리할 때마다 뜯어서 쓰겠다고요. 바질은 일년생 식물이니까 헤어질 때 깔끔하게 화분을 버리고 갈 수 있겠다⋯⋯ 그러더라고요. 그때 바질 말고 다년생 허브를 키웠어야 했는데⋯⋯.

셰프라서 역시 달랐어요. 냉장고 열어 봤자 주말에 왕창 볶아서 볶음밥 만들어서 얼려두고 평일에 꺼내 먹는 볶음

밥 재료밖에 없었는데 그걸로 미트볼을 만들어 내더라고
요. 제가 평소에 요리했냐고요? 볶음밥밖에 안 해 먹었어
요. 그게 그나마 솜씨 없어도 그럭저럭 빠르게 요리해서 먹
을 만하니까요. 설거지 거리도 별로 안 나오고. 굶거나 인
스턴트로 때우는 거는 30대가 되니까 몸이 망가져서요. 냉
장고에 정말 기본적인 채소랑 다진 고기밖에 없었는데요.
다진 채소를 팬에 볶고 그걸 다진 고기에 넣고 소금 후추
대충 넣고 치대더니 동그랗게 빚어서 팬에 식용유 두르고
구웠어요. 여기까지는 그냥 뭐 엄마가 명절날 했던 동그랑
땡이었는데요. 굽다가 버터도 넣고 화이트와인도 넣어서
또 굽다가 물 좀 넣고 뚜껑 닫아서 익히고서 먹어 보라는
데 와, 육즙이 입 안에서 나오는 게 중국식 만두 같기도 하
고요. 그 미트볼에 토마토소스랑 바질 가루랑 마늘이랑 넣
고 또 끓이다가 파스타 면 위에 붓고 치즈 가루 뿌려서 오
이피클이랑 맥주랑 먹는데, 어렸을 때 피자집에서 먹었던
케첩 맛 나는 토마토 파스타는 불량식품 맛이었고 이게 진
짜다, 싶었어요. 하여튼 정말 황홀한 맛이었어요. 배가 고
파서 맛있었을 수도 있어요. 그거 만드는데 3시간쯤 걸렸
으니까요. 이상하지 않았냐고요? 진짜 진짜 맛있었다니까
요, 조미료도 안 넣었는데? 아, 셰프인데 시간도 오래 걸리
고, 하나하나 요리책 뒤적여가면서 요리하기는 했지만……

레스토랑에서는 분업이 되어 있고, 파스타 종류는 많고, 그래서 뭐 어쩌고 저쩌고 변명하긴 했지만······. 어디에나 '일 못'은 있는 거니까요. 셰프라고 했지 일 잘하는 셰프라곤 안 했거든요. 일 못하는 셰프도 있을 테니까. 변명하는 스테파니한테 사실 저도 일을 못하는 직장인이라고 고백했어요. 파스타가 너무 맛있어서 맥주를 많이 마셨더니 말이 술술 나오던데요.

열정, 도전정신 그런 건 없으니 가늘고 길게 가는 직장에 취업하려고 했고, 시험은 잘 봐서 어찌어찌 공기업에는 입사했는데, 사회성이 부족하다 보니까 회식에서도 어색하고 외부사람 만나도 뚱하고······. 보고서는 잘 만드는데 승진은 결국 다면평가 결과로 하니까 사람들하고 친해야 승진을 하겠더라····· 뭐 그런 이야기. 근데 이건 내가 성격이 꽁한 것도 있지만 팀장 그 새끼가 처음부터 나는 제끼고 동기놈만 끼고 도니까······. 아니, 제가 내년도 목표치에 0을 하나 더 붙인 되게 사소한 실수를 하긴 했어요. 근데 그거 팀장이 검토할 때 잡아냈어야 하는 거 아니에요. 그 죠? 팀장도 잘못이 있는데 왜 나만 갖고 잡아먹으려 드냐고요! 뭐 그런 거죠. 좋았어요. 일러바칠 사람이 있어서. 근데 들어주는 사람 입장에서는····· 제가 맨날 불평불만만 해대서 지겨울 수도 있었을 거예요······. 그래서 나가 버렸나…….

네? 가정폭력요? 저 그런 사람 아닙니다. 말다툼도 없었어요. 네? 밤에는 어땠……. 저기요, 저 아직 젊고 건강하거든요. 고부갈등요? 만나야 갈등이 생기죠. 혹시나 부모님께 실수로라도 이거 사실 계약결혼이라고 말하면 안 되니까 제가 스테파니랑 부모님이 만나는 걸 철저하게 막았어요. 부모님께 스테파니 연락처도 안 알려 드리고요. 바쁜 사람이라서 시부모님께 안부전화 드릴 시간 같은 거 없다, 기대하지 마시라고 했고요. 며느리한테 할 말 있으시면 저한테 하시라고, 제가 전달하겠다고 했어요. 며느리가 셰프인데 반찬 가져다주신다는 핑계로 우리 집에 오실 필요 없다……. 결혼하고 갑자기 싸가지 없는 아들이 된 거죠. 근데 회사에서 결혼하신 분들께 이런 얘기했더니 최고의 남편이라고 하던데요?

없어진 건 없어요. 혼인신고 안 했으니까 한국 국적 취득하고 가출…… 그런 것도 아닐 거 같고요. 남겨둔 것도 없이 자기 짐 싹 챙겨서 나갔어요. 조리도구랑 요리책도 가지고 나갔죠. 사라지기 직전에 누구랑 연락하고 그런 거 없었냐고요? 연락 오는 사람도 없고 연락하는 사람도 없었어요. 없어진 것도 없는데 왜 찾으려고 하냐고요? 사랑요? 연애결혼 아니고 계약결혼이었다니까요? 주변에는 1년도 되기 전에 이혼을 좀 빨리 했다고 둘러대면 되겠죠. 그런데 왜 찾냐고요? ……걱정되어서요. 혹시나…… 호옥시나…… 어디서 사고라도 당했는데, 그래서 어디 중환자실에라도 있는데 한국에 연락할 사람이 없으면 제가 찾아가야 하니까요.

경찰은 한국 이름을 모르니 조회도 할 수 없고 이런 건 단순가출로 여기는 분위기라서요. 서울 시내 이탈리안 레스토랑은 한 번씩 거의 다 가 봤어요. 직원 중에 스테파니 황은 없대요. 「올드보이」처럼 스테파니가 해 줬던 맛을 찾으려고 레스토랑마다 파스타를 먹어 보기도 했는데 그 맛이 안 나더라고요. 저는 뭘 더 해야 할지 몰라서 연락드렸어요. 한번 찾아봐 주세요. 뭐라도 나오면 연락주세요.

봉골레

내 이름은 전일도. 탐정이다. 지금 이 패션은 탐정이라기보단 드라마에 나왔던 저승사자로 보이겠지만 어쨌거나 나는 탐정이다. 고졸 20대 초반 여자 탐정이라고 하면 의뢰인들이 신뢰하지 않으니까 얼굴을 가리는 챙 넓은 검은 페도

라를 쓰고 '탐정은 역시 베이지색 트렌치코트!'지만 꽃샘추위에 포기하고 그나마 단정해 보이는 검은 모직 코트를 걸치고 나와서 아침부터 빈속에 커피는 속이 쓰리니 캐모마일티를 마시고 있을 뿐이다. 숫기 없고 사회성 부족하다면서 말은 엄청 많은 의뢰인의 사연을 이어폰을 끼고 반복재생하면서.

의뢰인에게 받은 '장모님'의 번호로 전화했더니 어떤 여자가 받았다. "저기 혹시 스테파니 황……." 하자마자 앙칼진 목소리로 "아니라니깐요! 저번엔 어떤 남자가 스테파닌지 뭔지 찾던데, 아니라고요!" 하고서 끊어버렸다. 하긴, 미국 교포 폰 번호가 010으로 시작하는 게 이상하긴 했어. 다른 사람 핸드폰 잠깐 빌려서 자기가 미국에 있는 친정엄마인 척 했겠지. 그러니까 과묵할 수밖에.

'조금이라도 이상한 게 있으면 의심해 봐라. 의뢰인도 완전히 믿지는 마라.' 부모님은 이것이 불륜남녀를 잡는, 아니 사건을 해결하는 첫걸음이랬다. 우리 부모님은 두 분 다 탐정이시다. 남들은 흥신소인지 심부름센터인지 그렇게 부르지만. 엄마는 지금의 내 나이 때 남자친구가 바람 피는 현장을 잡다가 재능을 발견, 이 길로 들어서셨고, 아빠는 대대로 이런 일을 하는 집안이었으니 내가 가업을 잇고 있는 셈이다. 고려 왕족이었다던 아빠 쪽 조상님은 조선 개국

후 화를 피하려고 왕씨를 전씨로 바꾸고 신분세탁 하여 살다 보니 누군가로부터 숨어사는 것, 숨어사는 누군가를 찾아내는 게 적성에 맞았던 모양이다. 조상님들은 조선시대에는 잘 나가는 추노꾼이었고 일제강점기와 625때도 활약했다. 그때는 서로 찾고 숨고 암살하고 복수하던 시대여서 일감이 많았다고 한다. 누구 편이었냐면…… 그냥 돈 많이 주는 의뢰인 편이셨다. 그러다 보니 몰래 양쪽에서 의뢰를 받고 독립투사 검거하려는 순사와 악질 순사 암살하려는 독립투사를, 남북 군인들을 서로 맞닥뜨리게 했던 적도 한두 번이 아니었댄다. 의욕 있고 일 못하는 사람이 제일 무섭다더니…….

할아버지는, 불륜탐정이셨다. 아빠는 할아버지에게서 일을 배웠고, 저 여자 일 잘하니까 꼭 잡아야 한다며 엄마와 아빠의 결혼을 적극 지지하신 분도 할아버지셨다. 언젠가 나랑 영화 「국제시장」을 보고 나온 할아버지는 아련한 눈빛으로 이러셨다.

"다들 중동 가서 모래바람 맞으면서 오일머니 벌 때가 참 좋았어……. 남편은 외국 나가서 돈 부쳐주고 마누라들은 돈 많고 남편 없으니 바람나고……. 그때 참 열심히 벌었지. 그걸로 집 사고 차 사고……. 아, 요즘 애들은 왜 해외 가서 적극적으로 노력을 안 한다냐? 대한민국이 텅텅

빌 정도로 한번 해 봐야지! 다 어디 갔냐고 하면 다 '중동 갔다'고 해야 웅, 바람도 많이 피고, 우리 손녀 일거리도 많아지는데!"

……이러니 내가 소년탐정 김전일처럼 할아버지의 이름을 걸고 뭘 할 수가 없다.

엄마와 아빠가 만난 건 어느 호텔이었다. 엄마는 아내, 아빠는 남편 쪽 의뢰를 받고 서로의 맞바람 현장을 미행하던 중이었는데 자꾸 마주치는 상대방의 탐정이 신경 쓰였고 그러다가 눈이 맞았다. 결국 의뢰인 부부는 이혼하고 탐정 커플은 결혼했다. 나와 쌍둥이 오빠가 태어난 것도 엄마아빠가 잠복근무하던 차 안이었다. 애는 나오려 하는데 불륜남녀는 나올 생각을 안 하니까 아빠는 방에 쳐들어가서 한창 흥이 오르려던 남녀를 잡아다가 차에 태우고 병원으로 달렸다. 불륜남은 얼결에 산부인과에서 남의 애가 태어나는 동안 기다려야 했고 그러다가 자기 애가 태어날 때의 감정이 되살아났는지 부인에게 돌아가서 싹싹 빌고 아직까지 이혼하지 않고 살고 있다고 한다.

그때 태어난 쌍둥이 오빠는 지금 군대에 있다. 여비서와 바람핀다는 사장님 뒤를 밟고 있었는데 이 사장님이 수상한 낌새를 눈치 채고 조폭을 풀어서 거꾸로 오빠를 미행하는 바람에 교도소와 군대 중 어디로 피하는 게 더 안전할

까를 고민하다가 입대를 한 거다. 오빠는 의뢰인한테 위험 수당도 제대로 받아내지 못 했다고 입대 전날까지도 아쉬워했었다.

입시나 필기시험은 내 적성이 아니었는지 나는 학창시절부터 시험만 보면 탈락이었고, 경찰 공무원 시험도 1차에서 탈락해서 결국 부모님과 조상님들 따라 자격증도 사무실도 필요 없고 메신저와 카메라 있는 스마트폰만 가지고 할 수 있는 탐정이 되었다.

내 첫 사건은 남편의 불륜 증거를 잡아 달라는 아내의 의뢰로 시작되었다. 아무리 미행을 해도 불륜은커녕 성실하게 회사와 집만 오가기에 의뢰인에게 따졌더니 증거가 없으면 나더러 불륜녀인척 연기를 해서 증거를 만들어 내랬다. 헐…… 날 뭘로 보고? 남편에게 누명을 씌우라고? 내가 탐정이지 사기꾼이야?

의뢰인의 말을 녹음해서 의뢰인의 남편에게 내밀겠다고 협박하니까 그제야 바른 대로 불었다. 의뢰인이 혹시 재혼이라도 하면 자기 애가 다른 남자 자식으로 크는 게 꼴 보기 싫다는 이유만으로 남편이 아이 양육권을 가져가서 아이는 자기 부모에게 맡겨놓고 방치하고 아이 엄마에게 보여 주지도 않으려고 한다고. 자기가 남편의 불륜을 조작해서라도 이혼 소송을 유리하게 끌고 가려고 했던 이유도 모르면서 왜 그러냐고 악을 써 댔다……. 진작 말을 해 줬어야 알지? 내가 확 의뢰인 남편한테 녹음파일부터 들이밀었으면 어쩔 뻔 했어?

어쨌건 첫 번째 사건에서 배운 건 괜히 엉뚱한 사람 피해 입히는 건 아닐까 신경 쓰지 말자는 거였다. 이 아저씨 아내가 혹시나 가정폭력을 피해 가출했거나 진정한 사랑을 찾아 떠났는데 내가 찾아내면 어쩌지 하는 생각은 하지 말자……. 지금은 그 여자 걱정할 때가 아니라 의뢰인 정신 상태를 걱정해야 할 때다. 대체 머리에 뭘 뒤집어쓰고 온 거야?

"아, 이거요? 스파게티 교도들 모자인데요. 면발 건지는 채반이에요. 별로 눈에 안 띄죠? 그쵸?"

엄청 잘 보이는데요. 지금 사람들이 저승사자 같은 탐정이랑 채반 쓴 의뢰인 한 번씩 쳐다보고 가는데요.

"아, 네…… 근데 그거는 왜 쓰고 나오신……."

"제가 그동안 스테파니를 모르고 있었단 생각이 들어서요. 스테파니를 찾으려면 스테파니 입장에서 생각해 봐야 할 거 같아서. 스테파니가 했던 대로 이거 쓰고 다니는데 생각보다 남의 눈이 신경 쓰이네요."

나는 그순간 망설이던 마음을 잡았다. 이렇게 해서라도 찾고 싶어 하는 사람이 잘못될 리 없다.

"저기요, 여기 말고 어디 좀 딴 데로 가서 얘기하시면 안 될까요?"

"점심시간이니까 파스타 드시러 가실래요?"

"비싸지 않고 손님 많지 않은 데로 갈까요? 서울 시내 웬만한 파스타집은 다 아신댔죠?"

그 채반남, 아니 의뢰인과 간 파스타 식당 앞에는 횟집에서나 볼 법한 수조가 있었다. 살아 있는 해산물을 써서 신선하다고 했다. 회도 아니고 파스타가 싱싱할 필요가 있나…… 싶었지만 무식해 보일까 봐 고개를 끄덕거렸다. 모시조개가 입을 벌리고 있는 파스타가 나왔다. 조개가 질기지 않고 맛있긴 한데 걸리적거려서 귀찮다. 나는 먹기 전에 먼저 조개껍데기에서 조개를 빼내기 시작했는데 의뢰인은 면 한 입, 조개 하나씩 먹고 있었다.

"스테파니 씨는 왜 하필 그날 집을 나가셨을까요? 그날 밖에서 무슨 일 있었대요? 식당 이름이 뭐라고 했었죠? 그날 찾아가 봤어요?"

"모르겠어요. 일하던 곳 이름이 '라 미아 까사', 이탈리아어로 '나의 집'이란 곳이라고 그랬는데 찾아보니까 그런 데는 없더라고요."

"혹시 그날 뭐 특별한 일은 없었어요? 가령 아침에 크게 싸웠다거나……."

"사실은 그날 프러포즈를 하려고 했는데…… 스테파니는 아마 몰랐을 거예요. 반지는 잃어버릴까 봐 옷 주머니에 넣고 절대 안 보여 주고 촛불은 그냥 부엌 냄새 빼려고 향초 좀 샀다고 했고 꽃다발은 행거 사이에 잘 숨겨 놨거든요."

"반지 잃어버릴까 봐 계속 확인하셨죠?"

"어떻게 아셨어요?"

의뢰인이 눈을 크게 떴다. 넘어온다, 넘어와. 이 눈빛, 의뢰인 처음 만나서 "와이프하고 무슨 문제가 있으신가요?"라고만 했을 때도 봤었다. 뻔하지. 불륜탐정 전일도를 찾아왔으면 뭔가 가정에 문제가 있는 사람이었겠지. 그게 뭐 대단한 추리라고.

"청국장도 아니고 파스타만 요리하는 부엌에 냄새날 게 뭐 있다고 향초를 사셨어요? 꽃은 뭘로……?"

"장미요."

"집 안에 장미향이 났겠네요? 하…… 차라리 오늘밤에 프러포즈 할 테니까 너무 감동받지 말라고 대놓고 말씀을 하시지 그러셨어요."

"그랬으면 아무 일 없었을까요?"

의뢰인이 울먹거렸다. 울면서 파스타 먹으면 목에 걸리겠다. 뭔가 국물 있는 걸 먹었어야 했나.

"프러포즈 이벤트는 어떻게……?"

"일단 저녁에 제가 집에서 까르보나라를 요리하고요. 제가 이 이벤트 때문에 쿠킹 클래스를 수강했다니까요. 그리고…… 음…… 입술에 크림이 묻으면 키스를……."

드라마 너무 많이 보셨구나.

"그리고 눈 감으라고 하고 방에 들어가면 촛불이 하트 모양으로 있고, 제가 반지와 꽃을 주면서 결혼해 달라고……."

네, 네, 창의성이라곤 정말 하나도 없네요.

"대체 왜 그런 이벤트를……?"

"드라마에서 보면……."

"너무 식상한 이벤트인데요. 스테파니 씨가 좋아하는 게 그런 거였어요?"

"스테파니가 좋아하는 건 파스타밖에 없었어요. 맨날 요리책만 보고 부엌에서 요리하고……. 제가 밖에서 일하고 들어와서 집에서 또 요리하면 질리지 않냐고 했더니 자기가 좋아하는 거라서 안 질린대요. 그래서 까르보나라를 넣은 건데……. 너무 식상해서 도망간 걸까요? 이 남자랑 살면 내 인생도 재미없겠다 싶어서?"

그놈의 크림 키스.

"스테파니 씨 마음은 제가 모르고요. 프러포즈받기 전에 사라졌으니 뭔가 프러포즈랑 실종이 관련 있을 수도 있겠네요. 그 전에 혹시 스테파니 씨한테 무슨 얘기한 거 있어요? 결혼 이후 계획이라거나……."

"결혼을 해도 애는 안 낳고 싶다든가…… 난 지금처럼 친구처럼 사는 게 좋은데 다만 더 친해졌음 좋겠다든가…… 혼자 살 땐 몰랐는데 함께 영화 보고 같이 얘기하고 밥 먹으면서 얘기하는 게 재미있는 거 같다. 결혼이란 게 별 거냐. 그냥 둘이 한 집에서 살면서 일상을 함께 사는 게 결혼이지. 공기업은 정년이 보장되는 편이니까 나랑 결혼하면 안정적으로 살 수 있을 거다, 설레진 않겠지만 편안한 사람이 되겠다……. 이중에 뭐가 문제였을까요?"

"이게 무슨 문제집 푸는 것도 아니고…… 의뢰인 님 잘못 가려서 벌을 주겠다는 거 아니고요. 단서를 찾는 거예요. 그런 얘기 할 때 스테파니 씨 반응이 어땠어요?"

"그냥 뭐…… 웃으면서, 끄덕거리면서 들었죠……. 생각해 보니까 맨날 저만 말하고 스테파니는 듣기만 했네요. 이럴 줄 알았으면 스테파니한테 네 얘기 좀 해 보라고 그럴걸……. 그럼 단서를 찾을 수 있을 텐데……."

띄엄띄엄 말하는 게 수상하다. 문제가 없어 보이는데 집을 나간 건 더 이상하다.

"이런 실종 사건 일어나면 제일 유력한 용의자는 남편인 거 아시죠?"

의뢰인은 포크로 조개껍데기를 처리하느라 버벅 댔다. 종업원에게 젓가락 있냐고 하려던 순간 의뢰인이 들리지도 않게 작은 목소리를 냈다.

"사실은…… 제가 스테파니한테 살짝, 아주 살짝 연봉을 물어봤어요. 아니, 맞벌이니까…… 그럼 공과금도 같이 내야 하니까……. 연봉이 꼭 많아야 하는 건 아닌데, 그래도 제가 부담스러울 정도는 아니어야 하니까……. 그러니까 얼굴이 시뻘게지더니 아직 많이 못 번다고 하더라고요. 우리의 계약이랑 자기 재산이 무슨 상관이냐고 성질 내고. 그래서 제대로 물어보지도 못 했어요."

뭔가 돈에 얽힌 문제가 있구나. 의뢰인은 젓가락 대신 나이프로 조개껍데기를 누르고 포크로 살을 분리했다.

"근데 원래 계약기간이 1년이었잖아요. 결혼하실 때 계약금, 그러니까 축의금 중 일부를 주셨을 거고, 잔금은 언제 주시기로 했어요?"

"네? 그냥 결혼식 끝나고 축의금 절반 나눠서 깔끔하게 정산 끝냈는데요. 진짜에요. 약속대로 딱 5:5로 나눴어요. 거기엔 불만이 없을 거예요."

"원래 계약할 때 돈 일부 주고, 계약 완료 때 잔금 주는 거 아니에요? 그래야 확실하게 계약 이행을 하죠. 위약금은요?"

"위약금 그런 거 없었는데요."

"결혼계약서 내놔 보세요."

결혼계약서는 내가 본 중에서 최고로 허술했다. 계약을 이행하면 스테파니가 받을 혜택만 있고 위반시 불이익은 없었다. A4용지에 프린트한 계약서는 위변조하려면 PC에서 그냥 타이핑만 해도 될 것 같았다.

"법적으로 보호받을 계약은 아니지만 겁주는 차원에서 공증이라도 받아 두시고, 그리고 도장 찍으실 거면 인감증명서도 첨부하시고 도장을 마지막에만 찍으시면 안 되죠."

나와 의뢰인 사이의 계약서 두 부를 나란히 펼쳐두고 문서를 넘겨가며 페이지 위쪽마다 도장, 앞뒷장에 도장, 문서 두 부에 도장 반쪽씩 들어가도록 현란하게 도장을 찍어대고 마지막으로 이름 옆에 쾅 찍고 계약서를 나눠 가졌다. 이 의뢰인, 진짜다. 진짜로 '일못'이었어. 착수금에서 내 몫의 파스타 값을 계산하고 나오면서 잘하면 이 '호갱님'에게 성공 사례금을 더 받아낼 수도 있겠다는 생각을 했다.

"저…… 탐정님? 별다른 의도는 없는데요."

"네?"

"탐정님이 만약 스테파니였다면…… 저랑 결혼, 어떻게 생각하셨을까요? 그렇게 싫었을까요? 말없이 사라져 버릴 정도로?"

"저기요, 이건 단순히 결혼하기 싫어서 야반도주한 게 아닐걸요. 결혼하기 싫었으면 위약금도 없겠다, 그냥 집 나가면 되는데 왜 '실종' 되었을까요? 그러니까 그만 좀 자책하시라고요."

로제 파스타

"그러니까 지금이라도 노량진 가서 경찰공무원 시험 준비 하라니까. 경찰이 싫으면 그냥 9급 공무원이라도 준비하든가."

"엄마도 내가 시험이랑 안 친한 거 알잖아."

"너도 아직 시험에 미련이 남으니까 스트레스 받아서 이상한 짓 하는 거잖아."

"이상한 짓 아니라 의뢰인의 종교 생활이라고."

"염병하네. 이게 종교면 나도 칼국수교 교주 하겠다."

기껏 주말 점심에 크림 파스타는 느끼하니까 토마토 파스타를 드시겠다는 엄마와 사건 해결을 위해 크림 파스타를 먹어봐야겠다는 내 의견을 절충해서 마트에서 사 온 반조리 로제 파스타를 데워 놨더니 엄마는 요리하는 내내

등 뒤에서 잔소리 하시고 지금은 식탁에서까지 '대화' 중이시다. 결혼이라는 건 크림과 토마토를 절충한 로제 파스타 같은 거 아닐까…… 하는 철학적인 생각 좀 하고 있었는데.

"스파게티의 이름으로, 라멘."

"너 진짜 머리에 그 이상한 채반은 뒤집어쓰고 먹을 거 앞에서 주문은 왜 외우고 난리야?"

그러고 보니 스테파니, 의뢰인, 나까지 최소 세 명이 채반을 머리에 뒤집어쓰고 있다. 이거 알고 보면 신종 포교활동 아냐?

"아, 엄마가 탐정은 타인의 시선에서 보고 타인의 마음으로 살아 봐야 한다며. 그래야 이것들이 어느 호텔에서 무슨 짓을 할지 예상할 수 있다고."

"불륜은 그렇지. 근데 너 그동안 불륜탐정으로 홍보해 놓고 지금은 실종탐정으로 업종 변경하겠다며. 공부도 탐정도 진득하게 안 하고 자꾸 왔다 갔다 할 거야?"

"비혼이 불륜탐정이라니까 자꾸 '꽃뱀'으로 오해해서 한 번 갔다 온 척 했는데 그것도 안 먹히더라고. 아니, 의뢰인들은 대체 자기네들은 결혼 다 망했으면서 왜 남 보고는 결혼하래. 비혼 여성은 불륜탐정 하기 진짜 힘들어."

"남편 있는 여자가 안전해 보이니까 그렇지. 그래야 자기 남편한테 꼬리 안 칠 거 같고."

"보니까 남편이 있건 없건 바람 피우는 덴 상관없던데. 근데 엄마는 맨날 「부부클리닉―사랑과 전쟁」을 현실판으로 보면서 결혼할 생각이 들었어? 엄마는 왜 결혼했어?"

"낭만적인 버전 아니면 현실적인 버전?"

"둘 다."

"낭만적인 버전으로는 니네 아빠가 결혼하면 절대 바람은 안 피겠다고 해서 그랬고."

진짜로 바람을 피웠는지 아닌지는 모르겠지만 지금까지 한 번도 걸리신 적이 없긴 하다. 하긴, 엄마는 아빠보다 일 잘하는 탐정이니까 아빠가 바람을 피웠으면 바로 걸려서 팬티 바람으로 길거리를 달려야 했을 것이다. 엄마의 의뢰인 중에는 여자들이 많았는데, 여자들은 남자들과는 달리 아주 조용하고 은밀하게 증거를 수집해 줄 것을 요청하는 편이었다. 바람을 피는지 확인은 하고 싶은데 이혼은 못 하겠고, 그러니 남편이 미행을 당하고 있는지, 사진을 찍히고 있는지 모르게 해 달라는 것이었다. 남편에게 딴 여자가 없다는 것을 확인해 달라는 의뢰인도 있었는데 엄마가 사진이 담긴 봉투를 내밀자 봉투도 뜯지 않고 이건 자기 남편 아니라고 박박 우겼다. 엄마는 펑펑 우는 의뢰인의 손을 잡고 휴대폰의 나와 오빠의 사진을 보여 주며 "아유, 나도 애 키우는 엄만데……."라며 사건을 수임하곤 했다. 그러니 남편 쪽으로부터 의뢰받아서 단순하게 돈 받고 미행하고, 사진 찍는 걸로 끝나는 아빠보다는 어려운 일을 하는 엄마가 일을 더 잘할 수밖에 없다.

"현실적인 버전으로는 니네 아빠랑 부부탐정으로 동업하면 더 잘 벌 수 있을 것 같았고, 내 돈만으론 부족하니까 남편 돈이랑 합쳐서 집을 구해야겠다 싶었고, 탐정이 정규직 월급쟁이도 아닌데 혹시나 사고가 나거나 병에 걸리거나 했을 때 안전망이라곤 가족밖에 없겠다는 생각도 들었고. 그러니까 너는, 결혼을 안 할 거면 연금 나오고 사대보험 되는 경찰 공무원이 되라고!"

"노량진 장수생보다는 탐정이 낫다니까!"

"누가 장수생 하래! 공무원 하랬지! 탐정보다는 공무원이 낫잖아!"

"탐정이 뭐 어때서! 경찰이 해결 못 하는 틈새를 메워주는 게 탐정인데!"

"그건 네가 공무원 시험 합격할 자신이 없으니까 핑계 대는 거 아냐? 사립탐정 합법화도 언제 될지 말지 모르겠구만."

"아니라고! 공무원 공무원 꼰대 같은 소리 좀 그만 해!"

"네가 탐정은 뭐 제대로 하기나 해? 공부하기 싫으니까 괜히 탐정하겠다고 장난치듯 돌아다니는 거지."

"아오 진짜…… 내가 돈 벌어서 반드시 독립하고 말 거야. 나 없이 재미없게 살아 봐."

"해라 해, 이 물정 모르는 것아. 네 돈으로 방 한 칸 얻을수 있나 봐라."

내가 돈이 없지, 가오가 없냐. 방문을 쾅 닫고 부동산 직거래 사이트며 각종 방 구하기 앱을 들여다보면서 내 돈으로 구할 수 있는 곳을 알아보는데…… 전세금이 올라서 결혼했다는 의뢰인이 이해되었다. 돈도 없고 가오도 없는 불쌍한 내 인생. 나도 누구랑 계약결혼을 해야 하나…… 어느새 검색 조건에 스테파니가 받았다는 돈을 체크하고 방을 보고 있었다.

집을 나가려면 제일 먼저 나가서 살 곳을 구해야 했다. 스테파니가 가지고 나간 돈이란 게 아주 큰 금액은 아니어서 그 돈으로 거주할 수 있는 동네를 특정하고 그 동네 직거래 사이트에서 'pastafarian'이란 ID를 발견하고 급히 택시…… 아니 버스를 탔다. 버스에서 알바 구직 앱에 접속했다. 자, 이 동네에서 알바 구하는 파스타집이 어디 있나보자. 셰프라면서 돈을 받고 나서야 요리책이며 조리기구들을 사 들이기 시작했다고 했을 때부터 이상했다. 아니근데 이 동네 공인중개사 아저씨는 날 왜 이렇게 이상하게 보는 건데?

"요새 그런…… 모자 맞나? 그런 거 쓰고 다니는 게 유행인가 봐요? 얼마 전에 온 아가씨 하나도 그런 거 쓰고 다니던데."

급하게 나오느라 채반을 뒤집어쓴 채로 나왔나 보다. 얼른 벗으려다가 마음을 바꿨다. 나는 셜록 홈즈…… 셜록은 변장도 잘하고 연기도 잘했다…… 셜록은 이것보다 더한 분장도 했었다…… 나는 탐정이다…… 절대 쪽팔리지 않다…….

"아, 이거 파스타 동호회 회원들이 쓰는 건데요. 저희 동호회 언니가 여기 공인중개사님 추천해 줘서 왔어요. 중개사님이 너무 좋은 방을 알아봐 주셨다고요. 그 근처에 방 나온 거 있어요?"

"그럼, 있어요. 그 아가씨 뭐 요리사라고 해서 환기 잘 되는 집으로 골라 보여 줬지."

"저도 환기 잘 되는 집으로 추천해 주세요."

환기 잘 되는 집이 아니라 외풍 엄청 들어오는 방이었다. 이런 곳들에 비하면 의뢰인의 아파트는 궁궐이었다. 그 좋은 신혼집 놔두고 왜 뛰쳐나왔을까?

"중개사님, 여기서 영업 오래 하셨죠? 이 동네 맛집 좀 추천해 주세요. 기왕이면 파스타 잘 하는 집으로요."

"여기 계약하려고요?"

"계약은, 어…… 제가 파스타를 좋아해서 동네에 파스타 맛집이 꼭 있어야 되는데요."

"……이 동네엔 파스타 그런 거 없는데……."

"파스타 말고 스파게티는요?"

"역 근처 마트 푸드코트에 가면 파는데, 그나저나 이 가격에 이런 집 없어요. 스파게티 먹고 오면 이 방 나간다니까요."

이 가격에 이렇게 후진 방구석이면 집주인 양심이 없는 거겠지. 마트 푸드코트에는 돈가스와 오므라이스, 스파게티 등등을 팔고 있었다. 소스는 케찹 맛이 나고 면은 뻑뻑한 '불량식품맛' 토마토 스파게티를 먹으면서 주방을 흘긋 봤다. 스테파니는 사진 찍히는 걸 싫어해서 의뢰인이 가지고 있는 사진은 웨딩사진 뿐이었다. 그러니까 지금 저 쌩얼의 주방 노동자가 풀메이크업한 내 스마트폰 속 여자와 같은 사람이라는 거지? 나는 참을성 있게 푸드코트 마감 시간까지 기다리고, 또 기다리고, 기다렸다.

"헬로? 셰프 스테파니? 아 유 프롬 아메리카? 아 유 파스타파리안?"

채반을 쓴 채 장난기 가득한 얼굴로 영어를 하자 피곤한 얼굴로 퇴근하려던 스테파니가 멈칫했다.

"안녕하세요. 제 이름은 전일도, 탐정이죠. 남편분 의뢰로 왔는데요."

명란 파스타

"언니, 알리오올리오에 뭐 넣을 거예요?"

"피곤하니까 간단한 거. 손 많이 안 가는 걸로."

"베이컨?"

"식상한데? 간단하면서도 특별하면서도 맛있는 거."

"명란젓? 명란 파스타로 할까요? 어렸을 때 할아버지가 참기름에 마늘이랑 무쳐 주면서 조금씩만 먹으라고 눈 부릅뜨고 있던 그 명란을 왕창 때려 넣어서요."

"비싸지 않을까?"

"형부라고 해야 하나…… 언니 남편이 돈은 팍팍 써도 된댔어요. 언니 찾는 데 쓰는 돈은 안 아깝대요."

엄마는 탐정은 친화력이 좋아야 한댔다. 영업까지 뛰어야 하는 프리랜서의 삶이란 게 그렇지, 뭐. 셜록 홈즈도 여자들에게 인기 많았다고 했다. 나는 어느새 스테파니를 언니라고 부르며 도망 못 가게 연행을, 아니 팔짱을 끼고 사이좋게 장을 보고 있었다.

"언니, 남편분이 지질, 아니 귀여운 건 알죠?"

"나쁜 사람은 아니었지."

"근데 왜 계약기간 다 안 채웠어요?"

"……청혼을 하려고 하더라고. 결혼하기 싫었어."

"저 같으면 기왕 이렇게 튈 거, 반지는 받고 도망가겠어요. 결혼반지는 금은방에 팔면 돈으로 바꿀 수 있잖아요."

환기가 잘 되는, 아니 외풍이 심한 집에서 황은영, 아니 스테파니 황은 채반을 머리에 쓰고 면을 삶았다. 심지 가운데 하얀 부분이 샤프심만큼 있게 삶아야 한다는데, 이게 무슨 '알덴테' 같은 소리야. 어쨌든 스테파니가 면을 삶는 동안 나는 좁아터진 방구석에서 마늘을 편 썰고 명란젓의 막을 벗겼다. 스테파니는 후라이팬에 올리브유를 두르고 마늘을 볶고 명란을 볶았다. 저 팬이랑 올리브유까지 바리바리 챙겨 나올 정신이 있었으면 반지도 훔쳐가지고 나올 수 있었을 텐데. 스테파니는 덩어리가 풀린 명란에 면을 넣고 후추를 갈아서 뿌려 가며 마저 볶았다. 후추 가는 기구까지 알차게 챙겨 나오셨구나.

나와 스테파니는 맥주 폭포가 있는 천국에 갈 파스타파리안이니까, 명란 파스타를 놓고 맥주 한 캔씩을 깠다. 돈 아끼지 않고 왕창 넣은 명란이 짭쪼름해서 맥주랑 잘 어울렸다. 입 안에서 명란 질감도 느껴지고 맥주도 쏴 하니 청량해서 기분이 좋아졌다. 스테파니는 내가 음 하고 감탄사를 내며 먹방BJ 못지 않은 리액션으로 먹는 모습에 더 기분이 들뜬 것 같았다.

"아, 역시 맛있다. 여기 오고 나서 명란 파스타 먹으려다가 비싸서 명란 대신 주방에 김치 남은 거 조금 가져다가 양념 씻어서 넣어 먹었는데. 그것도 짭짤한 맛은 있었지만 짝퉁 명란 파스타였어."

"의뢰인도 그랬어요. 자기가 옛날에 먹었던 토마토 파스타는 불량식품이었고 언니가 해 준 토마토 미트볼 파스타가 진짜였다고요. 언니가 파스타로 자길 길들였대요. 언니 파스타 진짜 맛있어요. 완전 셰프 같아요. 진짜로 미국에 있을 때 셰프였던 거예요?

스테파니가 남은 맥주를 원샷했다.

"미국은 무슨 미국. 제주도도 못 가 봤는데. 셰프는 무슨 셰프. 그냥 마트 푸드코트에서 즉석식품 같은 파스타나 볶으면서 주방 아줌마로 인생 끝나겠지."

방금 전까지 즐거웠던 것 같은데, 성공 사례금이 눈앞에 다가왔던 것 같은데, 이 언니 갑자기 왜 울어? 주사가 있었나? 그러고 보니 발음이 약간 외국인처럼 어눌한 이유를 알았다. 올 때 보니까 이빨이 두어 개 비어 있었다. 썩기 전에 치료하거나 임플란트를 할 돈이 없었나 보다. 나는 엄마가 의뢰인들에게 그랬던 것처럼 스테파니 언니를 안고 토닥였다.

"아니에요. 이렇게 맛있는데. 언니는 언젠가 꼭 셰프가 될 거예요."

"어른이 되면, 이루지 못할 꿈이란 건 희망고문이야. 나 그 남자 꼴도 보기 싫어. 왜 나한테 그 맛있는 파스타란 걸 먹여서, 왜 내가 해 주는 파스타를 먹고 그렇게 좋아해 줘서, 왜 내가 셰프라는 거짓말에 의심 없이 속아 줘서, 내가 진짜로 셰프가 되고 싶게 만들어! 난 그냥 하루하루 알바해서 먹고 살기 급급했는데, 왜 나한테 요리책이랑 재료들을 살 돈이랑 알바 안 해도 되는 시간을 줘서, 나도 내가 셰프가 되고 싶다는 게 개꿈 같아서, 이름도 속이고 다 속이고 이런 웃기지도 않는 스파게티 교도라고 우기고 다니는데 왜 그것까지도 다 믿어 줘서!"

언니 남편이 좀 허술해서 의심 없이 사람 잘 믿을 거 같더라고요. 그러니까 언니가 셰프라는 거짓말에도 속아 넘어갔죠. 혹시 다시 같이 살게 되면 어디서 사기 안 당하게 잘 단속해요.

"언니 남편이 요새 머리에 채반 쓰고 다니는 거 알아요? 언니 마음을 알고 싶다고."

언니가 머리에 쓰고 있던 채반을 벗어서 집어던졌다.

"그 새끼는 내 부모도 아니면서 왜 내 마음을 알고 싶대? 우리 부모님도 맨날 싸우느라 나한테 웃어 준 적이 없는데, 그 새끼는 왜 내 요리가 맛있다고 웃어 줬을까. 왜 나한테 요리 잘한다고 했을까. 살면서 뭘 잘한다는 소리라곤 들어본 적이 없는 내가 요리라는 걸 하고 싶게. 날 왜 찾아, 그 인간은? 같이 잘 여자가 없대?"

"걱정이 된대요. 혹시 중환자실에 누워 있어서 연락이 안 되는 거라면 한국에 지인도 가족도 없으니까 자기가 가봐야 한다고."

"중환자실에 있으면 더 찾지 말아야지. 진짜로 시민권 있는 미국 교포면 건보 가입이 안 되어 있어서 병원비 엄청나게 나올 텐데."

언니 남편은 그런 부분까지는 미처 생각을 못 해 본 거같던데요.

"병원에 오면, 뭐, 자기가 내 법적 보호자 행세라도 하게? 혼인신고는 본인 없이도 할 수 있으니까 혼자 혼인신고라도 하고서?"

결혼하기 싫다더니, 많이 알아보셨네?

"나한테 꿈이란 걸 꾸게 했으면 계약기간 끝날 때까지 꿈속에서 살게 해 줘야지. 왜 내 연봉을 묻고 프러포즈를 하려고 해? 내가 내 입으로 이런 구질구질한 현실을 까발리게 하려고 '진짜 결혼'을 하려는 거야? 이렇게 헤어질 거라면 그냥 1년 동안 살고 나를 스테파니로, 셰프로 안 채로 헤어지는 게 나았잖아. 나 그 남자 진짜 싫어. 지는 잘먹고 잘 살아서 내 자존심 따위는 모르잖아."

"이렇게 끝날 거면, 아예 처음부터 그 데이팅 앱에 가입을 안 할걸, 그런 생각 안 들어요?"

"가입하면 100% 당첨 경품을 준다고 해서 가입했던 거야, 그때는."

까르보나라

"이렇게 카톡을 보내면 될까요? 좀 봐 주세요. 탐정님이여자니까, 스테파니의 마음으로."

"아니, 카톡은 성의 없어 보이잖아요. 손글씨 쓰시라고요. 연예인들도 물의 일으키면 손글씨로 반성문 쓰잖아요."

"저 편지나 메일에 트라우마 있어서요. 자신이 없는데…… 저번에 메일에 '번거롭게 해 드려서 감사합니다.'라고 써서 고객님이 열 받아서 항의전화 했고요. 팀장님 메일 복사해서 붙여넣기 하다가 '안녕하세요, 누구누구 팀장입니다.' 라고 메일 보내서 팀장님한테 혼나고요. 또……."

이러다가 의뢰인이 사고 친 얘기만 듣다가 끝나겠다. 회사에서 낸 사고만 모아도 천 일 동안 세헤라자데처럼 스테파니에게 얘기해 줄 수 있을 것 같다.

"밤새도록 생각 많이 하셨다면서요. 스테파니 씨 잡아야겠다면서요. 일단 손편지 쓰시고, 찍어서 저한테 카톡 보내시면 수정해 드릴게요. 그럼 되겠죠?"

내가 탐정이지 빨간펜 선생님이냐. 난 탐정이지 커플매니저가 아닌데 중간에서 내가 왜 이러고 있지? 빨간펜 학생이 보내온 손편지는…… 악필이었다. 이 아저씨, 일도 못하고, 프러포즈도 못하고, 글씨도 못 쓰잖아! 어쨌든 빨간펜 선생님이 아닌 탐정의 마음으로 해독한 암호, 아니 악필은 오글거리다가 의뢰인의 근거 없는 자신감에 웃기다가, 현실 감각에 로맨틱이 사라질 뻔했다. 어쨌거나 잘 썼다고 우쭈쭈 의뢰인을 칭찬해 줬는데, 뒤이어 걸려온 전화에 한숨이 나오고 말았다.

"근데 스테파니한테, 그…… 돈은…… 액수를 정확히 쓰는 게 좋을까요? 얼마면 될까요? 어제 통장 정리를 해 보긴 했는데 결혼하고 전세금 올려주느라 여윳돈이 많지는 않은데……."

이 의뢰인, 프러포즈 할 때 연봉 물어봤다가 스테파니 언니가 '실종'되었는데도 또 돈 얘기 하고 있다. 낭비는 안 하는데 저축은 없고, 돈이 많지는 않은데 돈 얘기는 잘 하고, 재테크는 안 하는데 투자 사기는 잘 당할 것 같은 스타일이다. 스테파니 언니가 통장 꽉 쥐고 살아야 할 텐데.

"아, 그냥 만나서 말없이 편지랑 반지나 주시라고요."

의뢰인은 스테파니와 처음 만났던 이탈리안 레스토랑에서 약속을 잡았다. 나는 챙 넓은 페도라를 써서 얼굴을 가리고 몰래 옆 테이블에 앉아 크림소스 파스타, 아니 생크림 까르보나라를 주문했다. 의뢰인은 채반을 쓰고 나타났다. 스테파니가 웃었다. 의뢰인이 마주 웃으며 까르보나라를 주문했다. 아, 제발 크림 키스만은…… ! 의뢰인이 편지와 반지를 꺼내자 스테파니의 얼굴이 굳어졌다.

"저는 사실 스테파니 황이 아니고요. 셰프도 아니고요. 파스타파리안도 아니고요."

"제가 부르는 애칭은 '스테파니'고요, 제 입맛에는 셰프보다 맛있고요, 저는 파스타파리안이 되었고요."

스테파니는 까르보나라가 나와도 표정을 풀지 않았다.

"저는, 다시는 만나지 말자는 말씀 드리려고 나왔는데요. 웨딩 사진도 버려 주시고 연락처도 삭제해 주세요."

"그럼, 오늘은…… 이렇게 만났으니까 마지막으로 저한

테 하고 싶은 말 다 하세요. 그동안 너무 저만 말하고 스테파니 씨 얘기를 안 들어서요. 이제는 다 들어 줄게요."

"……그동안 고마웠어요. 파스타 사 줘서, 저 칭찬해 줘서, 저한테 웃어 줘서, 잘해 줘서, 꿈이란 게 있다는 게 비참한데, 행복하기도 했어요. 현재만 살았던 저한테 미래란 걸 생각해 보게 해 줘서 고마웠어요. 돈 잘 버는 진짜 셰프 만나서 제대로 결혼해서 잘 사세요."

채반을 쓴 의뢰인이 묵묵히 까르보나라만 우물우물 삼켰다. 면 한 입에 물 한 모금씩 마시는 걸 보니 느끼하고 느글거려서 먹기 힘든가 보다. 피클로는 부족하고, 맥주 한 잔이 절실해 보였다. 스테파니는 파스타에는 입도 안 대고 반지는 껴 보지도 않고 의뢰인이 땀 난 손으로 만지작거려서 구깃거리는 손편지를 읽었다.

스테파니 씨, 당신을 만나서 전 이전과는 다른 사람이 되었어요. 변화를 싫어해서 이사도 안 가고 전세금을 올려줘 가며 같은 집에 계속 살던 제가, 도전이 싫어서 공기업 입사 이후 한 부서에서만 계속 재미없게 일하는 제가, 이전의 저라면 하지 않을 일들을 하려고 합니다.

첫째, 일도 못하고 불평만 많고 다른 사람 일러바치기만 하지 않고, 스테파니 씨에게 매일매일 고맙고 사랑한다고 하루에 세 번씩 말할게요. 맛있는 파스타를 해 줘서 고맙고 나랑 만나 줘서 고맙고, 스테파니 씨가 스테파니 씨여서 고마워요. 사랑해요.

둘째, 저는 정년퇴직이 꿈이었는데, 저도 꿈이란 걸 찾아볼게요. 저는 스테파니 씨가 꿈이란 걸 갖고 있는 게 예쁘고, 부러웠어요. 일단은 좋은 남편이 되는 게 꿈이고요. 퇴근해서 영화보고 맥주 마시고 자는 것 말고 다른 걸 해 볼게요. 스테파니 씨가 이 편지를 읽고 감동받는다면 작가가 되고 싶을 것 같기도 해요. 사랑해요.

셋째, 위험이 싫어서 저금리에도 원금 보전되는 적금과 정기예금만 하고 있는 제가, 스테파니 씨에게 투자란 걸 하려고 해요. 어차피 애도 없고 취미도 없고 부모님은 공무원 연금이 나오니 용돈 안 드려도 되어서 돈 쓸 데가 없어서 투자하는 거니까 부담스럽게 생각하지 말아 주세요. 스테파니 씨는 요리에 소질이 있으니까 조금만 요리를 배우고 경험을 쌓으면 분명히 셰프가 될 거예요. 제가 '라 미아 까사'의 첫 번째이자 마지막 손님이 되고 싶어요. 혹시 셰프가 안 되더라도 평생 저만의 셰프로는 남아 주세요. 혹시 우리가 헤어진다면 꼭 셰프가 되어 주세요. 손님과 셰프로 만날 수 있게. 사랑해요.

고개 숙인 채 묵묵히 까르보나라 한 접시를 비우던 의뢰인이 크림소스 묻은 얼굴을 들었을 때 스테파니가 의뢰인의 입술에 키스를 했다. 스파게티의 이름으로, 라멘.

레스토랑을 나오면서 카톡 프로필을 수정했다. 내 이름은 전일도, 구 공시생 겸 불륜탐정 현 실종탐정이죠. 누구든 무엇이든 찾아드립니다.

헬로, 욜로
(HELL-O-YOLO)

2017년 8.2 부동산 대책 직전, 부동산 시장에
'갭투자 열풍'이 불어닥쳤던 시기를
배경으로 하고 있습니다.

주택 자금 대출

　사건을 해결하고 난 후 "사례는 됐습니다."란 말만 남기고 트렌치코트 자락 휘날리며 표표히 떠나는 게 '탐정의 간지'라는 사람도 있지만 대대로 탐정 집안인 우리 집의 가정교육은 정반대다. 수임료는 착수금, 성공 사례금, 위험 수당까지 꼼꼼하게 챙기고, 할인은 해 줘도 할부는 절대 안 되며, 사건을 해결하고 난 후에도 의뢰인과 좋은 관계를 유지해야 그게 다 '영업 인맥'인 된다는 게 내가 할아버지와 부모님으로부터 받은 '탐정 수업' 개론이었다. 대학에 진학하지 않고 20대 초반에 탐정이 된 나는 의뢰인 아니면 사람 만날 일이 없어서 사건 후에도 의뢰인과 종종 만나곤

한다. '나홀로 프리랜서'인 탐정에게 의뢰인만큼 소중한 친구도 없다.

지금 신혼집에 날 초대해서 파스타를 차려 주는 스테파니 언니도 그렇다. 이 언니가 계약결혼을 해 놓고 잠적하는 바람에 언니의 남편이 아내 좀 찾아 달라고 의뢰를 했다. 내가 이 언니를 찾아내서, 어쩌다 보니 사랑의 메신저 역할까지 한 덕에 둘이 계약결혼을 끝내고 혼인신고를 했고, 지금은 나에게 '친한 언니'와 '형부'가 되었다.

"로제 파스타네? 언니 결혼생활이 장밋빛이다, 이런 의미야? 맛있다. 지금 바로 이탈리아로 요리 유학 가도 되겠는데? 아니, 유학 안 가고 영업해도 되겠어."

"유학은 무슨. 돈 없다. 우리 이 집 사서, 대출 갚아야 해. 얼마 전에 공인중개사한테 연락 왔는데 집주인이 이 집 팔려고 한다고 해서 샀어. 니네 형부가 워낙 허술한 사람이라 집에 여윳돈 있으면 어디서 사기 당할 거 같으니까, 대출 좀 받아서 빡빡하게 여윳돈 없이 살아야 할 거 같아서. 2년마다 밀려나는 주거 비정규직 인생도 이 기회에 청산하고 싶었고. 집값이 계속 오르기만 하니까 하루라도 빨리 집을 사야 할 것 같기도 했고."

"그럼 언니 유학 비용은?"

"대출 이자 갚을 때까진 실무 경험 쌓을 겸 식당에 알바

나가고 있어. 어차피 당장은 못 가니까 이탈리아어도 배워 두지 뭐…… 근데 신랑이 그러더라. 이러다가 유학 못 가게 되는 거 아니냐고. 대출만 다 갚으면 떠난다지만, 셰프가 되겠다는 꿈을 집하고 바꿔 버리면 안 되지 않냐고……. 집이 있어야 삶이 안정된다는 게 맞는 말인데, 그 집 때문에, 인생에서 중요한 데 쓸 돈이 없어지면 안 된다고……. 근데 빚이 있으니까 꿈도 희망도 답도 안 나와."

"에이, 대출만 다 갚으면 집 팔아서 시세차익으로 유학 자금 만들어도 되잖아."

"시세차익보다 이 동네 집값이 더 오르겠지. 지금도 신랑 은 출퇴근하려면 왕복 네 시간이야. 여기서 더 멀리 가면 출퇴근이 너무 힘들어 져서……."

전화가 왔다. 의뢰인들은 주로 카톡으로 연락하니까 스 팸전화겠지 했는데 계속 울린다.

"언니, 잠깐만, 나 통화 좀. 어, 할아버지? ……할아버지, 우는 거 아니지? 무슨 일 생긴 거야? ……내가 바로 갈게."

다 먹지도 못한 파스타를 두고 급하게 라피아햇을 눌러 쓰고 겉옷을 걸쳤다.

"미안, 할아버지가…… 사기를 당하신 거 같아. 가 봐야 겠어."

"할아버지도 탐정이시라며? 탐정도 사기 당해?"

신발을 신으면서 대답 아닌 대답을 했다.

"불륜 잡는 탐정이…… 배우자가 바람나서 이혼당하는 경우도 있는데 사기 정도는…….

"진짜? 불륜탐정이? 와 그거 대박이다."

전철역 가는 버스를 기다리며 언니에게 하지 못한 말을 속으로 했다. 언니, 나도 남한테 들었으면 웃었을 텐데, 그게 우리 할아버지라서…….

깡통주택

할아버지는 왕년에 불륜 증거를 잡는 탐정이셨다. 잘생기긴 않았지만 매너도 좋고 춤도 잘 추고 말발도 있어서 여자 의뢰인이나 의뢰인의 아내한테 호감을 얻었다고 할아버지가 자기 입으로 말씀하시곤 했다. 할아버지는 다 영업이고 친절이었다고, 춤춘 건 '제비로 위장'한 것이지 제비는 아니었다고 하셨지만, 할머니 생각은 달랐나 보다. 할아버지는 월급쟁이 부럽지 않게 집에 돈을 꼬박꼬박 갖다 줬다고 했지만, 돈으로는 충족되지 못하는 것도 세상에는 있는 법이다. 할머니는 할아버지의 의뢰인과 바람이 났는데,

할아버지가 잡은 불륜 증거로 이혼한 의뢰인은 곧바로 탐정의 아내와 황혼 재혼을 했다. 아빠 말로는, 제대하고 와 보니 엄마가 집에 없더라고. 그 의뢰인이 '로맨스 그레이'여서 더 행복하게 해 줄 남자에게 그녀를 보내줬노라고 할아버지는 쿨내 진동하게 말씀하셨지만…… 아빠 얘기는 달랐다. 할아버지는 지질하게도 '로맨스 그레이'를 미행하고 주변을 탐문하고, 그가 고자라는 헛소문도 퍼뜨리고 다녔다. 그래도 둘이 보란듯이 알콩달콩 잘 살자 낙심한 할아버지는 홧김에 비싼 양주 한 병을 질러서 밤마다 코 밑에 양주를 발라 양주 향을 느끼며 온더락으로 소주를 드시면서 결혼생활을 반추했다. 그래서 나온 결론은…… 마누라가 전업주부여서 일하는 가장의 비애를 이해하지 못하여 결혼생활에 불만을 가졌으니 아들아, 너는 일하는 여자를 만나서 맞벌이를 해라, 동종업계에 근무하면 더 좋다. …… 결론이 왜 그쪽으로 가?

아빠는 효자는 아니었지만, 어쩌다 보니 사건 현장에서 의뢰인의 배우자가 고용한 탐정과 자주 마주치다가 결혼까지 했다. 엄마가 나와 오빠 쌍둥이를 낳자 할아버지는 탐정은 일도 가정도 놓치면 안 된다며 내 이름을 '전일도', 오빠 이름을 '전가정'이라 지었다. 그 덕분에 오빠는 비혼인데도 "가정적인 남자, 불륜탐정 전가정."이라고 소개하며 사건을 수임하곤 했다. 쌍둥이 육아에 치여 업무 복귀를 못하고 있던 며느리가 전업주부가 될까 봐 불안해진 할아버지는 손주들의 육아를 책임지겠다고 하시며 탐정에서 전격 은퇴하셨다.

할아버지는 교육열이 대단하셔서 손주들에게 조기교육을 시키셨다. 술래잡기를 할 때도 그냥 뛰어노는 게 아니라, 길이 꺾이는 곳이나 가게가 많은 쪽을 향해 달리면서 술래를 미행해야 한다고 알려 주실 정도였다. 압권은 탐정에게는 '말발'이 중요하다며 밤마다 손주들 머리맡에서 해 주신 동화구연이었는데, 남들에게는 "왕자님과 공주님은 결혼해서 행복하게 살았답니다."가 마지막 문장이었지만 우리 할아버지에게는 그게 첫 문장이었다.

"……백설공주는 일곱 난쟁이와 동거를 했고, 일곱 난쟁이는 어디서 호구를 하나 물어오기로 하고 왕자를 불러들였는데, 왕자가 보기에 백설공주가 외동딸이라서 상속이 어마어마할 거 같거든요. 그래서 왕자님은 공주님과 결혼하고, 왕은 재산분할 안 하려고 마녀를 사냥꾼이랑 바람난 유책배우자로 몰아가서 이혼하고, 마녀는 사냥꾼과 재혼하고, 왕자님은 결혼식 다음 날, 시녀에게 눈이 돌아갔는데…… 왕자님과 공주님의 첫 아이는 난쟁이를 닮아 키가 작았고 시녀는 왕자님 닮은 아이를 낳아서……."

어린이에게 이런 얘기를 들려주다니, 아동학대 아닌가 싶긴 하지만 어쨌거나 할아버지는 다른 학원은 안 보내도 검도 학원이랑 태권도 학원은 매달 보내 주셨고 탐정 소설도 전집으로 사 주셨으니 애지중지 키워주신 게…… 맞겠지? 초등학생 때까지 할아버지 댁에서 살다시피 한 덕분에 할아버지랑은 친구처럼 지내고 있으니 할아버지도 이런 큰일이 터졌을 때 자식보다 손녀에게 먼저 연락을 주셨겠거니, 했다.

그래도 할아버지의 아파트에 들어서는 순간, 좁은 현관에 어지럽게 놓인 신발들을 봤을 때 사태가 심각함을 눈치채고 도로 나왔어야 했다.

대체 무슨……. 할아버지 댁에서 반상회라도 하는 건가?

"얘가 내가 말했던 아주 유능한 탐정이에요. 저번엔 사이비종교에 빠져서 집 나간 여자도 찾아내서 어르고 달래고 구슬리고 협박해서 가정으로 돌려보냈다니까요? 그리고, 얘 오빠가 공무원입니다."

아니, 할아버지, 내가 언제 협박했어? 그냥 대화를 한 거지. 그 언니 남편이 러브레터를 절절하게 썼던 게 결정적이었고. 그리고 육군 병장도 공무원인가……? 민간인은 아니긴 하다.

"아 저…… 일단 제가 얘기 좀 들어 볼게요."

얼른 할아버지의 팔을 끌고 방으로 들어가 문을 닫고 속삭였다.

"무슨 일이야? 사기당했다더니?"

"집주인이…… 잠적했어. 전세금 못 받을 처지가 된 사람들이 지금 우리 집 와서 대책회의 하는 거다."

"할아버지가 집주인인데 무슨 소리야. 이 집 전세 아니고 자가잖아? 이 집으로 주택연금 받으면 되니까 노후대비는 다 되었다고 엄마아빠한테 큰소리 쳤었잖아."

"……그게 ……목돈이 좀 필요해서, 최근에 팔고서 전세로 돌렸어. 그래도 부족해서 이 집 빼면서 전세금을 받아야 하는데……."

"옥장판? 흑마늘? 무슨 다단계라도 해?"

"더 늙기 전에, 그나마 힘 있을 때, 오늘이 남은 인생에서 가장 젊은 날이니까……."

서론이 길어지는 게 불길했다.

"……해외여행을 가려고 했지. 탐정 투어를 가려고. 제일 먼저 런던 베이커 가 221B에서 인증샷을 찍고, 오슬로에 가서 해리 홀레처럼……."

"할아버지, 무슨 일 있어? 왜 갑자기……."

"젊을 때부터 가려고 했는데 이래저래 바쁘고 귀찮고 해서 미루다가, 욜로라는 말을 듣고, 그래, 가자! 그래서 떠나려고 했는데……."

"욜로?"

"욜로가 젊은 애들이 내일이 없는 것처럼 사고 싶은 거 다 사고, 맛집 가서 사진 찍어서 SNS에 올리고, 휴가 때마다 해외여행 가는 거 아니냐?"

그게 아닌데…… 맞네.

"늙으면 젊은 애들 하는 거 다 하지 말아야 하냐? 독거 노인이면, 방구석에서 늙어 죽어야 하나?"

"아니, 할아버지, 나랑 오빠가 돈 벌어서 모시고 가면 되는데, 할아버지가 무리하게 집을 팔아서까지 이러시니까……."

"너랑 가정이가 언제 그만큼 돈을 버냐? 지금도 일감 없어서 독립도 못 하고 코알라족인가 캥거루족인가가 되어서 부모 집에 붙어사는구만. 그리고 모시긴 뭘 모셔? 내가 그 정도 늙은이는 아니다."

젊은 애들 하는 '팩트 폭행'까지 하실 필요는 없었는데.

"그래서 할아버지가 지금 나한테 사건 하나 주시는 거야? 돈 벌라고? 그냥 할아버지가 하시지? 이 기회에 은퇴 번복하고 멋지게 현업 복귀하면 어때? 늙은이도 아니라며."

"너 의사가 자기 얼굴 성형하는 거 봤냐? 내가 피해자인 사건은 냉철할 수가 없어."

"차마 전직 탐정이 사기 당했다고 할 수 없어서 그런 거 아니고?"

"……누가 물어보면 난 안 당했다고 해. 그리고 절대 니네 부모, 특히 엄마한테 말하면 안 된다. '아버님! 내가 못 살아!'로 시작해서 한 시간은 혼낸단 말이다."

"그래서 경찰이나 법원 통하지 않고 탐정으로 해결하려는 거예요? 사기 당한 거 안 들키려고?"

"그건 아니고, 자세한 건 나가서 의뢰인들한테 들어 봐."

할아버지가 방문을 확 여셨다. 드라마에서처럼 방문에 귀를 대고 엿듣던 의뢰인들이 뒤로 넘어졌다. 좁은 거실에 빡빡하게 모여 앉은 피해자들은 신혼부부 아니면 어린아이를 안고 온 젊은 부모들이었다. 어린애들은 지루해서 몸을 꼬거나, 심각한 분위기에 눌려서 슬금슬금 눈치를 보거나, 생각 없이 뛰어다니려다가 부모에게 혼나서 울고…….
하여튼 어수선했다.

"저는, 이 사건을 다 맡을 순 없고, 이중에 한두 건밖에는……."

"팀장님은 한 명만 잡으심 됩니다. 집주인 한 명이서 열 집 돈을 가지고 잠적했으니까."

팀장 아니고 탐정이라니까. 열 집씩이나 전세를 놓았다니, 집주인은 어둠 속의 거물인가. 날 보는 눈들에 불신이

가득했다. 의뢰인과의 첫 만남에선 기선제압을 해야 한다. 탐정들이 의뢰인과 만나자마자 추리를 시작하는 것도 다 의뢰인 기죽이려고 그러는 거다. 내 경우엔, 의뢰인과 카톡으로 약속을 잡고 의뢰인의 카톡 ID를 검색한다. 의뢰인과 만나서는 추론으로 알아낸 척 SNS에서 알아 낸 개인정보를 좀 읊어주곤 하는데, 오늘은 할아버지 때문에 아무런 사전정보 없이 달려왔으니……. 만만치 않아 보이게 스모키 메이크업이라도 하고 올 걸 그랬나.

"어쨌든, 변호사나 경찰 대신 절 찾으신 이유는요?

"법은 멀고 주먹은 가까우니까요. 재판에는 시간이 걸리고 승소해도 전세금 돌려주니 감옥에 좀 다녀오겠다고 하거나 집행유예로 풀려나서 일사부재리니까 배 째라고 하면 안 되니까……. 우리는 전세금 돌려받는 게 제일 중요하지, 다른 건 상관없어요."

"그럼 '떼인 돈 받아드립니다'에 연락해 보시는 게 낫지 않아요?"

"그랬다가 '떼인 돈'이 집주인은 안 잡고 역으로 이쪽에 돈을 더 내놓으라고 협박하면요? 그런 사람들 조폭이라던데……."

"그럼 제가 집주인을 잡아 왔다 치고, 그 다음엔 어쩔 건데요?

그 질문엔 대답이 없었다.

"다 같이 모여서 회의하고 있었던 거 아네요?"

발표와 토론이 익숙하지 않은 한국인들은 한 명씩 찍어서 물어봐야 답을 한다. 맨 앞에 앉은 아저씨부터 지목했다.

"불러다 놓고 협박을 하든지, 감금을 하든지, 신장을 떼든지 어떻게든 돈을……."

"그러니까 대책이 없단 거네요? 협박, 감금, 장기매매 다 형법으로 걸리는 거 아시죠? 그러려면 그냥 '떼인 돈 받아드립니다'에 연락하시죠? 약은 약사에게, 떼인 돈은 조폭에게!"

할아버지가 갑자기 끼어들어 선거유세 하듯 외치셨다.

"야반도주한 집주인은 실종탐정 전일도에게!"

"아니, 근데 몇 살이에요? 탐정이면, 흥신소 같은 건가요?"

"아직은 탐정은 불법이라기보단…… 무법이긴 하죠. 지금 여러분들도 법 바깥에서 사적으로 해결보려고 하고 있잖아요."

할아버지와 엄마아빠에게서 식당 주인이 손님 골라 받지 않듯이 탐정이 의뢰인 가려 받는 거 아니라고 배웠지만 이렇게 대놓고 불신하는 의뢰인과는 일하기 싫다. 할아버지 말대로 부모님 집에 얹혀사는 캥거루족이고 키워 주신 할아버지께 해외여행은커녕 용돈도 못 드리는데 이런 큰 건을 홧김에 걷어차다니 나도 참 답이 없다. 터덜터덜 아파트 단지 입구 쪽으로 걸어가는데 누가 뒤에서 내 옷을 잡아 당겼다.

"잡았다!"

여섯 살쯤 되어 보이는 남자애가 전속력으로 달려 와 술래 잡듯 날 붙잡고 헤헤 웃는다. 아까 할아버지 댁 거실에 있던 애다. 아이 엄마가 뒤따라 달려오고 네 살쯤 되어 보이는 여자애가 "같이 가아, 엄마아!" 하고 울면서 따라온다. 이게 뭔가 싶어 아이 엄마가 날 잡고 땡을 해 줄 때까지 얼음이 되어 있었다.

"탐정님, 제가요, 그 돈 없으면 죽어요. 아직 대출도 남아 있는데 전세금을 못 돌려받으면……."

최초 피해자였다. 전세 기간이 끝나가서 집주인에게 연락을 했는데 카톡의 1이 사라지지 않아서 불길한 마음에 통화를 시도했으나 연락두절. 집에 찾아가 봤더니 잠적했더라고.

엄마가 길바닥에서 훌쩍이니까 아까부터 울던 여자애는 더 크게 울고 방금 전까지 웃던 남자애도 울먹이기 시작한다. 어릴 적이 떠올랐다. 가끔 나랑 오빠는 할아버지 댁에 남겨두고 엄마아빠만 나가는 게 싫을 때가 있었다. 할아버지는 서운했겠지만 어린 애가 그런 것까지 헤아릴 리 없으니 나는 심술궂게도 보란 듯 악을 쓰며 울고 오빠는 내 눈치를 보다가 따라 울었다. 그럼 엄마아빠는 한숨을 쉬며 차 뒷좌석에 애들을 태우고 현장에 출동하고 증거를 찾아다니고 우리를 무릎에 앉힌 채 관련자들의 알리바이를 추궁하곤 했다. 어린애들을 데리고 종종거리는 피해자를 보니 엄마아빠 생각이 났다.

"얘기 좀 자세하게 할 수 있을까요? 아직 수임하겠단 건 아니고요."

가까운 카페로 가려고 했더니 문에 커다랗게 'NO KIDS ZONE'이라고 붙어 있다. 요새는 카페도 손님 골라 받나? 애들을 아파트 놀이터에 풀어 놓고 의뢰인과 땡볕 아래 놀이터 벤치에 앉아 얘기하기로 했다. 놀이터에는 애들이 바글바글했다.

주택 보증 보험

의뢰인의 이름은 정혜진. UX디자이너. 남편과 판남 시에 있는 IT회사에서 근무 중. 사내 커플. 6살 아들과 4살 딸이 있다.

"원래는 판남에 살았는데, 판남 시장이 기업하기 좋은 도시 만들어서 재정 적자 해결한답시고 시유지 싸게 팔아서 오피스 빌딩 지어 댔잖아요. 한국의 실리콘밸리 만들겠다고 IT회사들 유치하고. 판남에 회사가 계속 들어오니까 직원들도 따라 들어오고, 수요가 몰리니까 집값이 엄청 뛰었죠. 집값 올려주니까 판남시 집주인들은 좋아하고 시 재정도 흑자로 돌아서고 그 돈으로 시민들 복지혜택도 빵빵하게 주니까 시장은 인기가 엄청나죠. 그 덕분에 세입자들은 판남에서 밀려나서 이 동네까지 오는 거예요."

"그 덕분에 여기 집값이랑 전셋값도 뛰었잖아요. 여기 전세 구하실 때도 깡통주택 위험이 있다고 했을 텐데요?"

"보증 보험을 들려고 했는데 그때는 집주인 동의가 있어야만 보험 가입이 가능했어요. 근데 그년이 이리저리 핑계를 대면서 동의를 안 해 줘서 설마 별 일 있겠어 하면서 넘어갔죠. 그때부터 이렇게 잠적하려고 했나 봐요. 계획 범죄는 가중처벌이죠?"

이렇게 갑자기 법률적으로 훅 들어 올 거면 변호사를 찾아가셔야지 왜 탐정을 만나시나. 얼른 말을 돌렸다.

"집주인은, 계약하실 때 만나 보셨죠?"

"요 앞 그린부동산에서 봤는데, 일 터지고 나서 피해자들이 몰려갔더니 공인중개사도 잠적했어요. 계약할 땐 그렇게 좋은 물건이라고 큰소리 치더니……."

"공인중개사랑 집주인이랑 짜고 친 걸까요?"

"그럴 지도 모르죠. 집주인은 여기 살진 않아요. 부동산 투자 학원에서 이 단지를 매입하라고 찍어 줬대요. 여기가 오를 거라고, 유망하다고, 임대수요가 풍부하다고, 테크노밸리도 그렇고 인근 지역도 상승세라 호재라고. 그때는 전세가랑 매매가랑 차이가 별로 안 났으니까 자기 돈 얼마 안 넣고 갭투자를 할 수 있었죠. 그렇게 투자자 한 명당 열 채씩, 이 단지 매물을 싹쓸이 한 거예요."

지은 지 30년 되어 가는 이 아파트가 값이 오를 거라고? 지금 가격에서 반토막이 나도 될 것 같은데? 배관이 낡아서 온수 샤워 하려면 최소 5분은 녹물을 빼야 하고, 촌스러운 체리색 몰딩에, 엘리베이터는 급할 때를 귀신같이 알고 고장 나고, 윗집 애가 우다다다 뛰어다니는 소리가 다 들리고, 복도식이라서 여름에 창문을 열면 옆집에서 애 혼내는 소리가 그대로 들려서 왠지 내가 혼나는 듯 저절로 조신해지는 이 후진 아파트가? 집주인도 투자사기 당한 거 아냐?

"무슨 근거로 오른대요?"

"지들이 올리는 거죠. 짬짜미 같은 거예요. 아파트 단지 하나를 싹쓸이한 다음에 다 같이 호가를 올리면……. 그 집주인년, 저랑 동갑인데 얼마나 잘난 척을 해 대던지. 남 걱정해 주는 척하면서 지 자랑하는 인간 있잖아요."

잠적한 집주인은 30대 가정주부. 남편은 회사원. 초등학교 1학년인 딸 하나. 부동산 투자에 나선 건 올해부터.

"보자마자 지랑 나랑 언제 봤다고 입을 털더라고요. 애 둘에 맞벌이라면서 왜 재테크를 안 하고 있냐. 남편이 월급쟁이면 언제 잘릴지 불안한 유리 지갑 아니냐. 와이프가 재테크로 다이아몬드 지갑 하나 차 줘야 신랑도 미래가 불안하지 않아서 회사에서 업무에 집중해서 승진 빨리 할 수 있다, 엄마가 투자를 해야 애 학원비라도 버는 거 아니냐, 애가 나중에 음악이나 미술 같은 거에 소질 있는데 돈이 없어서 못 시키면 미안하지 않겠냐, 그리고 확실히 추가 수입이 있으니까 전보다는 삶에 여유가 생겨서 애한테 화를 안 내니 아이 정서도 안정되는 거 같더라. 자기 애는 혼자 둬도 조용히 책만 읽는다, 그러고 있는데 마침 우리 아들은 부산스레 뛰어다니고 있었으니……."

지금도 아들은 놀이터를 누비며 잘 놀고 있다.

"도장 찍으러 왔으면 도장만 찍고 가면 될 것이지 누굴 가르치려 드냐고요. 그렇게 걱정스러우면 전세나 깎아 주든가. 제가 그냥 듣고만 있으니까 뭐라는 줄 알아요? 돈 없어서 재테크 못 한다는 거 다 핑계래요. 대학생들도 2000만원 들고 시작하는 게 갭투자래요. 자기도 전셋집을 월세로 돌려서 투자밑천 마련해서 시작했대요."

"너무 무리한 투자 아니었을까요?"

"이번이 두 번째 투자랬어요. 처음에 오피스텔 하나 분양받아서 월세를 받았는데 그게 그렇게 짭짤하더래요. 통장에 첫 월세 찍힌 거 보고 울었대요. 인생에서 처음 맛본 성취라서. 그 맛을 못 잊겠더래요. 돈맛을 보니까 환장을 한거죠. 저더러 돈으로 돈을 벌어야 한다고, 월급은 마중물이라고 생각하래요. 근로소득으로는 물가상승을 따라잡을수 없다고, 자식에게 부담 안 주려면 퇴직 후에도 연금처럼 수익 낼 수 있는 부동산이 최고라고. 우리나라에서 부동산만큼 수익률 좋은 재테크가 어디 있냐고 하더라고요. 2억짜리 집을 1억 8000 전세 끼고 내 돈 2000으로 집을사서 2년이 지나면 집값 오른 만큼 전세를 올려 버리고, 그럼 세입자한테 전세금 돌려주고도 이익이 남는대요. 그렇게 전세를 돌리다가 집값이 오르면 팔아서 시세차익 남기고, 그렇게 번 돈으로 또 집을 사서 월세를 받고. 워낙 저금리시대니까 월세 수입이랑 은행 금리랑 비교가 안 되죠. 대출 금리 올라가면 세입자한테 월세 높게 받아서 대출금

갚으면 되니까 부담 없고. 집 100채, 월 1억 수입이 인생목표래요. 이런 인간들이 대한민국에 많으면 월세, 전세, 집값 다 올라서 헬조선 되는 거죠. 건물주 부모한테서 태어나지 않으면 평생 전월세 올려주다가 저축도 못 하고 결혼도 못 하고 애도 못 낳고……. 이런 문제 다 알면서도 고위공직자들이 다들 부동산 투자 하고 있으니까 정부에서 집값을 안 잡는 거예요. 아, 오빠가 공무원이랬죠……?"

"저희 오빠는 국방부라 상관없어요. 근데 집값이 계속 오르면 문제없지만 집값이 떨어지면 100채만큼 손해를 볼 텐데요?"

"살면서 집값 떨어지는 거 봤어요? 단기악재로 떨어져도 장기적으론 올라요. 요새 언론에서 집값이 회복이 안 된다고 하는 동네들 있죠? 2000년대 중반에 한창 부동산 버블일 때 가격이랑 비교하면서 집값이 안 오른다고 하는 거예요. 고점이 회복되지 않았다는데, 버블을 회복하려고 하면 어떻게 해요? 집값이 한 달에 3000만원씩 오를 땐 아무 말들이 없고 1년에 1000만 원 떨어지면 죽어난다고 앓는 소리 하니까 집값이 떨어지면 안 되는 줄 알아요."

하긴 부모님이 분양 받았던 아파트도 미분양이니, 마이너스 프리미엄이니, 할인분양을 하네 마네, 역전세난이니 말들이 많았는데 몇 년 지나니까 빈집도 다 팔리고, 집값도 올랐다. 부모님은 빡세게 탐정일 해서 번 돈보다 운 좋게 청약 당첨되어서 번 돈이 더 많다면서 '역시 헬조선'이라고 눈은 웃고 입으로만 분개하셨다.

"근데 이 아파트는 어쩌다 값이 떨어졌대요?"

"재건축 기대감에 집값이 올랐는데 그게 주민 반대로 엎어졌고."

초기에 입주해서 쭉 살고 있는 나이든 집주인들이 심하게 반대했다. 그때는 집주인이었던 할아버지는 "재건축 하는 동안 다른 집 구하고, 새 동네 적응하고, 다 귀찮다."라며 역정을 내셨다. 나도 내심 재건축을 반대했다. 할아버지의 집에서 어린 시절을 보낸 내게는 이 아파트가 고향이니까.

"이 동네가 워낙 난개발이잖아요. 손바닥만 한 공터만 있어도 일단 뭘 짓고 보는 동네잖아요. 근무는 판남에서 하고 집은 여기서 구하는 사람들이 몰려드니까 단독주택을 빌라로 재건축하고, 여기 주민들이 텃밭으로 쓰던 방치된 땅에 오피스텔 올리고, 다세대주택이나 오피스텔은 학교를 확보하지 않아도 허가가 나고, 놀이터도 없으니까 이 동네 애들 다니는 어린이집이랑 초등학교는 미어터지고, 놀이터는 늘 정원초과고, 삶의 질이 떨어지면, 월세나 전세는 매매보다 영향을 좀 빠르게 받는 편이에요. 결정타는 공공기관 이전이었죠."

변변한 회사 하나 없는 베드타운인 이 동네에 그나마 회사 같은 거라곤 모 공공기관 하나였는데, 그게 이번에 지방으로 이전했다. 비어 버린 공공기관 건물을 헐고 그 자리에 아파트단지를 짓는다고 했다. 신규 아파트의 분양가가 높으면 인근 아파트 집값도 오른다는 법칙도 있지만 이곳에선 '물량 앞에 장사 없다'는 격언이 더 강했다. 이미 새 오피스텔도 많은데, 대단지 아파트까지 들어온다고 하니 재개발도 안 되는 낡은 아파트는 투자처로서의 매력이 떨어졌다. 새 아파트 입주 초기 전세금은 좀 싸니까 그때 되면 이 낡은 아파트 전세금은 더 떨어질 게 뻔하고. 그래봤자 올랐던 거에 비하면 별로 떨어지지도 않았지만 상투 잡고 10채씩 갭투자한 집주인에게는 '곱하기 마이너스 10'의 타격이 컸다.

"집주인년…… 꼭 잡아 주시는 거죠?"

"잡으면 어떻게 그 돈 받아내시게요?"

"얼마 전에, 다른 세입자들이랑 모여 그년 딸이 다니는 초등학교 앞에 가서 애한테 엄마 어디 갔냐고 막 다그쳤는데, 애가 모른대요. 애도 안 챙기고 자기만 나가 버렸더라고요. 연락도 없고. 밥 챙겨 주는 사람도 없는지 떡볶이 사 주니까 애가 허겁지겁 먹더라고요. 세입자들이 찾아갔다는 거 애 아빠가 알고서는 그 후로 애를 학교에 안 보내고 있대요. 체험학습 간다고 하고서는. 아니 자식 교육 때문에 투자한다던 년이 그러면 안 되죠. 애가 무슨 잘못이에요. 종종 퇴근 후에 걔 만나서 저녁먹이고 있어요. 같은 애 엄마 입장에서 얘기해야죠. 이렇게 돈 안 돌려줘서 법정 왔다 갔다 하면 애한테 부끄럽지 않겠냐고. 근데 애 팽개치고 혼자 튄 년한테 말이 통할지는 모르겠어요."

혜진 씨의 얼굴에 묘한 우월감이 비쳤다. '나는 그래도 애 팽개치고 혼자 튀는 엄마는 아니다'라는.

"폭행 감금은 안 하시겠네요. 이 사건, 맡을게요."

"일시불 할인 되나요?

"그건 안 되고 적립은 되는데요. 열 번 의뢰하시면 한 번 공짜."

이 사건을 맡기로 한 건 '혜진 씨가 날 믿어줘서, 평화롭게 집주인에게 돈을 받아내고 문제를 일으키지 않을 것 같아서.'였다. 그리고 제일 중요한 이유는…… 할아버지가 피해자여서. 내가 사건을 수임하기로 했다니까 할아버지는 엄마아빠에게 알리지 말라고 또 신신당부를 하셨다.

"근데 할아버지, 갑자기 무슨 여행이야? 혹시 시한부 진단 받은 건 아니지?"

"시한부? 어 그거 좋은 생각이다!"

"단순한 탐정 투어 아니었어? 시한부가 좋은 생각이라니?"

"그게…… 나 자신에게 납득시킬 수 있는 핑계로 좋겠다고……. 이 나이면 삶이 얼마 안 남은 게 맞긴 하지……."

"아니, 할아버지, 이런 걸 저지르기 전에 나한테라도 상의를 했으면, 오빠 제대하고 나서, 셋이서 같이 탐정 투어 하면서 유튜브라도 하면, 할아버지가 외모는 좀 그렇지만 말발이 있으니까 셀러브리티가 될 수도 있고 그러면 탐정 집안 할아버지와 손주들의 첫 해외여행, 이러면서 인기가 높아지고 조회수 따라 광고비 벌어서 여행 비용 댈 수도 있는데……."

"너나 가정이가 같이 가면 안 돼."

"왜 굳이 혼자여야 하는데?"

"네가 탐정이냐? 뭘 그렇게 꼬치꼬치 캐물어?"

"나 탐정이잖아. 이거 뭔가 수상한 느낌이 나는데? 할아버지가 전 재산인 전세금을 날리고서도 생각보다 타격을 받지 않아 보이는 이유가 뭘까요?"

"……그 사람이 죽었다. 너 나랑 언제 한번 추모공원 다녀오자."

"누구? 설마……."

"가 보면 안다."

소싯적에는 윤아만큼 예뻤다던 할머니인가. 그렇대도 할아버지랑 이혼하고 '로맨스 그레이'와 재혼한 지가 언젠데. 그 로맨스 그레이…… 기니까 '로그'로 줄일까. 수학기호 같으니까 '그레이'? 그래도 어르신인데 '그레이 씨'로 하자. 어쩐지 '그레이의 50가지 그림자' 같은 게 떠오르고 깨어나 본능과 마주해야 할 것 같지만 그냥 이쪽으로 낙찰. 어쨌든 할아버지가 추모공원에 갔다가 그레이 씨랑 만나면 어떤 상황이 벌어질지…… 그래서 나랑 같이 가자고 하시는 건가. 손녀에게도 할머니의 존재를 알려줘야 하지 않겠냐고 변명할 수 있게. 탐정 투어가 아니라 할머니에게 늦었지만 마지막으로 뭔가 해 주려고 돈이 필요했던 걸까. 그래서 손주들도 뿌리치시고 아들과 며느리에게도 절대 알리지 말라고 하신 건가.

"할아버지…… 내가 탐정이니까, 내 도움이 필요하면 언제든 얘기해. 추모공원도 같이 가고."

"모든 계획은 내가 설계하고, 문제가 생겨도 내가 해결할 거니까, 일도 너는 내가 오라고 할 때만 오면 된다."

할아버지는 전세금 떼일 위기에 놓인 사람치고는 활기차고 어딘지 비장해 보이기까지 했다. 설마 치매……는 아니겠지?

갭투자

의뢰인과 찾아간 집주인네는 세입자인 혜진 씨 아파트보다 더 낡고 좁은 빌라였다. 집에 혼자 남아 놀고 있던 집주인의 여덟 살짜리 딸은 몇 번 본 사이인 혜진 씨에게 바로 문을 열어 주고, '아줌마 친구'라는 소개에 의심 없이 내가 내민 빵 봉지를 받아 들었다. 일단 여기 들어오는 데까진 성공이었다. 의뢰인이 아이에게 빵을 먹이며 주의를 돌리는 사이 컴퓨터를 살폈다. 자동로그인도 해제하지 않은 상태였다. 정말 급하게 도주하긴 했나 보다. 집주인의 개인정보와 ID, 비밀번호를 내 폰에 저장했다. 의뢰인은 저녁밥 할 시간이 되었다며 가 버리고 나는 아이와 놀아 주며 집주인의 남편이 퇴근할 때까지 기다렸다.

"우리 숨바꼭질 하자."

아이가 식탁 아래에 웅크렸다. 잠복근무의 기본도 모르나? 아, 맞다. 얘는 할아버지랑 '탐정놀이' 같은 건 하지 않았겠구나.

"방문 꼭 잠그고 이불 속에서 작게 노래 부르고 있어. 방문 밖에서 뭐라고 하는지 안 들리게. 그럼 술래가 너 못 찾을 거야."

퇴근한 아이 아빠가 나를 보고 어떤 반응을 보여야 할

지 혼란스러워 하는 틈에 "언니가 술래니까 네가 숨을래?" 했더니 아이가 얼른 방으로 들어가 문을 잠갔다.

"전일도라고 합니다. 아내분을 찾아 달라는 세입자들의 의뢰를 받은 탐정이죠."

아이 아빠는 아이가 들을까 걱정되는지 속삭이며 버럭 댔다.

"뭐? 탐정? 장난하나…… 너 뭐야! 아니, 누구든 상관없어. 당장 나가! 주거침입죄로 신고해 버리기 전에!"

"따님이 문 열어 줬으니까 주거침입은 아닌데요. 어린애를 이렇게 학교도 안 보내고 하루 종일 혼자 두시면 어떻게 해요. 방임도 학대인데. 손에 들고 오신 건…… 소주예요?"

"네가 뭘 알고 지적질이야. 너 같은 것들이 애 학교고 내 직장이고 찾아와서 난리 치더니 이제는 애 혼자 있는 집까지 들이닥쳐? 그래 놓고 애 걱정하는 척을 해? 숨겨놓은 돈 없어. 진짜로 아무것도 없어서 애 봐 줄 사람도 못 구하고 부모한테도 차마 말씀 못 드려서 애 할머니한테 오시라할 수도 없는데, 애 혼자 둔다고 나한테, 뭐? 그래, 애 챙겨야 할 아빠가 소주나 처마신다고? 내가 지금 술 없이 맨정신으로 버틸 수 있을 것 같아?"

"어떻게든 휴가를 내서 애를 돌보셔야지 회사로 출근해

서 피하시면 어떻게 해요. 전 그쪽이랑 친구 아니니까 반말 하지 마시고요. 그래도 '떼인 돈 받아드립니다'보다는 세입자나 탐정이 찾아오는 게 낫잖아요."

"이게 어디서 협박을……."

"세입자들이 조폭을 풀어서라도 아내분 찾아내서 전세금 돌려받겠다는 걸 말렸어요. 제가 못 찾아내면 다음엔 조폭이 올걸요?"

"세입자들보다 내가 더 그 여자 찾아내고 싶다, 진짜. 처가고 친구네 집이고 다 찾아봐도 없는데……."

방 안에서 아이의 노랫소리가 커진다. 저 나이 때 참을성으로 얼마나 버틸 수 있을까. 빨리 끝내려면 지금이 공감해 줄 타이밍이었다.

"그쵸, 사실 가족이 더 힘들죠. 갑자기 엄마가 사라진 아이 돌보면서 회사에서 일도 하려면 얼마나 힘들고 막막하시겠어요. 제가 꼭 찾아올게요. 다 해결하고, 가족끼리 주말에 놀러도 다니고 남들 사는 것처럼 사셔야죠."

"아니, 찾아서 이혼 서류에 도장 찍을 겁니다. 나는 이제 그 여자랑 아무 상관없어요."

아직 닫혀 있는 방문으로 저절로 시선이 갔다. 아이 아빠도 나와 같은 곳을 보다가 곧 눈에 힘을 줬다.

"난 다 책임졌어요. 그 여자 만나고 지금까지 진짜 열심

히 살았습니다. 근데 결국 전 재산 다 날리고 이혼하고 이
젠 하다하다 조폭이랑 면담하게 생겼네. 내가 뭘 그렇게 잘
못해서 이렇게 되었는지…… 여자 하나 잘못 만나서……."

"이혼하시면, 따님은요?"

"아이를 생각하면 가정은 지켜야 하는데…… 항상 '나
는 이렇게 살 사람이 아닌데.' 하는 여자랑 사는 게 어떤지
나 알아요?"

정혜진 씨의 집주인, 가윤이의 엄마인 이진영 씨는 대학
4학년 때 지금의 남편을 만났다. 1년쯤 연애를 하던 와중
에 임신을 했고, 결혼하고, 아이를 낳고, 전업주부가 되었
다. 연애시절, 수능 볼 때 실수해서 이 대학에 온 거지 원
래는 더 공부를 잘했다던 진영 씨는 남편이 피임을 안 하
는 바람에 취직하지 못 하고 집에 눌러앉았다고 불평했다.
아이만 안 생겼으면 대기업에 취직해서 잘 나갔을 사람인
데 전업주부가 되어 버렸다며. 진영 씨에게 인생은 불운에
의한 실패의 연속이었다. 아이 학원비에, 양가 용돈에, 영
양가 있는 집밥에…… 남편의 월급이 늘 빠듯했던 진영 씨
는 돈을 벌고 싶어 했다. 경력 없는 아이 엄마를 취직시켜
줄 번듯한 회사는 없고, 머리 말고 몸으로 하는 일은 싫
고, 푼돈벌이 가지고는 답이 안 나오고, 특별한 기술은 없
고……. 그런 진영 씨 마음을 잡아 끈 게 부동산 투자였다.

부동산만큼 짧은 시간에 큰돈을 벌 수 있는 일은 흔치 않으니까. 오피스텔 투자로 인생의 첫 성공을 맛본 진영 씨는 계속 투자를, 성공을 하고 싶어 했지만 그놈의 돈이 없었다. 그때 1억만 있어도 집 열 채를 살 수 있다고 진영 씨를 꼬드긴 게 갭투자였다.

"와이프가 투자한다고 설치기 전에는 우리도 20평대 아파트에 전세 살았단 말입니다. 근데 도박에 빠진 사람처럼 적금 깨고, 보험 해약하고, 그 집 전세 빼서 이 집 월세로 와서 차액으로 투자한다고……."

"아내분이 투자한다고 할 때 뭐하셨어요."

"처음에는 무리한 투자라고 반대했는데, 월세 수입 들어오고 제 용돈도 늘고, 애 학원도 하나 더 보내고, 그 다음부턴 신경 안 썼죠. 알아서 잘하는 줄 알았어요. 그랬더니 어느 날, 전세 뺐다고 이사해야 한다고 통보하더니 이 꼴이죠."

"그 큰돈이 왔다갔다 하는데 상의도 안 하시고…… 평소에 대화는 하고 사셨어요?"

방문을 열었다. 이불 속에서 잠들어 버린 아이 손에 내 명함을 쥐어 주고 나왔다. 명함 뒷면에 '배고프면 언니한테 전화해.'라고 적어 두었다.

* * *

진영 씨가 가입한 부동산 투자 카페에 접속했다. 운영자
는 갭투자로 한창 주가를 올리는, 아니 땅값을 올리는 부
동산 컨설팅 회사 사장이었다. 그 갭투자남(기니까 '갭남'으
로 하자.)의 강연 영상을 클릭했다. 강연은 '성공한 꼰대'의
정석대로 '나는 흙수저 출신'으로 시작했다. 평범한 월급쟁
이로 살다가, 가난한 자신과 결혼해 준 헌신적인 아내와 토
끼 같은 자식을 보고 '가족들 고생 안 시키려면 돈이 많아
야 한다'고 대오 각성한 갭남은 분연히 떨치고 나아가 주
말에 아이들과 놀아주지도 않고 땅을 보러 다녔는데⋯⋯.
투자 과정에서 '수업료'도 많이 내고 실패도 많이 겪었다
더니 실패담은 수박 씨 바르듯이 싹 빼먹었다. 어쨌든 그렇
게 돈과 시간을 쏟아 부으며 '노오력'해서 사직서를 부장
놈⋯⋯ 아니 부장님 책상에 던지고 나와서 부동산 컨설
팅 회사를 세워 사장이 되었고, 믿어 준 가족들과 노후 걱
정 없이 화목하게 사는 든든한 가장이 되었다는 대목에서
는 할리우드 가족 영화 보는 줄 알았다. 갭남은 낡은 원룸
건물을 매입해서 재계약 안 해 주고 세입자들 다 내보낸
후 재건축해서 월세를 기존보다 두 배로 올렸다고⋯⋯. 갭
남이 짭짤하게 대학가 월세 올리는 동안 불쌍한 대학생 세

입자들은 짠내 나게 밀려났구나. '셀프 부흥회'가 지겨워질 무렵 갭남이 감동 같은 걸 끼었으려 했다.

"제가 입에 단내 나게 발품 팔아 얻은 알짜 정보를 왜 회원님들과 공유하는지 아십니까? 제 아버지의 유언대로 나누고 베푸는 삶을 살고 싶어서입니다. 저도 아이들에게 늘 강조하는 게 혼자 잘 살지 말라는 겁니다. 제 꿈은, 임 대수익으로 장학재단 만들어서 가난하지만 꿈 많은 학생들 장학금 주는 겁니다. 그들이 이 대한민국의 미래가 되어서 이 나라가 발전해야 부동산도 오르고 회원님들도 돈 버시는 겁니다. 기부는, 투자입니다!"

그렇게 학생들 돕고 싶으신 분이 대학가 월세를 올리셨어요? 돈 못 갚은 채무자 장기 빼내서 가난한 환자한테 장기이식해 주고 감사 받으려는 장기 밀매업자 같은 소리하시네.

"부동산 대폭락? 회원님들, 그런 말 하는 전문가는 전문가 아닙니다. 부동산 거품 꺼졌다는 일본도 입지 좋은 데는 여전히 올라요. 오를 만큼 올랐다? 그 얘기 제가 이 일 한 이후로 계속 듣고 있어요. 좌파든 우파든 어떤 정부도 집값은 안 잡아요. 양도세, 재산세 거둬야죠 건설업계 불황 무섭죠. 이제 곧 선거 있는데 자기 지역구 집값 떨어진다는 유권자들 챙겨야죠. 집주인들은 토박이로 오래 살지만 세입자들은 일이 년마다 떠나니까 정치인들은 집주인 편입니다. 지금 시중에 유동자금이 갈 데가 없어요. 미국이 금리 올리면 우리도 올린다고요? 경기가 불황인데 금리 올려봤자 찔끔입니다. 정부가 대책 내놔 봤자 안 먹힙니다. 시장 이기는 정부 없어요. 여튼 회원님들, 부동산 폭락론 믿지 마세요. 그거 믿으시면 저 같은 사람들만 좋아요. 남들이 집 안 사고 버틸 때 사서, 집값 오르면 팔 거니까."

그런데 무리하게 투자한 사람은 오를 때까지 못 버틴다. 투자 카페 게시글과 댓글들을 읽어봐도 잠적한 이후 진영 씨의 행적은 찾을 수 없었다. 어차피 내가 찾아 나설 생각은 없었다. 진영 씨를 불러들일 계획이었다. 다른 세입자들 사정은 내가 알 바 아니고, 할아버지와 혜진 씨의 전세금만 받아내면 된다. 하지만, 진영 씨가 돌아와서 이혼당하고, 가윤이도 어디로 갈지 알 수 없다면…….

할아버지와 엄마아빠가 불륜탐정인 나는 가정이 지옥이 되는 걸 많이 봤다. 돈 받으면 불륜증거를 의뢰인에게 건네고 더 이상 신경 쓰지 않아야 이 일을 할 수 있다지만 배신당한 배우자의 폭력이 뻔히 예상되거나, 부모가 맞바람을 피우면서 둘 다 자녀 양육을 거부하거나 불륜남녀가 너무나 뜨겁게 사랑할 때는 환불해 주고 불륜 증거를 못 찾았다고 입을 닫는 게 낫지 않을까 싶기도 했다. 그럴 때 엄마는 "사람은 책임질 각오를 하고 일을 저질러야 해. 불륜도 마찬가지야."라고 단호하게 말하곤 했다.

"할아버지, 대체 바람은 왜 피우는 걸까? 그게 잘못이라는 것도 알고, 걸리면 쪽 팔리고 재산분할 당할 것도 알 만한 사람들이."

"자기는 바람을 피울 만한 자격이 있다고 생각하는 거지. 내가 이렇게 돈 있고 멋있는데, 마누라가 덤덤하니까, 저쪽에서 꼬셨으니까, 등등 핑계를 대면서. 그리고 나는 안 걸릴 거라고 믿는 거지."

무리한 투자를 하는 이유도 비슷할 거다. 설마 내가 투자한 집은 값이 내려가지 않겠지. 나는 탐욕스러운 금수저가 아니라 근면한 흙수저고, 내가 아니라 내 가족을 위해 투자하는 거고, 그러니까 부자 될 자격이 있고.

* * *

혜진 씨는 집주인에게 카톡과 문자를 남겼다. 다음 세입자 구했다고. 와서 도장만 찍어 주면 다음 세입자한테 전세금 받아서 자기 전세금 돌려줄 수 있을 거라고. 할아버지는 근처 공인중개사에게 부탁했다. 이진영 씨에게 카톡 좀 남겨 달라고. 판남 시장이 제2의 테크노밸리를 유치한

다는 소문이 돌아서 이 아파트 집값이 오를 조짐이 보인다
고. 나는 갭남의 카페에 가입해서 글을 남겼다. 이 아파트,
재건축 논의가 다시 나오려고 한다고. 진영 씨에게서 제일
먼저 연락을 받은 사람은 공인중개사였다. 진영 씨가 전화
로 실거래가를 물었다고 했다. 나타날 때가 되었다. 유기견
구조하듯이, 미끼를 발견한 진영 씨가 포획 틀에 들어올
때까지 기다리고 있는데…… 왔다! 연락이 왔어!

"언니…… 나 배고파……."

가윤이었다. 배고프냐, 나는 바쁘다. 읽던 책을 꼭 품고
있는 아이를 데리고 할아버지 댁에 들이닥쳤다. 할아버지
는 내가 어렸을 때처럼 굴소스를 넣은 볶음밥을 해 주셨
다. 옛날 먹던 맛 그대로였다.

"할아버지, 나 돌아올 때까지 얘랑 좀 놀아 주고 계세
요. 탐정놀이 같은 건 안 돼."

"넌 생각이 있냐. 요새 세상에 어린애를 오늘 처음 본 할
아버지랑 단둘이 두면 의심받아."

"엄마아빠도 지금 일 나가셨고, 의뢰인도 아직 퇴근 전
이라는데……."

"넌 이럴 때 부를 친구 없냐?"

"할아버지도 이럴 때 부를 여친 없잖아요. 가윤아? 아빠
지금 여기로 오시라고 해."

아이가 낯선 주소를 찍어 보내며 지금 바로 오라는데 안올 아빠가 있을까. 급하게 달려 온 가윤이 아빠의 황당한 얼굴을 뒤로 하고 잠복근무를 나섰다. 최대한 자연스럽게, 동네 주민인 척, 그린 공인중개사 앞을 어슬렁거렸다. 근처 카페에서 커피도 한 잔 하고, 벤치에서 스마트폰도 좀 봤는데도 진영 씨는 나타나질 않는다. 점심 때 나왔는데 저녁 시간이 다 되어 간다. 오늘은 구조…… 아니 포획 실패인가 싶을 때쯤 진영 씨가 나타났다. 더 이상 지체할 수 없어서 후다닥 튀어나갔다.

"가윤이 어머니시죠? 지금 가윤이가 저희 집에 있는데요."

"누구세요?"

"일밖에 모르는 또라이, 전일도 탐정인데요. 세입자 의뢰로 찾아 왔습니다. 가윤이는 저희 집에 잘 있으니까 같이 가시죠."

포획 틀 안에 새끼를 넣어두면 어미가 제 발로 들어와서 잡히더라. 진영 씨가 여기 올 걸 어떻게 알았냐면, '범인은 반드시 현장에 돌아온다.' ……는 아니고, 지금 진영 씨가 제일 관심 있고 최우선으로 처리할 게 부동산이니까 집보다 여길 먼저 올 것 같았다.

기껏 진영 씨를 데리고 할아버지 댁에 왔더니 가윤이는

방에 잠들어 있고 할아버지와 가윤이 아빠는 '소주 온더락'을 마시고 있었다. 이 싸구려 스킨 같은 냄새는 옆에 놓인 양주에서 나는 걸까.

"할아버지, 설마 저 양주 드신 건 아니죠?"

"분위기 내려고 코 밑에만 발랐다. 냄새만 맡으려고."

"저거 내가 태어나기도 전에 사신 거잖아요! 저거 바르면 피부 썩어!"

"양주는 오래 둘수록 숙성되는 거다. 맡아 봐라. 향이 깊고 진하잖냐."

"그건 밀폐된 오크통에 넣어 둘 때고! 양주도 뚜껑 따서 20년 넘게 두면 상하겠지! 좀 갖다 버리세요!"

"아직도 많이 남았구만. 이 비싼 걸 왜 버리냐."

"내가 새 거 사 드릴게! 발렌타인 정도는 사드릴 수 있어! ……미니어처로. 아 잠깐, 이거 '발렌타임'이잖아. 심지어 짝퉁이었어? 할아버지가 원효대사야? 왜 썩은 짝퉁 양주를 마시냐고!"

"난 안 마시고 바르기만 했다니까! 손님한테 조금 드린 거밖에 없다."

가윤이 아빠가 화장실로 달려갔다. 닫힌 문 너머에서 우렁찬 토악질 소리가 들렸다. 혹시 저 아저씨가 배탈이라도 나면 할아버지가 과실치상으로 잡혀 가는 건 아니겠지.

"저기요…… 늦었으니까 가윤이 깨워서 같이 저녁이라도 드실래요? 우리 할아버지가 요리 잘 하시거든요. 식재료들은 안전해요."

할아버지가 장조림을 데우고 빠르게 김치를 썰어 넣고 콩나물 김치국을 끓였다. 할아버지는 가윤이 아빠에게 냉장고에서 장아찌며 멸치 볶음 같은 밑반찬을 꺼내고, 수저 좀 놓으라고 시켰다. 할아버지와 나와 진영 씨, 가윤 아빠, 가윤이가 식탁에 둘러앉으니 그럭저럭 화목해 보였다. 퇴근하자마자 연락 받고 달려 온 혜진 씨도 같이 앉았다.

"남이 해 준 밥 먹으니까 좋네……."

진영 씨가 조그맣게 혼잣말을 했다. 혜진 씨가 "맛있네요."라고 말을 보탰다. 그러고서 다들 말이 없기에 내가 치고 들어갔다.

"이제 어떻게 하실 거예요?"

"집값이 오르기만 하면 다 해결돼요. 공인중개사도 그랬고 투자 카페에서도."

"그거 다 제가 퍼뜨린 유언비어인데요. 그래야 이렇게 만나 뵙죠."

진영 씨가 날 노려보았다. 보면 어쩔 건데? 나도 마주 보았다. 가윤 아빠가 우리 둘의 눈싸움 사이로 끼어들었다.

"가윤 엄마, 진영아, 일단 집에 가자. 열 채 중에 한두 채

팔면 현금 들어오니까 그걸로 급한 전세금부터 돌려주자."

"아냐. 조금만 더 버티면 집값이 올라. 지금 팔면 손해 본다고. 내가 다 계획이 있어."

"맨날 공인중개소, 부동산 투자 학원, 모델하우스, 은행만 돌아다니면서 애 학원 뺑뺑이 돌리고 그렇게 살지 말고, 일단 사태 수습하고, 주말에 애 데리고 여행도 다니고 가족끼리 대화도 하면서 살자고. 가윤이도 사춘기 되면 부모랑 같이 다니기 싫어하고 방문 닫고 들어갈 거야. 몇 년 안 남았어. 진영아, 우리 이렇게 살려고 연애하고 결혼하고 애 낳은 거 아니잖아. 서로 얼굴도 못 보고 살려고 돈 버는 거 아니잖아."

"왜 맨날 지금 당장만 보면서 대충 살아? 퇴직하면 노후 대책 있어? 마흔 넘어서 팀장 못 달면, 회사 몇 년이나 더 다닐 수 있어? 은퇴 후 노후 생활비가 몇백 만 원씩 들어간다는 기사 못 봤어? 당신 이렇게 과로하고 살다가 늙어서 병들면 병원비 있어? 늙어서 가윤이한테 손 내밀 거야? 지금은 초등학생이라 그나마 괜찮지만 중학생 고등학생 될수록 사교육비 더 들어갈 거야. 가윤이 대학 가면 학비 보태 줘야지. 학자금 대출에 치여서 허덕이면서 살게 할 거야? 평생 지금 동네 살 거야? 가윤이 시집갈 때 좋은 동네 살아야 비슷한 부류 만난다고. 가윤이 신혼집 한 채는 해 줘야 할 거 아냐. 가윤이도 우리처럼 내 집 마련 하느라 아등바등 살아야겠어? 우리가 지금 고생하면 가윤이는 나중에 여유 있게 살 수 있어."

"너는 맨날 미래만 보면서 불안에 찌들어 살잖아! 여덟 살짜리 애한테 그렇게 살아서 대학 어디 갈 거냐면서 달달 볶고 노후대비 해야 한다면서 외식이나 여행도 안 하려 하면서 사는 게 팍팍하다고 짜증내고, 내가 왜 이거밖에 못 버냐고 한숨이나 쉬고!"

"왜 맨날 내 탓이야! 당신이 가윤이 학교생활 신경 쓰고, 숙제 한 번 제대로 봐 줬어? 나 좀 쉬라고 나 대신 임장활동이라도 해 줬어? 나는 집 보러 다니고 밤늦게 들어와서도 빨래하고 청소하고 다 했어. 당신은 내가 짜증내지 않게 집안일 제대로 한 적 있어?"

"집안일은 가정주부 일이고, 나는 회사 다니잖아. 회사에서 맨날 야근시키는데 언제 그런 걸 해. 퇴근하고, 주말에는 쉬고 싶은 생각밖에 안 든다고. 독박육아가 힘들어 봤자 실적 스트레스가 있냐, 위에서 갈구는 상사가 있냐."

혜진 씨가 진영 씨와 협공을 시전했다. 이 의뢰인은 누구 편인 거야, 대체.

"우리 집은 맞벌이인데도 남편이 뭘 안 해요. 집안일 뭐 하나 하면 '나같이 잘 도와주는 남편 없다'고 하는데, 그때마다 입을 막고 싶더라니까요? 아니, 지가 손님이야? 자기 자식 아니야? 주말에 애 맡겨 놓으면 애들이 그렇게 뛰고 어지르는데 어떻게 그 와중에 낮잠이 오나 몰라. 애랑 놀아주든가 치우든가 하지 않고. 애를 보라고 하면 진짜 눈으로만 본다니까요."

진영 씨도 혜진 씨와 편을 먹었다.

"그러니까요. 그놈의 잘난 회사, 그놈의 '나는 힘들게 돈 벌어오잖아!' 그래서 나도 돈 좀 벌어보려고 한 건데⋯⋯."

"할아버지는 왜 갑자기 눈가가 촉촉한데? 남의 부부싸움에 감동 포인트가 어디 있어서⋯⋯."

"나는 부부싸움도 부럽다. 나도 좀 싸울걸⋯⋯. 피곤하고 귀찮고 기 빨린다고 싸우지도 않고 돌아눕기만 하다가 이혼당했지⋯⋯."

아무래도 그 썩은 양주가 해골물이었나 보다. 가윤 아빠가 할아버지 잔에 소주를 채웠다. 나는 다시 세입자와 집주인의 대화에 끼어들었다.

"부동산 투기로 돈 벌어서 뭐 하려고 하셨는데요?"

"불안하게 살지 않으려고, 미래를 걱정하지 않으려고요. 발 삐끗해도 나락으로 떨어지지 않고 살려고요. 남편도 '잘려도 된다'는 마음으로 당당하게 회사 다니고, 가윤이도 돈 없어서 못 하는 건 없게 해 주려고⋯⋯. 어렸을 때 그림 그리는 거 좋아해서 미대 가고 싶었는데 미술학원비 비싸다고 해서 그냥 문과 갔거든요. 세입자라는 사람이 와서 자기는 미대 나와서 무슨 디자이너라고 하는데, 기분이 더러워서…… 모르고 한 얘기였겠지만…….”

혜진 씨랑 진영 씨 각자 1승 1패인가.

“노후대책이고 자식교육이고 각자도생 해야 하는데 그게 월급 가지고는 부족하잖아요. 복지도 안 되어 있고. 뼈 빠지게 돈을 벌어서 내 자식한테 돈 걱정 안 하게 해 주고 싶은 게 부모마음이에요.”

“그런 좋은 부모들의 선의가 애들 사교육 경쟁 시키고 집값 올려서 헬조선을 만들고 있잖아요. 탈조선을 못 할 거면 더 뜨겁고 덜 뜨겁고의 차이지 어차피 다 불구덩이 속인데. 가윤아, 너 장래희망 뭐야?”

“건물주!”

가윤이 아빠가 가윤이 엄마에게 궁시렁댔다.

“여덟 살짜리가 좀 더 어린애다운 꿈이 있어야지. 넌 애가 저 나이에 저런 말 하는 게 안쓰럽지도 않냐.”

그러거나 말거나 나는 하던 얘기를 계속 했다.

“가윤이 아버님 노후 계획은요?”

“가윤이 어릴 때는 바빠서 가윤이 크는 거 못 봤으니까, 가윤이 결혼해서 아기 낳으면 손주 키워 주려고…….”

"가윤이 아기 키워 주는데 1억 원짜리 집 100채씩이나 필요해요?"

진영 씨가 대신 답했다.

"옛날에 자산 10억이면 부자라고 했는데, 지금 10억으로 서울에 아파트 한 채 사기도 어렵잖아요? 그게 그렇게 큰 돈 아니라니까요? 같은 회사 취직해도 부모가 집 사주고 시작하는 애랑 아닌 애랑 출발선이 다르다니까요?"

"그러니까 그렇게 집값을 올린 게 진영 씨처럼 투기하는 사람들이라고요. 큰 손이냐 작은 손이냐의 차이 뿐이지. 가출해서는 어디 가셨어요?"

"강원도 쪽에…… 바다 보러……."

혜진 씨가 중얼거렸다.

"아, 나도 남편이랑 애들 없이 혼자 여행 가고 싶다……."

뭔가 참는 듯하던 진영 씨 남편이 또 버럭댔다.

"버릇 못 버리고 강원도에 땅 보러 갔겠지! 내가 너랑 산 게 몇 년인데, 거짓말 하지 마."

나도 버럭대는 걸로는 어디 가서 지지 않는다.

"몇 년 같이 사신 분이 왜 그 전에는 어디 갔는지 모르셨어요! 첨부터 강원도 갔을 거 같다고 했으면 바로 강원도로 갔을 텐데!"

"같이 산다고 다 아는 거 아니잖아요!"

"잠깐 세입자 피해서 간 김에…… 강원도가 '포스트 제주'래서……. 길도 뚫리고…… 세컨드 하우스로 뜬다고 해서 보러 갔다가……. 간 김에…… 바다도 보고……. 강릉에서 오랜만에 여유롭게 커피도 마시긴 했지. 바다 보니까 좋더라.."

"……바다 좋지. 여름 다 지나가기 전에 가윤이 데리고 바다 가자."

"그럼 전세금은 해결하시고 바다 가시는 거죠?"

"가윤 엄마, 다른 세입자들은 조폭 부른다고 했다니까요? 재판 걸면, 또 가윤이 집에 혼자 두고 재판 받으러 다니고, 구속까지 각오하고 있는 거예요?"

나와 혜진 씨와 할아버지와 가윤 아빠가 간절하게 쳐다봤다. 진영 씨가 내일 세입자들 앞에서 다 설명하겠다며 가윤이 손을 잡고 월셋집으로 돌아갔다. 손님들이 모두 돌아가고 조용해진 집에서 설거지를 하며 할아버지가 "망했다, 망했어."라고 혼잣말을 하셨다.

"가윤이 애비가 이혼을 생각한다기에, 내가 이혼남 선배로서 충고를 해 줬다. 이혼하고서 제일 후회스러울 때가, 손주들이 귀엽고 이쁘게 크는데 이 좋은 걸 같이 좋아해 줄 마누라가 없을 때라고. 나처럼 이혼당하지 않으려면 피곤해도 와이프랑 대화 많이 하고 애한테 밥 정도는 챙겨 줄 줄 알아야 한다고. 그런데 그 타이밍에 네가 들어와서 썩은 양주 어쩌고 하면서 버릇없이……."

"맨날 귀엽고 예쁘기만 할 거면 강아지를 키우지 왜 사람을 키워. 사람은 원래 크면 같이 싸우기도 하고 그러는 거야."

"이래서 머리 검은 짐승은 키우면 안 된다는 말이 있는 거다. 언제 이렇게 커서 따박따박 말대답도 하고……."

"나, 금발로 염색할까?"

욜로

"……오늘 발표된 주택시장 안정화 방안은 더 이상 투기와 주택시장 불법 행위를 좌시하지 않고 실수요자 중심으로 정책을 추진하겠다는 정부의 강력한 메시지입니다……. 유주택자와 무주택자가 갈등 없이 공존하며 다주택자는 사회적 책임을 다하는 사람 중심의 공정한 주택 시장을 만들어 나가겠습니다……."

국토부 장관이 발표하는 부동산 규제 정책을 들으며 할아버지와 나는 추모공원으로 향했다. 진영 씨는 규제 정책이 발표나기 직전에 오피스텔을 팔아 혜진 씨와 할아버지의 전세금을 돌려주고 다른 세입자들을 설득했다.

"제가 파산하고 이 집 다 경매로 돌리면 여러분도 번거로우니까, 아예 전세금에 일이 천 더 해서 매입을 해 버리시는 게 훨씬 이득이에요. 이사비용하고 복비 따지면 1000만 원 더 들여서 지금 사시는 집 매입해서 쭉 거주하는 거랑 차이도 없어요. 정부 부동산 대책 예상보다 약한 거 보셨죠? 이 정도 대책으론 집값 못 잡아요. 당장 판남에 테크노밸리 안 들어오고 이 아파트가 재건축이 안 되더라도, 강남이 오르면 강남 근처인 판남이 오르고 판남이 오르면 여기처럼 상대적으로 저평가된 인근지역이 '갭 메우기', '키 맞추기' 하느라고 올라요. 이 지역 자체는 호재가 없어서 집값 안 오른다고 하는데, 인근이 오르는 게 호재라고요. 여기 입주민들 의식이 깨어나야 돼요. 재건축 안 되니까 집값 안 오른다 하지 말고, 단결해서 재건축 추진해서 이 아파트 단지 호가 올리고, 한 건이라도 거래되면 그게 실거래가가 된다니까요."

어디서 들어본 말투다 싶었는데, '갭남'의 말투였다. 진영 씨는 여러 채 갭투자보다는 '똘똘한 한 채'가 뜰 거라며 갭투자한 집들을 팔고 그 돈으로 당장 재건축해도 이상하지 않을 서울의 낡은 아파트를 사서 이사하고, 가족과 함께 강원도로 바다를 보러 갔다. 진영 씨는 이제 당분간은 지금 사는 서울 아파트에 실거주하면서 월세 수익용으로 몇 채만 더 사고 '갭남' 예언대로 집값 폭등을 기다려 보겠다는데, 평생 부동산 투자를 놓지 못할 것 같다. 할아버지가 가윤 아빠에게 이것저것 레시피를 적어 줬으니 가윤이가 아빠 하고라도 추억을 쌓기를 바랄 수밖에. 할아버지는 상자 하나와 남은 발렌타인 17년산을 들고 납골당으로 향했다.

"우리 마누라, 내가 외롭게 했는데, 자네가 외롭지 않게 해 줘서 고맙네. 이제 자네를 놓아 주겠네."

할아버지는 썩은 양주인지 해골물인지 모를 발렌타인 17년산을 잘생긴 꽃할배의 영정 앞에 놓았다. ……돌아가신 분이 할머니가 아니라 그레이 씨였어? 할아버지가 상자 뚜껑을 열었다. 상자 속에는 그레이 씨를 도촬한 사진이 한 가득이었다. 스토킹 한 건에 범칙금 얼마였더라? 그런데 그레이 씨는 이렇게 파파라치 컷으로 찍어도 멋있긴 하네.

"열 번 찍어 베스트샷 못 건질 나무는 없다더니 다 잘 나왔네…… 20년 전엔 스토킹인지 스타킹인지 그런 개념이 없을 때라 이렇게 찍을 수 있었지. 손주들 태어 나고선 손주들 찍느라 더는 이 사람을 못 찍었지."

"할머니 사진은 안 찍었어?"

"난 동의 없는 촬영은 안 한다."

"그럼 이 사진은 다 뭔데?"

"그건 탐정으로서의 마지막 추적과 미행이지. 모리어티 가 죽으면, 셜록도 필요 없어지는 거다. 도일 경은 라이헨바 흐에서 셜록을 살리지 말았어야 했어."

그레이 씨는 자기를 모리어티라고 생각한 적이 없었을 것 같은데. 셜록 혼자 쫓아다니면 탐정이 아니라 스토커다.

"내가 계속 지켜보니까 자네가 그 사람한테 잘해 준 거 같더라고. 그 사람은 행복해질 자격이 있는 사람이었 지…… 나보다 잘생기고 돈 많고 자상한 사람 만나서……. 근데 자네는 손주 없지? 딸들은 다 지 엄마 따라가서 자네 랑 거의 연 끊고 살다시피 했다면서? 난 손녀도 있고 손주 도 있다? 나랑 똑 닮아서 둘 다 탐정인데. 얘가 내 손녀인 데, 자네는 이런 손녀 없지? 부럽지? 그런 말 아나? 이기는 놈이 오래 사는 게 아니라 오래 사는 놈이 이기는 거라고."

이러려고 나랑 같이 오자고 하셨나. '느 집엔 감자 없지?' 도 아니고 유치하게…… 하면서도 '탐정이라지만 반백수' 나 다름없는 손녀를 죽은 연적에게 자랑하는 할아버지 때 문에 눈물이 나올 것 같아서 뒤로 돌았는데…… 인생은 타이밍이다.

"당신이 왜 여기에……?"

눈앞에 이 고우신 할머니가 내 친할머니신가 보다. 아까 할아버지의 첫 멘트는 멋있었는데 왜 하필 지금서야 오신 걸까. 할머니는 할아버지가 가져 온 모리어티…… 아니 그레이 씨의 사진을 하나하나 보면서 눈물을 글썽였다. 할아버지는 괜히 할머니에게 따지듯 물으셨다.

"원래 이 시간에 안 오잖아? 오늘은 왜 이렇게 늦게 왔어?"

"내가 언제 여기 오는지까지 다 감시한 거야? 오늘은 오는 길에 차가 막혀서 늦게 도착했더니…… 이 짓은 언제부터 한 거야?"

이게 할아버지가 그렇게 부러워하시던 부부싸움인가. 어쨌거나 손녀로서 부부싸움은 말리고 봐야 했다.

"안녕하세요, 제 이름은 전일도, 할머니의 손녀고…… 탐정이죠."

* * *

"……그렇게 되어서, 언니, 할아버지가 떠나시기 전에 할머니한테 집에 놀러 오라고, 식사 대접을 하겠다고 하셨는데, 할아버지 댁으로 출장 요리 와 줄 수 있어? 우리 할아버지는 한식밖에 못 하시는데 두 번째 프러포즈 자리에 김

100

치찌개는 좀⋯⋯."

스테파니 언니는 팬에 버터를 녹이고 마늘을 볶고 맛술을 넣고 물을 넣어 희석한 된장을 부어 소스를 만들고 버섯과 파스타면을 볶고 파슬리와 후추를 뿌리고 피클 대신 아삭한 물김치를 냈다. 그동안 나는 주방보조가 되어 마늘을 편 썰고 버섯을 찢고 접시를 세팅했다. 된장은 짭짤하고 버터는 부드럽고 맛술은 달아서 '단짠단짠'이었다. 식탁 위에는 페트병에 리본을 둘러 급조한 꽃병에 장미까지 꽂아 두었다. 내 졸업식 때도 입은 적 없던 양복을 입은 할아버지가 식탁에 앉았고 세련되게 화장을 한 할머니가 마주 앉았다. 나와 스테파니 언니는 방 안에서 훔쳐보았⋯⋯ 아니, 잠복근무를 했다.

"시한부라고 거짓말하려고 했는데, 그냥 말할게. 난 다음 주면 떠나. 더 늙기 전에 탐정 소설에 나오는 데를 다 가보려고. '그 사람'이 그렇게 갑자기 세상 떠나는 거 보고 결심했어. 이 나이엔 언제 죽을지 모르니까 더 이상 하고 싶은 걸 미루고 살지 않기로. 현재에 충실하기로. 그걸 당신이랑 살 때 알았으면 좋았을 텐데. 그럼 그때 당신만 힘드냐고 하지 않고, 당신도 힘들었겠다고 했을 텐데, 은퇴 후에 여행 가자고 하지 않고 당장 저녁 때 손잡고 공원이라도 산책했을 텐데, 내가 다 가족 위해서 돈 버느라 힘든데 바가지 긁지 좀 말라고 하지 않고, 내가 밖에서 일하는 동안 집안이 잘 돌아가게 보살펴 줘서 고맙다고 할걸, 내가 바람핀다는 건 다 오해라고, 의부증이냐고 하지 않고 내가 맡은 사건들을 다 얘기해 줄걸. 남들도 다 이렇게 산다고 하지 않고, 어떻게 살고 싶냐고 물어볼걸. 당신이 어땠을지를 손주들 기르면서야 알았어. 요새 젊은 애들이 욜로, 라고 인생은 한 번 뿐이라고 그런다며, 미루지 말고 그때그때 다 속마음을 표현할 걸 그랬지. 난 그걸 너무 늦게 알았어. 그 시간은 다시 돌아오지 않는데. 그때 그랬으면 당신이 날 떠나지 않았을 텐데. 이제라도, 두 번째 신혼여행이라고 생각하고, 같이 가 주면……."

"그 사람 간 지가 얼마 안 되어서, 내 마음이…… 아직 아니야. 그런데 나도, 우리가 같이 살았을 적에 그걸 다 알았으면 좋았을걸……."

"그럼 나한테 사진 한 장만 줄 수 있을까."

할아버지는 모리어티…… 그레이 씨를 도촬했던 고성능 카메라로 할머니의 사진을 찍었다.

"꼭 영정사진 찍는 것 같네."

할머니가 웃으셨다.

"그리고 혹시 나 보고 싶으면 이거 봐."

할아버지가 주섬주섬 할머니에게 쪽지를 쥐여 주셨다.

러브레터인가! 싶었는데…… 우리 할아버지가 그러실 리 없다.

"이게 내 인스타그램 계정이고, 여기서 내가 유튜브도 할 건데…… 팔로우도 하고 댓글도 달고 구독도 하라고. 늙을수록 젊은 애들 하는 거 다 하면서 젊게 살아야 치매도 안 걸린다니까. 나는 손주들이 이런 것도 다 알려줬다고."

"요새 세상이 좋아졌네. 국내에 없어도 이런 데서 계속 볼 수 있고."

할아버지는 할머니에게 그동안 도촬한 그레이 씨의 사진과 미행하며 찍은 블랙박스 영상, 음성파일까지 남김없이 다 주었다. 할아버지와 할머니는 마지막으로 포옹을 하고, 쿨하게 헤어지셨다. 할머니가 나가면서 그러셨다.

"된장 파스타, 맛있더라. 나랑 헤어지고 나서 당신, 양식도 먹을 줄 알고, 세련되어졌네."

"내가 한 건 아니고, 특별히 이탈리아에서 유학한 셰프를 모셔 왔지."

"그 셰프, 레스토랑이 어디래? 당신 여행 갔다 와서 거기서 다시 만나서 식사 한번 하자."

방 안에서 스테파니 언니가 할아버지에게 받은 5만원 지폐를 쓰다듬었다.

"내 요리로 처음 번 돈이라, 이거 못 쓸 거 같아."

진영 씨의 첫 수입도 그렇게 감격스러웠을 거다. 전세금을 돌려받고 나서 "부동산으로 큰 돈 버는 거 보니까 출근하기 싫어지네요. 맨날 야근해서 월급 받아봤자 집주인 좋은 일만 시켜 준 건데. 나도 회사 때려 치고 집이나 보러 다닐까." 했던 혜진 씨도 첫 월급 받았을 땐 뿌듯했을 거다.

거실로 나와 할아버지의 집, 내가 어릴 때 자랐던 집을 둘러보았다. 짐을 다 정리해서 거의 텅 비어 있었다. 내 고향집이여, 안녕. 창밖으로 빽빽하게 들어선 아파트와 오피스텔과 빌라들이 보였다. 언젠가 나의 집을 이 헬조선 어딘가에서 구할 수 있기를. 의뢰인이 찾아 와서 놀라고 두려웠던 마음을 달래고 갈 수 있는 집. 내가 사건을 해결하고 돌아와 편히 누워 쉴, 비싸지도, 값이 오르지도 않을 집. 헬로, 탐정 전일도의 오피스 겸 집으로 어서 오세요, 라고 할 수 있는 집을.

아이들은
잘하지 않아도
랜찮아

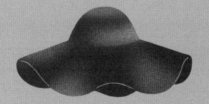

탐정으로서, 만나지 말았으면 하는 의뢰인 1위는 미켈란젤로도 아닌데 온갖 정성을 들여 수임료를 깎으려는 인간이다. 싸고 좋은 건 없다. 만약 있다면 그건 인권을 갈아 넣은 거다. 내가 고졸에 20대에 여자 탐정이라는 이유로 수임료를 후려치려고 하는 의뢰인들이 있는데, 나는 받은 만큼 일한다. 한 장에 단서 하나. 칭찬은 고래를 춤추게 하고 돈은 탐정을 일하게 한다. 자꾸 수임료를 아까워하면 나도 셜록 말고 샤일록이 될 수밖에 없다.

2위는 탐정을 기만하거나 탐정에게 사기 치려는 의뢰인이다. 거짓말을 하거나 불리한 건 생선 가시 발라내듯 싹 빼고 말해서 날 개고생 시킬수록 수임료는 올라간다.

3위는 탐정이 조문객도 아닌데 붙잡고 우는 의뢰인이다.

죽은 사람은 못 살려 내지만 실종된 사람은 찾으면 되는데, 올 시간이 있으면 골든타임 날리지 말고 견적 내고 계약서 쓰고 사건을 해결 해야지. 이성과 체력으로 일해야 하는 탐정이 감정노동까지 해야겠냐고. 계약에 포함되지 않은 서비스 요구는 갑질이다.

그리고 이번 의뢰인은 1위부터 3위까지를 한 번에 혼자 다 하고 있다. 이런 분들을 뭐라고 하더라. MVP? VIP? JYP?

* * *

"가윤이가, 없어졌는데, 어흑, 탐정님은 걱정도 안 돼요? 애 키워 본 적이 없어서, 모르죠?"

"아까부터 말씀드리잖아요. 납치, 유괴, 실종 아니고 단순 가출 같다니까요?"

"여덟 살짜리가 무슨 가출을 해요!"

"여덟 살이면 가출했다가 혼자 집 찾아올 수 있는 나이 아니에요?"

"오늘 생일인데, 왜 가출을 하냐고요!"

"오늘 생일인데, 경시대회는 왜 내보내셨어요? 생일 이벤트였어요? 저라도 가출하고 싶겠네요."

"지금 말장난 할 때예요?"

"그러니까 빨리 계약서에 서명하시고 정식으로 의뢰를 하시라고요."

"내가, 이럴 시간에, 경찰에 신고를 해야……."

"그러시든지요. 애 키워 본 적 있는 경찰 만나셨음 좋겠네요. 그런데 이건 가윤이가 쓴 건가요?"

자연스럽게 왼쪽 소매 속에 감춰 뒀던 쪽지를 바닥에 흘리고 주워들었다.

"엄마한테 편지를 남겼다는데요? 자기가 제일 좋아하는 장소에?"

"가윤이가 맨날 책 읽는 의자가 있어요."

거기서 편지가 나올 리 없다.

"단서를 찾아야 가윤이 방에서 나갈 수 있는 방 탈출 게임 같은데요?"

가윤의 책상 아래로 들어가서 오른쪽 소매에 숨겨 왔던 가윤의 편지를 떨어뜨리고, 방금 찾아낸 척 했다.

"탐정이 이렇게 금방 찾아내는 걸 엄마가 못 찾으면 어떻게 해요? 편지 좀 볼까요? '엄마, 저 가출할게요. 학원 안 가고 새처럼 자유롭게 살고 싶어요. 죄송합니다. 다녀와서 말 잘 듣는 착한 딸이 될게요.' 와, 맞춤법 하나도 안 틀렸네요. 이거 가윤이 글씨 맞죠? 글씨도 또박또박 잘 썼네요."

"가윤이가 독서를 많이 해서, 글을 잘 써요. 어흐흑. 이렇게 똑똑한 애가 가출할 이유가 대체 뭐가 있어요!"

"가출에는 다 이유가 있어요. 이진영 씨도 갭투자 망해서 세입자한테 줄 돈 없으니까 무작정 가출했잖아요. 그때 세입자들이 가윤이 학교로 찾아가고 그랬는데."

"그게 언제 적 일인데 또 얘기해요!"

"1년도 안 지났는데요. 그게 아니면…… 혹시 아동학대라든가……."

"가윤이한테 '등짝 스매싱'도 한 번 안 했어요!"

"어머님께서 가출하셨을 때 가윤이 아버님이 며칠 동안 학교도 안 보내고 밥도 제대로 안 챙겨주고 방임한 것도 학대인데요."

"그런 게 학대면, 우리 세대는 다 아동 학대 피해자예요! 우리 때는 리코더로도 맞고 플라스틱 자로도 맞고 그때그때 엄마아빠 손에 잡히는 걸로 맞았어요! 엉덩이도 맞고 종아리도 맞고. 추운 날 팬티만 입고 문 밖에 서 있고. 그래도 '엄마가 나 사랑하니까, 마음 아파도 나 잘 되라고 때리는 거야.' 하면서 고맙게 맞고 잘 자랐어요. 부모님 맞벌이 하느라 맨날 나 혼자 빈집에 있던 것도 다 학대였어요? 엄마아빠 보고 싶어서 밤늦게까지 안 자고 기다렸는데, 엄마아빠가 오자마자 청소 제대로 안 되어 있다고 때려도, 난 다 이해했어요. 밖에서 힘든 일이 있었는데 나밖에 화풀이 할 데가 없으니까 내가 받아주자고. 내가 더 잘해야겠다고. 난 가윤이한테 안 그랬어요. 절대 안 때렸어요. 말로만 훈육했어요. 그런데 애는 뭐가 맘에 안 들어서 가출을 해요?"

"가윤이는 열 살도 안 된 '어린이'잖아요. 어린이는 당연히 때리면 안 되죠. 진영 씨 부모님은 왜 어린애한테 화풀이를 했대요? 그건 성숙한 어른이 아니죠. 어린이가 부모님 기다리면서 얼마나 외로웠을까 하고 안아 주진 못할망정. 진영 씨는 진영 씨 부모님보다는 더 좋은 양육자예요. 진영 씨가 학대의 대물림 안 하려고 노력 많이 하신 건 정말 대단한 거예요. 참 잘했어요. 그런데, 굶기거나 때리거나 방치하는 거 말고 정서적 학대는, 진짜로 안 했어요?"

내가 상담자도 아닌데 이진영 씨 마음 속 어린 진영이까지 위로해 줘야 하나.

"나는, 어흐흐흑, 진짜로 좋은 엄마 되려고……. 내 부모한테 못 받은 거 다 해 주려고…… 진짜 열심히 살았는데……. 되는 거 하나도 없고……. 어떻게 얘가 나한테 이럴 수 있어요……."

"내가 원하는 거 말고 애가 원하는 걸 해 줘야죠. 진짜로 가윤이한테 뭐 잘못하신 거 없어요?"

"미안한 건 있어도 잘못한 건 없어요!"

세 번을 물어봤는데 세 번을 부인했다. 베드로 전법 말고 스무고개 전법으로 갈 걸 그랬나.

"찾고는 싶으신 거죠? 그럼 여기 계약서 읽고 서명하세요. 누구든 무엇이든 찾아드리는 실종 탐정 전일도가 찾아드립니다. 월요일에 등교할 수 있게 해 드릴게요. 의무교육은 중요하니까요."

"오늘이 토요일인데, 주말 사이에 애가 잘못되면 어쩌려고요!"

"더 빨리 찾고 싶으시다면 추가로 돈을 더 내시면 됩니다."

"경찰은 공짜인데 무자격 탐정이 왜 이렇게 많이 받아요?"

"경찰은 못 찾을 텐데요. 아까 엄마도 모르는 '가윤이가 제일 좋아하는 장소'를 제가 바로 찾아내는 거 보셨죠? 제가 애 키워 본 적 없어서 어린이 심리는 모르지만, 실종자 심리는 압니다."

"어떻게 알아냈어요?"

"영업기밀인데요."

"가윤이, 유괴된 건 아니죠? 확신하죠?"

"뭐 찔리는 거 있으세요?"

"아니…… 아무것도 없어요, 그런 거."

내가 심리학은 몰라도 심리전은 잘 한다. 가윤이가 준 펜을 꺼냈다. 뽀로로가 달린 볼펜이었다.

"이걸로 서명하시죠. 가윤이한테 그러셨다면서요. 뽀로로 졸업한 지가 언젠데 아직까지도 노는 게 제일 좋으면 어떻게 하냐고. 초등'학생'도 학생이니까 공부를 해야 한다고요."

* * *

가윤이는 내 친구다. 가윤이의 엄마이자 현재 내 의뢰인인 이진영 씨가 세입자 돈 떼먹으려고 가출했을 때 가윤이에게 배고프면 연락하라고 했는데, 엄마가 돌아온 후에도 시도 때도 없이 나한테 전화하고 문자를 보냈다. 아직 초등학생이라 문자와 통화만 되는 저렴한 폰인 게 그나마 다행이었다. 스마트폰이었으면 세상에 있는 모든 메신저와 SNS로 연락했을 애였다. 어린이만 아니었으면 집착이고 스토킹이었다. 나도 가윤이한테 고양이 사진과 영상을 100개쯤 보내 버렸다. 한 시간쯤 조용하더니 눈치가 없는 건지 계속 연락하기에 강아지짤, 펭귄짤, 햄스터짤, 판다짤에 돌고래 짤까지 구해서 보냈는데도 내 폰을 가만 두질 않았다.

'언니 뭐해?', '나 지금 책 읽어.', '아까 저녁 먹었어.', '내일 학교에서 짝꿍 바꿀 거야.', '내일 준비물이 색종이야.', '오늘 발표 세 번 했어.', '나는 빨강이 좋은데 언니는 파랑 좋아해?', '나는 수박을 제일 좋아하는데 언니는 사과 좋아해?', '언니는 무슨 동물 제일 좋아해? 나는 강아지 키우고 싶은데.', '우리 가족은 엄마, 아빠, 나 세 명인데 언니는 왜 네 명이야?', '언니, 내가 수수께끼 낼게. 맞춰 봐. 세상에서 제일 빠른 닭은? 후다닥! 재밌지!', '일기 쓸 거 없어.', '학원 가기 싫어. 가도 능률이 안 올라.' ……어린이한테 "으아아 제발 그만 좀 해! 닥쳐!"라고 할 수는 없어서 날을 잡아 가윤이 엄마인 척 학원에 연락해 주고 가윤이와 학원 대신 피자를 먹으러 갔다. 하루에 세 번까지만 연락하라고 단단히 말해 두고 사인 받아야지. 잠시 떨어져서 서로 생각하는 시간을 가지면 더 좋고.

"언니, 그거 알아? 파인애플 피자는 그리스 사람이 캐나다 이민 가서 처음 만들었대. 책에서 읽었어. 나는 파인애플은 좋아하고, 파인애플 피자는 맛없어. 과일은 차가워야 맛있는데."

"나는 고구마 피자가 싫어."

"왜? 고구마 맛있는데."

"감자는 좋은데 고구마는 싫어."

내가 무슨 말 하려고 하는지 눈치 챘나? 가윤이는 말없이 피자만 열심히 디핑 소스에 찍어 먹었다. 삐쳤나? 나보다 더 수다스럽던 애가 말이 없으니까 어색했다. 뭐라도 말해야 하는데 할 말이 없어서 부모님들이 '평소에 같이 보낸 시간이 없어서 데면데면하고 자식에 대해 아는 건 없는데 친구 같은 부모는 되고 싶고 꼰대로 보이긴 싫을 때' 하는 질문을 했다.

"학교에 좋아하는 친구 있어?"

"친구 없어. 소영이가 친구 안 해 줘."

예상치 못했던 답이 나와 버렸다. 좋아하는 연예인 있는지부터 물어볼걸.

"왜?"

"나는 왼쪽으로 가는데, 소영이는 오른쪽으로 가."

가윤이네 학교 교문 왼쪽은 아파트, 오른쪽은 주상 복합이었다. 어느 쪽이나 집값은 월급 모아서는 현관도 못 살 정도로 똘똘하긴 했지만 아파트가 '인서울 대학'이라면 주상 복합은 서울대였다. 하버드 대학 정도는 되는 강남 아파트에 비하면 둘 다 겸손한 가격이긴 했지만. 주상복합 학부모들이 아파트 애들이랑 놀지 말라고 하진 않았다. 그냥, 자연스럽게 같은 방향에 사는 애들끼리 같이 등하교 하다가 친해지고 학원도 같이 다니고 엄마들끼리도 조리원 동기이자 영어 유치원 학부모 때부터 친했고 그런 거다. 돈 많으면 천박하기라도 해야 씹는 맛이 있을 텐데 너무 자연스럽게 고상해서 흠 잡을 게 없었다.

"나는 소영이랑 팔짱 끼고 오른쪽으로 갔는데, 소영이는 왼쪽으로 안 간대. 다시 옛날 동네로 이사 가구 싶어. 거기선 학원도 하루에 하나씩 다섯 개 다녔는데, 여기선 학원 일곱 개 다니면서 학습지도 해야 되어서 힘들어. 엄마도 맨날 화만 내. 공부 못한다구."

"공부 못하면 어때서."

"엄마가, 공부 못하면 거지 된대."

"아냐. 공부 못하면 나처럼 된다? 나 거지 아니잖아."

"탐정은 공부 못해야 할 수 있는 거야?"

"공부 잘해도 할 수 있고, 못해도 할 수 있어. 공부할 때 쓰는 머리랑 탐정할 때 쓰는 머리는 달라."

쉬지 않고 종알대는 눈빛이 너무 간절했다. 그래서 덜컥 "나랑 친구 하자. 언니라고 하지 말고 '일도'라고 해."라고 했는데, 그날 바로 후회했다. 전보다 더 자주 전화하고, 불러내고, 울고, 떼쓴다. 신생아 키우는 것도 아닌데 정말 쉴 틈이 없다. '소영이가 오늘도 나랑 안 놀아 줘.', '우리 선생님은 나 안 좋아 해. 다른 애들만 좋아해. 나는 선생님이 좋은데.' 이런 얘기를 해 댄다. 엄마가 간식 사 먹으라고 준

돈을 아껴서 나한테 캐릭터 그려진 볼펜 같은 자잘한 선물을 사 주면서 눈치를 본다. 처음엔 '지도 귀여우면서 귀여운 거 엄청 좋아하네.' 했지만 나중엔 선물로라도 환심을 사려 하나 싶어서 안쓰러웠다. 내가 아무리 잘해 줘도 애정 결핍이 채워지질 않나 보다. 밑 빠진 독에 물 붓기는 아니다. 애정을 아주 많이 주면 채워지긴 할 거다. 그런데 그게, 물탱크를 소주잔으로 채우는 느낌이다. 내가 예수님이나 부처님도 아니고, 인간에게 줄 수 있는 애정의 총량이 있는데 내가 줄 수 있는 이상을 요구하면서도 불만족하니까 내 안의 인류애를 다 끌어 써도 모자라서 인성까지 고갈되는 느낌이다. 가윤이가 지긋지긋하다. 왜 내 마음을 몰라주는지 서운하다. 날 보는 눈빛이 부담스럽다. 어린애한테 이러는 내가 어른스럽지 못한 것 같아서 싫다. 그렇다고 절교하고 연락을 씹을 수도 없고.

오늘 오전에 온 전화는 달랐다. 엉엉 울면서 경시대회 중간에 나와 버렸다는 말만 반복했다. 어쩔 줄 몰라 하기에 데리러 갈 테니까 일단 어디 가지 말고 기다리라고 했다.

"하나도 못 풀겠어…… 다 몰라. 아는 문제가 없어."

우는 걸 보니까 애는 애였다.

"와, 멋지다! 판단력, 결단력 다 있어! 야, 괜찮아. 나는 너보다 열한 살 많을 때 진짜 중요한 시험 때려 치웠어. 수능이라고, 대학 가는 시험인데, 공부하기 싫어서 시험 접수만 하고 시험장엔 들어가지도 않고 수험표만 받아 가지고 쇼핑하고 외식하면서 할인 엄청 받았는데…… 오늘 생일이지? 선물 사고 맛있는 거 먹으러 가자! 뭐 갖고 싶어?"

"강아지."

"그건 너네 엄마한테 허락 받아야 돼."

"그럼 책 한 권 사도 돼?"

울먹이면서도 실속 있게 챙길 건 잘 챙겼다. 서점에 데려갔더니 책보다 스티커를 더 기웃거렸다.

"책 말고 스티커 사도 돼. 너 좋아하는 거 사."

"책이 더 필요한데……."

"그럼 확 그냥 책 사 준다? 진짜 책 살 거야?"

말없이 스티커를 만지작거렸다.

"스티커는 엄마 말 잘 듣고 책 한 권씩 읽을 때마다 하나씩 받는 건데……."

"생일이니까 네 맘대로 사도 돼. 엄마가 스티커 안 붙여 주면 네가 셀프 칭찬하면서 막 붙여 버려."

"책 읽으면 엄마가 좋아하는데……."

가윤이는 혼잣말 하면서 스티커 앞을 떠나질 못했다. 제발 스티커! 스티커를 사라고 좀! 책보다 스티커가 더 싸게 먹힌단 말이다!

"나 진짜 스티커 사도 돼? 책 안 사도 화 안 낼 거지?"

가윤이가 스티커에서 눈과 손을 못 떼면서 생일 케이크를 같이 먹고 싶다고 했다. 초코 케이크를 좋아한다던 가윤이가 디저트 카페에서 고른 건 민트 초코 케이크였다.

"민트 초코는 초코가 아니야!"

"난 민트 좋아하는데, 왜 싫어 해?"

"왜 치약을 먹어! 왜 멀쩡한 초콜릿에 굳이 민트를 넣냐고! 대체 이런 이상한 음식은 누가 만든 거야?"

"책에서 봤는데, 영국에서 공주님 결혼식 때 먹으려고 만들었대."

그게 궁금해서 물어본 건 아니었는데.

"이제 이거 다 먹으면 집에 가야지?"

"집에 가면 엄마한테 혼나."

"내가 같이 가 줄게."

"너 가고 나면 혼나."

"아냐. 엄마 지금 걱정하고 계셔. 엄마한테 전화해 봐."

자기가 전화하면 엄마가 화낼 거라고 자꾸 몸을 빼기에 카페 전화를 빌렸다. 혼날 생각을 하니까 무서운지 엄마가 받자마자 가윤이가 울기 시작했다. 가윤이 엄마는 스피커폰 너머로 소리를 질렀다.

"내가 이딴 보이스피싱에 속을 줄 알아? 새끼야! 이딴 식으로 쉽게 돈 벌지 마라. 남의 돈을 날로 먹으려고 들어? 세상이 만만해? 이런 새끼는 깜빵도 아까워. 묶어 놓고 패 죽여야 돼."

가윤이가 겁에 질려서 더 크게 울었다. 급하게 가윤이를 데리고 카페 밖으로 나왔다.

"니네 엄마가 오해를 하신 거야. 너한테 화낸 거 아냐. 사는 게 힘들어서, 욕해도 되는 나쁜 사람한테 스트레스 푼 거야."

가윤이는 절대 집에 안 가겠다고 버텼다. 내가 먼저 통화해서 분위기 좀 좋게 만들어 놓았어야 했는데. 나는 왜 이렇게 성격이 급할까.

"가윤아, 오늘 생일이잖아. 친구들이랑 생일 파티 해야지."

"친구 초대 안 했어. 엄마가 집에 데려 오랬는데, 우리 집에 친구 오는 거 싫어. 오른쪽 사는 애들은 우리 집보다 새 집이고 하얗고 큰데 우리 집은 안 그래. 엄마가 생일 파티 할 돈으로 동화책 전집 사 준댔어."

어린이들은 빨간 벽돌집을 보고 창가엔 화분, 지붕엔 비둘기가 있다고 하지만 어른들은 '야 저거 매입해서 허물고 꼬마빌딩 지으면 10억은 나오겠는데.'라고 한다는 『어린 왕자』는 틀렸다. 애들도 알 건 다 안다.

"그럼 엄마 말고 아빠한테 얘기해 볼까? 아빠랑은 친하지?"

"아빠가 놀아주는 건 재미없어. 맨날 이거 봐라 저거 봐라만 하고, 주말마다 박물관 미술관 갔다 와서 기억나는 거 말해 보라고 하구 뭐 배웠냐고만 해. 놀러 가서 공부만 시켜."

"그래도 엄마아빠가 걱정하실 텐데."

"절대 걱정 안 해."

"그럼 너 이제 어떻게 할 건데? 어디로 가려고? 대책도 없이 시험 보다 말고 나온 거야? 못 풀겠으면 그냥 다 찍고 나오면 되지."

"시험 못 보면 혼나. 나도 시험 잘 봐서 선생님한테 자랑하구 엄마한테 칭찬받구 싶은데. 나는 상 못 받았는데 친구가 상 받으면 엄마가 친구 학원 어디 다니냐고, 어디 사냐고, 엄마아빠 뭐 하시냐고 자꾸 물어 봐서 싫어. 다른 애들은 다 옛날부터 학원 다녀서 잘 푸는데 나만 못 풀어서 싫어. 나두 '영재발굴단'처럼 잘하구 싶은데."

"그렇다고 시험 안 봐도 혼날 거 아냐."

가윤이는 뭔가 고심하는 것처럼 입을 꾹 다물었다. 막막하긴 하겠지. 멘탈이 에멘탈 치즈처럼 구멍이 뿡뿡 났을 거다. 그러다 한다는 소리가 "탐정은 뭐든지 할 수 있지?"

였다.

"탐정이 슈퍼 히어로는 아닌데, 의뢰 받으면 하긴 하지."

"의뢰가 뭔데?"

"돈 내고 계약서 쓰는 거."

"나 지금은 돈이 이거밖에 없는데, 나중에 집에 가서 엄마한테 달라고 할게. 아빠가 그랬는데, 엄마 돈 많댔어."

금화와 은화, 아니 올해 나온 반짝이는 새 동전을 착수금으로 받고, 절대 엄마한테 혼나지 않게 해 주겠다는 계약서를 썼다.

"일단 우리 집, 아니 우리 엄마아빠 집에 가자. 니네 엄마아빠도 네가 잠시 없어져야 딸의 소중함을 알 거야."

* * *

마트에서 어린이용 속옷과 파자마를 샀다. 귀여운 토끼 잠옷을 사 주려고 했더니 가윤이가 겨울 왕국의 엘사가 그려진 무난한 파자마를 골랐다. 평소에 레이스와 프릴 달린 공주님 원피스 아니면 눈에 확 띄는 원색 옷을 입고 다녀서 화려한 거 좋아할 줄 알았더니, 그런 건 엄마가 좋아하는 거고 자기는 인형 같이 입는 거 싫다고 했다. 알아서 저렴한 거 골라주니까 고맙긴 한데, 토끼 잠옷 못 입혀 본

건 아쉽다. 가윤이 손을 잡고 집에 들어왔더니 엄마가 내 귀에 대고 속삭였다.

"혹시 유괴? ……설마 숨겨왔던 딸은 아니지?"

"내 의뢰인."

"일이 그렇게 없어? 어린애 코 묻은 돈까지 갈취해야겠어?"

"요즘 애들은 코 안 흘려."

"코가 묻건 안 묻건 푼돈일 거 아냐. 너 그렇게 탐정 값어치 떨어뜨릴 정도로 궁하면 지금이라도 탐정 그만 두고 공무원 시험 준비를 하라니까. 네가 머리는 안 되어도 체력은 되니까 남들 잘 때 공부하면 붙을 수 있어."

"시험은 안 본다고 했잖아! 내가 늙은이 의뢰를 받든 어린이를 의뢰인으로 받든 상관하지 마. 내가 알아서 할 거야. 탐정이 의뢰인 가리는 거 아니라며. 근데…… 어린이랑은 뭘 해야 돼?"

"뭘 하긴 뭘 해! 어린이든 늙은이든 의뢰인하고는 사건 해결을 해야지!"

그래서 단서를 찾…… 아니 만들었다.

"순서가 바뀐 것 같긴 하지만, 일단 엄마한테 가출하겠다고 편지부터 쓰자. 핸드폰은 꺼 놓고."

경시대회 끝나는 시각에 가윤이를 데리러 왔던 진영 씨

가 사색이 되었을 때를 맞춰 오랜만에 생각났다며 아무것도 모르는 척 카톡을 보냈다. 그제야 내가 유능한 실종 탐정이라는 게 떠오른 진영 씨가 숨도 안 쉬고 가윤이가 없어졌다는 얘기를 했고, 나는 가윤이의 친필 편지를 챙겨 들고 얼굴에 그림자를 드리우는 챙 넓은 플로피햇을 쓰고 가윤이네 집에 가서 진영 씨와 이중계약을 맺은 것이다.

* * *

"없어. 이사 오기 전에 살던 동네엔 안 갔나 봐."

"소설 같은 타이밍에 오셨네요. 가윤 아버님, 아니 용의자님. 잠시 검문, 아니 탐문 수사가 있겠습니다."

집에 막 도착한 가윤이 아빠는 신발도 못 벗고 그대로 현관에서 몸을 돌려 나와 함께 미술관으로 향했다. 가윤이가 그림 그리는 걸 좋아해서 자주 갔다고 했다.

"가윤이 어딨는지 알죠? 폰 좀 켜 놓으라고 전해 주세요. 제가 얘기할게요. 가윤이한테 큰소리 한 번 낸 적 없어요. 가윤이도 저 퇴근하면 아무리 늦은 밤이라도 자다가 일어나서 현관까지 나와서 '아빠, 안녕히 다녀오셨어요.' 했다고요. 저 완전 딸바보 아빠라서."

"아빠랑 안 친하다던데요?"

가윤이 아빠는 몰랐던 빚을 상속받은 것처럼 충격 받았다.

"피곤한 거 참고 주말마다 가윤이 데리고 놀러 나갔는데……."

"저를 가윤이라고 생각하시고, 가윤이한테 했던 거 그대로 해 보세요."

미술관에서 아빠가 아니라 도슨트 따라다니는 줄 알았다. 미술관 가기 전날 '예습'을 한다던 가윤이 아빠는 이 그림이 그리스 신화의 어떤 장면인지, 어떤 미술사조인지, 화가의 생애는 어땠는지 줄줄 읊었다. 난 그냥 '오, 누드화다. 복근이 완전 식스팩이다. 몸매 관리는 어떻게 했을까. 남자고 여자고 다 전신제모했네. 저 시절에도 브라질리안 왁싱이 있었나.' 이런 잡생각이나 하며 입으로만 "뉘예, 뉘예, 선생님." 하고 성의 없이 대답했다. 가윤이 아빠는 그러고도 모자라 한 바퀴 다시 돌면서 숙제 검사 하듯이 그림 하나하나마다 감상을 말하고 그림 옆 해설을 메모하라고 했다. 제일 인상 깊었던 작품과 그 이유까지 결재 받고 나서야 전시실을 뛰쳐나올 수 있었다. 미술관 앞 노천카페에 앉아 가윤이 아빠가 비둘기들에게 빵 조각 뿌려 주는 걸 구경하며 숨을 돌렸다.

"비둘기들이 야생에서 생태계의 건강한 일원으로 독립

적으로 먹이 활동을 할 수 있게 협조해 달라는데요?"

"매일 주는 것도 아닌데요. 비둘기들도 거저 얻어먹는 운수 좋은 날이 있어야……."

"가윤이는 미술관보다는 비둘기 간식 주는 걸 더 좋아했나 본데요. 새처럼 자유롭고 싶다는 걸 보니까."

"애들한텐 비둘기 날개가 보이겠지만 어른한텐 다른 게 보여요. 탐정님은 비둘기 발 본 적 있어요?"

발톱이 성한 비둘기가 별로 없었다. 발톱 한두 개 씩 뭉툭하게 잘리거나 심하면 발 하나가 없는 녀석도 있었다. 도시에서 먹이를 찾아다니다가 발톱이 줄에 감기면 풀지 못하고 썩어 잘려 나가서 그렇다. 태어날 때부터 그런 녀석들도 있고.

"비둘기들은 다른 새보다 오래 둥지에서 새끼를 기른대요. 새끼 비둘기가 안 보이는 게 그런 이유래요. 둥지 떠나면 고되단 걸 알아서 그럴 거예요."

가윤이가 틈만 나면 아는 거 말하려고 하는 건 아빠 닮아서 그렇구나.

"가윤이한테 친구 같은 아빠가 되고 싶었어요. 고민도 털어놓을 수 있는 아빠. 퇴근하고 집에 오면 가윤이가 쫑알쫑알 학교에서 있었던 일 얘기하기에 내가 그런 아빠 줄 알았어요. 그런데 돌이켜 보니까 고민만 쏙 빼 놓고 말한 거였네요. 자기 얘긴 안 했어요. 소영이가 이랬고, 선생님이 저랬고. 사춘기 딸한테 외면당하는 아빠는 되고 싶지 않았어요. 와이프랑도 합의했어요. 훈육은 와이프가 하고 저는 애 달래주고 놀아주는 거 하기로. 퇴근이 늦어서 같이 보낼 시간이 적으니까 주말엔 이틀 내내 가윤이랑 놀러 다녔는데…… 노력 많이 했는데…… 가윤이가 그림 그리는 거 좋아하는데 와이프는 예체능은 타고난 소질 있는 애들이나 하는 거라고 미술은 그냥 취미로, 공부하다가 숨 돌리는 정도로만 하고, 할 거면 대학 가고 나서 하라고 했어요. 와이프나 가윤이한테는 저도 그런 존재였죠. 공부에 도움 안 되니까 숨구멍 노릇이나 하는. 가윤이가 대학 가고 나서야 술 한잔하면서 친해지면 너무 늦어버릴 것 같아서, 가윤이가 지 엄마 등쌀에 공부 스트레스 받는 거 풀어주면서 친해지려고 했는데……"

"가윤이는 이제 겨우 초등학생인데요. 몸이 힘들면 마음에 여유가 없어져서 아빠랑 친해지는 노력을 하기 힘드니까 일단 학원부터 몇 개 줄이고……"

"가윤이 엄마는 사이코예요. 말이 안 통해요. 다 이유가 있어서 다니는 학원이라서 하나라도 줄일 수가 없어요. 이 동네 엄마들 다 그렇대요. 초등학생 때 영어는 원어민 수준으로 해야 하고, 중국어, 한자 자격증도 있어야 하고, AI에 밀려나지 않으려면 코딩도 배워야 하고, 수학도 기초 잡아주면서 선행 학습 해야 하고, 독서 습관도 들여야 하고, 악기랑 운동도 한 가지씩은 해야 하고. 다른 애들이 사람 그릴 때 우리 애는 해골 그릴 수 없으니까 미술학원도 다녀야 하고 줄넘기 급수 따야 하니까 줄넘기 학원도 다니고, 머리 좋아지고 집중력 길러준다니까 바둑 학원도 다녀야 하고요. 학원 숙제도 하고 학교 숙제도 하고 학습지도 풀어야 된대요. 초등학교 3학년까지 할 거 다 하고 그 이후부터는 본격 입시 코스 들어가야 한대요. 숨 막히죠? 그런데도 이거 가지고는 대치동 애들 발끝도 못 따라 간다고 더 시키려고들 해요."

"그거 다 할 수 있긴 있어요? 어려서 체력이 좋으니까 괜찮나?"

"와이프는 뭘 제대로 해 본 적이 없어요. 어렸을 때 IMF 때문에 집안이 망하고 뭐 이런저런 사정이 있어서 공부를 열심히 할 상황이 못 되어서 수능에서 실력 발휘 못하고 온 대학이 저랑 같은 대학이랬고, 취업 준비라도 제대로 하려고 했더니 나 때문에 덜컥 임신해서 그대로 집에 눌러앉았댔어요. 맨날 자기가 제대로 했으면 잘했을 거라면서, 다 부모 탓, 남편 탓인데, 지금까지 딱 하나 자기 혼자, 자기 마음대로, 제대로 한 게 육아인 거예요. 부동산 투자랑.

자기 말대로 '제대로 하면 잘한다'는 걸 보여 줘야 하니까 가윤이 교육에 미친 듯이 목을 맸어요. 다른 엄마들도 다 그러긴 한데, 가윤이 엄마는 진짜 애를 쥐 잡듯이 잡아요. 수학 학습지 문제 하나 틀리면 그 자리에서 그 문제를 5번씩 다시 풀게 한다니까요."

"와이프가 말씀대로 사이코라면, 아빠로서, 가윤이를 구해 줘야 하는 거 아니에요? 악역은 다 와이프한테 맡기고, 자기는 착한 척만 하는 거, 비겁하지 않아요?"

"가윤이 엄마는 절대 못 고쳐요. 그 사람은 답이 없어요. 가윤이가 엄마를 떠나는 수밖에 없는데, 그러려면 지금은 눈 딱 감고 가윤이 공부시켜서 애 엄마가 짜 놓은 라이프 플랜대로 기숙사 있는 국제중, 외고, 외국 대학을 보내야 돼요."

"가윤이의 공동 양육자로서, 배우자분의 계획에 동의는 하세요?"

"공동 양육자 아닙니다. 가윤이 엄마가 주 양육자고, 저는 부양육자, 아니면 놀아주는 시터, 양육비 벌어다 주는 사람입니다. 제가 가윤이에 대해 뭐라고 말하려고 하면 눈 치뜨고 '애 학교 한 번도 가 본 적 없고, 요새 입시 트렌드도 찾아보지 않으면서 이상적인 소리 지껄이지 말아라'고 바락대는데요. 가윤이가 초등학생 되고, 이 동네 잘난 학부모들이랑 카페에서 학원 정보 교환하다 보니까 남편은 아주 좆같아 보이나 봐요. 와이프가 가윤이 공개 수업 때 명품 백이랑 코트 대여해서 입고 들고 갔는데, 다녀와서 다음 날까지 밥그릇 탁탁 소리 나게 놓더라고요. 주상복합 사는 애 엄마들은 대여가 아니라 개인소장품이었겠죠."

"그러니까, 애 학교도 안 가 보고 입시 트렌드도 관심 없는데, '가윤이가 알아서 공부 잘 해서 국제중은 갔으면 좋겠다' 이거죠? '와이프가 왜 화났는지는 대화하고 싶진 않은데 내 손으로 밥 차려 먹긴 귀찮다' 이거고요? 진영 씨가 왜 이 시기에, 이 동네 와서 바뀌었는지 대놓고 물어보지 않는 이유는 뭔데요? 무슨 대답이 두려우실까요오?"

"탐정님도 저 무시해요? 저 혼내러 왔어요? 가윤 엄마한테 얼마 받았어요?"

"용의자님이 어린이에요? 뭔 말만 하면 혼낸대. 저랑 용의자님이랑 어른 대 어른으로서, 대화! 소통! 커뮤니케이션!을 하자고요! 어린이의 행복! 가정의 평화! 이 나라의 희망!을 위해 가윤이가 왜 이러는지 좀 알자고요!"

"저는 '제대로' 해 봐서 알아요. 열심히 공부해서 잘 풀려서 서울대 가 봤자 정말 잘 되면 행시 패스해서 고위 공무원, 잘 되면 대기업 월급쟁이 돼요. 월급 몇백만 원 받는 회사원 되라고 부모 월급의 절반 이상을 교육비로 쏟아 붓는 거죠. 애가 커서 지가 쓴 학원비만큼 월급 받을 수 있을지 보장도 없는데. 육아는 고비용 저효율, 하이 리스크 로우 리턴입니다. 근데 웃긴 건, 내가 잘한다고 취직이 잘 되는 것도 아니란 거예요. 저 대학 졸업할 때쯤에 서브 프라임 사태 터져서 금융권에서 채용문을 닫아버리니까 아무리 학점 높고 자격증 있어 봤자 좆밥이더라고요. 와이프한테 사교육비 아껴서 건물 사 뒀다가 가윤이 대학 졸업할 때 종자돈으로 주면 어떻겠냐고 했더니 사교육비 아끼다가 애가 공부 못하면 아무리 밑천을 쥐어줘도 할 수 있는 일이 없는 루저가 된대요. 세금 내고 대출 이자 갚고 하면 집 몇 채 월세 줘 봤자 가윤이 학원비 정도 버는데 건물 사는 소리 하고 있다고 면박이나 주고. 부모랑 다르게, 부모보다 잘 살려면 탈조선이 답이에요. 저도 가윤이를 경쟁 덜 하는 나라로 보내고 싶어요. 유학 마치고 한국에 안 돌아와도 괜찮아요. 제가 가윤이에게 남겨 줄 유산도 없고, 줄 수 있는 건 추억뿐이라서 가윤이랑 많이 놀러 다니면서 좋은 아빠로 기억되고 싶었는데……."

빵을 다 먹은 비둘기들은 다친 발로 종종 거리며 다른 곳으로 가 버렸다. 이 아저씨는 끝까지 자기 하고 싶은 말만 한다.

"가윤이 지금 어딨어요?"

"지금은 저희 집에 저희 엄마랑 있는데요. 오늘 밤엔 제가 데리고 잘게요. 나중에 가윤이한테 영수증 들려 보낼게요. 잠옷 값은 수임료랑 별도로 제 계좌로 보내 주세요."

"어린애 케어 하는 거 힘들지 않아요? 제가 영우 엄마한테 가윤이 봐 달라고 부탁해 볼게요. 전에도 몇 번 가윤이 챙겨 준 적 있어서 괜찮아요……. 가윤 엄마한텐 나중에라도 영우 엄마가 데리고 있었다고 얘기하지 말아 주시고요."

"영우 엄마가 나쁜 사람도 아닌데 뭐 어때서요?"

"아니 그냥, 왜 자기한테 얘기 안 하고 영우 엄마한테 신세졌냐고 쏘아대면 골치 아프니까……."

불륜탐정 부모님을 둔 실종탐정의 느낌으로, 뭔가 있다. 영우 엄마는 예전에 진영 씨의 세입자였던 혜진 씨다. 진영 씨는 혜진 씨 외 여러 명의 전세금을 떼어먹고 도주……하려다가 나의 활약과 설득 덕분에 돌아와서 전세금 돌려주고 그럭저럭 좋게 마무리된 인연이 있다. 그 후로도 진영 씨와 혜진 씨가 가끔 만난다고는 알고 있었는데, 진영 씨 남편이랑 혜진 씨는…… 뭐지?

　　　　　　　　　　* * *

　"우정보다 화끈하고 사랑보다 미지근한 사이인데요? 모텔도 간 적 없어요."

　"그 나이에 그 월급에 그 정도 사회적 지위면 모텔 말고 호텔 정도는 가셔야죠."

　"불륜은 아니에요. 확실하게 말씀 드릴게요. 진영 씨 남편한테 아무 감정 없어요. 자기 와이프 욕하는 남자는 쓰레기예요."

　가윤이가 자꾸 나랑 혜진 씨가 얘기하는데 끼어들고 싶은지 내 방에서 보고 있으라는 유튜브는 안 보고 이면지를 들고 거실로 나왔다.

　"비글 그려 줘."

　"네가 검색해서 사진 찾아보고 그리면 되잖아."

　"난 잘 못 그려."

　대충 그려 줬더니 다시 종이를 내밀었다.

　"이건 귀 처진 웰시코기잖아. 비글은 이렇게 복실복실 안 해."

　어린이 기 죽이지 않으려고 일부러 못 그린 건데. 내가 제대로 그리면 진짜 엄청나다고.

　"이건 닥스훈트야. 너무 마르고 다리 짧아."

"내가 모자를 그려도 네가 코끼리를 삼킨 보아뱀으로 봐야 하는 거야. 순수한 어린이는 상상력이 풍부해야지. 내가 아무 개나 그려도 네가 비글로 보면 되잖아. 모든 건 다 마음먹기에 달린 거야. 이게 진짜 마지막 그림이다? 알았지?"

"이건 상자잖아."

"비글은 이 상자 안에 있어. 이건 뭐든지 다 들어 있는 상자야."

"이게 뭐야! 강아지 그려 달라고 했잖아! 강아지!"

이 비글 같은 어린이를 상자 안에 넣어 버리고 싶드아아아……

"넌 미술관 많이 다녔다면서 추상화도 몰라? 이건 추상화라는 거야. 가윤이는 추상화도 모른대요오."

"……알아! 다 알아!"

가윤이를 상자, 아니 방 안에 집어넣고 나서 다시 차분하게 혜진 씨와 어른의 대화를 이어갔다.

"가윤이 아빠, 웃기죠? 자기만 힘들게 돈 번다고, 남들은 와이프가 알아서 재테크해서 돈 불려 놓는데 자기 와이프는 집에서 애만 본다고 뭐라더니 막상 와이프가 부동산 해서 자기보다 더 버니까 질투 나고 불안한 거예요. 근데 저런 인간들이 꼴에 자존심은 있어서 와이프한테 고맙다 잘

한다, 아니면 솔직하게 내가 이런 쓰레기다, 이런 소리도 못
하고 뒤에서 와이프 욕하고 자식한테 지 엄마 흉보다가 은
퇴하면 와이프 재테크 덕 보면서 삼시세끼도 받아먹으려고
이혼도 안 해요."

"그렇게 잘 아시면서 왜 만나고 계세요? 진짜로 가윤이
챙겨 주려고요?"

"내 적의 적은 내 친구니까요. 운 좋게 집값 오른 졸부년
욕하는 재미로 만나요. 진영 씨는 부동산이나 자식 교육이
나 다 자기가 노력하기만 하면 된다고 착각해요. 공부 못하
고 사회생활 안 해 본 것들은 사회구조적 요인이나 운 같
은 건 못 보고 다 지가 잘난 줄만 알죠."

대학 졸업하자마자 결혼한 진영 씨는 친구가 거의 없었
다. 취업해 본 적이 없다는 게 진영 씨의 콤플렉스였다. 일
하는 것보다 애 키우는 게 힘들다느니 쉽다느니 얘기가 나
올 때마다 할 말이 없었고 시부모가 '네가 사회생활 경험
이 없어서 뭘 모른다.' 할 때마다 움츠러들었다. 그러다가
부동산 투자로 쏠쏠하게 벌면서 자존감도 발견하고 우월
감도 느끼던 참에 여섯 살 아들과 네 살 딸을 기르는 세입
자이자 또래인 혜진 씨와 친구 비슷한 게 되었다. 처음엔
진영 씨가 혜진 씨에게 재테크 비법도 알려주고, 학부모 선
배로서 애들 학원도 알아봐 주고 혜진 씨는 진영 씨에게

가윤이 책이랑 옷도 사다 주고 그랬는데…….

"맞벌이를 해도 애 둘 키우려면 빠듯하지 않아? 요새 가윤이 학원비 들어가는 거 보니까 둘째 안 낳길 잘 한 거 같아."

진영 씨의 선공.

"그래도 둘은 있어야 부모 없을 때도 심심해 하지 않고. 첫째는 둘째 가르쳐 주고 둘째는 첫째 따라 하니까 발달도 외동보다 빠르고. 부모 죽고 나서도 서로 의지할 수 있고. 아직 안 늦었잖아. 더 늦으면 어려워. 지금이라도 가윤이 동생 낳아. 전업맘인데 뭐가 걸릴 게 있어."

혜진 씨의 후공. 스코어는 1:1.

"애들 초등학교 들어가고 둘 다 학원 보내려면 교육비 무시 못해. 혜진 씨도 투자해야지. 대출 무서워하면 아무 것도 못해. 부동산은 반쯤 미쳐야 하는 거야. 내가 찍어 준 데 있잖아. 거기가 학군도 좋아. 주변에 공부하는 애들만 있어야 분위기에 휩쓸려서 같이 한다니까? 학군이 시작이고, 시작이 반이야."

"정보만 있으면 뭐 해. 돈이 없는데."

"그치? 지금은 이미 너무 올랐어. 그러게 내가 하라고 할 때 들어갔어야지."

진영 씨 공격. 혜진 씨 방어 실패. 진영 2:혜진 1.

"가윤이 학원 너무 많이 보내는 거 아냐? 저런 애들이 지금은 괜찮아 보여도 사춘기 호되게 앓아."

"공부 안 시키면 나중에 왜 자기 학원 안 보내서 꼴등하게 내버려 뒀냐고 부모 원망해. 우리 동네 애들 어렸을 때부터 영어 유치원 보내서 발음이 원어민이야. 가윤이도 영어 하나는 확실하게 시키려고. 영우는 좀 늦었지만 영우 동생이라도 영어 유치원 보내."

"영어 유치원 보내 봤자 집에서 영어로 대화 안 해 주면 다 까먹어. 코 풀자, 옷 갈아입자, 물 흘리지 마 이런 거 다 엄마가 영어로 해 줘야 애들이 스트레스 받지 않고 자연스럽게 원어민처럼 습득하지. 유학 다녀와도 회사에선 영어쓸 일이 없는데, 애 낳고서 영어를 써 먹네. 중고등학교 다닐 때 홈스테이해서 생활 영어가 되는 게 이럴 때 좋아. 가윤이 미술학원 보낸다면서? 그러면 창의성 죽어. 엄마가 감각이 있어서 일상에서 자연스럽게 접하게 해 줘야지. 나 미대 나왔잖아. 이게 육아에도 은근히 도움이 되더라고."

진영 씨 훅. 혜진 씨 강편치로 반격. 진영 2:혜진 2.

"투자 안 하고 애들 학원도 많이 안 보내니까 저축 많이 해 놨지? 영우 초등학교 들어가면 퇴사 고민하게 될 거야. 난 학교 보내면 애 다 키운 건 줄 알았는데, 손이 더 많이 가더라고. 여자애들 헤어스타일 보면 전업맘인지 워킹

맘인지 다 보여. 포니테일로만 질끈 묶는 애들은 워킹맘 애들이야. 알림장에 '준비물 색종이'라고 적어 왔다고 색종이만 보내면 안 돼. 홀로그램 색종이, 도일리 이런 특이한 재료들 챙겨 줘야 나중에 애들 작품 다 모아 놨을 때 우리 애가 만든 게 제일 눈에 띄거든. 그래야 선생님도 한 번 더 봐 주고 칭찬해 주고 애 자존감도 높아지고. 참관 수업, 학부모 회의, 급식 봉사, 녹색 학부모회 행사 많은데 내가 학교 한 번 갈 때마다 애가 으쓱하는 게 눈에 보여서 안 갈 수가 없어. 담임이랑 눈도장 한 번이라도 더 찍을 겸 가야지. 지금은 일이 중요하다고 해도 퇴직하면 끝이야. 남는 건 결국 자식이야."

"애가 공부 잘 하고 활발하고 친구 많으면 엄마 손 안 가도 눈에 띄게 되어 있어. 너무 엄마 손 타면 애가 독립심이 없어져. 나도 내 인생 있어야지. 그렇게 끼고 살다가 가윤이 결혼해도 들락날락 하면서 반찬 해다 나르고 손주 봐 주느라 꼼짝없이 집에 들어앉아 있으면 허무할 것 같지 않아?"

"애가 결혼하고 나서도 자기 일 하고 살려면 친정 엄마가 애 봐줘야지. 세상에서 제일 믿을 만한 존재가 엄마인데. 어떻게 남의 손에 애를 맡겨. 시터가 엄마나 할머니만큼 키우겠어? 영우네 시터님은 좋은 분이시지만."

진영 씨 킥. 혜진 씨 넉다운. 진영 3:혜진 2. 진영 씨 승.

"와이프가 재산 가지고 떵떵거리니까 자식이라도 자기 편 만들고 싶어서 주말엔 자기가 애를 차지하겠다고 말은 했는데, 애랑 단둘이서만 어디 다녀 본 적이 없으니까 막막한 거죠. 근데 와이프한테 물어 보면 혼나니까 전에 애 엄마가 집 나갔을 때 가윤이를 챙겨 준 적 있는 나한테 SOS를 친 거예요. 한 번만 더 내 속 긁어 봐. 그쪽 신랑이 나한테 가윤이 문제 상담한다고 다 말해 버릴 테니까."

"그거면 역전만루홈런, 신의 한 수이긴 한데……. 가윤이를 생각해서, 그 말만은 하지 마세요. 혜진 씨가 진영 씨보다는 성숙한 어른이잖아요? '사회생활'도 하고 있고요."

"내가 진짜, 정말로, 잘 나갈 줄 알았어요. 지금쯤 뉴욕에서 「섹스 앤 더 시티」처럼 살 줄 알았는데. 실리콘밸리에 있거나, 돈 잘 버는 커리어 우먼이 되어서 한국에 안 돌아오고 싶었는데. 기러기 아빠 하면서까지 유학 보내 주셨는데 미국에서 취업도 너무 어렵고 비자도 해결이 잘 안 되고 한국 회사는 유학생들이 조직 문화에 적응 못한다고 꺼리고 루저처럼 귀국해서는 부모님이 유학 보낼 때 기대한 것보다 못한 회사에 겨우 입사했어요. 그년이 날 후려치지 않아도, 이미 우리 부모님이 저한테 실망 많이 하셨죠. 자식이 잘 나가는 뉴요커가 될 줄 알았는데. 그래서 저는…… 쉽진 않지만…… 자식한테 너무 기대하지 않으려고 자제하면서 살아요. 부모의 기대가 크면 자식이 상처 받는 거 아니까."

"하나도 키우기 힘든 애를 둘이나 잘 키우고 계시잖아요. 저번에 보니까 영우가 진짜 해맑게 잘 놀던데요. 애가 애답게 그늘이 저언혀 없어 보이더라고요."

"그래서 영우 볼 때마다 좀…… 걱정이 되요. 내가 기대도 없고 학원도 조금만 보내서 애가 학교 가면 공부 못하는 거 아닐까, 하고요. 지금이라도 잡고 공부시켜야 하는 거 아닌가, 애가 지 스스로 맘 잡고 공부하려고 하면 이미 늦어버리는 거 아닐까. 전업맘하고도 경쟁이 안 되고 애랑 하루에 한 시간 얼굴 보기도 빠듯해서 '엄마표 교육'도 제대로 못하는데 어쩌자고 둘이나 낳았는지 모르겠어요……. 내가 남들과 다르게, 남들보다 잘할 줄 알았죠."

생각하다 보니까 열 받는지 혜진 씨는 갑자기 남편을 디스하기 시작했다.

"나만 고민하고 속 터져요. 나만. 신랑은 이런 고민 안해요. 속 편하게 어릴 땐 학원 보내는 것보다 책 읽히는 게 더 중요하다고 말만 해요, 말만. 지가 직접 읽어 주지도 않고, 어떻게든 지 몸 하나 편하려고 오디오북 띡 틀어주고 말아요. 입시는 고등학생 때부터 챙기면 되는 거 아니냐는데, 지금이 수능으로 대학 가던 시절이냐고요. 내가, 내 신랑도 지긋지긋한데 가윤 아빠랑 불륜요?"

가윤 아빠와 영우 아빠 둘 다 1패.

혜진 씨는 가윤이를 한번 안아 주고 나가면서 내 어깨를 두드려 줬다.

"가윤이랑 잘 놀아 줘요. 어린애들은 에너지가 넘쳐야 하는데 가윤이는 벌써 찌들어서 기죽어 있어서 안쓰럽더라고요. 우리 집 애들 보다가 가윤이 보면 좀 불쌍해요."

혜진 씨의 간접 공격. 진영 씨 무방비. 진영 3:혜진 3. 무승부.

* * *

혜진 씨가 가고 나서 저녁으로 미역국 라면을 끓였다. 생일이니까. 가윤이가 어째 내 방에서 조용하다 싶었는데…… 애들은 조용하면 사고 치고 있는 거라고 했다.

"방이 더러워서 내가 다 정리했어! 스티커도 붙여 줬어!"

내 방은 남들 눈에는 카오스겠지만 그 속에 질서가 있는데, 이렇게 어딘가에 홀랑 쑤셔 넣어서 휑하게 '정리'해 버리면 나는 앞으로 최소 며칠 동안 죽어라고 보물찾기를 해야 한단 말이다! 누가 책상에 덕지덕지 스티커 붙이랬어!

"잘하려구 했는데……."

"누가 잘하라고 했어!"

캄 다운. 릴렉스. 옴마니 반메훔. 어린이한테 화내면 안 돼. 아끼는 스티커 붙여 줬잖아.

"어린이는 잘하지 않아도 괜찮아. 어린이는 하고 싶은 거 하면 돼. 어른들이 잘하면 되니까. 친구 사귀려고 선물 주고 집에 데려다 주고 정리해 주지 않아도 돼."

"안 그러면 친구가 없는데. 내가 잘해 줘도 친구들이 다 싫어해."

"친구한테 먼저 '이거 해 줄까? 나는 네가 좋아서 너한 테 이거 해 주고 싶어.'라고 물어 보고 하면 돼. 수학을 못 하는 애도 있고 달리기를 못하는 애가 있는 것처럼 친구 사귀는 거 못하는 애도 있는 거야. 달리기 못한다고 놀리 면 안 되고 같이 놀아야 되는 것처럼, 친구 사귀는 거 못하 는 애도 같이 놀아야 하는 거야. 너는 네가 해 주는 거에 진심으로 고마워하는 친구, 너한테 잘해 주는 친구랑 친하 게 지내면 돼. 그 친구가 너랑 맞는 친구니까."

그러니까 나랑은 너무 친하게는 지내지 말자. 엄마아빠 는 불륜 커플을 잡으러 잠복근무 중이라 오늘밤엔 안 돌 아올 것 같다. 쓸데없는 오빠 말고, 자매가 있으면 하고 싶 은 게 있었다.

"내가 엘사 할게. 네가 안나 해."

"내 잠옷이 엘사인데?"

"엘사가 언니잖아. 내가 나이 많으니까 엘사 할 거야!"

엘사를 하고 싶으면 뭐 하나. '렛잇고' 말고는 아는 가사가 없는데. 가윤이가 더빙 버전으로 「겨울 왕국」 주제가를 부르며 빙글빙글 돌았다. 나는 올라프가 되었다. 가윤이가 내 머리 위로 눈송이처럼 잘게 자른 종이를 뿌려 주었다.

가윤이와 나란히 파자마를 입고 누워 물어 봤다.

"아까 그 상자 안에는 뭐가 들어 있어?"

"강아지랑 엄마랑 아빠."

"강아지는 왜 키우고 싶어?"

"귀엽고, 강아지는 나만 좋아해 주니까. 강아지 키우면 막 예뻐해 줄 거야."

"나도 강아지가 좋아."

사람들이 아이를 낳는 건 아이에게 사랑 받고 싶어서 일까. 막 예뻐해 주려고 낳았는데 기르다 보니까 잘 안 되는 걸까.

"가윤이 너는 크면 뭐 되고 싶어?"

"건물주. 나도 엄마처럼 부동산 하고 싶어. 집 사고 파는 거. 부동산 하려면 돈 많이 벌어야 되구, 공부 잘해야 돈 많이 번대. 돈 많이 벌어서 건물주 되어서 엄마랑 아빠랑 놀러 다닐 거야."

"그림 좋아한다며? 디자이너나 화가는 싫어?"

"그림 그려서 돈 벌려면 '영재 발굴단'에 나오는 애들만큼 잘해야 된대. 그림 대회 나가서 막 상 타오고 해야 된대. 나는 그림 잘 못 그려."

"모두가 1등 하면 누가 꼴등 하냐……. 아니, 이게 아니고, 명품도 있고 중저가 브랜드도 있어야 누구나 옷 입고 살 수 있지……. 이것도 아닌 것 같긴 한데……. 무슨 말인지 알지?"

"응. 알아. 너는 커서 뭐 될 거야?"

"나는 탐정."

불륜 잡는 탐정인 엄마는 불안정한 탐정 말고 월급과 연금이 나오는 공무원이 되라고 했다. 간통죄도 폐지되고 결혼도 줄어들어서 불륜 잡는 탐정은 사양 산업이 될 거라고. 남의 가정 해체하는데 기여하면서 돈 버는 게 사회에 기여하는 일이라고 하기엔 좀 애매하긴 하다. 나는 엄마 말을 듣지 않고 탐정이 되었다. 엄마처럼 스릴 있고 활동적인 일을 하고 싶어서. 불륜탐정이 아니라 집 나간 사람들 찾아서 집으로 돌려보내는 실종 탐정이 되었다. 엄마 같은 탐정보다는 더 나은 탐정이 되고 싶어서.

"엄마 보고 싶어?"

"응. 근데 엄마가 나 안 찾으면 어떡하지? 내가 잘못해서 엄마가 나 보기 싫어하면 어떻게 해?"

"어른들은 시간이 빨리 가니까 너한텐 하루가 엄마한텐 한 시간이야. 엄마한테도 하루가 지날 때까지 아직 더 기다려야 엄마가 찾을 거야. 벌써 집에 가고 싶어?"

"집에 가면 공부해야 되어서 집에는 안 가고 싶어. 엄마가 여기 와서 살면 안 될까?"

"여긴 우리 엄마아빠 집인데 왜 니네 엄마가 와서 살아?"

* * *

"가윤이 숨겨 놓고 왜 말을 안 했어요! 가윤이 아빠하고 짜고서 나 바보 만들면 재밌지?"

'쓰레기'가 와이프가 추궁하니까 귀찮은 거 피해 가려고 술술 다 불었댄다.

"제가 숨긴 게 아니라 가윤이가 숨은 건데요."

"이건 유괴야!"

"임시 보호인데요. 가윤이가 저한테 먼저 연락했어요. 애한텐 엄마가 시험 못 봤을 때 위로해줄 수 있는 사람이 아니라 혼내는 사람이라고요!"

진영 씨는 2:8 가르마 타고 다니던 남편 셔츠에서 버건디

색 립스틱 자국을 발견한 듯 충격 받았다.

"내가 걔를 어떻게 키웠는데! 왜 엄마가 1순위가 아니야? 내가 지한테 못해 준 게 뭐가 있다고? 다 지 잘 되라고 학원 보내면서 내가 얼마나 피가 마르는지 알아요? 주상복합 애들한테 무시당하지 않으려면 지가 공부라도 잘 해야할 거 아니야!"

"주상복합 애들이 무시 안 하면 되잖아요?"

"그런 얘기 하면 못난 놈이 징징댄다는 소리나 들어요. 억울하면 그걸 동력 삼아서 공부해야 발전이 있는데 얘는 그런 승부욕 없이 물러 터지기만 해서 내가 속이 터져요. 이 험한 세상 어떻게 헤쳐 나가려고……."

"세상이 험하지 않으면 되잖아요."

"남의 일이라고 속 편하게 지껄이지 말아요. 바로 가윤이 데리러 갈 테니까. 이게 지금 보니까 탐정이 아니라 사기꾼이잖아! 남이 뼈 빠지게 번 돈을 이딴 식으로 갈취하려고 들어? 내가 그렇게 만만했어?"

"이번엔 데려온다 치고, 다음부턴 어쩌실 건데요? 앞으로 경시대회 때마다 시험장 앞을 안 떠나고 기다리다가 잡아 오면 되겠네요. 그죠?"

"혼날 건 혼나야지, 잘 했다고 해요? 다음 번에도 또 어려운 일 생기면 도망부터 치라고 격려해 줘요?"

"방문 닫고 틀어박히는 것보다는 탈주가 낫죠. 가윤이 오면 절대 혼내지 마세요. 의뢰인 님이 엄마는 처음이지만 딸은 한번 해 봤잖아요. 어리고 힘없으니까 엄마 눈치 보면서 미안해 사랑해 하는 거 엿 같을 때 있었잖아요."

"크면 다 고마워 할 거예요. 엄마 대신 아빠가 놀아 주고 공부 잘 하면 선생님이 예뻐해 주는데 뭐가 부족해요! 가윤이는 왜 아직도 지가 먼저 문자도 안 보내요? 폰 뺏은 거 아니에요?"

"유괴범 아니라니까요! 의뢰인님도 가윤이한테 문자 안 보냈잖아요. 왜 애하고 자존심 대결을 하시냐고요! 이럴 시간에 뭐라도 하시지 왜 저하고 말싸움 하고 계시냐고요! 애랑 만나는 게 무서우세요?"

뛰는 놈 위에 나는 놈, 공부하는 놈 위에 찍는 놈 있다. 찍었는데 정답인 것 같다.

"……나는, 부모가 싫었어요. IMF 때 망하니까 제일 먼저 미술학원부터 그만 두게 하고 공부해서 좋은 대학 가라고 하더라고요. 인터넷 강의 보면서, 혼자 공부해서 좋은 대학 가야 내 앞가림할 수 있다고. 시골에서 학원 안 다니고 공부했는데도 서울대 가는 애들 기사를 내 책상 앞에 붙여 주더라고요. 부모는 개천에서 용이 나길 기대했어요. 나는 붕어인데. 학원 안 다니고도 그 정도면 내 딴에는 좋은 대학 간 건데. 교환학생이건 유학이건 한국을 떠나 버리고 싶었어요. 부모 없는 곳에서 살고 싶어서. 학원비 대 줄 돈 없으니까 독학으로 토익 공부해서 대기업 가서, 돈 많이 벌라고 하는 부모가 부담스러웠어요. 공부 잘하면 팔자 피는 것만 알고 어떻게 해야 공부 잘하는지도 모르고 지원도 못 해 주는 부모가 답답했어요. 솔직히 가윤이 혼전임신하고 결혼해서 아파트에 신혼집 차릴 때…… 좋았어요. 부모님에게서 벗어날 수 있어서. 대기업 취업 못하고 실패하면 어쩌나 두려웠는데 '취집'으로 도피할 수 있어서. 가윤이가 나 닮아서 도피성 결혼해서 나처럼 살면 어쩌지 무서웠어요. 지원만 해 주면 잘할 수 있는데 투자 안 해 줘서 재능을 썩히고 나처럼 그저 그런 사람이 될까 봐 이것저것 다 해 주려고 했어요. 애한테 해 주고 싶은 건 많은데, 돈이 없으니까 부동산도 했어요. 나같이 소심한 사람이 목돈들고 부동산 하면 밤에 잠이 안 와요. 그런데 딸년은 날 피하고, 이 집은 상투 잡아서 더 오르질 않고 정부에서 대출 조여 놔서 대출금으로 주상복합 들어갈 수도 없고……. 애 앞길은 엄마 하기에 달렸다는데. 앞으로 엄마가 발품 팔아 다닐 일은 점점 많아지는데 엄마 노릇은 도망칠 수도 없고……. 애가 날 미워하는 건 안 무서워요. 왜 엄마는 이런 대학 나와서 엄마처럼 살게 방치했냐고 원망 듣는 거보단

나아요."

이러려고 촛불 들었나 자괴감도 들었다. 부모가 스펙이 되지 않는 나라 만들려고 한겨울에 길바닥에 나갔는데.

"그래도 뭔가 하긴 하셔야죠?"

"문 열어요."

"네?"

"나 지금 집 앞이에요. 가윤이 폰에 위치추적 앱 깔아 뒀어요. 학원 빠지는지 체크하려고."

어젯밤에 가윤이가 엄마 보고 싶다고 폰에 저장된 사진 보더니……. 가윤이는 내가 있어야만 엄마랑 '대화'를 하겠다고 했다. 엄마가 다른 사람들 앞에서는 "오홍홍홍." 하면서 화 안 내고 꾹 참는댔다. 우리 집, 아니 우리 엄마아빠 집, 아니 은행이랑 공동 소유한 집에는 부모님이 쉬고 계셔서 가윤이네 집으로 갈 수밖에 없었다. 진영 씨는 일단 한숨 쉬고 이 악물고 화를 참으며 시작했다.

"가윤아, 엄마가 사랑해서 너 잘 되라고 학원도 보내고 경시 대회도 보내는 거 알지? 너 공부 말고 잘하는 거 없잖아. 가윤이가 열심히 하는 거 아는데, 대학 갈 때까지 좀만 힘내자, 응? 너 매달 학원비가 얼마 들어가는지 알아? 너 때문에 엄마아빠가 얼마나 힘들게 사는지 안 보여? 아빠가 너 학원 보내려고 맨날 야근하고, 엄마도 나중에 네가 하고 싶은 거, 살고 싶은 집 있을 때 걱정 안 하게 해 주려고 부동산 하잖아. 엄마가 생일 안 챙겨 줘서 서운했지? 선물 뭐 받고 싶어?"

가윤이가 자기가 해 주고 싶은 대로 멋대로 하고서 상대방도 좋아할 거라고 맘대로 믿는 건 엄마 닮았구나.

"강아지……."

"강아지는 키우다가 중간에 포기할 수 없어. 근데 너같이 학원 가기 싫다고 빠지고 경시대회 안 보고 도망치는 무책임한 자세로 강아지 키울 수 있겠어?"

웬만하면 안 끼어들려고 했는데.

"무책임이 아니라 저항인데요."

"가족 아닌 사람은 좀 빠져요. 부모만큼 자식을 알지도 못하면서."

"저는 지금 가윤이랑 연대하고 있는데요."

"연대든 고대든 참견 좀 그만해요. 가윤이 너, 학원 다녀오면 강아지 산책 시켜주고 밥 줄 시간 없잖아. 엄마아빠도 바빠서 안 되고."

"그러니까 가윤이한테 그 '시간'을 달라고요, 좀."

"너 학원 안 다니고도 공부 잘할 수 있어, 없어? 잘할 자신 있어?"

"없어……."

"말 똑바로 안 할래?"

"미안해요…… 말 똑바로 할게요……."

진짜 참으려고 했는데.

"야, 너 엄마 사랑하지? 사랑은 미안하다고 말하지 않는
거랬어. 미안하다고 하지 마. 학원 다니고 싶어, 안 다니고
싶어, 아니면 어떤 학원 그만 두고 싶어?"

"그만 둬도 엄마랑 집에서 학습지 해야 되잖아……."

"공부가 싫은 거지?"

"……응."

진영 씨는 가윤이의 말을 막고 몰아 세웠다.

"싫다고 다 안 하면, 엄마도 집안일 안 하고 가윤이 엄마
노릇 안 하고 맨날 밖으로 놀러 다녀도 돼? 싫어도 해야
지."

나도 날 변호했다.

"싫으면 안 할 순 없지만 덜 할 순 있어. 엄마도 아빠한
테 집안일 맡기고 며칠쯤 놀러나가도 괜찮아. 가윤아. 내가
'공부 못하면 쟤처럼 된다'의 '쟤'를 맡고 있지만, 별 문제
없잖아?"

"그거야 탐정님이 지금 부모님 집에 얹혀살고 있으니까
그런 말 나오는 거죠. 당장 독립해서 다달이 월세 내야 하
면 싫어도 월급 나오는 일 해야지 하고 싶은 대로 탐정일

할 수 있어요? 가윤이 네가 하고 싶은 대로 하려면 네 돈 벌어서 독립한 다음에 해. 이 집에서 엄마아빠 돈으로 살려면 엄마아빠 말 들어야 돼."

무심코 던진 팩트에 '부모님 집에 얹혀사는 반백수'는 상처 받는다. 온전히 내 생계를 부양하지 못하는 나는 아직 '어른'이 아니다. 가윤이가 강아지를 기르지 못하는 것처럼 나도 가윤이를 데리고 있을 수 없다. 가윤이 엄마가 가윤이를 때리지 않는다면 어디에 신고할 수도 없다. 가윤이는 결국 집으로 돌아가서 엄마를 사랑하면서도 미워하고 그런 자신에게 죄책감 느끼면서 아빠에게 무관심해질지도 모른다. 내가 할 수 있는 건 가윤이의 폰에서 위치추적 앱을 끄고 학원을 빼먹은 가윤이랑 아무것도 하지 않아도 되는 시간을 보내는 것밖에 없다.

* * *

가윤이는 바다를 배경으로 눈코입 없는 엄마와 아빠와 아이와 강아지를 그렸다. 그러더니 마음에 들지 않는지 검정 크레파스로 덧칠해 버리고 연필 끝으로 검은 색을 살살 긁어 상자를 그렸다.

"상자 속에 뭐가 있는지는 엄마아빠한테 비밀이야. 나중에 강아지 키울 때 알려 줄 거야."

가윤이가 혼잣말처럼 중얼거렸다.

"엄마가 나 보고 싶었다고 했으면 나도 상자 속에 비글 보여 주려구 했는데. 엄마는 나 안 보고 싶었을까?"

발이 성하지 않은 비둘기들에게 빵조각을 뿌리면서 가윤이가 알아들을지 모르는 얘기를 했다.

"어른들은 안 변해. 자기 엄마아빠보다 좋은 사람이 되려고 정말 최선을 다 한 게 지금 모습이거든. 그러니까 가윤아, 너도 너네 엄마아빠보다 좋은 사람이 될 거야. 「겨울왕국」에서 엘사가 집 나가서 자기 마음대로 하면서 진짜왕이 되잖아. 커서 어떤 어른이 될지 계속 생각해야 돼. 그래야 독립하면 네가 진짜로 원하는 사람이 될 수 있어."

아이 하나 기르는 데 마을 하나가 필요하다는 말은 아이 기르는 데 손이 많이 간다는 뜻이 아니었다. 이렇게 살아도 불안하지 않고 저렇게 살아도 불행하지 않은 어른이 주변에 많아야 한다는 뜻이다. 아이가 집에 들어가기 싫을 때 놀러 갈 수 있는 집이 많다는 뜻이다. 그 마을은 빨간 벽돌집에 가격을 매기지 않고, 창틀마다 화분을 내놓고 마당에 강아지와 고양이가 놀러 온다. 하고 싶은 일만 하고 돈은 못 벌어도 문제없는 어른들이 아이들을 위해 빨간 벽돌집의 문을 활짝 열어 둔다.

"가윤아, 내가 원래 열 번 의뢰하면 한 번 공짜로 해 주거든? 너는 열 번 공짜에 한 번 돈 받을게. 이번에 은화랑 금화 줬으니까 앞으로 열 번 공짜로 의뢰할 수 있어. 친구 할인이야."

나는 꼭 좋은 탐정이 될 거다. 더 좋은 어른이 될 거다. 이상한 언니가 될 거다. 가윤이가 날 보면서 마음대로 살아도 된다고 마음 놓을 수 있게.

나의 비혼식

재산깨나 있는 독신 남성에게 아내가 필요할 거라는 게 상식이라면 유능한 탐정에게 조수가 필요하다는 건 탐정 소설의 진리다. 왓슨 없는 셜록은 셜록이 아니듯이. 이번 '사건'의 조수는 지금 내 옆에서 방정맞게 들썩이며 오빠 차 어쩌고 하는 노래를 부르고 있는 내 쌍둥이 오빠다.

　"오빠 차 아니지. 우리 차야. 반반 냈잖아."

　"우리 차 뽑았다. 의뢰인 만나러 가아!"

　사실 이번 건은 '사건'도 아니다. 의뢰인은 30대 여성. 비혼을 결심하고 나니 그동안 낸 축의금이 아까워서 회수하러 가는데 동행해 달라고 했다. 혼자서는 아무래도 용기가 안 난다며. 나는 탐정이지 심부름센터 직원이 아니라고 하려다가 이놈의 똥차 때문에 수락했다. 할아버지가 죽기 전에 '탐정 투어'를 하겠다며 영국 베이커 가 221B로 떠나기 전, 오빠랑 나한테 떠맡기듯 헐값에 넘긴 이놈의 차가 '수리비 폭탄'이었다. 수리비 지출만 아니었으면 탐정의 자존심을 지킬 수 있었는데…….

"얼마 전에 썽이 만났는데, 걔가 나 보자마자 그러더라? 남매가 얼굴이 점점 닮아간다고. 내가 여장하면 너 같이 생겼을 거라던데."

"가만있었어?"

"당연히 그 자리에서 절교했지!"

"잘했어! ……너, 친구 몇 명 남았냐?"

쌍둥이의 좋은 점은 친구가 겹친다는 거다. 나쁜 점은 이란성인데도 친구들이 우리 둘이 똑같이 생겼다고 하는 거다. 내가 그래도 쟤보다는 낫지, 닮긴 뭘 닮아.

"이렇게 절교하다가 늙어서 친구 하나 없이 우리 둘만 남는 거 아니겠지?"

"돈 많이 벌어서 무조건 너랑 제일 멀고 비싼 동네에 사는 게 내 노후계획이다."

"그게 될까? 이렇게 살다가는 너랑 나랑 돈도 없고 결혼도 안 해서 계속 둘이서 한 집에 살 수도 있어."

"미쳤냐?"

"현실적으로 그렇다는 거지. 의뢰인 잘 봐 둬. 네 10년 후니까."

배우자의 불륜증거 잡는 탐정인 부모 밑에서 자라면 부모님은 평범하게 결혼생활을 하는 것 같은데도 자연스럽게 비혼주의자가 된다. 워낙 막장 케이스를 많이 보고 들어서.

* * *

의뢰인은 비혼'주의자'는 아니라고 했다. 결혼을 포기한 건 아닌데, 이제는 더 이상 소개팅이 들어오지 않고 연애할 기회도 없어서 '어쩌다 보니' 비혼이 되었다고 했다. 의뢰인이 메들리로 들으면 재미있다며 들려준 소개팅 전적은 이랬다.

"사회생활 초반에 만난 소개팅남은 은근히 돈자랑을 했어요. 집에서 한강이 보인다기에 나도 집에서 개천이 보인다고 했더니 이번엔 직접적으로 나한테 어디 사냐고 하더라고요? 데려다 주려나 싶어서 경기도민이라 서울에서 소개팅하면 집까지 두 시간 걸리는데 얘기하면서 가다 보면 금방 간다고 했는데 답이 애매모호했어요. 셔츠 끝에 이니셜 자수를 만지작거리길래 '평소에 물건 잘 잃어버리시나 봐요? 옷에도 이름을 박으셨네요.' 했더니 말이 없어지고.

내가 그런 걸 사 본 적이 없는데 명품 셔츠는 이니셜 자수 박아 준다는 걸 어떻게 알았겠어요? 그러고 보니 괜히 머리 쓸어 넘기면서 보여 준 손목시계도 명품이었나 봐요. 있는 놈이 더 절약한다더니 커피만 마시고 갑자기 일이 생겼다며 소개팅 파토낸 놈, 결혼 사기 당해서 확 망해 버려라!

'지적인 남자'라며 소개받은 사람도 있어요. 서로 좋아하는 책 얘기도 하고, 취향이 비슷하다 싶었죠. 근데 그 남자 메일 ID로 검색해서 트위터를 찾아 봤는데, 변태도 그런 상변태가 없더라고요. 아니, 여자가 넘어지면 일으켜 줘야지, 치마 속을 왜 봐? 강풍 부는 날 우산으로 얼굴 가리고 저 여자 치마가 언제 펄럭거리나 주시하는 게 뭐 그리 떳떳하다고 트친들이랑 공개적으로 떠들어? 소개팅 할 때 원피스 입고 나갔는데 저 새끼가 내내 뭘 상상하고 있었을까 생각하니까 소름끼치더라고요. 그 새끼는 왜 제가 안 만난다고 했는지 궁금했을 거예요. 그 새끼 트위터, 주선자한테 알려 줬죠. 주선자가 여자였는데, 그 새끼랑 지금은 상종도 안 해요.

진짜 완벽한 남자도 만나 봤죠. 잘생기고, 젠틀하고, 근데 얘기를 하면 할수록 숨이 턱턱 막히는 거예요. 내가 지금 멘토링을 받나 소개팅을 하나. 영어 학원 새벽반 다니고, 주말마다 저소득층 청소년들 무료과외 해 주는 봉사활동을 하고, 유기견 입양해서 키우고 있고, 직장인 밴드도 하고 있다는 얘기를 듣다 보니 내가 막 쓰레기 같고, 인생 망치면서 방탕하게 사는 것 같은 죄책감이 느껴지고. 진짜 좋은 남잔데, 딴 여자 줬으면 좋겠다……. 내가 가지기엔 너무 부담스럽다……. 근데 이 남자가 헤어질 때 뭐라고 했는지 알아요? 저랑 얘기가 너무 잘 통했대요. 나는 듣기만 했는데? 혼자서 다 떠들어 놓고 뭐라는 거야. 예의 바르게 잘 들어가셨냐고 카톡 보내고 그 다음 말은 안 했어요.

가장 최근에는…… 소개팅 전에 자기 사진 보내면서 내 사진도 보내 달라고 하더라고요? 세상엔 멀쩡해 보이는 미친놈도 있잖아요. 전에 그 상변태 새끼처럼. 내 얼굴 사진을 뭐랑 합성할지 어떻게 알아요. 사진 보내지 않고, 어떤 스타일 좋아하시냐고 했더니 '여성스러운 스타일'이래요. 그래서 나는 머리 커트로 자르고 다니고, 안구 건조증이 있어서 렌즈 못 껴서 뿔테 안경 쓴다, 이랬더니 소개팅 장소랑 시간을 안 잡고 말을 빙빙 돌리길래 만나지도 않고 잘 퇴치했죠. 지는 핑크 셔츠에 단추 두 개 풀고 흰 파나마 햇에 흰 바지 입은 사진 보낸 주제에. 지같이 시커면 아저씨 같은 얼굴에 그 패션이 어울린다고 생각했나.

남자들은 뒤에서는 여자들 더치페이 안 한다면서 소개팅 밥값 반씩 내거나 자기 거 자기가 계산하자고 하면 떨

떠름해 해요. 한번은, 아, 그 인간은 얼굴이랑 이름도 기억이 안 나는데, '나도 벌 만큼 벌어요.' 하면서 내가 낸다고 했더니 기분 나빠 하던데요? 하여간 남자들은 유치해서 밥값은 지가 내는 대신에 여자는 소개팅 내내 웃으면서 우쭈쭈해 주길 바란다니까요. 내가 지 엄마도 아닌데, 처음 보는 남자가 뭐 그리 대단하고 재밌겠어요."

그래도 이제 더는 '기회'가 없다고 여기는 건 좀 너무 이른 거 아닌가, 싶었는데 의뢰인의 설명은 이랬다.

"사내연애는 신입 때 입사동기랑 하거나 사수랑 하지 새삼 몇 년씩 본 사람들하고 갑자기 사귀겠어요? 다른 팀이랑 프로젝트할 때는 그냥 다 서로 야근에 찌들어서 호감이 생길 수가 없고요. 결국 방법은 동호회 아니면 소개팅으로 일부러 만나는 건데, 저번에 동호회 나갔더니 몇몇이 저처럼 취미활동은 관심 없고 소개팅 상대 찾으려고 두리번거리기만 해서 분위기 엉망진창 되고 와해되었고요. 30대쯤 되면 소개팅이 아니라 맞선이라서 스펙 교환하고 면접 보듯이 서로 평가하는데, 내가 그 치열한 경쟁 뚫고 입사하는 과정에서 질릴 만큼 질린 짓을 주말에 소개팅 나가서까지 또 해야 하나 싶으니까 때려치우는 거죠. 이 나이에는 주말에 집에서 뒹굴거려야 피로가 풀리는데, 다음 한 주가 피곤할 걸 각오하고 나간 소개팅이나 동호회가 그 모양이라니까요. 이제 내 인생에 로맨스는 없어요."

"그런데 왜 갑자기 축의금을 회수하려고 하는데요? 급전 필요할 일이 생긴 건가요?"

"취직한 이후로 진짜 해외여행 한 번 안 가고, 사람 안 만나고, 군것질도 안 하고 옷도 SPA 브랜드에서 계절에 한 두 벌만 사고, 스마트폰 요금제 제일 싼 걸로 가입하고서 와이파이의 노예가 되어서 살고, 미용실에서 커트만 하고, 다이어트 한다는 핑계 대고 점심 굶고, 돈 안 들이고 운동 하려고 유튜브 틀어놓고 홈트하고 그렇게 살았거든요? 매일 야근해서 수당도 많이 받고, 취하고 싶으면 안주 없이 깡 소주만 마시고⋯⋯. 그렇게 좀 모으면 엄청 낡고 후진 17평 아파트 살 수 있겠더라고요. 이제 나도 전월세 난민 생활 좀 제발 청산하자. 근데 1년 사이에 내가 봐 둔 집이 1억이 올랐네요? 집 보러 간다고 했더니 집주인 새끼가 그 자리 에서 2000만 원을 올리더라고요. 더 저렴한 집은 없었냐고 요? 있었죠. 밤늦게 퇴근하면 인적 없는 골목길을 벌벌 떨 면서 귀가해야 하는 동네에요. 다른 건 포기해도 안전은 포기할 수 없잖아요? 근데 직장 동료가 내가 집값 때문에 포기한 바로 그 동네에 집을 샀다는 거예요. 자기 돈 남편 돈 하고 합치고 대출에 부모님 도움 받아서. 결혼은, 사랑 하는 사람하고 같이 사는 게 아니라 '네 돈과 내 돈을 합

나의 비혼식 163

쳐서 우리 집을 사는 거'더라고요. 갑자기 그동안 냈던 축의금이 아까운 거예요. 쟤들은 결혼해서 집도 사고, 애도 낳아 기를 텐데 나한테 축의금까지 받았어야 했나. 돌려받자."

난 의뢰인보다 적게 벌고 펑펑 쓰고 살았구나······. 오늘 오전에도 기분 전환 한다고 쇼핑몰 장바구니 비웠는데.

"······그렇게 살면 살은 빠져요?"

"빈혈 오고 갑상선 수치 나빠져요. 사는 게 피곤하고 짜증나고 요요 와요. 굶는 다이어트는 절대 하지 마요."

그냥 이게 전부일까. 이 정도에 탐정까지 알아본 걸까. 수상하다. 그렇다고 나, 탐정 전일도가 겨우 이 정도에 조수를 달고 나온 건 아니다. 오빠라는 인간이 제대하고 복학하기 전에 할 일 없어 심심하다고 따라 나왔다.

"첫 번째는 의뢰인 하고 고등학교 다닐 때부터 친구인데, 축의금 20만 원, 돌잔치 축하 10만 원 합해서 30만 원 받아낼 거라고 하니까 좀 알아 봐."

"이 정도는 네가 알아볼 수 있잖아. 의뢰인이 인스타그램까지 다 알려줬는데. 좀 고급 업무는 없어?"

"너 지금은 탐정 아니고 탐정 조수로 따라 나온 거 알지? 네가 분명히 아무거나 다 하겠다고 해서 데려 왔는데 말이 많다?"

"나라 지키고 왔더니 등록금도 오르고 동생도 나 무시하고! 내가 이러려고 군대 다녀왔냐?"

"남들은 나라 지키려고 갔지만 너는 네 몸 지키려고 간 거잖아."

오빠는 부모님처럼 불륜 증거 잡는 탐정이다. 입대하기 전, 어느 사모님한테서 남편이 젊은 여직원이랑 바람피우는 증거를 잡아 달라는 의뢰를 받았는데, 미행하다가 의뢰인의 남편에게 들켜 버렸다. 의뢰인의 남편은 조폭을 풀어 오빠를 협박했고 오빠는 "그래도 교도소보단 군대가 낫겠지?"라며 입대를 했다. 내가 보기엔 탐정이 미행하다가 딱 걸렸다는 쪽팔림도 입대 사유였던 것 같다. 중년 사장과 사귀던 젊은 직원은 얼마 안 되어 퇴사하고 또래의 잘생긴 남자랑 연애를 시작했는데, 이 남자가 사장한테는 '갑님'이라서 사장이 물러날 수밖에 없었다. 오빠의 의뢰인도 그럭저럭 흐지부지 소 닭 보듯 아직까지 결혼생활을 유지하고 있다.

"의뢰인 친구…… 그냥 육아휴직 중인 평범한 아기 엄마인데?"

"내가 다시 봐서 안 평범한 거 나오면 개당 1000원씩이다?"

"야, 이거 봐봐. 되게 끈질긴 악플러 하나 있다. 뭐 하나

올릴 때마다 악플 다네. 차단하니까 아이디 바꿔서 또 악플 달았는데? 의뢰인 친구가 아기랑 같이 카페 갔는데 애가 우는 바람에 커피를 카페에 두고 나왔다고 하니까, 카페에서 애 울리는 거 민폐라고 악플 달았어. 다른 댓글들이 애 우는 걸 배려해야 애가 사회성을 기르는 거라고 하니까 결혼 못하고 애 못 낳는 자기가 사회적 약자인데 애 데리고 카페 오는 맘충을 왜 이해해야 하냐고 해서 댓글을 전쟁터로 만들어 놨다. 사진마다 다 시비 거는데 애 엄마는 그래도 꿋꿋이 맨날 애 사진 올리고 있고. 악플러도 끈질기고 애 엄마도 질기다, 질겨…… 그래도 엄마만 욕하고 애는 안 건드리네? 이 아이디가 우리 의뢰인이구나. 의뢰인도 피곤하겠다. 맨날 애 사진에 부럽다, 귀엽다 댓글 달아주고, 악플러 욕도 해 주고."

쌍둥이 친오빠가 조수로 따라 나올 거라고 미리 얘기했는데도 의뢰인은 우리를 2인조 사기꾼 보듯 했다.

"별로 안 닮았는데요……?"

"제가 메이크업을 너무 잘해서요. 메이크업 지우면 닮았어요."

오빠가 소리 없이 빵 터진 게 더 기분 나빴다. 아, 자존심 상해. 그러거나 말거나 오빠는 잽싸게 내 의뢰인한테 명함을 줬다.

"안녕하세요. 지금은 조수로 따라 나왔지만 원래는 '가정적인 불륜탐정' 전가정입니다. 주변에 가정불화 있으신 분들 계시면 소개 부탁드려요."

의뢰인이 첫 번째 찾아갈 집은 신도시의 신축 아파트였다. 현관에서 종 모양 클로슈햇을 썼다. 챙이 작고 모자가 높아서 키가 좀 커 보이겠지.

"우리나라는 분양도 신혼에 애 있으면 유리해요. 애 안 낳는 1인 가구는 혜택이 별로 없어요."

의뢰인의 친구는 의뢰인을 반갑게 맞이했다. 나랑 오빠는 졸지에 의뢰인의 후배가 되었다. 아기 엄마는 나와 오빠에게 변명부터 했다.

"집 안이 좀 정신없죠? 애들이 있으면 인테리어 같은 거 꿈도 못 꾼다니까. 대리석 바닥은 애 다칠까 봐 다 매트 깔아서 가려 버리고 가구 모서리마다 쿠션 붙이고, 장난감은 총천연색으로 거실에 다 늘어놓고. 매번 정리해도 다시 어질러진다니까요."

아기 엄마는 커피를 타더니 말릴 새도 없이 바로 찬물을 섞었다. 혹시 뜨거운 커피를 아이에게 흘릴까 봐 커피를 타자마자 미지근하게 만드는 게 습관이 되었다고 했다. 의뢰인은 커피에 손도 대지 않았다.

"너 진짜 잘 왔어. 첫째 키워 봐서 둘째는 수월할 줄 알왔더니 두 배로 힘들어. 나 요새 매일 울어. 첫째도 아직 어린데 신생아 돌보느라 정신없으면 첫째가 자기도 봐 달라고 징징대고. 바쁘니까 욱 해서 첫째한테 소리 질렀다가 밤에 애들 재우고 나면 첫째도 아직 아기인데 내가 애한테 이러면 안 되지 싶어서 미안하고, 둘째는 둘째대로 첫째 때 만큼 전적으로 봐 주지 못해서 미안하고. 오해하지 마. 내가 애를 안 사랑하는 건 아냐. 진짜 내가 제일 잘한 게 애 낳은 거야."

"그래도 인스타에 애들 사진 올리면 인친들이 귀엽다 예쁘다 해 주잖아. 그 맛에 애 키우는 거 아냐?"

"독박육아 하다 보니까 인스타로라도 소통하는 거지. 애들하고만 하루 종일 있다 보면 사회랑 차단된 느낌이 든단 말이야."

"신랑은 여전히 바빠?"

"신랑 퇴근하면 나도 육아퇴근 좀 하고 싶은데 매일 지도 피곤하다고 하니까. 옹알이하는 둘째랑 혀 짧은 소리하는 첫째랑 있다 보면 인간의 언어로 대화하고 싶어서 남편 기다리는데 막상 얘기 시작하면 벽하고 말하는 것 같아. 자기도 하루 종일 애랑 놀고 싶단 소리나 하고. 남의 애도 아니고 우리 앤데 뭐가 힘드냐고 하고. 남편은 회사에서 사람도 만나고 일도 하는데 나는 집안에만 있으니까 수준 차이 느껴지고. 매일 야근하고 주말도 없이 일하니까 짠해서 싸우지도 못하겠어. 부부 사이에 딱히 불화가 있는 건 아닌데 점점 대화가 없어진다. 그러니까 네가 좀 자주 와."

네 살쯤 되어 보이는 첫째가 자꾸 어른들 말하는데 끼어들려고 했다. 오빠가 얼른 식어빠진 커피를 한입에 들이켜더니, 애를 데리고 거실 구석으로 가서 비행기를 태웠다. 저거 어디서 보던 건데…… 유격체조 8번 자세였나. 집에서는 날 다이어트 시킨다는 구실로 유격체조 시키면서 조교 흉내 냈었는데 여기서는 "오구오구, 재미쪄요?" 이러고 있다. 비행기는 어느새 "크아앙 나는 무서운 티라노사우루스다!"로 변신했다. 오빠는 나와 의뢰인 쪽을 흘깃거리며 간절하게 눈빛으로 구조 신호를 보냈다. 잠깐, 애한테 걸그룹 노래 불러주면 어쩌냐. 동요 불러 줘야지. 참견하려는데 의뢰인이 날 툭 쳤다. 드디어 내가 끼어들 타이밍이었다.

"두 분 많이 친하신가 봐요? 결혼식 때 축의금 20만 원이나 내셨다면서요? 돌잔치 때도 10만원 내시고. 원래 은혜는 돈으로 갚고 우정은 돈으로 계산하는 거라잖아요."

의뢰인이 작정하고 랩 하듯 호흡 없이 빠르게 말했다.

"그 30만 원 돌려 줘. 빌리는 거 아냐. 되돌려 달라는 거야. 내 결혼식 때 축의금 돌려준다고 했지? 난 결혼 못 하니까 그냥 지금 줘. 내 장례식에서 조의금으로 되돌려 줘

봤자 나는 그 돈 못 만져 보니까 지금 달라고."

"너 뭐 급한 일 생겼어? 이렇게 갑작스럽게 말하면 어떻게 해. 육아휴직 하느라 수입이 줄었는데도 애 기저귀 값에 장난감 값에 나갈 돈은 많고…… 얼마나 빠듯한데. 이 집 대출금도 남았고."

"넌 애 있고 집 있고 남편 있잖아. 난 아무 것도 없어. 나한테 앓는 소리 하지 마."

"너도 좋은 사람 만나서 결혼할 거야. 요새는 마흔에도 애 낳더라. 결혼 안 해도 혼자 재밌게 살면 되고."

"입에 발린 말 하지 마. 난 결혼할 가망 없고, 비혼으로 산다는 건 사회가 '표준적'이라고 하는 평범한 삶을 살지 못한다는 거야."

"너 나랑 싸우러 왔어? 왜 이렇게 꼬였어?"

"나한테는 육아 잘하는 남편도 네 애보다 발달이 빠른 애도 없으니까, 질투할 것도 없어서 나한테 육아 힘들다고 징징대는 거 아냐? 근데, 나는 사실 그동안 네 얘기 재미도 없고 공감도 안 되고 들어주기 싫었어. 남의 자식이 귀엽긴 뭐가 귀여워. 시끄러운 애새끼지. 네 애새끼 얘기는 네 남편이랑 해. 난 네 '맘스플레인' 지겨워."

오빠가 애를 다리에 매달고 놀아 주다가 내려놓고 기어들어 가는 소리로 말했다.

"신나게 놀았으니까 이제 꿀잠 잘 거예요."

예상치 못했던 30만원을 털리게 생긴 애 엄마는 짜증난 말투로 받아 쳤다.

"지금 자면 밤에 안 자는데."

의뢰인도 뾰족하게 대꾸했다.

"아빠도 안 놀아준다는 애랑 놀아 줬으면 고맙다고 해야 지."

친구는 모바일 뱅킹으로 바로 돈을 보냈다. 식탁 위엔 의뢰인의 커피가 그대로 남았다. 아파트 단지를 벗어나고서야 의뢰인은 다리가 풀린 듯 벤치에 앉더니 바로 전화를 했다.

"어, 엄마. 30만 원 오늘 중으로 보낼게. 지금 일 끝났으니까 나 들어가면 바로 병원 가자. 준비하고 있어."

의뢰인은 지친 얼굴로 내게 말했다.

"집안에 돈 들 일이나 부모님 수발 들 일 있으면 비혼 자녀 찾게 되어 있어요. 나도 언니 하나 있긴 한데 언니는 결혼해서 애가 있으니까 돈 없다, 시간 없다 하면서 다 나한테 미루거든요. 부모님도 당연하게 날 찾으시고. 큰 애는 자기 식구가 있잖니, 하면서. 언니 바쁠 땐 조카들 치다꺼리까지 내가 했는데, 남이면 고마워라도 하지, 가족들은 고마워하지도 않아요. 안 해 주면 서운해 하면서. 그렇다고 가족을 버릴 수도 없고."

오빠는 의뢰인이 내 미래라고 했다. 막연히 10년 후쯤이면 집도 하나 있고 탐정으로서도 잘 나가고 있고 모든 게 문제없을 거라고 생각했다. 10년 후면 부모님도 나이 드시겠지. 오빠도 결혼 안…… 못 할 테니 부모님을 공동부양할 수 있어서 그나마 다행일까.

"나도 탐정님 나이 때는 30대가 되면 집도 있고 남편도 있고 애도 있는 커리어우먼이 될 줄 알았는데. 아니면 골드 미스가 되거나. 근데 지금은 그냥 혼자 사는 월급쟁이네요. 나는 늙으면 자식도 없는데 그때까지 우리나라 노인복지가 괜찮아질까 모르겠어요."

"악플, 왜 다셨어요?"

아까부터 의뢰인과 눈 마주치지 않고 폰만 들여다보고 있던 오빠가 툭 말을 던졌다.

"유능하시네. 어떻게 추리했어요?"

"일주일 전부터 악플이 안 보이더라고요. 재, 아니 전일도 탐정한테 연락하신 날부터요."

"오랫동안 친구였으니까, 알고 지낸 시간이 아까워서, 내가 재 질투하는 건 지질한 거라서 대놓고 싸우면 내가 더 보잘 것 없어지니까, 재 몰래 악플 달고, 나한테 울면서 전화하고 카톡 하면 위로해 주는 척 하면서 넌 아무것도 모

른다고 속으론 우쭐했죠. 걔가 '너는 시월드도, 부부생활
도, 육아로 성숙해지는 것도 아무것도 모르지? 편해서 좋
겠다. 부럽다.' 이러면서 은근히 까는 거, 내가 눈치 못 챘
을 거 같아요? 걔가 모르고 내가 아는 것도 있어야죠. 사
람은 겉보기랑 다르다는 거 그런 거. 알아요. 내가 유치하
고 못된 거. 자격지심인 거."

"그래도 친구분이랑 절교할 건 아니었으니까 악플용 계
정을 따로 만드신 거죠? 축의금 20만 원이면 진짜 절친이
었다는 건데, 왜 이제 와서 영영 다시 안 보려는 건데요?"

"걔랑은 기혼과 비혼으로 나뉘니까 이제는 공통된 주제
도 없어서 할 말도 없고요. 사실 어른의 문제는 대개 돈 문
제잖아요? 근데 돈 문제는 나보다 돈 많은 사람과는 내가
구차해져서 얘기 못하고, 나보다 돈 없는 사람한테는 염장
지를 것 같아서 얘기 못하고, 그냥 혼자 고민하고 해결해
야 하니까, 고민을 나눌 친구라는 게 없어지죠. 노는 거야
난 혼자서도 잘 노니까요."

나와 달리 공부를 좀 해서 대학에서 심리학을 전공하는
오빠는 상담실에서 본 걸 따라 했다. 몸을 의뢰인 쪽으로
기울이고 눈을 응시하며 느릿한 말투로 공감하는 포즈를
지어 보이는 거.

"마음이 좋지는 않으시겠어요."

"30대가 20대보다 좋은 게 뭔지 알아요? 20대 때 되게 대단해 보이던 것들이 30대에는 작게 보인다는 거예요. 10년 넘은 친구 손절해도 난 내일 출근해야 하고 월급이 줄어드는 것도 아니니까, 절교 같은 거, 별 일 아니에요."

오빠가 저러면 가끔 울음을 터뜨리는 의뢰인도 있었는데 이번 의뢰인은 시크했다. 의뢰인과 다음 약속을 잡고 헤어지고 나서 오빠는 차에서 라디오도 음악도 틀지 않았다. 노래도 안 불러서 좋긴 한데, 어째 좀 불안하다.

"야, 나 의뢰인한테 반했나 봐. 심장이 두근거렸어."

"그거야 카페인이 안 받는 체질인데 커피를 원샷했으니까 그렇지."

'센 여자'한테 끌리는 건 우리 집안 남자들 유전이었다. 할아버지는 우리 남매가 어릴 때부터 "전씨 집안 남자는 별로야. 딸이랑 며느리가 잘 나서 그나마 이 정도 진화한 거지. 니네 부모를 봐도 알잖냐. 그러니까 가정이 너도 너보다 똑똑한 여자 만나서 결혼해야 돼. 그러려면 여자가 잘 나가는 동안 네가 집안을 책임져야 되어서 네 이름을 '가정'이라고 한 거다."라고 세뇌를 시켰다. 그런 말을 할아버지가 하면 어떻게 해. 할아버지도 전씨 집안 남자면서. 내가 "오빠가 결혼 못 하면 어떻게 해?" 했더니 할아버지는 바로 "혼인신고 할 때 자식은 엄마 성 따를 거라고 정하면 된다더라."고 했다. 대체 어디까지 알아보신 걸까. 전씨 집안 여자는 일도 잘 하고 돈도 많이 벌어야 해서 내 이름은 '일도'였다.

"몰래 악플이나 다는 여자가 뭐가 좋다고."

"자기가 뭘 하고 있는지, 자기가 어떤 사람인지 아는 사람 별로 없어."

부모님과 오빠의 불륜탐정 업무를 보다 보면 남탓 하는 불륜남녀가 수두룩했다. 와이프가 안 가꿔서 매력이 떨어져서, 신랑이 무심해서, 상간녀가 먼저 날 꼬셔서…… 그러니 의뢰인은 희귀한 케이스였다.

"날 칭찬해 줬고. 남자는 자길 알아봐 주는 사람을 위해 목숨도 버린다는데."

이건 좀 슬픈 이유다. 오빠는 사실 유능한 탐정은 아니었다. 추리보다는 의뢰인이나 상대를 살살 구슬려서 사건을 해결하는 편이었다. 그건 나도 도긴개긴이긴 하지만 나는 어떻게든 사건 해결하고 돈 받으면 되는 거 아닌가, 하는 편이었고 오빠는 '진짜 탐정'이 되고 싶어 했다. 겉으로는 아무렇지 않은 척, 겁먹지 않은 척, 대범한 척 했지만 미행하다가 들킨 '사고'가 탐정으로서의 자존심에 상처를 크게 남겼을 거다.

"의뢰인 누님이 보기에 오빤 완전 애기인 거 알지?"

"정신연령은."

"정신연령 차이는 더 심하지."

* * *

의뢰인의 다음 절교 상대는 대학 다닐 때 짝사랑했던 동아리 선배였다. 오빠는 이번에는 따라오지 않……. 오빠가 탐정을 계속 할 거라면 미행은 포기하는 게 나을 것 같다. 아빠 양복 훔쳐 입고 나오면 다른 사람은 몰라도 나는 알아보잖아! 조용히 오빠에게 메시지를 보냈다.

— 아빠 양복 왜 입었어?

— 남자는 수트빨이니까.

— 그냥 아빠 옷 훔쳐 입고 나온 거 같아.

의뢰인은 어제보다 화장도 진하게 하고 고대기로 머리에 웨이브도 넣고 원피스를 입고 왔다.

"그 선배는 왜 좋아했어요?"

"잘생겨서……."

오빠는 탈락이다.

"잘 챙겨 주고 배려도 잘 해 주고. 근데 알고 보니 나한테만 그랬던 건 아니었더라고요."

"짝사랑만 하셨어요? 대시는 안 해 보시고?"

"동아리에 다른 여자 선배 좋아한다고 해서 그냥 포기했어요. 그 선배가 나보다 예쁘고 성격도 좋아서 승산이 없겠더라고요……. 사실 내가 그 정도로 좋아하진 않았겠죠. 고백해 버리고 동아리 그까짓 것 탈퇴하면 되는데 그렇게까진 안 했으니까요."

카페 문이 열리고, 의뢰인의 옛 짝사랑남이 들어왔다. 의뢰인 눈이 낮은 건지 세월이 야속한 건지 짝사랑남은 배 나온 아저씨였다. 의뢰인이 훨씬 아까웠다. 오빠가 좀 승산이 있겠는데……. 이번에는 의뢰인 혼자 옛사랑남을 만났다. 나는 옆 테이블에 있다가 의뢰인이 탁자를 두 번 치면 도와주기로 했다. 불륜탐정 집안 딸의 '느낌적인 느낌'으로, 유부남이 혼자 여자 만나러 순순히 나오면 흑심이 있는 거다.

"와, 너는 하나도 안 변했네. 좋은 소식 있어서 연락한 거야?"

"저는 아직 좋은 소식 없죠. 오빠는 잘 지내요? 언니는요? 아기는 이제 세 살인가, 말문 트이고 한창 예쁠 때죠?"

"애는 귀엽지. 선영이는 아줌마 다 됐어."

너님도 아저씨 다 되셨어요.

"요새도 언니한테 모닝콜로 노래 불러 주고 그래요? 굿 나잇송도 불러 주고?"

"애한테 상어가족이나 불러 주지. 애 태어나면 사랑으로 사는 거 아냐. 전우애로 사는 거지."

"연애할 땐 그렇게 닭살 돋더니. 신혼 때는 향초 켜 놓고 부부끼리 와인 마신다고 그랬잖아요."

"이제 그런 거 꿈도 못 꾼다. 맨날 애 재우다가 잠들어 버리는데 부부끼리 밤에 와인 마실 시간과 체력이 어딨어. 애 유치원만 들어가면 이혼하려고. 일 그만두고 애만 키우는데도 뭐가 힘들다고 산후우울증 오고 그 다음엔 독박육아 우울증까지 쌓이니까 맨날 싸우기만 해서 이제 사랑이고 정이고 의리고 다 말라간다. 맨날 '육아는 아이템빨'이라면서 택배만 잔뜩 시키는데도 힘들댄다."

"제 친구 하나도 독박육아 하는데 어른의 언어로 대화하고 싶어서 맨날 남편 기다린대요. 오빠도 집에 가자마자 애 받아 안고 육아하면서 대화 좀 해요. 언니 좀 쉬게. 제 친구를 봐도 애 키우는 거 힘들어서 우울증 올 만 해요. 택배 덜 오게 하려면 오빠가 육아 아이템이 필요 없을 정도로 몸으로 때워야죠. 근데 한편으론 언니가 부럽네요. 일 그만둬도 남편이 버니까. 전 회사 그만두면 당장 손가락 빨아야 해서 절대 퇴사 못하는데. 역시 돈 버는 배우자가 최고의 안전망이죠. 애 없이 육아휴직 하고 싶어요. 애 없이 아동수당도 좀 받고 싶고. 뼈 빠지게 돈 벌어서 세금 내면 남의 애 복지로 다 나가네요. 국민연금 제대로 나올지도 모르겠는데."

"역시 넌 사회생활을 해서 이해심이 깊어. 선영이는 내가 가족 위해 일하는 것도 몰라주고 바가지만 긁는데. 지가 독박육아 하는 동안 나는 외벌이 하면서 얼마나 책임감과 부담감에 시달리고 '절대 잘리면 안 된다'는 스트레스 받는지 너도 공감하지? 회사 다니는 거 얼마나 고달파. 그러니까 집에 가면 좀 맘 편히 쉬고 싶은데 와이프는 그런 거 이해 못해. 나 혼자 아무리 희생과 노력을 해도 더 이상 안 될 때가 온 거 같아. 너는 왜 아직 결혼 안 했니? 너 같이 착하고 예쁜 애가 왜?"

"살다 보면 그런 거죠."

이 아저씨야, 듣고 싶은 말만 듣지 마라, 좀. 네 희생과 노력이 아니라 우리나라 사회적 안전망이 얄팍하다는 뜻이잖아. 그 이해력으로 사회생활은 어떻게 하니.

"오랜만에 만났는데 점심시간에만 만나기는 너무 짧다. 이따가 저녁 같이 먹을래?"

애 아빠야, 저녁 같이 먹고 그 다음엔 뭐 하려고?

"일찍 들어가서 애랑 놀아주셔야죠."

"그럼 언제 시간 되니?"

유부남이 어디서 수작질이야.

"저 요새 바빠요."

"그럼 왜 만나자고 했어? 너도 나한테 마음이 남아 있었던 거 아냐?"

의뢰인이 꾹 물었던 입술을 떼고 내뱉듯 말했다.

"축의금 돌려받으려고요."

"……너 꽃뱀이었니?"

"꼴랑 7만 원 돌려주기 싫어서 날 꽃뱀으로 몰아요?"

"네가 대학생 때 나 좋아했던 거 나도 알고 있었어."

"그때도 좋아하지 않았어요. 지금도 그렇고요. 착각하지 마세요."

의뢰인은 아직 탁자를 두드리지 않았다. 그래도 가 봐야 하나 생각하고 있는데 오빠가 먼저 일어났다. 필살기인 눈웃음을 장착하고서. 그거 엄마한테나 통하지 다른 사람한텐 안 먹힌다니까.

"누나, 아직 안 끝났어요? 이 아저씨는 누구……?"

"선배의 남편."

드라마를 너무 봤나. 어디서 남친인 척이야.

"아, 그분이시구나. 안녕하세요, 형님이라고 불러도 되죠? 누나한테 얘기 많이 들었어요. 누나가 형님이 7만 원도 없는 것 같다고 걱정하더라고요."

"아니, 그 정도는……."

"금방 일어나실 거죠? 저 그 자리 앉아서 누나랑 얘기 좀 하려고요. 형님, 저 커피 한 잔 사 주실래요? 제가 저녁 때 술 사 드릴게요."

"너…… 남동생 있었니?"

"남동생 아니고요, 요새 애들 말로 '썸남'이라고, 아시 죠? 형님, 저는 그린티라테에 에스프레소 샷 추가하고 휘핑 올려서 자바칩 추가하고, 우유 대신 두유로 해 주세요. 저 녁 때, 몇 시에 어디서 만나실래요? 이 근처 맛집 아세요?"

개저씨가 일어나 오빠가 불러 준 음료를 주문했다. 다이 어트 해야 한다면서…… 시럽도 추가하지 그랬냐.

"야근해야 할 것 같아서 술은 못 얻어먹겠다."

"아쉽네요. 형님이 사 주신 건 잘 마실게요. 침은 안 뱉 으셨겠죠?"

얄밉게 컵을 흔들어 보인다. 나도 저거 좋아하는데. 아 니, 근데 샷 추가는 안 했어야 하지 않나. 카페인 섭취하면 두근거린다면서. '더러운 옛사랑의 그림자'는 뒤도 안 돌아 보고 카페를 나가 버렸고 의뢰인은 테이블에 고개를 묻었 다. 웨이브 단발머리가 숙인 어깨로 흘러내렸다. 나는 얼른 의뢰인과 오빠가 앉은 테이블로 갔다. 다행히 4인석이어서 내 자리가 있었다. 일단 오빠의 음료를 뺏어서 한입 쭉 마시고 의뢰인을 위로했다. 오빠는 의뢰인 앞이라서 아무 말 못 하고 눈만 한 번 치떴다.

"죄송해요······ 조수가 나대서······. 괜히 지가 뭐라도 되는 줄 알고 난입해서······."

"내가 저런 새끼를 한때나마 좋아했었다는 게 짜증나고, 저 새끼가 날 만만하게 보고 추근댄 게 자존심 상해요."

"의뢰인님, 아니 저기······."

오빠가 적당한 호칭을 찾다가 포기하고 얼버무렸다.

"그 새끼가 이제는 알았을 거예요. 의뢰인님이 20대 연하남이랑 썸 탈 수 있는 매력적인 사람이란 거. 제가 더 좋아하는 걸로 보였을 거예요."

"남자들은 여자 옆에 자기보다 괜찮은 남자가 있어야 뒤로 물러서요? 남친 없는 여자는 다 지가 껄떡일 수 있는 여자고? 서른 넘어도 철이 덜 들었나. 모자란 새끼."

연하남도 연하남 나름이지 아직 학생에 탐정이라고 해 봤자 버는 돈 별로 없고 잘생긴 것도 아니고 아빠 옷 훔쳐 입고 나오는 연하남은 좀 아니라니까. 의뢰인이 오빠 너하고 얽히려고 그동안 그렇게 열심히 살았겠냐.

의뢰인의 스마트폰이 울렸다. 진짜 끝까지 지질한 새끼다. 7만 원을 현금으로 주기 싫어서 기프티콘으로 보내 주냐. 동전으로 안 줬으니 그나마 다행인가.

"이거…… 단 거 먹으면 기분이 좋아지잖아요."

오빠가 의뢰인에게 조각 케이크를 내밀었다. 의뢰인이 잘 챙겨주고 배려하는 남자 좋아한다는 거 들었나. 점심시간이 끝나서 사무실로 돌아가는 의뢰인을 배웅하자마자 오빠에게 따졌다.

"내 거는? 의뢰인 케이크는 사면서 내 건 안 샀냐?"

"넌 그냥 카페에서 설탕 챙겨 먹어. 그건 공짜니까. 야, 나 아까 좀 멋지지 않았냐?"

"토 쏠릴 뻔 했다. 네 얼굴로 드라마 흉내 내지 마라. 의뢰인은 너한테 관심 없어."

"아냐. 저번엔 그냥 막 입고 생얼로 나왔는데 오늘은 풀메에 엄청 꾸미고 나왔잖아."

"너한테 예뻐 보이려고 그런 거 아니고 자기 자존심 세우려고 그런 거지. 그리고 이제 내 파운데이션 훔쳐 바르지 말고 네 돈으로 사."

* * *

의뢰인의 세 번째는 이혼한 친구였다. 결혼하고 신혼여행 다녀오자마자 이혼했다. 이혼 사유가 뭔지, 누구 귀책인지 구설에 오르다가 모임에도 안 나오고, 그러다가 서서히 연락이 끊겼다고 했다.

"이혼한 사람한테 축의금 돌려받는 건 너무 잔인하지 않아요?"

"제작진 과실로 공연 취소되면 티켓 값 환불해 주죠? 걔가 이혼한 게 내 잘못도 아닌데 돌려받을 수도 있죠."

"혹시 그 친구분 재혼하면 축의금은 다시 또 돌고 도는 건가요?"

"다시는 결혼 안 할 거래요."

저쪽에서 키 크고 숏커트에 매니시 룩으로 쫙 빼입은 여자가 걸어왔다. 같이 쇼핑 다니면서 옷도 사고 미용실도 물어보고 싶을 정도였다.

"내가 축의금 돌려주니까 밥은 네가 사는 거지? 이 근처에 맛집 있어. 런치는 인당 만 원 대야."

축의금 5만 원 돌려받고 의뢰인과 친구 밥값 2만 원 넘게 지출하고 교통비까지 하면…… 남는 것도 없겠다.

"너 청첩장 주려고 하는 줄 알고 말리려고 했는데 축의금 돌려받는 거라 다행이다."

"해 보니까 그렇게 별로야?"

"한국에서 결혼은 남편이랑 하는 게 아니라 시월드랑 하는 거야. 그리고 신혼여행은 절대로 명절 연휴 전에 가지 마."

의뢰인의 친구가 "내가 네이트판 같은 데 나오는 사연처럼 이혼할 줄은 몰랐다. 아니지, 혼인신고 안 했으니까 이혼도 아니지. 결별이네 결별."이러면서 낄낄대며 남 얘기하듯 들려 준 사연은 이랬다.

"신혼여행 다녀와서 하루만 명절에 친척들 찾아뵙고 인사드리고 조금이라도 길게 쉴 작정으로 명절 연휴 직전에 신혼여행을 다녀온 게 패착이었지. 신혼여행까지는 좋았는데, 결혼하고 첫 명절이라고 시집에 친척들이 몰려들어 가지고는, 결혼식 올린 지 며칠이나 되었다고 애는 언제 낳을 거냐부터 시작하더니 신혼집은 어디냐로 흘러가고 직장은 어디냐 하며 다른 친척 며느리들과 비교질을 하더니 누구는 결혼할 때 예단예물이 어땠더라까지 나왔어. 처음부터 며느리 교육을 잘 시켜야 한다는 노망난 영감탱이는 몇 촌 친척인지도 모르겠고. 국회에서도 청문회를 할 때 증인석에 가만히 앉혀 놓고 하는데, 시월드 어른들은 끊임없이 같잖은 질문을 하면서도 과일 가져와라 술 가져와라 뭐가 없다 심부름을 시켜대고, 주면 고맙게나 먹든가 과일 깎은 거 보고 친정에서 물 안 묻히고 키웠네 마네 말이 많더라고. 너 알지? 우리 엄마는 무농약 사과 사다가 껍질 안 깎고 먹는 거. 사과는 껍질에도 영양분이 있다면서. 그러면서 제사 차례 안 지내는 편한 집안에 시집 왔다고 하더라고.

야, 친정에서 물 안 묻히고 키운 귀한 딸이 남의 집에서 설거지만 하고 있으면 뭔가 잘못된 줄 알아야 하는 거 아냐? 내가 굿 해서 귀신 불러오고 싶더라. 저것들 좀 잡아가라고. 신랑이 '저분들을 직장 상사라고 생각하고 참아.' 이러길래 내가 '직장에서는 월급 준다.' 이랬어. 결혼하고 첫 명절이라 친척들 다 보고 가라는데, 지가 첫 명절이면 나도 첫 명절이야. 나도 친척 있고 부모 있어. 온다던 시간이 지나도 안 오니까 엄마가 카톡을 보냈어. 언제 오냐고. 거기서 내가 '인생 대사'를 날렸지. '미친년놈들이 안 보내줘.' 근데 하필 내가 잠깐 화장실 다녀 온 사이에 신랑이 그걸 봤네? 난리난리 치더라고. 자기 엄마아빠가 미친년놈이냐고. 부모 욕하는 여자랑은 못 산다고. 그래서 신랑 입장이 되어서 생각해 봤지. 생각할수록 열 받던데? 지네 부모랑 친척들은 내 부모 깠잖아. 집안일 제대로 안 가르쳤다고. 나도 일하는 여자야. 그 집안 아들처럼. 집안일 할 시간이 어딨었어. 내가 사과를 두껍게 깎건 포를 뜨건 어디서 싸가지 없게 처음 본 사람 평가질이야. 내 뒷담화도 했잖아. 내가 분에 넘치게 좋은 동네에 살아야 한다고 고집 부려서 시부모 노후자금 털었다고. 자기들은 단칸방에서 시작했다고. 집은, 내가 저축한 돈으로 삼분의 일, 지 돈으로 삼분의 일, 지 부모 돈으로 삼분의 일 해서 우리 둘 공동명의

한 거였어. 시부모가 애 봐줄 형편이 안 된다고 해서, 애 낳으면 봐 줄 친정 근처에 집 구하느라 다른 동네는 갈 수 없었어. 시부모 노후 자금이랑 친정 부모 노후 건강 털어서 겨우 해 나가는 게 결혼과 육아야. 시부모는 집값 보태줬다고 결혼하고서 매주 시댁 방문하라고 유세 부리는데, 나도 계산적으로 시집 방문할 때마다 내 감정노동과 가사노동 일당이랑 시부모 용돈 드리는 거 계산해서 '시부모 대출' 원리금 상환 계획 세워 볼 걸 그랬어. 그 아들도 똑같은 놈이야. 내가 욕하기 전에 지가 딱 정리하고, 저희 처가 가야 합니다, 그러지 않았잖아. 이런 싹수 노란 집구석 며느리 하기 싫더라고. 이 집안에서 키운 아들도 같이 살수록 별로일 것 같고. 그래서 바로, '그래, 이혼하자. 혼인신고 안 했으니 서류 정리 할 것도 없네. 한정순 씨, 김억배 씨, 욕한 건 죄송하고요. 안녕히 계세요.' 이러고 나왔어. 신랑도 설마 내가 싹싹 빌지 않고 이혼할 줄은 몰랐던지 벙쪄던데. 주변에선 뭐 그런 것 가지고 이혼하냐 그러는데, 나는 이혼하는 마당에 미친년놈 소리 한번 안 해 봤으면 너무 분했을 것 같아. 신혼집 산 거 처분하는데 반 년 걸렸는데 그 사이에 집값 올라서 본의 아니게 짭짤하게 '이익 봤고, 신혼여행으로 몰디브 가 봤으니까 한 번쯤 결혼식장 갔다 온 것도 나쁘진 않네. 내가 신혼여행 아니었으면 언제 그런 델 가겠어."

"재결합 하자고는 안 해?"

"나랑 헤어지고 1년 만에 여덟 살 어린 여자랑 재혼했어. 혼전임신 시켜서. 그 집 식구들 이제 명절에 나랑 그 여자랑 신나게 비교질 하겠지."

"후회는 안 해?"

"후회는 없어. 너, 주변에 외국인이나 고아 있으면 소개해 줘."

"있으면 내가 만났지."

"탐정 조수라고 했나요? 남자 입장에선 이런 얘기 들으면 기분 안 좋죠?"

"저희 부모님은 명절마다 일하셔서요."

불륜탐정은 남의 집 가정불화로 먹고 산다. 일 년 중에 이혼 상담 건수가 가장 높을 때가 명절 직후다. 명절 동안 참고 쌓였던 게 폭발하는 거다. 그래서 우리 엄마아빠는 명절마다 부지런히 영업을 뛰신다. 물 들어올 때 노 저어야 한다며.

"좋은 집안이네요. 그 집 며느리 미리 부러워해야지."

시부모님은 모르겠으나…… 그 집 남편은…… 전혀 부러워할 필요가 없는데요.

"너 축의금 돌려받으면 뭐 할 거야?"

"그 돈 들고 여행 가려고. 아프고 나니까 날 좀 챙겨주면서 살아야겠더라고. 아끼면서 아둥바둥 살아 봤자 평생 집은 못 살 것 같아서 포기하니까 편하다. 내 정신건강에 안 좋은 사람은 이제 안 만나려고 하나하나 정리했어."

"어디 가려고?"

"더 늙기 전에 산티아고 순례길 가려고. 한 달이면 완주한다던데. 계산해 보니까 이번 명절 연휴 1주일에 신혼 휴가 1주일, 연차 몰아 쓰고 하면 팀장한테 욕먹고 3주 정도 쉴 수 있어. 딱 1주일만 더 있으면 좋을 텐데. 퇴사할까?"

"너 기술 없지? 사업 자금 없지? 30대에 퇴사하면 재취업 안 된다. 이번 생은 망했고, 우리 다음 생엔 휴가와 복지가 있는 북유럽에 태어나자."

* * *

의뢰인은 가짜 청첩장을 찍어 사무실에 돌렸다. 신랑 이름은 '다비드 바르뎀'. 스페인 축구 선수랑 영화 배우 이름 대충 조합했다. 스페인에서 양가 가족끼리만 결혼식을 하느라 하객을 모실 수 없으니 축의금만 내 달라고 했다. 왜 이렇게 바쁠 때 갑자기 결혼하냐고 화내는 팀장에게 '국제 결혼이라 일정 잡기가 어려웠다.'면서 배에 손을 얹었다. 팀장은 바로 납득했다.

"나중에 뒷수습은 어떻게 하려고요?"

"초고속 이혼했다고 하고, 나는 아무 말 안 했는데 팀장님이 뭘 보고 임신이라고 오해하셨는지 모르겠다, 그러면 되죠."

의뢰인은 웨딩카페에서 웨딩드레스를 입고 혼자 웨딩사진을 찍었다. 계약에는 없었지만 같이 가서 드레스를 잡아 줬다. 의뢰인은 내게 그동안 고마웠다고 했다. 혼자서 다녔으면 괜히 안부만 묻다가 축의금도 못 돌려받았을 거라고. 사실은 전에도 굳은 결심을 하고 사람들을 찾아갔다가 축의금의 축 자도 못 꺼내고 돌아와 분한 마음에 집에서 깡소주만 마시다가 숙취 때문에 다음 날 점심시간에 병원 가서 링거 맞았다고 했다.

"옛날에 아현동에 웨딩드레스 샵이 쭉 늘어선 거리가 있었어요. 거기 앞을 지나면서 언젠가는 나도 저런 거 입겠구나, 했었죠."

오빠는 구경 온다더니 촬영 시간이 다 끝나갈 때까지 오지 않았다. 의뢰인이 예약해 둔 열 장의 사진 중 마지막 사진을 찍기 직전이었다. 또 아빠의 양복을 훔쳐 입고 온 오빠가 의뢰인에게 뭔가를 쑥 내밀었다.

"호수를 몰라서…… 가게 직원이 추천해 주는 사이즈로

했어요."

반지를 살 거면 차라리 그 돈으로 네 옷을 좀 사 입는
게 더 멋있어 보일 텐데. '벌 만큼 버는' 의뢰인이 너한테
큐빅 반지를 받아야겠니.

"남자한테 반지 받아 보는 거 처음이네요. 아, 귀엽다."

의뢰인이 웃으며 반지를 끼려는데…… 맞는 손가락이 없
었다. 열손가락 중에 하나도 안 들어가는 반지 고르는 것
도 능력이다.

"예약해 둔 시간 다 되어 가는데, 마지막은 셋이서 다 같
이 찍을까요?"

사진 찍는 직원이 오빠를 이벤트 해 주는 남친으로 착각
했는지 결혼식 사진처럼 오빠와 의뢰인이 나란히 서고 의
뢰인이 부케를 던지면 내가 받는 모습을 찍자고 했다. 의뢰
인이 부케를 던지고, 사진이 찍히고, 나는 너무 몸을 날려
서 부케를 잡는 바람에 사진에 나오지도 않았다.

"이런 건 추가요금 없이 다시 찍어 줘야죠! 소비자 보호
원에 신고할 거예요!"

직원에게 강력하게 항의했지만 받아들여지지 않았다. 마
지막 사진에는 웨딩드레스를 입은 의뢰인과 수트를 입은
오빠 둘만 있었다. 반지를 교환하러 가는 길에 오빠가 의뢰
인이 기프티콘으로 사 준 커피를 홀짝이며 말을 걸었다.

"산티아고 순례길을 하루 종일 걸으면 무슨 생각이 들까요?"

"앞으로 나는 어떻게 살아야 하나, 나는 누구인가 그런 생각 들지 않겠어요?"

"나이는 열 살 어리고, 아직 학생이고, 탐정이고, 돈은 별로 못 벌지만 모으는 건 잘 하고, 애 잘 보고, 요리 잘 해서 아침은 잘 챙겨 줄 거고, 명절도 제사도 없는 집 장남이랑 사귀면 재밌겠다, 이런 생각은 어때요?"

"……내가 대학생일 때 초딩이었던 남자랑……?"

"네 살 차이는 궁합도 안 본다는데 열 살이면 네 살의 2.5배로 잘 맞겠죠."

"그거 너무 도둑년인데?"

"능력 있는 거죠."

아마 우리 집안 가업인 탐정은 오빠보다는 의뢰인, 아니 새언니한테 더 잘 맞을지도 모르겠다. 탐정이란 결단력 있고, 자기가 무슨 짓을 하는지 알고 일해야 하고, 대화도 잘 하고, 자존감 있고, 계략도 잘 꾸미고, 가끔은 거짓말과 연기도 잘해야 하는 직업이니까. 셜록에겐 왓슨이 있고 켄지에겐 제나로가 있고 새언니에겐 전가정이 있고, 나는, 혼자서도 잘할 거다.

퇴사 혹은 무단결근

—나 퇴사 당할지도 몰라요.

　—아무래도 회사에 취직을 해야겠어.

　메신저가 거의 동시에 울렸다. 발신자는 각각 스페인 남
자와 결혼한다는 거짓말로 축의금을 회수하고 결혼 휴가
를 얻어서 혼자 산티아고 순례길로 떠났던 의뢰인과 내 쌍
둥이 오빠 전가정이었다. 열 살 많은 의뢰인을 짝사랑 중
인 오빠는 의뢰인이 귀국하는 날 환영 현수막을 제작하겠
다고 설치다가 내가 뜯어 말려서 스마트폰 전광판 앱으로
내적 타협을 하고 공항으로 마중 나갔다. 의뢰인은 오빠를
보고 살짝 당황한 것 같았다. 나한테는 면세점에서 산 화
장품을 줬는데 오빠 선물은 없었다. 3주 동안 해외여행 하

고 돌아온 사람치곤 힘없어 보였다. 스페인에서 감기라도 걸렸나?

"다시 출근하기 싫어서 그래요. 아직 다 못 놀았는데. 산티아고에서 돈 아끼려고 하루 한 끼 먹으면서 수용소 같은 알베르게에서 며칠 자다 보니까, 이 나이에 무슨 깨달음을 얻겠다고 해외에서 개고생을 하고 있나, 내가 언제 또 유럽에 올지 모르는데 기왕 작정하고 온 거 카드 값은 다음 달의 나에게 맡기고 일단 아무 걱정도 후회도 없이 즐기다 가자…… 이런 생각이 들어서 그냥 관광지 가서 사진 찍고 관광객들 가는 맛집 가고 그랬어요. 그래도 평생 건전하게 살던 습관 못 버려서 가성비 따지느라 박물관 미술관이나 죽어라 걸어 다녔죠. 진작 해외 좀 나갈 걸. 취직하기 전에 1년이라도 워킹 홀리데이 가 볼 걸, 후회하면서요. 근데 그때로 돌아가도 학자금 대출 얼른 갚아야 한다는 압박감에 구글 어스로 세계일주하겠죠. 두 분은 아직 20대니까 해외여행도 많이 다니고 외국어 공부도 많이 하고 외국인 친구도 사귀고 유학이 안 되면 교환학생이라도 다녀와요. 아, 자꾸 뭐 가르치려 들면 꼰대가 된 거랬는데."

오빠가 얼른 끼어들었다.

"꼰대라뇨. 멘토죠."

"나 대학 다닐 때 멘토링 프로그램 같은 거 유행했는데,

그때 우리 대학에서 멘토링 강연하고 다니던 분 얼마 전에 직원들한테 갑질해서 기사 나왔더라고요."

의뢰인은 말을 돌리면서 오빠에게 철벽을 쳤다. 그랬던 의뢰인이 주말에 오빠에게 연락을 했고, 둘이 뭘 하고 있는진 모르겠지만 각각 내게 메시지를 보냈다. 대체 왜 엄마 스카프까지 꺼냈는지는 모르겠지만 온 집안 옷을 몽땅 늘어놓고 나에게 스타일링 좀 해 보라고 닦달해서 안 되는 외모를 옷으로 가리고 나간 오빠는 넥타이에 구두에 정장까지, 양손 가득 쇼핑백을 들고 돌아왔다.

"누나가 사 줬어. 내 나이에는 어느 날 갑자기 부고 연락을 받을 수도 있고 면접 보러 갈 수도 있으니까 정장 한 벌은 있어야 한댔어."

"언제부터 누나였냐."

"오늘부터 1일."

"제정신이야? 오빠 말고 그분 말이야. 진짜 사귀자고 했어? 맨정신으로?"

"말로 하진 않았는데, 드라마에서 보면 재벌2세가 맘에 드는 여자한테 막 이거 저거 입혀 보면서 어울리는 거 사 주잖아."

"'누나'가 '시발비용' 쓰셨구나."

"돈 아까워서 택시도 안 타시는 분이 시발비용을 왜 이런 데 써."

"선물도 안 사왔는데 네가 공항에 나와 버리니까 귀국 선물 삼아 사 준 거겠지. 아니면 불우청년한테 기부한 거 아닐까? 네가 '남자는 수트발'이라면서 아빠 양복 입고 다니니까 돈 없는 줄 알고. 너 연말에 그분한테 기부금 세액 공제 해 드려라."

"내가 준 반지도 끼고 있었단 말이야."

"그 앙증맞은 큐빅 반지? 야, 너는 어린애가 사탕반지 주면 귀엽다고 받아 주지 '꼬마야 사탕반지 말고 보석반지 가져와라' 이러면서 버리겠냐?"

"아냐, 그 반지 안쪽에 각인도 했던데? 반지 사면 각인은 공짜라고 했대."

"설마 '우리 사랑 포에버' 이런 거 새겼어?"

"DIGNITAS. 라틴어로 존엄이란 뜻이라던데?"

"그게 왜 너랑 사귀는 증거야. 그냥 각인했을 때 예쁘게 보이면서 길이도 적당한 단어 샘플 중에 고른 거 아냐?"

"너 그 누나 문신은 못 봤지? 나한텐 살짝 은밀하게 보여 줬는데."

"……너 설마…… 어디를 본 거야……?"

"스페인에서 오른발 발등에 아주 작게 꼬리 끊고 도망가는 도마뱀 문신을 새겼다고 나한테만 보여 줬다고! 카페에서 커피 마시다가 갑자기 신발 벗고서!"

"너한테만 보여 준 문신을 왜 나한테 자랑해? 전가정 이 새끼, 입이 너무 가벼워서 큰일은 못 맡기겠는데."

"내가 문신 얘기했다고 누나한테 절대 말하지 마."

"치킨 사 주면 말 안 할게."

"나중에 취직하면 사 줄게."

"갑자기 왜 취직을 하려고? 우리 집안 가업이 탐정이고 너도 지금 탐정인데. 그 누나가 퇴사라도 당하면 네가 먹여 살리려고? 아니, 퇴사는 당하는 게 아니지. 퇴사하면."

슬쩍 떠 봤다. 나는 오빠처럼 입이 가볍지 않으니까.

"누나가 혹시 빨리 결혼하자고 하면 신혼집 대출금도 매 달 갚아야 하니까 안정적인 수입이 있는 게 좋잖아. 탐정은 너무 프리랜서야."

"오늘부터 1일이라면서 벌써 결혼까지 생각했어? 진정하 고, 일단 이게 연애가 맞는지부터 확실하게 물어 봐. 내가 보기엔 그분이 아직 시차적응이 덜 되어서 좀 몽롱한 상태 인 거 같아. 그러지 않고서는 너한테 잘해 줄 리가 없어."

"내가 뭐 어때서. 키 크고, 키 크고, 키……."

"인턴 경력 없고, 공모전 수상 실적 없고, 창업 경험 없 고, 토익은 다행히 졸업 필수 점수 넘겼고, 유창하게 할 줄 아는 제2외국어도 없고, 자격증은 운전 면허밖에 없고, 봉사 활동도 안 했고, 동아리 활동도 안 하고, 해외 체류 경험은 여행 예능 시청으로 대체했고, 요새 취업하려면 학점이 과 상위2%는 되어야 한다는데 지금부터 재수강을 하면 되려나…… 남자인 거 빼곤 스펙이 아무 것도 없잖아. 아무리 봐도 취직하기도 힘들어 보이는데, 예비 청년 백수랑 결혼까지 생각할 리가 없지."

"팩트로 뼈 때려서 아주 가루로 조져 놓으니까 재밌냐, 재밌어?"

"남들은 대학 입학하자마자 취업 준비 한다는데 너는 이제 와서 진로 수정을 하면 어쩌잔 거야. 어렸을 때부터 쭉 장래희망이 탐정이라고 하다가."

"생각해 보니까 가족이 다 탐정이라서 나도 당연히 탐정이 되어야 하는 줄 알고 별 고민 없이 탐정이 된 거 같아. 이제부터 내 장래희망은 누나 남편이고, 그러기 위해선 취업을 해야 하고, 그러려면……."

"일단 그 '누나'도 너한테 관심이 있는지부터 확인을 하라고!"

자기 목소리가 멋있다고 믿고 있는 오빠는 이런 건 육성으로 해야 한다며 바로 통화를 시도했다. 그건 내 친구가 너랑 소개팅했을 때 '할 말은 없고 차마 잘생겼다는 거짓말은 할 수 없어서' 대충 한 칭찬인데 진심으로 믿으면 어떻게 해. 오빠는 통화 대기음이 울릴 때마다 초조한지 계속 음량만 키웠다. 얼마나 큰지 나한테까지 통화내용이 다들릴 정도로.

"누나, 누나도 저 좋아하시는 거 맞죠? 산티아고 걸으시면서 저랑 사귀시면 어떨지 생각해 달라고 했는데 돌아와서 저 만나셨잖아요……. 아, 산티아고를 며칠밖에 안 걸으셨구나."

"내 나이엔 연애할 남자보다는 결혼할 남자를 만나야죠. 열 살 어린 남자는 내가 돈 쓰고 시간 써서 멋지게 키워놓으면 취직하고 나서 다른 여자 만날 텐데."

"결혼 안 하실 거라면서요?"

"요새는 생각이 좀 바뀌려고 해요."

"절 만나셔서요?"

너 안 만나려고, 겠지. 전가정이 극존칭 쓰는 거 오랜만에 본다. 많이 쫄리긴 한가 본데.

"회사 때문에요. 이놈의 회사는 해외여행 다녀와서 오랜만에 근무의욕 고취될 뻔 하니까 인력감축을 하겠다고 하네요. 희망퇴직 신청 받고, 부서별로 인력 운용 계획 제출하라고 했대요. 부장이 다른 부서 갈 수 있는 능력자들은 가고, 능력 미달자는 자기 발로 나가라고 하네요. 더러워서 퇴사하려니까 생계가 막막해서 이럴 때 맞벌이 남편이 있으면 얼마나 좋을까, 하고 있던 참이라서요."

"누나가 왜 나가요. 일 잘 하시잖아요."

"가정 씨가 나 일하는 거 봤어요?"

"안 봐도 알죠. 누나는 능력자시니까 다른 부서에 가실 수 있을 거예요."

"아직 학생이라 모르는구나. 사무직이 일 잘하는 걸 뭘로 측정해요. 영업 실적이 나오는 것도 아닌데. 나갈 사람 정해서 인사평가 점수 낮게 줘서 저성과자 만들고 교육팀으로 발령 내 버리면 알아서 사직서 쓰고 나가란 거죠."

"누나가 지칠 만큼 열심히 일하신 거 저도 알아요. 그런 사람을 저성과자로 몰아갈 수는 없을 거예요. 지금 너무 힘드시겠지만 좀만 버텨 주시면…… 제가 얼른 졸업하자마자 누나네 회사에 취직해서 사내커플 되어서 누나 힘들 때 같이 회사 구내식당에서 밥도 먹고 사내 메신저로 얘기도 하고 상사 뒷담화도 같이 하고 그럴게요. 그때 만약에 누나가 너무 힘들어서 퇴사하시면 제가 누나 먹여 살릴게요. 그러라고 저 면접용 정장도 사 주신 거잖아요."

"요새 우리 회사 신입 채용 거의 안 해요. 2년 전에 대규모 신입채용한 건 회장님이 징역 3년, 집행유예 5년짜리 비리 저질러서 정부 일자리 정책에 협조하느라 그런 거고, 다 인턴 아니면 계약직으로 뽑아서 아이디어랑 체력만 쏙 뽑아 먹고 버려요. 이제 끊어요. 부장님이 부르신대서 가 봐야 돼요."

"누나, 누나아악! 끊지 말아 주세요옷!"

오빠는 스마트폰을 놓지 못했다. 무릎은 언제부터 꿇은 거야? 오빠의 짝사랑도 차마 스마트폰을 놓지 못한 건 아니고…… 급하게 가느라 정신이 없어서 통화 종료를 잊은 것 같았다. 부장실에서 나는 소리가 그대로 들려왔다.

"어, 이루리 님, 예정일이 언제야?"

이 회사도 수평적인 관계에서 자유로운 아이디어가 나온 답시고 팀장 아래는 다 팀원으로 위계구조 단순화하고 '누구누구 님'으로 부르는가 본데, 부장님은 이름이 '부장'인가? '누구누구 님'으로 부를 거면 존댓말을 쓰든가. 이러면 평등한 관계가 아니잖아.

"예정일요?"

"박 팀장이 그러던데, 임신하고 결혼했다고. 요새는 애가 혼수라니까 그럴 수도 있지."

"임신 안 했는데…… 팀장님이 뭐라고 하셨어요?"

팀장한테 결혼 날짜 얘기했을 때 배에 손 얹어서 오해를 유도했으면서 저렇게 시치미를 떼다니.

"박 팀장이 착각했나. 이러면 인력운용에 차질 생기는데…… 어쨌든 나이도 있는데 조만간 임신할 거 아냐."

"안 할 겁니다."

"아, 결혼을 했는데 왜 애를 안 낳아?"

"난임이래요."

"누가?"

"신랑이요."

아니 부장은 생각이 뇌에서 필터링 안 거치고 바로 입으로 나오나. 이루리 님은 아무리 없는 남편이라고 해도 그렇지 저렇게 태연하게 거짓말을 해도 되나? 존재하지도 않는 사람이니까 죄책감을 느낄 필요가 없긴 하지.

"어…… 음…… 요새는 의학이 발전해서 시험관 시술도 있고 하니까…… 치료 받으면……. 근데 난임 시술 받으려면 무리하지 말아야 하니까 회사 다니기 좀 어렵지 않을까?"

"치료가 불가능하대요."

"이루리 님은 그러면…… 아이가 없으니까 아이 학비도 안 들어가서 여유는 있겠네. 남편이 외국인이랬나? 언젠가 남편 따라 외국 갈 계획은 없고?"

"이혼할 겁니다."

"아니, 결혼한 지 얼마나 되었다고? 결혼이 장난이야?"

"사기결혼이라서요."

사기를 당한 게 아니고 친 거니까…… 틀린 말은 아니긴 하다.

"하아…… 이루리 님, 다른 사람들은 부양할 가족이 있어. 애 둘인 사람도 있고, 외벌이인 사람도 있고, 양가부모 다 모셔야 하는 분도 있고. 근데 이루리 님은 남편만 있고, 아니, 이혼하면 혼자잖아. 본인 하나 못 건사 하겠어?"

"부장님, 저는 애 없어서 제 노후는 제가 저축한 돈으로 해결해야 하고요. 남편 없어서 제 월급 없으면 가계수입이 없고요. 저도 부모님 생활비 보태 드려야 하고요. 저는 어디 기댈 데가 없어요."

"사람이 절박해야 일도 열심히 하는데 루리 님은 아무래도 딸린 식구가 없으니까 덜 절박하잖아!"

"절박할수록 일 잘하는 거였으면 입사하자마자 사채로 고금리 땡겨 썼죠. 그럼 인센티브 받아서 빚 갚으려고 죽자사자 일 했을 텐데요. 아니면 그때 대출 받아서 갭투자 해서 월세를 놨으면 지금 쿨하게 퇴사했을 텐데……. 아, 부장님, 이거 농담입니다. 하하하."

"후…… 나가 봐."

와 이 언니, 친언니였으면 좋겠다. 저 정도 순발력과 어디 가도 밀리지 않을 말발은 있어야 탐정 집안 사람이지. 오빠가 통화 종료 아이콘을 누르고 카톡을 보냈다. 할 말 있다고, 술 사 준다고, 단둘이 만나는 게 부담스러우면 나까지 셋이서 만나자고.

"네가 먼저 가서 회사 근처 호프집 좋은 자리 맡아 놔. 누나 기다리시지 않게 시간 맞춰서 미리 치킨 시켜 놓고. 누나 오시면 화장실 간다고 일어나서 그대로 집으로 가."

"가지가지 한다. 호프집 가는 길에 꽃도 뿌리지 그러냐. 꽃길 걸으시라고."

"그러면 나 보기가 역겨워 가시는 것 같잖아."

오빠는 '누나께서 사 주신 소중한 정장'을 차려 입고 저녁 때 맞춰 회사 앞으로 나갔다. 오빠가 시킨 대로 호프집에서 오빠 카드로 치킨을 시켜 놓고 기다리는데 메시지가 왔다.

— 호프집 못 가니까 그냥 집으로 가
— 이미 치킨 나왔는데
— 네 배에 집어넣든지 말든지 알아서 해
— ○○ 그분 문신은 이제 기억에서 지워 줄게

밤늦게 집에 돌아 온 오빠가 들려 준 정황은 이랬다.

"누나, 뭐 드실래요? 치맥은 어떠세요?"

"치킨만 빼고 다 좋아요. IMF 때 아빠가 명퇴 당하고 치킨집 했거든요. 닭 냄새만 맡아도 싫어요. 그때 동네 여기

206

저기 치킨집 생기는 거 보면서 나는 절대 월급쟁이는 안 되야지 했는데……. 성적 맞춰 대학 가고 '아무거나 하나만 걸려라'는 심정으로 지원서 수백 개쯤 쓰고 날 합격시켜 준 회사에 입사해서 배치해 주는 부서 들어가서 일하다 보니 이 지경까지 왔네요. 대학 다닐 때 공무원 시험공부를 했어야 했는데. 집에서 보태 줄 형편이 안 되니까 학원비가 버겁더라고요. 대학 졸업할 때쯤에 로스쿨 생겼는데. 그때 로스쿨 갔으면 변호사 되었을 텐데 학비가 너무 비싸서 못 갔죠. 부모님처럼 사는 거 싫었는데 결국 나도 치킨집 차리게 되려나 봐요."

오빠는 그대로 백스텝을 밟았다. 돈 좀 빌려 줘. 계좌이체 좀 해 줘. 번거로우면 페이로 보내 줘. 오빠가 다급하게 내게 메시지를 보내고 통화를 시도했지만 호프집은 시끄러웠고 치킨 먹느라 기름 묻은 손으로는 폰을 만질 수 없었다. 다행히 직장인이 카드를 꺼냈다.

"학생이 무슨 돈이 있어요. 고기 사 줄게요. 굽는 건 가정 씨가 할 거죠? 근데 할 말이 뭐예요? 고백만 빼고 다 들어줄게요."

"편하게 반말 하셔도 되는데……."

"내가 안 편해요. 고기 타니까 빨리 말해요."

"취직 하려고 알아보다 보니까 궁금한 게 있어서요. 진짜로 회사에서는 인간관계가 일보다 더 힘들어요? 드라마에서 보는 것처럼 부장이 막 소리 지르고 그래요?"

"드라마보다 더 해요. 우리 부장은 매일 버럭버럭 소리 지르고 막말하면서 지가 뒤끝 없는 상남자라는데, 듣는 내가 그 쌍놈새끼 때문에 뒷골이 땡긴다고요. 취직할 때 '가족 같은 회사'란 말에 속지 말아요. 가족은 가족인데 시집살이 시키는 시집 식구들이니까. '한 배를 탔다'는 말도 믿지 말고요. 그 배가 난파선이거든. 서로 구명정에 먼저 탈 궁리만 하고 있어요."

"그 회사 경영 목표가 윤리경영인데 그렇게 막말하는 놈을 그냥 둬요?"

"거창한 경영목표나 인재상 같은 건 직원 갈아 넣는 블렌더죠. 비리는 회장이 저질러 놓고 윤리경영 한다고 하고, 글로벌 경영 한다면서 한류스타를 모델로 광고만 하면 잘될 줄 알다가 망했고요. 이번엔 슬림 경영을 한대요. 주주들이 경영효율화하라니까 제일 쉬운 게 인건비 줄이는 거라 젠가할 때 나무토막 빼듯이 회사 흔들리지 않을 정도로 직원 자르려고 들고 나온 게 슬림 경영이겠죠."

"1만 시간의 법칙이라는 게 있잖아요. 7년이나 일했으면 전문가시잖아요. 전문가를 자르겠어요?"

"한석봉이 1만 시간 붓글씨 써서 이제 눈 감고도 쓸 수 있게 되었더니 PC 발명되어서 워드에서 '한석봉체' 쓸 수 있으면 다 소용없어지는 거예요. 근데 가정 씨 고기 잘 굽네요. 딱 한 번만 뒤집는데 하나도 안 타네."

"할아버지가 자기처럼 늘그막에 이혼당하고 싶지 않으면 집안일 잘 해야 한다고 했거든요."

"집안일 좋아해요?"

"좋아해요. 잘하니까요."

"자신 있게 '이거 잘한다'고 말할 수 있는 사람 부럽네요. 난 그런 거 없는데. 가정 씨, 나 일 못해요. 민폐 끼칠 정도는 아닌 것 같은데…… 잘하는진 모르겠어요. 더 이상 잘할 수는 없고, 이게 한계인 거 같아요. 열심히 했는데 잘하지 못하는 거면 소질 없는 거죠. 그러니까 나 일 잘한다는 입에 발린 위로 하지 말아요."

"……괜찮으세요? 잘릴지도 모른다는 거, 스트레스 심하실 텐데 계속 비유 들어가며 농담처럼 웃으면서 얘기하셔서요."

"나한테나 심각하지, 가정 씨한테는 '남의 일'이잖아요? 듣는 사람이야 재미있게 들으면 되죠. 왜 내 문제로 남이 감정노동하게 해요?"

"안 웃으셔도 되요. 막 울면서 얘기하셔도 되요. 웃기는 건 제가 할게요."

"나는 남 앞에서 우는 사람 아니에요. 가정 씨가 나 안 웃겨도 돼요."

"그럼 제가 뭐 해야 돼요? 부모님이 불륜탐정이셔서 진짜 별의별 인간을 다 봤거든요. 양가 반대를 반대할 정도로 사랑해서 결혼했다는 인간들이 서로 배신당했다고 울면서 맞바람 피우다가 상대방이 더 잘못했다고 싸워요. 그런 인간들 보다 보니까 왜들 저러고 사나 궁금해서 심리학과 갔는데요……. 상담심리 과목도 수강했는데, A학점 받았는데, 이럴 때 누나한테 뭘 어떻게 해 드려야 하는지 모르겠어요……."

"학부 졸업도 안 했는데 뭘 알겠어요. 모르는 게 당연하지. 가정 씨한테는 안 웃어 줘도 되어서 편해요. 편한 사람이 좋은 사람이에요. 날 평가하지 않는 사람이니까. 그러니까 내가 아무한테도 못했던 얘기 하고 있죠. 사실은 나 일 못한다는 거."

"제가 편하고 좋은 사람이면…… 일주일에 한 번…… 바쁘시면 2주에 한 번이라도, 아니면 그냥 아무 때나 편하게 저 만나 주실래요? 저 취업상담 좀 해 주세요."

* * *

그게 2주 전이었다.

저번 주에 만나고 왔을 때만 해도 이런 일이 생길 줄은 몰랐다. "이번 반기 인센티브 안 줄 거 같은데 이거라도 챙겨와야죠."라며 회사 로고 찍힌 사무용 비품을 종류별로 가져와서 오빠한테 안겨 줬을 때까지만 해도 괜찮아 보였다. 기운 없어 보이기는 했지만 이 상황에 충전 100%일 직장인은 없을 테니까 그러려니 했다. 직장인과의 약속은 갑작스러운 야근, 출장, 회식 때문에 급하게 변경될 때가 많아서 '또 약속이 미뤄지나 보다'라고만 생각했다. 오빠는 "내 토익 점수 오르는 속도보다 번역기 발전하는 속도가 더 빠르지 않을까."라고 한숨 쉬며 한 문제 풀고 폰 한 번 보았다. 참지 못한 오빠가 먼저 연락했지만 폰은 꺼져 있었다. 중요한 회의가 있어서 꺼 놓고서 까먹었나 보다, 하고 말았다. 밤 11시가 넘어서야 구남친스러운 카톡이 왔다.

— 혹시 지금 자고 있어요?

내가 배고프니까 편의점 좀 다녀오라고 하면 현관까지 나가는 데만 한 시간은 걸리는 인간이 빛의 속도로 일어나서 면도하고 옷 챙겨 입고 헤어 에센스까지 발랐다. 오빠가 지금 어디시냐고 답톡을 보내고 나서도 20분 동안 폰은 잠잠했다.

— 회사 앞으로 와 줄 수 있어요?

카톡을 보자마자 오빠는 곧바로 뛰어 나갔다. 돈 없어서 택시 못 타고 버스랑 전철로 가려면 마음이 급하겠지. 그렇게 달려 나간 오빠가 회사 앞에 도착했을 때 '누나'는 없었다. 폰은 또 꺼져 있었다. 기다리다 지친 오빠에게서 인상착의를 들은 회사 빌딩 로비의 경비원은 그런 사람은 한참 전에 나갔다고 했다. 바람피우는 인간들 추적하는 탐정이 바람 맞았다고 놀릴 때까지만 해도 별 일 아닐 줄 알았다. 회사원은 황사가 몰려와도 태풍이 몰아쳐도 출근해야 하니까 다음 날 아침 출근하겠지 하고 말았다. 그 다음 날 나와 오빠는 아침에 회사 앞에서 잠복했다. 테이크아웃 커피를 포션처럼 마시며 인식표, 개목줄…… 아니 사원증을 걸고 표정 없이 출근하는 좀비들 중에 오빠가 찾는 사람은 없었다.

"이 회사 창업주가 자서전에 업무에 영혼을 담으라고 써 놨는데 왜 직원들은 영혼이 없어 보이냐."

"창업주가 박수무당이었어? 왜 영혼을 담아서 일을 하라고 해?"

좀비 영화를 볼 때마다 인간들이 왜 그렇게 필사적으로 도망치는지 이해가 안 되었다. 잠깐 아프게 물리고 좀비가 되면 편한데. 해 뜨면 일어나서 해 지면 활동종료 해서(계절에 따라 다르겠지만) 연평균 하루 8시간 근무만 하면 되고, 생각도 왕따도 없이 사이좋게 떼 지어 몰려다니기만 하면 되니까. 그런데 오늘 회사 빌딩 앞에서 알게 되었다. 한국에서는 좀비한테 커피 수혈해서 새벽 출근시키고 삼파장 태양광 LED 쬐어서 야근시킬 거다. 좀비한테는 주 최대 52시간 근로도 적용 안 되고 노조도 없겠지.

출근 시간이 지나도 오빠가 기다리는 사람은 나타나지 않았다. 오빠는 '누나'에게 받은 명함을 꺼내 거래처인 척하고 사무실로 전화를 걸었다.

"오늘 이루리 님 뵙기로 했는데 아직 안 오셔서요. 연락이 안 되는데, 혹시 사무실에 계신가요? 안 계시면, 사무실에서 언제 출발하셨는지 알 수 있을까요?"

전화를 대신 받은 동료 직원은 이루리 님이 출근하지 않은 것 같다고 했다. 출장 기안도 깜빡하고 오전부터 외근 나간 건가, 하는 얘기가 들려왔다.

"오늘 휴가 내셨는지 확인 좀 해 주실 수 있으세요? 혹시 날짜를 착각하신 건가 해서요."

휴가도 내지 않고 잠적해 버렸다. 성실한 회사원이라던 사람이 출근하지 않았는데 하늘은 너무 맑고 빌딩은 끝없이 높았다. 빌딩풍에 실려 사라지고 싶을 정도로 좋은 날씨긴 했다. 오빠의 손이 스마트폰 액정 위에서 방황했다.

"경찰에 신고해야 하는 거 아닐까? 112가 몇 번이지? 골든타임 놓친 거 아니겠지?"

"너도 탐정이고 나도 탐정인데 경찰을 왜 불러. 떨지 말고 차분하게 얘기해 봐."

"갑자기 의욕이 생긴 것처럼 보일 때가 더 위험하다고 배웠는데…… 왜 내가 징후를 알아채지 못했을까……. 갑자기 부고 연락 받을 거 대비해야 한다면서 검은 정장 사 줬고, 'DIGNITAS'는 스위스에 있는 안락사 병원이었고, 그 문신도 삶에서 도망치고 싶다는 의미였으면……. 나한테 구조 신호를 보낸 거였는데 내가 못 알아들은 거였으면……. 내가 뭔가 삶의 의욕을 꺾는 얘기를 했던 거면……."

"문신? 무슨 문신? 치킨 먹고 나니까 기억이 안 나는데?"

"지금이 농담할 상황이야?"

"너무 심각한 상황도 아니잖아. 네가 남의 생사를 결정할 만큼 대단한 인간은 아니니까 진정해. 찾으면 되잖아, 찾으면. 내가 찾아준다니까. 야, 동생 믿지? 수임료는 안 받을 테니까 찾을 때까지 나한테 누나라고 불러라. 너 아주 누나 소리가 입에 착착 붙던데. '누나'가 그분 전용이면 '누님'이라고 부르든가."

"누님."

바로 버킷햇을 푹 눌러 쓰고 회사 로비 안내 데스크로 가서 이루리 님 이름으로 임시 사원증을 신청했다. 부서랑 이름만 말했는데도 쉽게 발급되었다. 회사에 좀비 하나쯤 침투해도 모르겠는데. 전가정은 다시 사무실에 전화해서 이루리 님을 찾아냈다. 같은 팀 여직원이 이루리 님네 집에 가서 경비원을 불러서 문을 땄는데 깨끗이 정리된 집엔 아무도 없었다고 했다. 사무실로 올라가서 이루리 님의 빈자리에 앉았다.

"이루리 씨 쪽에서 의뢰 받은 탐정인데요. 회사 동료분들 한 분씩 면담 좀 할 수 있을까요?"

명함과 탐정 자격증을 들이밀었다. 자격증은⋯⋯ 아이돌 굿즈샵에서 가짜 주민등록증 같은 것도 제작할 수 있기에 하나 만들어 뒀는데 드디어 활용해 보는구나.

"이루리 님쪽 누구요?"

역시 n년차 직장인은 호락호락하지 않다. 하지만 탐정도 만만치 않지.

"가족분들 의뢰인데요."

"왜 경찰이 아니라 탐정한테 연락했대요?"

"그건 제가 알 바 아니죠. 저야 의뢰 받은 사건만 해결하면 되는 거니까요."

경찰에 연락하면 정말로 심각한 상황이라고 인정하는 것 같아서 이런다. 오빠 말대로 골든타임을 놓쳐 버리는 것 아닐까 고민할 시간에 빨리 찾아내기나 하자. 찾아내면 될 거 아냐. 2년 전에 신입으로 들어왔다는 막내 남자 직원부터 진실의 방, 아니 빈 회의실로 불렀다.

"다들 그랬는데요. 저나 이루리 선배님 중에 하나가 나가게 될 거라고. 어쩌면 둘 다. 부장님이 저는 아직 젊으니까 퇴사해도 재취업 쉽지 않겠냐고 했는데, 2년차는 경력직으로 가기 애매하고, 신입으로 지원하면 '경력 있는 중고 신입'이니까 승률이 높겠지만 요새 정규직 신입 자체를 안 뽑아요. 다 계약직 뽑아서 정규직 안 시켜 주려고 11개월 계약하고 퇴직시킨다고요. 저는 남자라서 결혼하려면 집도 구해야 하고, 가장으로서 생계를 책임져야 하니까 정규직 신분 유지해야 한다고 했더니 선배님이 '나도 집 없고, 1인 가구 가장이에요.' 하고 쏘아 붙였다고요."

성대모사 진짜 똑같이 잘한다.

"제일 먼저 절 용의선상에서 제외하셔야 하실걸요? 제가 군이 선배님을 어떻게 하지 않더라도 선배님보다는 제가 회사에 붙어 있을 확률이 훨씬 더 컸으니까요. 탐정님은 회사도 안 다녀 봤고, 아직 어려서 사회생활 경험이 적어서 잘 모르실 수도 있겠지만, 회사는 상황이 어려울수록 충성을 바칠 직원을 선호하거든요. 남자는 생계를 책임져야 하니까 책임감 있고, 임신출산 공백 없이 안정적으로 오래 다니고, 출장이나 회식 때도 아기 걱정 안 하고 업무에만 집중할 수 있고, 여자보다 리더십과 결단력도 있고요. 상사 입장에서도 감정적인 여자들보다는 이성적인 남자 부하직원이 말도 더 잘 통하고."

"와, 지금 선천적인 특권과 그에 따른 사회적 편견과 장래 와이프의 독박육아를 경쟁력으로 내세우신 거죠?"

"살아남으려면 어쩔 수 없어요. 사회는 비정해요."

서로 물어뜯는 거 보니까 이미 회사 안은 좀비 아포칼립스가 된 것 같은데.

"이루리 님 하고 사이가 별로 좋지는 않으셨죠?"

"여자 선배는 아무래도 남자 선배보다는 대하기 어려우니까요."

"아니, 그건 그냥 님이 말을 예쁘게 안 해서 그런 거 같은데요."

"회사에서 살아남으려면 무슨 말을 못해요? 회사 밖으로 밀려나서 괜히 청년창업 하다가 망하면 끝장이라니까요. 창업은 입사지원 할 때 경력 한 줄 써먹으려고나 하는 거죠. 도전해도 되는 청춘은 스타트업 한다면서 우리 회사에서 투자받아서 두 번 말아먹고 나서 그 경력 가지고 임원급으로 입사한 회장님 아드님밖에 없어요."

내가 맨 입으로 팔짱 끼고 기 싸움 하는 동안 전가정은 회사빌딩 1층의 카페에서 따뜻한 커피잔을 두 손으로 잡고 이루리 님보다 몇 년 앞서 입사한 기혼 여성 직원을 만나고 있었다.

"이루리 님은 결혼하더니 변했어요. 그 전까진 착했는데. 아무리 신혼 초엔 부부싸움 좀 한다지만 그건 집에서 풀고 나와야지 회사에서까지 싸움닭처럼 시비를 걸면 어쩌자는 거야. 저는 진짜 그냥 얘기한 거예요. 일에 욕심 있으니까, 회사 일에 차질 없게 하려고, 인센티브 불이익 받지 않으려고, 입덧하면서 막달까지 출근하고, 임신 중에도 최대한 야근할 거 다 하면서 남한테 피해 안 주려고 하면서 기획안 다 쓰고, 걷지도 못하는 애 어린이집 보내면서, 육아휴직 1년 다 채우지 않고 돌아와서 출산 전에 하던 일 마무리 지었는데, 이렇게까지 열심히 했는데, 애 있다는 이유만으로 밀려나면 억울해요, 안 억울해요? 이루리 님한테 '자기는 경력 공백 없으니까 좋겠다, 부럽다.', 그냥 그런 얘기 한 것뿐인데 이루리 님이 도끼눈을 뜨더라고요. 자기는 '스페어'였다고요. 여직원 많은 팀이라서 매년 한 명씩 결혼하고 임신할 때마다 자기가 휴직하는 사람들 업무 인수인계 받았다고요. 그러느라 연차만 쌓이고 자기 프로젝트는 못 했다고. 이제 좀 중요한 업무를 하나 싶었는데 내가 기획해 놓은 거 넘겨받아서 운영하느라 자기는 기획 업무 할 기회가 없어졌고, 평가 시즌 되니까 내가 복직해서 자기가 기껏 운영하던 거 가져가서 마무리해 버렸다고. 회사에선 운영보다 기획을 더 쳐 주거든요. 휴직을 할 거였으면 자기한테 기획부터 마무리까지 다 맡기지 왜 내가 일 욕심 부려서 자기가 피해 봐야 하냐고요. 나 때문에 자기까지 경력 단절 되었다고요. 아니, 나는 정당한 권리인 육아휴직도 다 못 쓰고 나왔는데! 이루리 님 입장이 이해는 가지만 내 잘못이 아니잖아요. 비혼 직원 갈아 넣어서 유자녀 직원 업무 땜빵 하는 회사의 인력 운용이 문제지 이게 왜 나랑 이루리 님이 싸울 일이에요? 안 그래요?"

결혼하더니 변한 거면⋯⋯ 오빠랑 나를 만나고부터 변했단 건데. 오빠⋯⋯ 아, 지금은 동생이지. 동생은 이루리 님하고 무슨 얘기를 하고 다녔던 거야?

* * *

"누나는 장래희망이 뭐예요? 인턴 지원서 쓰다 보면 10년 뒤에 뭐가 될 건지, 목표가 뭔지 써야 해서요."

'제 장래희망은 누나 남편'이라고 얘기하려고 밑밥 깔았구나.

"내 장래희망은 과로사죠. 일 안 하고 돈 안 벌고 안 쓰는 시체요. 근데 회사가 나를 죽지 않을 만큼만 야근 시켜서 좀비로 만들어 버리네요. 보통 직장인의 장래희망은 정년퇴직인데, 지원서에 그렇게 쓰면 도전정신 없어 보이니까 무난하게 임원이라고 쓰면 돼요."

"어려움을 극복하고 성취한 경험을 쓰라는데, 제대하고 복학하자마자 무임 승차자 하나랑 아무것도 할 줄 모르는 새내기 하나랑 아무것도 하지 않으려고 하는 공시생이랑 한국말 서툰 외국인 유학생이랑 조별 과제하면서 혼자 하드캐리해서 A받은 거 쓰면 돼요?"

"그거 말고 색다르고 특별한 경험 없어요? 직무랑 관련된 경험이나."

"평범한 대학생이 특별한 경험이 어딨어요……. 직무랑 관련된 경험은…… 지금 그거 하려고 인턴 지원하는 건데요. 강점을 쓰라는데, 현직 탐정이라 딱 보면 누가 불륜 중인지 아닌지 다 보인다고 쓸까요? 탐정의 직감으로 회사에서 뭔가 수상한 걸 잘 감지해서 리스크를 사전에 예방할 수 있을 것 같다고요."

"그런 건 쓰지 말아요. 입사하면 내부비리 파헤치고 다닐 것 같잖아요."

직장인이 보기에 오빠는 매력도, 내세울 것도 없었다.

"마지막 문항에 창의적인 신사업 아이디어를 내 보라는데, 워라밸이 화두로 떠오른 요즘같은 시대에 가정적인 남편들이 가족과 함께 즐길 수 있는 콘텐츠 같은 거 뭐가 있을까요?"

사회생활 오래 한 직장인은 그 정도 유도심문에 넘어오지 않았다.

"인턴 수준에서는 어르신들이 잘 모를 것 같은 SNS나 뉴미디어, 트렌드 가지고 전문용어 쓰면서 아는 척 하면 돼요. 수치 들어간 자료 좀 넣고. PPT 예쁘게 만들고. 작년도 통계가 있을 정도면 이미 지나간 트렌드이긴 한데, 윗분들 설득하려면 숫자를 들이밀어야 되니까요. 해외 사례 벤치마킹 했다면서 적당히 베껴요. 회사에선 신사업 하라고 하면서 진짜로 새로운 거 하면 네가 다 책임질 거냐고 하거든요. 해외 성공케이스 모방해야 리스크가 덜 하다고 안심하죠."

"제가 생각하는 신사업은 30대 직장인 대상인데, 누나는 퇴근 후에 주로 뭐 하세요?"

"나는 취미도 없고, 여가도 없어요. 회사 벗어나면 누워서 쉬고 싶기만 해서요. 이런 게 번아웃인가 봐요. 가정 씨는 취직하면, 회사 생활에 너무 몰두해서 힘 빼지 말아요. 나 없으면 회사 안 돌아갈 거 같아서 휴가 아껴 쓰며 일할 필요 없어요. 자기 워라밸은 스스로 챙겨야 하더라고요. 대체 불가능한 직원은 없어요. 잡스가 죽어도 애플은 잘 나간다니까요. 열심히 일한다고 인정받는 거 아니에요. 회사가 잘 나가면 임원이 탁월한 거고, 못 나가면 글로벌 경제 위기, 정부 정책 실패, 위기의식 없는 직원 탓이라서 '조직 슬림화' 해 버리죠."

전가정은 '영혼을 팔아서라도' 취업을 하고 싶어 했다. 회사원들은 입사할 때 자소서와 면접관에게 영혼을 팔고, 일하면서는 의욕과 건강을 회사에 바쳐서 좀비가 되어 버리는 걸까.

"누나, 또 마음은 무거운데 가벼운 척 농담하시네요. 제가 편하시다면서요."

"습관이 되어서."

"퇴사 후에 하고 싶은 거, 없으셨어요?"

뭐라도 하나 잡아서 데이트코스 짤 준비 하고 있었구나.

일할 때 단서를 그렇게 찾았으면…….

"문과 출신 사무직 직원이 써먹을 수 있는 기술이나 경력이 없더라고요. 직장 몇 년 다녀봤자 남은 건 안구건조증이랑 거북목, 불면증밖에 없고. 여행까지 다녀왔는데도 내가 진짜 좋아하는 게 뭔지 잘하는 게 뭔지 모르겠어요. 자기계발서 읽다 보면 어느 순간 평생을 바칠 뭔가를 발견한 사람들이 많던데. 나는 그렇게 인생에서 반짝이는 순간을 경험한 사람들이 부러워요."

"절 좋아하시면 되는데요. 저랑 같이 있는 모든 순간을 반짝이게 해 드릴게요."

"가정 씨, 지금은…… 그냥…… 아무것도 안 하고 싶어요. 좀 쉬고 싶어요. 인력 감축 얘기 나온 후로는 책잡히지 않게, 실수 안 하려고 하는데, 그러다 보면 오히려 더 실수하고…… 전에는 안 그랬는데 요새 들어 일하는 게 무서워졌어요. 퇴근하면 술 마시고, 출근길에 울고, 가끔은 점심때 회사에서 먼 편의점 가서 술 마시고 사무실 돌아가요. 오후에 책상 앞에 앉기 무서워서. 생각도 감정도 없었으면 좋겠는데 생각도 걱정도 많아지네요. 나는 일을 좋아한다기보다는 월급을 좋아했나 봐요."

"누나, 많이 지치신 것 같은데 진짜 잘 버티고 계셔서…… 안아 드리고 싶어요."

"그 정도로 안쓰러울 일은 아니에요. 취준생 때처럼 죽을 만큼 노오력한 것도 아닌데."

"누나는 자기 생각보다 남들이 보는 것보다 강하고 대단한 사람인 거 아시죠?"

"근거 대 봐요."

"우리 집안 남자들이 대대로 그런 여자 좋아하니까요."

"논리가 이상한데요? 나 강한 사람 아니에요. 무서워서 자꾸 도망칠 궁리하는데."

"'문학적 표현'에 논리가 어딨어요. 도망치는 거 아니고, 쉬어 가는 거잖아요. 누나, 만약에 진짜로 너무 힘들어서 못 버틸 거 같다 도망가야겠다 싶으면 그 전에 저한테 연락 주세요. 한밤중이라도 갈게요."

말이 막히면 아무 말이나 하는 거 보니 역시 내 쌍둥이다. '문학적 표현'이 왜 거기서 나와. 아무리 들어 봐도 동생 네가 너무 들이대서 도망간 것 같은데……. 동생은 계속 "그때 그냥 택시 탈걸." 하고 자책했다.

* * *

어차피 오늘도 습관처럼 야근할 거니까 낮 시간에 커피 타임 삼아 면담 좀 하면 될 텐데 팀장은 자꾸 나가라고 성질냈다.

"임시 사원증 정지시켜 버릴 거니까 내일은 오지 마세요. 조직생활도 안 해 본 어린애가 탐정이랍시고 사무실 들 쑤시고 다니면서 업무 분위기 망치지 말고."

"그러시면 내일부턴 녹즙 배달원으로 위장해서 찾아 뵐 건데요?"

사무실 여기저기서 내선전화 벨소리가 울렸다. 요새 누군가가 공중전화로 전화해서 웅얼거리거나 한숨만 쉬고 끊어 버리는 장난전화를 건다고 했다. 팀장의 모니터에 알람이 떴다. 이루리 님이 모바일 시스템으로 휴가 신청서를 제출했다고.

"선 결근 후 결재요청이야? 말도 없이 병가 내고 이딴 식으로 통보하는 예절은 어디서 배워 먹었어?"

아직 살아는 있구나. 무단결근은 안 하려는 거 보니까 회사로 돌아는 올 것 같고, 뭐 하고 있다가 이제야 회사 생각이 난 걸까…… 팀장이 입으론 욕하면서 손으론 결재하려고 하기에 급한 마음에 마우스 잡은 손목을 힘주어 잡아 눌러서 제압, 아니 제지해 버렸다. 이거 지금 분명히, 지금 회사 근처에서 팀장의 결재를 받은 다음에 뭔가 하려는 거다! 한 손으로 팀장의 결재를 막은 채로 다른 손으로 실종자의 단축번호를 눌렀다. 잠깐 신호가 갔던 폰은 다시

감감무소식이었다. 이 추리가 아니었나? 팀장 손목은 어떻게 처리해야 좀 자연스러울까…….

"조직생활도 안 해 본 어린애'랑 사무실에서 치고받으면 팀장의 권위가 추락하겠죠? 실종 전에 이루리 님하고 무슨 얘기 하셨어요? 혹시 '직장 내 갑질' 같은 거 하신 거 아니고요?"

내가 전가정 시켜서 '오함마'라도 가져오게 할 것 같았는지 팀장은 순순히 패를 까 보여 줬다.

"이루리 님은 포커 페이스였어요. 그런 부하직원은 좀 어려워요. 속을 알 수 없으니까. 분명히 힘들어 보이는데 물어보면 안 힘들다고만 했어요. 일을 끌어안고 다니는 스타일이라서 자기 일 남의 일 다 맡아서 했죠. 일을 쳐낼 줄을 몰라요. 그러니 매번 야근하고 힘들어하는데 효율은 안 오르고. 그러다 지쳐서 나가떨어지지."

전가정을 불러 놓고 잠적해 버린 그날이었다. 이루리 팀원은 떨리는 말끝을 꾹꾹 누르며 항변했다고 했다.

"그럼 일을 좀 줄여 주지 그러셨어요. 다른 팀원들한테도 나눠 주면 되었잖아요. 제가 기획 업무 해 보고 싶어 했는데 운영만 맡기셨잖아요. 사실 제 연차에 할 업무는 아니었어요. 제가 왜 일을 계속 떠맡았는지 아시잖아요. 어떻게든 업무 능력 인정받아서 기획 해 보고 싶어서 그런 거였는데, 매번 이번만, 이 업무 끝내면, 다음 번엔 다른 업무 주신다고 하면서 저한텐 잡무만 떠넘기셨잖아요. 막내는 남자라고 기획 시켜 주면서 왜 저한텐 이딴 일 시키셨어요?"

"기회를 주려고 했어요. 다음 업무분장 때는 업무 로테이션 하려고 했지, 내가 일부러 이루리 님 엿먹이려고 그랬겠어요? 다 생각해 두고 있었다고요. 그런데 그때마다 누가 애 낳는다고 휴직하고, 급하게 쳐 내야 할 일이 끼어드는데, 막내를 가르쳐 가면서 시키면 번거로우니까 이래저래 이루리 님이 하게 된 거지."

"인정받고 싶어서 성실하게 불평도 못 하고 일하니까 그거 이용해서 '이번만 참고 일하면 다음에는' 이러면서 계속해도 표 안 나는 업무를 저한테만 몰아준 거 아니에요? 막내는 키워 주고 싶고, 저는 소모될 때까지 쓰고 버리는 사무용 비품이었어요?"

이루리 팀원이 하지 못했을 질문은 내가 대신 해 줬다.

"팀장님은 퇴사당할 생각 없어요? 왜 그렇게 아랫사람만 자르려고 그래요? 사모님 대기업 다니신다면서요. 이 기회에 집에 계시면서 자녀분들한테 좋은 아빠가 되어 주실 생각은 없어요?"

"조직 생활 안 해 본 티를 내시네. 부부 중에 한 명이 나

갈 거면 와이프가 나가야죠. 와이프가 아무리 대기업에서 버틴다고 해도 유리천장 있어요. 나이 많은 부하 여직원 거느릴 남자 상사 없으니까 승진 못하면 그만 뒤야 해서 우리 와이프 몇 년 안 남았어요. 그리고, 남자가 집에서 놀면 자격지심 생겨서 가정파탄 납니다요."

"왜 집에서 놀 생각을 해요? 재취업 하셔야죠. 아이 돌보면서 할 수 있는 시간제 알바 같은 거."

"내가 팀장 몇 년 했는데, 남 밑에서 일하기가 쉬울 거 같아요?"

"여자들은 대기업 다니다가 경력 단절 되면 남 밑에서 잘만 일하던데요. 간절함이 없네요. 열정도 없고. 아프니까 중년이다, 몰라요?"

슬쩍 손목을 놓아 줬다. 손목에 시뻘겋게 자국이 남았다. '사무용 비품'의 복수로 이 정도는 해도 되겠지. 팀장은 '어려운 부하직원'의 하루짜리 병가를 결재했다.

* * *

동생과 나는 다음 날 출근시간에 맞춰 또 회사 앞에서 잠복을 했다. 출근좀비들은 변함없이 의욕 없는 걸음과 흐릿한 눈빛으로 전철역에서 쏟아져 나왔다. 왜 요일은 바뀌었는데 출근 풍경은 똑같을까. 내가 타임루프에 갇힌 걸까.
동생은 초조한 얼굴로 보냉병을 만지작거렸다. 내가 보기
엔 그 좀비가 그 좀비, 다 똑같이 퀭해 보이는데 동생은 멀
리서도 자기가 찾는 좀비를 발견해 냈다.

"누나아…… 제가 얼마나 걱정했는지 알아요? 어디 가
서 뭐 한 거예요……. 그때 제가 늦어서, 죄송해요……. 서
두르다가 정신이 없어서, 환승역에서 반대 방향으로 잘못
탔다가 내려서 다음 전철 타느라고……. 아무 일 없었죠?
괜찮은 거죠……?"

출근 시간에 회사빌딩 앞에서 네가 누나아……를 붙잡
고 대성통곡하고 있는데, 괜찮겠냐. 쪽팔리겠지. 다행히 바
쁜 직장인들은 이쪽을 흘깃 한 번 보고 갈 뿐 멈춰서 구경
하진 않았다.

"미안해요. 그날, 전가정 씨 보면 안아 달라고 해 버릴
거 같아서 불러놓고 그냥 가 버렸어요."

전가정 씨는 남들이 보건 말건 '누나아……'를 품듯이
꼭 안아 주었다. '무단결근 하려다가 병가 쓴 직장인'은 남
들의 근로의욕을 떨어뜨리고 싶었는지 누가 보건 말건 키
큰 남자애의 품에 폭 안겼다. 동생아, 보냉병을 손에 든 채
로 안으면 니네 누나 등이 배기잖아! 전가정은 그제야 진
정하고 보냉병의 뚜껑을 열었다. 한 입 마신 누나아……의

표정이 오묘해졌다.

"동료에 팀장에 부장한테까지 할 말 다 하고서 잠적했다가 뒤늦게 정신 차리고 출근하려면 맨정신으로는 좀 힘드실 것 같아서 깔루아를 좀 탔어요. 커피 향만 나니까 아무도 술기운으로 출근한 거라곤 의심 못할 거예요."

사무실에 돌아가서 수습하려면 깔루아로는 안 되고 보드카가 필요해질 텐데. 지나고 나서 하는 얘기지만, 무난하게 경찰에 연락하거나 하루만 더 기다려 볼걸. 괜히 심각한 상황인 줄 알고 오지랖 넓게 사무실에 난입해서 여러 사람 들쑤시고 다녔다. 이게 다 전가정이 탐정인데, 개 쌍둥이도 탐정이기까지 해서…… 나는 절대로 탐정은 사귀지 말아야지.

* * *

루리 언니는 점심시간에 회사 근처에서 파스타를 먹으며 깔루아 라떼를 홀짝였다.

"아씨…… 퇴사하려고 그동안 못했던 말 다 퍼붓고 다녔는데…… 다시 볼 사람들 아니니까 그렇게 할 말 다 한 거죠. 전에는 '언젠가 알아주겠지.' 하면서 참았는데……. 발신번호 못 알아보게 공중전화로 전화해서 쌍욕하려고도 했는데 말이 안 나와서 중얼거리거나 한숨만 쉬다가 끊었는데. 근데 오늘 다시 보려니까 민망해서……."

주저앉고만 싶은 다리에 억지로 힘을 주고 사람들 사이에 껴서 출근한 날, 오전 내내 이상하게 눈물이 났다고 했다. 모니터의 화면이 눈에 들어오지 않고, 사람들의 말이 웅웅대는 소음으로만 들려서 하루 종일 아무것도 못했다. 다른 사람들이 다 퇴근한 빈 사무실에 남아 낮에 못한 일을 하려고 하다가 문득 서러워져서 아무것도 할 수 없었다고 했다. 왜 나만, 왜 나한테만, 내가 뭘 잘못했다고. 내가 못한 게 어딨다고. 비용 정산을 내팽개쳤다. '내일이 마감일인데, 아무나 하라고 해. 나 없다고 이깟 비용 정산 따위 누군가 처리 못 하겠어?'라고 속으로만 소리 지르면서.

"막내가 다른 팀 입사 동기한테 배워 가면서 처리했대요. 진작 좀 그러지."

'열 살이나 어린 애'한테 안아 달라고 하고 싶은 충동이 들었을 때에서야 그동안 너무 힘들었다는 걸 인정하게 되었다. 남한테 그렇게 인정받으려고 했으면서 왜 자기 자신을 먼저 인정해 주지 않았는지 자책했다.

"내가 미쳤나 보다. 남한테 기댈 생각을 하다니. 이번에는 진짜로 쉬어야겠다. 회사가 자르기 전에 내 발로 나가야겠다. 하루라도 더는 출근 못 하겠다. 이대로 이 회사 이 사무실에서 이 사람들하고 일하면 진짜로 미쳐 버릴 것 같아서 그냥 사무실에서 뛰쳐나가 택시 타고 부모님 댁으로 갔어요. 미안해요, 그때 그렇게 가 버려서."

부모님 댁에서 일부러 심각하지 않은 척 애교를 부렸다고 했다. 애교라니, 상상이 안 되는데.

"엄마, 혹시 내가 월급을 몇 달 못 받게 되면…… 나 좀 도와줄 수 있어?"

"너네 회사 정도면 부도날 일 없지 않니? 너 혹시 사고 쳤어? 징계 먹은 거니?"

"내가 그럴 사람이야?"

"무슨 일 있어도 회사에 꼭 붙어 있어. 사무실 벽에 똥 칠할 때까지. 사무실 벽에 똥칠을 해서라도 나가지 말고 버텨. 요새 같은 불경기에 사업할 생각 하지 말고!"

"엄마, 내가 회사 계속 다니면 죽을 거 같아서 그래."

"엄살 부리지 마. 회사를 좋아서 다니는 사람이 몇이나 있니. 다 참고 다니는 거지. 네가 자식새끼가 없으니까 절박한 게 없어서 그런 말이 나오는 거야. 너 지금 그만두면 할 것도 없잖아. 네 나이에, 네 경력에. 네가 남편이 있는 것도 아니고 네 명의로 된 집도 없고, 네 저축으로 몇 년이나 버틸 거 같아?"

"엄마는 왜 그동안 힘들었겠다, 잘 버티고 있다, 안아 줄

게 소리를 못해? 말이라도 해 주면 어디 덧나? 내가 회사 그만두면 엄마아빠 용돈이랑 보험이 걱정되어서 그래? 내가 빚붙을까 봐 무서워? 사위도 안 데려오고 손주도 안 안겨 주고 있는 딸이 백수되어서 집에 처박힐까 봐? 그러게 왜 내 이름을 '이루리'로 지었어! 미래시제라서 매번 이루리라고만 하지 이룬 게 없잖아. 나도 언니처럼 '이루다'로 지었으면 좋았잖아!"

무단결근, 아니 병가 낸 날 서점으로 갔다고 했다. 남들은 퇴사하고 뭐 하나 궁금해서. 오랜 꿈이었던 세계일주를 하고 독립서점이나 작은 레스토랑을 열고 작가가 되고 제주도로 이주하고……. 그러고서 3년, 5년 후에는 어떻게 명함과 월급 없이 사는지는 알려 주지 않았다.

"퇴사하고 나서 전 직장 이름 내세워서 강연하고 책 쓰고 다니는 거, 웃기지 않아요? 대기업 퇴사하면 대단한 인간인가. 부모 후광 싫다면서 부모랑 같이 출연하는 연예인 2세 같잖아요."

그때 생각난 사람이 2년 전에 신입 뽑아서 '인력 선순환' 한답시고 희망퇴직 받을 때 퇴직했던 팀원이었다.

"내 또래 퇴사자들은 육아 때문에 퇴사한 여자들밖에 없더라고요. 내가 그렇게 스페어 노릇 해 줬는데도 결국 퇴사한 선배가 떠올랐어요. 애 봐주던 친정 부모 허리 망가지고, 애가 어린이집에 제일 늦게까지 남아 있다가 다른 엄마들 올 때마다 안아 달라고 하고, 남편도 대기업 직원이라서 매일 야근하느라 애 봐 줄 수가 없고, 애가 아파서 몇 번 결근하고…… 그런 거 다 버텨 놓고서 애 초등학교 입학하니까 못 버티고 퇴사했어요. 그때는 원망했어요. '이래서 여자들은 일 잘 한다고 키워 줘 봤자 애 낳으면 쉽게 때려친다.'고들 했거든요. 그래서 나 말고 막내 남직원을 키워 주는 것 같아서요. '나도 선배처럼 결혼해서 애 낳고 퇴사하고 싶어요.'라고 했더니 선배가 그러더라고요. 애가 자랄수록 부모의 사랑이 아니라 돈으로 기르는 건데, 아무리 명문대 나오고 대기업 나와 봤자 애 기르느라 경력단절 되면 저임금 비숙련 노동밖에 할 게 없으니까 무슨 일이 있어도 중간에 그만두지 말고 회사 계속 다니라고요. 사회생활을 안 하니까 세계가 좁아져서 그런지 애한테 바라는 게 많아지고 기대치가 높아지고 집착하게 된다고요. 애 때문에 회사 그만뒀으니까 그걸 애한테 보상받으려고 하게 된다고. 애가 잘 나가는 게 엄마의 성취가 되어 버리니까. 애 잘 키우려고 퇴사했는데 오히려 애가 사춘기 되면 관계가 악화되지 않을까 무섭다고."

퇴사해서 사람이 될 뻔 했던 언니는 다시 회사좀비로 돌아갔다. 곰은 동굴에서 쑥과 마늘을 먹으면 사람이 된다지만 사람은 회사에서 백 일을 야근하면 좀비가 된다.

"마음 속 깊은 곳에선 퇴사까진 하고 싶지 않았나 봐요. 막상 퇴사한다고 하니 두려웠거나. 그러니까 가정 씨 안 만나고 부모님이랑 그 선배를 만나러 갔겠죠. 나 좀 말려 달라는 심정으로. 나라는 인간은 진짜…… 뭐라도 할 것처럼 패기 있게 문신도 하고 스위스 안락사 병원도 반지에 각인해 놓고…… 결국 아무것도 못했네요."

"뉴냐, 아무것도 안 하는 걸 했잖아요. 퇴사 안 하기로 신중하게 결정했잖아요. 누낭께서 뭘 하시건 잘 하신 거예요. 누나앙, 저도 만나고, 정신과 의사나 상담자도 만나세요. 이거 탕비실 냉장고에 넣어두시고 술 생각 날 때마다 하나씩 드세요."

오빠가 내민 건 파스텔톤 무지개색 마카롱 박스였다.

"'이거 먹으려면 회사 가야 된다' 하면 그나마 출근할 맛이 나겠네요."

* * *

'이름이 미래시제'라서 이룬 게 없다던 이루리 언니는 요즘도 야근을 한다. 밤에 사무실에 남아 혼자 신사업 기획서를 만들어 보고 있다. 이렇게 매일 밤늦게까지 일하다가 뱀파이어로 진화할 것 같다고 푸념하면서. 전가정도 만나고 항바이러스 좀비 치료제…… 아니 우울증약도 먹으면서 경쟁사 경력직 채용에 몰래 도전해 보긴 했는데 면접에서 '우린 오래 다닐 사람을 원해요. 중간에 결혼하고 애 낳는다고 그만 두면 또 사람 뽑아야 되고 그거 다 회사 입장에선 비용이라서 묻는 거예요.'라면서 남자친구는 있는지 결혼 계획은 있는지 애는 낳을 건지 궁금해 하며 가족계획을 대신 세워 주는 순간 탈락을 직감했고, '남자친구는 있는데 결혼은 못 할 것 같다.'고 사실대로 말하면 빛의 속도로 탈락일 것 같아서 '남자친구 없고 비혼주의자'라고 거짓말했는데…… 며칠 후에 불합격했다.

* * *

언니에게 퇴사를 종용하는 사람은 없어졌다. 언니는 "또라이를 건드리기 무서워서 그런 거"라고 했지만 육아휴직 다 못 쓰고 복직한 팀원이 언니 대신 눈총을 받기 시작해서 그런 거다. 회사는 적자생존이니까. 그 팀원네 아기가 요새 감기니 수족구병이니 눈병이니 하는 어린이집 트렌드는 하나씩 다 해 본다고 했다. 수시로 월차 쓰고 때때로 정시퇴근 하는데도 점점 피부가 푸석해지는 아기 엄마 팀원이 언니가 하던 잡무를 인수인계 받았다. 언니는 빅데이터와 코딩을 배우러 주말마다 학원에 다니기 시작했다. 기술이라도 있어야 될 것 같다면서. 언니는 이게 다 '헛짓거리'라고 했다. 이렇게 토할 듯이 시간 쪼개가며 돈 들여서 학원을 다녀봤자 회사는 자기 대신 막 대학 졸업한 전공자들을 계약직으로 쓴다고. 그렇지만 퇴사당할까 봐 불안해서 뭐라도 해야 하니까 학원에 다니는 거라고.

오빠는 대학원에 가서 심리 상담을 더 공부하고 싶다고 한다. 탐정은 잠정 휴업. 누나가 힘들 때마다 들어주고 안아 주는 걸로는 부족하다고. 안아 주는 걸로 부족하면 키스라도 하든가 왜 대학원을 가냐고! 오빠는 나한테 조카 얼굴은 상상도 하지 말라고 했다. 오빠 어릴 적 사진 보면 조카 얼굴도 별로……. 어후, 상상할 뻔 했다. 오빠와 언니는 만약 결혼을 하게 되더라도 아이 없이 살자고 합의했다. 유자녀 여직원은 회사 다니기 어렵다는 걸 볼 만큼 봤으니까. 둘이 가족계획은 세웠으니까 이제 노후계획도 세우면 되겠네. 그럼 우리 집안에 탐정 가업을 이을 사람은 나뿐인가…….

"언니, 만약 최악의 경우에 퇴사당해도 다 먹고 살 길 있으니까 너무 걱정하지 말고 막말도 하고 자기 하고 싶은 거 다 해요!"

"가정 씨가 일도 씨한테도 그래요? 결혼하면 자기가 과자 값은 보탤 수 있다고?"

"혹시 퇴사당하면 저한테 연락 달라고요. 탐정하실 생각 있는지 해서요. 언니 정도 말발하고 행동력이면 탐정에 소질 있어 보여서요."

'누우나아'를 마중 나온 오빠를 따라 어두운 밤 등대처럼 빛나는 회사 빌딩을 올려다봤다. '누구든 무엇이든 찾아주는 실종 탐정' 말고 '어떤 새끼든 실종시켜 주는 탐정'을 찾을 좀비들이 저 안에 얼마나 많을까. 집에 가는 길에 로또를 사야겠다.

누구든 실종시켜 드립니다

— 제가 실종시키고 싶은 사람이 있는데요오^^;;;

— 잘못 연락하셨습니다. 저는 청부업자가 아니라 탐정입니다만.

— 누구든 무엇이든 해 준다면서여ㅠㅠㅠㅠ

— 누구든 무엇이든 '찾아드리는' 탐정이지 '실종시켜 주는' 탐정
이 아니라고요.

— 실종탐정이라면서용;;;;

— 실종자를 찾아주는 게 실종탐정이죠. 불륜탐정은 불륜 알선
해 주고 고양이 탐정은 고양이로 변신시켜 주나요?

— 제가 말을 잘못한 거 같아서 죄송해염... 근데 진짜로 장난하
는 거 아니에요... ㅠㅠ

— 저도 장난 아닙니다.

'진심'을 보여 주려고 한 건지 카톡으로 손목 사진이 날아왔다. 뭐야 이거. 누구 손목이야? 나도 똑같이 만들어 주겠다는 의미인가? 캡처해서 협박으로 신고해야 하나? 아니면 이거 혹시 심각한 상황인가? 응급처치 해야 하는 거 아냐?

— 만나 보고 수임할지 말지 정할게요. 기본적인 인적 사항 알려
  주세요. 본명, 나이, 직업, 거주지요.
— 탐정은 그런 거 다 추리로 알아내는 거 아니었어요? *_*

스마트폰 만지작거릴 수 있는 거 보니 많이 다치진 않았나 보다.

— 제가 그런 거 알아내느라 들이는 시간만큼 의뢰인님이 수임
  료를 더 내셔야 되는데요.
— 의뢰 취소할게용.ㅠㅠ 제가 너무 힘들어서요... 그냥 막막해
  서, 누구한테 얘기라도 하려고 했던 거라서요옹...ㅠ 진짜 죄
  송해여ㅠㅠㅠㅠㅠ
— 제가 이름하고 주소 알아내서 찾아뵐까요? 아님 신고를 할까
  요?
— 제발 신고만 하지 말아 주세요ㅠㅠㅠㅠ 제가요ㅠ 공무원 시
  험 준비 중이라서요ㅠ

'의뢰인'은 나랑 같은 나이의 여자였다. 역시 한국인의 인생은 청년은 공시생, 중년은 치킨집 사장, 노년은 요양병원 입소다.

─ 불륜할배님 유튜브 보다가ㅠㅠㅠㅠ제가 팬이라서요ㅠㅠㅠㅠ

노년은 요양병원……은 아닐 수도 있겠다. 인생은 어떻게 흘러갈지 모른다. 할아버지도 불륜탐정 하다가 은퇴하고, 손주 육아 하고, 손주들 다 크고 나서 유럽으로 '탐정 투어' 갔다가 현지에서 브이로그 할 때까지만 해도 착실하게 구독자 늘려가고 있는 유튜버가 될지는 예상 못했을 거다. 시작은 가족들에게 근황도 알리고 젊은이들에게 도전정신도 불어넣고 친구들한테 자랑도 하려고 여행스타그램과 여행브이로그를 했던 거였는데……. 댓글과 채팅창과 영상통화로 할아버지의 며느리, 그러니까 우리 엄마가 수시로 난입하면서 할아버지의 여행라이브방송은 며느리와의 만담개그, 입담 배틀이 되어 버렸고 여행지의 풍경은 뒷배경이 되었으며 유럽여행을 준비하다가 할아버지의 채널을 본 대학생들이 '재미있는 할배'에게 고민을 털어놓으면서부터 어떤 고민에도 진지하게 '기승전 불륜 장려'로 답변해 주는 바람에 청춘들에게는 '꽃할배'가 대신 '불륜할배'가 되어 버렸다.

"나는 집 팔아서 여행 왔지만 젊은 애들은 갭이어랑 기본소득 받아서 여행 다니면서 넓은 세상 보고 와서 이거저거 해 보다가 결혼해서 성실하게 살다 보면 젊을 때 뜨겁게 살았던 추억 떠오르면서 불같은 불륜도 하고, 그래야 불륜탐정한테 의뢰도 하고 그러지! 인생 백세 시대야! 도전하기에 늦은 나이는 없어! 결혼을 왜 한 번만 해! 결혼 한 번 실수해도, 다시 도전해서 재혼도 하고, 그래야 또 불륜을 하고, 불륜하면 불륜탐정한테 의뢰해서 증거를 잡아야 이혼할 때 유리하다고! 우리 아들이랑 며느리가 아주 유능한 불륜탐정이야. 내 채널 보고 연락했다고 하면 할인해 줄 거야."

"아버님! 내가 못 살아! 아버님 팔고 가신 집이 지금 얼마나 올랐는지 아세요? 그 집 팔지 말고 주택 담보 대출을 받지 그러셨어요! 왜 상의도 안 하고 덜컥 일을 저지르시냐고요!"

"상의하면 네가 못 가게 할까 봐 그랬지……."

"제가 못 가게 할 사람이에요? 유튜브는 못 하시게 했겠지만! 집안 망신이에요, 정말! '나만 당할 수 없다' 이거예요? 아버님만 이혼 당했으면 됐지 왜 자꾸 청년들한테 불륜을 조장해요!"

"내가 나 좋으려고 이러냐? 다 너네랑 우리 손주 돈 벌라고 홍보해 주는 거 아냐! 우리 손주가 '누구든 무엇이든 찾아 드리는 실종탐정'인데, 요즘 일이 없잖냐."

역시 구경은 싸움 구경이 제일 재미있다. 그게 엄마랑 할아버지의 싸움만 아니면. 그리고 할아버지가 손주 걱정하느라 내 업무용 카톡을 홍보해 주지만 않으면. 할아버지 때문에 내가 못살아! 이제야 엄마 심정이 이해가 되었다.

잃어버린 지우개를 찾아 달라는 초등학생은 귀엽기나 하지 '투명 여자친구'를 찾아 달라는 남자부터 수위 높은 음란사진을 보내는 새끼에 당첨된 적도 없는 로또를 찾아 달라는 장난질에 스팸광고까지……. 사건 의뢰는 들어오지도 않고 데이터만 소진되었다. 오죽하면 내가 프로필에 '합의금 개이득'이라고 써 놨겠냐고. 이러니 공시생에게 까칠한 대꾸가 나올 수밖에 없었다.

* * *

돈은 없지만 사연은 있어 보이는 의뢰인과 약속을 잡았다. 유사과학을 믿지는 않지만 치유 효과가 있다는 투어말린 원석 팔찌를 샀다. 고3 때, 마지막 모의고사 성적이 기대만큼 나오지 않자 교실 뒤에서 손목을 그었던 친구가 있었다. 그때 내가 무슨 짓을 했냐면……. "넌 진로 고민할 필요 없어서 편하겠다. 대학 안 가도 되고."라는 친구에게 위로는커녕 "생각 없이 자동으로 가업 잇는 거 아냐. 부모님이 탐정이면 의뢰인도 대물림하는 줄 알아? 등록금 버리느니 1년이라도 빨리 경력 쌓는 낫겠다고 오랫동안 고민해서 결정한 거야."라고 다다다다 쏘아 붙였다. 말은 그렇게 하고 나서 지혈을 해 주고 그 친구를 데리고 침착하게 양호실에 갔고, 양호선생님은 익숙하게 처치를 해 줬고, 친구는 손목에 붕대를 감고 야간 자율학습을 마저 했다. 그 친구랑은 졸업할 때까지 말 한 마디 하지 않았다. 친구는 날 보면 슬쩍 자기 손목을 감싸거나 다쳤던 쪽 팔을 뒤로 빼면서 피해 다녔다. 나한테 왜 그러는지 궁금하면서도 대놓고 물어보려니 왠지 자존심이 상하는 것 같기도 하고 걔가 무슨 말을 했다가 또 싸우면 진짜로 어색한 사이가 될 것 같아서 나도 걔를 피해 다녔다. 짝사랑은 그렇게 끝나버렸다. 탐정인 엄마의 성화에 '출퇴근하고 월급 나오는' 경찰 공무원 시험 준비를 잠시 하는 동안 수험생의 막막함을 체감하게 되었지만 이제 와서 새삼스레 연락해서 미안했다고 하기는 애매했다. 자꾸 뭔가 '쎄한 기분'이 드는 게 이런 기억이 떠올라서 일까.

"사귀냐?"

여친을 제외하고 남한테 절대 돈 안 쓰는 쌍둥이 오빠는 팔찌를 고르고 식당을 정하는 날 보고 한마디 던졌다.

"의뢰인한테 돈을 받아야지, 왜 네 돈을 써."

"환심 사서 의뢰인 입 좀 빨리 열려고 그런다, 왜?"

나보다 열 살, 스무 살 많은 어른 의뢰인들과 처음 만날 때는 만만하게 보이지 않으려고 딱딱대고 힘주어 말하면서 '기선제압'을 했고, 어려 보이지 않으려고 챙 넓은 모자로 얼굴 가리고 화장도 진하게 하고, 유능한 전문직처럼 보이려고 세미 정장에 트렌치코트 걸치고 장식 없는 단화를 신었는데 내 또래 의뢰인은 처음이라 만나서 뭐라고 해야 할지 뭘 어떻게 입어야 할지 하나도 모르겠다. 공시생이면 안경에 머리 질끈 묶고 헐렁한 옷 입고 추레한 비주얼일 테니까 나도 거기에 맞춰서 민낯에 볼캡을 눌러 쓰고 후드티와 청바지에 스니커즈 신고 나갈 건데, 만나서 뭐 먹어야 하지?

어른 의뢰인들은 '아는 맛집'에서 주문도 척척 잘해서 편했는데 이 의뢰인은 '저는 아무거나 다 좋아요^^' 이러고만 있다. 진짜로 '아무거나' 먹으려다가 그래도 공부하느라 정신없고 심리적으로 취약한 사람한테 그러면 안 되지 싶어서 커다란 곰 인형이 폭신한 의자에 앉아 있는 비스트로를 찾아냈다. 적당히 비싸고 따듯하고 맛있는 음식을 먹으

며 곰 인형을 쓰다듬으면 분위기도 좋아지고 말도 술술 나
오겠지. 식사 마치고 팔찌 끼워 주면서 분위기 좋은 틈을
타서 계약서 쓰고 수임해야지. 나, 나중에 데이트 잘하겠
는데?

의뢰인인 수완 씨는 생머리에 풀메이크업을 하고 허리가
보일 듯 말듯 한 크롭티를 입고 하이힐을 신고 약속 시간
보다 일찍 나와서 기다리고 있었다. 내가 예쁜 여자 좋아
하는 건 어떻게 알고 미인계를 쓰는 건가 싶을 만큼 예뻤
다. 마스카라로 한 올 한 올 올린 풍성한 속눈썹이 인형 같
았다. 어렸을 때 집에 있던 인형 속눈썹이 저랬는데. 인형
놀이는 안 하고 인형으로 오빠 뒤통수를 후려갈기면서 싸
우다가 오빠가 치사하게 일러바치는 바람에 범행도구를 할
아버지한테 압수당하고 말았다. 나는 오빠가 암바 건 거
고자질 안 했는데. 그 다음엔 학습지로 때렸더니 눈치 없
는 오빠가 의리를 지키느라 아무 말 안 했다. 결국 자수했
는데 학습지는 둔기가 아니어서 그랬는지 압수당하지 않
았다.

"저는 늦을까 봐 일찍 왔는데, 딱 맞춰서 나오신 거예여?
기다리느라 다리 아파요오."

애교가 뚝뚝 묻어나는데, 은근히 힐난하는 것 같은 말
투다.

"늦은 건 아니잖아요. 먼저 들어가서 아무거나 주문하고 계시면 되는데. 혼자 못 들어가여?"

일부러 말투를 따라 했는데 수완 씨는 입을 삐죽이며 시선을 비스트로 쪽으로 돌렸다. 조명도 그대로고 곰 인형은 불쌍하게 앉아 있고 테이블 위에 치우지 않은 그릇에 남은 음식에는 곰팡이가 피어나고 문은 잠겨 있었다. 설마 '사랑의 도피'는 아닐 테고, 이 동네가 '핫 플레이스'가 되면서 임대료가 올랐다더니 월세 못 내고 야반도주 했나? 잠긴 문에는 '임대 문의'와 '유치권 행사 중'이란 종이가 나란히 붙어 있었다.

"예약 하신 거 아니었어욤?"

"예약 전화를 안 받긴 하더라고요……."

"기대 많이 했는데에……."

"비슷한 메뉴 찾아볼까요?"

"저는 별로 안 먹으니까 드시고 싶은 거 드세용. 인스타 명소라고 해서 브이로그 찍으려고 차려 입고 나왔는데……."

어쩌란 거야. 무슨 말을 듣고 싶은 거야. 스무 고개 하나.

"죄송해요."

'이제 됐어요?'를 덧붙이려다가 참았다. 수완 씨는 그제야 찡긋 윙크하며 웃었다. 왜 '쌔한 기분'이 들었는지 이제야 알았다. 처음부터 카톡의 'ㅜㅜㅜㅜㅜ'가 꼴 보기 싫었다. 문장마다 죄송하다면서 과도하게 미안해하는 게 불편했다. 내가 화내기도 전에 내 입, 아니 손가락을 막으려는 것 같아서. 필요 이상으로 미안해해서 정당하게 성질내는 나를 '못된 사람' 만들고, 내가 약간 실수하면 기어이 사과를 받아내서 자기는 '착한 사람' 되려고 하는 거다.

"아무거나 드셔도 된다고 했으니까 아무데나 갈까요?"

인테리어라고는 하나씩 추가되는 메뉴를 덕지덕지 붙인 종이뿐인 분식집에 들어가서 라볶이, 순대, 김밥을 시켰다. 의뢰인은 김밥 세 개만 집어먹고 먹방 시청하듯이 내가 김밥과 순대를 라볶이 국물에 찍어 먹고, 기름진 라면과 쫄깃한 떡을 한 입에 넣는 걸 구경만 했다.

"전 자기관리 하느라고요."

"자기관리 아니고 자기학대 같은데…… 그러다가 서른 넘으면 훅 간대요."

"섭취하는 칼로리보다 소모하는 칼로리가 더 많아야 하는데, 요즘 운동을 못 해서 못 먹어욤……."

그러면서 김밥과 라볶이와 순대의 칼로리를 줄줄 읊었다. 그러면 내가 입맛이 떨어질 거라고 착각했나 보다.

"떡볶이 별로 안 좋아해. 연습생 때는 학교 끝나자마자 연습실 가느라고 친구들하고 떡볶이 사 먹을 일이 없었고, 찌는 체질이라서 식단 조절하느라 못 먹었고요…… 연습생 그만두고 한번 토할 때까지 먹었더니 이제는 떡볶이 보기도 싫어여."

보란 듯이 에헤헤 웃기에 나도 보란 듯이 먹었다. 매운 거 먹었으니까 후식으로 바닐라 아이스크림을 날름거리며 핥아먹고, 달고 차가운 거 먹었으니 쓰고 뜨거운 아메리카노를 마셔 주고, 커피는 쓰니까 달짝지근한 티라미슈를 곁들여 먹었다. 밥, 빵, 면, 떡을 풀코스로 먹어 줘야 어디 가서 탄수화물 좀 먹었다고 얘기할 수 있지.

"연습생은 왜 그만뒀어요? 예뻐서 연예인 해도 될 것 같은데."

"재작년까지 걸그룹 준비했는데 데뷔를 못 해서 회사가 망했어요오……."

"아니! 그 기획사는! 걸그룹 하나 데뷔 못 시켰다고 망할 정도면! 기획사를 하지 말았어야죠! 혹시…… 돈 뜯긴 건 없죠?"

"보컬이랑 안무 트레이닝 비 냈는데요오…… 몇백만 원 정도……. 학원비 같은 거예여……. 뜯긴 거 아니고 방송 댄스도 배우고 보컬 트레이닝도 받았어여……."

"그거 악덕업체인데! 완전 사기꾼! 기획사가 연습생한테 투자를 해야지 왜 돈을 뜯어내요! 그거 원래 다 기획사가 해 줘야 하는 거라고요! 폐업만 안 했으면 어디다가 확 신고해 버려야 했는데!"

"사장님이 사기꾼은 아니었어여……. 저희 데뷔시키려고 방송국 문 앞에서 음료수도 돌리고요……. 여기저기 대출도 받으시고요……. 근데 저희가 노래도 조금씩 모자라고, 얼굴도 좀 그렇고, 안무도 제대로 못 짜서 데뷔가 안 되어서여……. 사장님도 피해자예여……."

"제대로 된 작곡가한테 곡 받았어요? 스타일리스트, 매니저, 안무가는 붙여 줬어요?"

"사장님 아는 분한테 곡 받고요……. 안무는 춤 잘 추는 멤버가 짜고요……. 편곡도 알아서 하고요……. 옷은 저희끼리 인터넷 쇼핑하고요……. 사장님이 우리는 '자급자족 생계형 아이돌' 콘셉트랬어여."

데뷔곡이 될 뻔 했던 노래를 들었다. 막귀인 내가 듣기에도 어디선가 들어본 것 같은 트로트였다. 이런 걸 걸그룹 데뷔곡으로 주다니, 이 정도면 뽕끼가 아니라 객기였다.

"저희가 데뷔할 실력이 안 되었어요오. 사장님이 매니저 출신이라 아이돌 제작하시는 게 꿈이어서 정말 열심히 하셨는데에."

"제대로 된 전문가를 붙여서 연습생을 트레이닝하고, 콘셉트를 잘 잡아서 데뷔시켰어야죠! 사장이 처음부터 무리

하게 사업했네! 지 꿈 꾸느라 남의 꿈이랑 시간 날려먹었잖
아요! 자기도 능력 없으면서 누구한테 데뷔할 실력이 되네
마네 지랄이야! 사장님은 무슨 놈의 사장님이에요? 자, 따
라해 봐요! 사! 장! 새! 끼!"

조용하던 카페에 '사장새끼'가 크게 울려 퍼졌다. 여자
둘이 앉아 있는데 한 명은 디저트와 음료에 손도 안 댔고
한 명은 화내면서 무슨 새끼 어쩌고 하니까 사람들이 돌
아 봤다. '저희 삼각관계나 치정 아닙니다. 면상에 커피 안
뿌릴 거고요, 돈 봉투 안 내밀 거니까 다들 하던 일들이나
마저 하세요.'라는 눈빛으로 쏘아 보니까 슬금슬금 고개를
돌렸다.

"혹시 다른 기획사 갈 생각은 안 해 봤어요? ······절대
수완 씨 탓하는 건 아니고요."

"스무 살 넘으면 새로운 기획사 들어가서 걸그룹 연습생
하기엔 늦은 나이라서여. 아이돌 팬들은 10대, 20대라서
걸그룹 멤버도 같이 공감하고 성장할 수 있는 나이여야 하
거든여. 늦어도 20대 초에 데뷔해야 7년 계약하고 활동할
수 있어서여."

연습생끼리 유튜브 안무 영상 보면서 연습하던 실력으
론 다른 기획사에 가도 바로 데뷔할 수 없었다. 또 몇 년
을 연습해서 데뷔하기엔 너무 늦어 버렸다. 사장새끼는 지

만 망하면 되지 왜 남의 인생까지 망쳐. 청춘은 뭐든지 도전할 수 있다지만 아이돌은 남들이 출발할 나이에 은퇴하거나 포기를 하기도 한다. 도전하기에 늦은 나이란 없다는 건 누군가에겐 거짓말이다.

"기획사 망하고 나서 오디션 프로그램도 한번 나가 봤는데여."

방송엔 얼굴도 내밀지 못하고 탈락했다.

"간절함이 없대여. 1차 통과하고 다음 주까지 5kg 감량해 오라고 했는데, 못했어여. 밥 안 먹고 운동만 했는데 힘들기만 하고 살은 3kg밖에 안 빠지고, 힘없어서 고음도 안 올라가서 망했어여."

"그렇잖아도 마른 사람이 일주일에 5kg 감량하면 죽어요. 그 심사위원들 살인미수범들인데요. 아닌가? 자살방조범인가?"

"그게 마지막 기회였는데. 그냥 나가지 말고 그 자리에 주저앉아서 울 걸 그랬어여."

"마트 바닥에 드러눕는 아기도 아니고……."

"아직도 자기 전에 생각해여. 간절해 보이게 바리깡 들고 가서 삭발이라도 할걸……."

"삭발로 안 되면요? 혈서라도 쓰시게요? 자해공갈단 오디션이에요?"

"그럼 어떻게 해여! 눈빛이랑 자세에서 간절함이 안 보인다는데!"

"간절할수록 잘할 것 같으면 뭐하러 오디션에서 노래를 시켜요? '사연팔이'나 하면 되지. 심사위원 새끼들이 말하는 '간절함'은 지들이 갑질해도 아무 말 없이 삽질하는 지원자 뽑겠단 거예요. 심사위원들이 그렇게 유능한 제작자면 체중을 5kg 증량해서 와도 매력을 찾아내서 스타 만들어 줄 수 있어야죠. 다른 데에 수완 씨 매력을 알아주는 유능한 기획사가 있을 거예요."

"나이 속이고 다른 기획사 오디션도 가 봤는데여. 못하는 건 아닌데 매력이 없대여."

실력이 없다고 하면 노오력해서 발전한다는 성장 서사라도 있지, 매력이 없다면 뭘 어떻게 고치란 걸까. 아니 대체 매력이 뭐야. 심사위원씩이나 되면 정확하게 말을 해 줘야지.

"이제 사람들의 평가에 막 휘둘리고 상처받고 싶지 않아서 공시생 하기로 했어여. 시험은 객관적인 성적이 나오잖아여. 간절하지 않아도 성적만 되면 붙여 주잖아여. 아이돌은 내가 아무리 잘한다 해도 걸그룹 콘셉트에 맞아야 해서 데뷔 운이 있어야 하는데 시험은 공정하잖아여. 대학은 대충 성적 맞춰 갔는데 중고딩 때 연습생 하느라 공부를 안 했더니 할 줄 아는 게 없어서 수업도 잘 안 들어가고 학과 행사도 참여 안 하고 단톡방도 잘 안 봤더니 그냥 다 어색해서여. 어차피 혼밥하는 거 공시하면서 혼밥하려고여."

"그래서, 정리하는 의미로 사장새끼를 실종시켜 버리고 싶다……? 아니, 이미 망했다고 했죠?"

수완 씨는 유튜브 채널을 알려줬다. 짧은 스커트를 입은 수완 씨가 걸그룹 커버댄스를 추고, 눈을 감고 고음을 지르며 팝송을 커버하고 있었다.

"이 사람을 실종시키고 싶었어여……."

"본인 아니세요?"

"제가 맞긴 한데, 제가 아니에여."

"사칭 계정이에요?"

"연습생 시절이에여."

"그럼 계정삭제하고 탈퇴하면 되잖아요."

"영상을 지워도 기억은 남아 있잖아여. 기억을 지우고 싶다고욤."

드라마에선 차에 받히면 기억상실증 걸리던데. 아무 말 안 하고 있으니까 내 눈치를 보던 수완 씨가 조심스레 말을 걸었다.

"솔직하게 얘기해 주세여. 이거 어때욤? 일반인이 보기에, 잘하는 거 같아여? 유튜브 다시 하면, 구독 늘어날 거 같아여?"

내가 일반인이면 지는 특별인인가. 나는 기획사 사장새 끼 같은 인간이 아니다. 자기 능력치도 파악 못하고, 소만 큼 커질 수 있다며 터질 때까지 배를 부풀린 욕심 많은 개 구리처럼 헛꿈을 부풀리다가 연습생한테도 희망고문을 한 새끼. 망하려면 혼자 망하든가. 노오력하면 뭐든지 될 수 있다는 위로와 격려는 남의 인생 책임지지 않는 멘토새끼들의 입에 발린 소리다. 청년들에게는 더 아파야 리얼 청춘이라는 사디스트 독설가도, 대충 살라는 무책임한 소리 하면서 인세, 강연 수입 챙기는 약팔이도 필요 없다. 내 재능을 등수 매겨주고 상위 등수 안에 못 들면 포기시키는 컨설턴트가 필요하다.

'정답'을 알고 있었다. 수완 씨는 공시를 준비하고 있다. 아이돌 대신 유튜브에서라도 스타가 되려고 하지만 유튜브도 이미 레드오션이다. 남들의 인정도 받겠지만 악플도 달릴 것이다. '팬이에요'라는 댓글 100개보다 '살 좀 빼라'는 악플 1개가 마음에 더 오래 남는다. 모르는 사람들의 도마에 올라서 품평이나 당하는 유튜버가 정신건강에 좋을 리 없다.

아이돌 하기에도 늦었지만 공시 준비도 늦었다. 남들은

이미 고등학생 때부터 시작한다는데. 미련은 덮고 공시에 집중하고 싶으니까 과거의 자신은 실종시켜 버리고 싶다는 거겠지. 공시도 연예계나 유튜브 못지않은 레드오션이긴 하지만 여기는 그래도 노오력에 따라 합격할 수 있다. 죽고 싶어질 만큼 노력해서 몇십만 명을 제쳐야 해서 그렇지. 20:1의 경쟁률을 뚫느니 차라리 20:1로 패싸움을 해서 이기는 게 더 쉽겠다. 이 정도면 이것도 노오력이 아니라 운에 가깝다. 연습생 때 밤새서 연습하던 것처럼 공부하면 공시가 아니라 행시도 붙겠지만…… 좋아하는 걸 밤새서 하는 건 열정이지만 싫어하는 걸 밤새서 하는 건 과로다. 죽을 만큼 노력하면 된다지만, 남들도 다 죽을 만큼 하니까, 합격하려면 죽었다 깨어날 만큼 해야 한다. 1년에 단한 번 있는 공시에 두세 번만 불합격해도 기업의 면접관들이 '공백기에 뭐 했냐'는 소리나 하면서 탈락 버튼 누르고, 결국 할 수 있는 건 다시 공시밖에 없어진다.

솔직하게 말하자. 하지만…… 정말로 공무원 시험에 매진할 거면 그렇게 스트레스 받으면서 마음 약해져서 내게 연락하고 상처를 밖으로 끄집어내서 눈에 보이게 하지도 않았을 거다. 아직 영상을 삭제하지 않았다는 건 기획사나 오디션 대신 '누구나 스타가 될 수 있는' 유튜브에서 희망을 봤기 때문일 거다. 나는 심사위원이 아니다. 이제 연예인은 포기하고 공시를 해야 한다면서도 유튜브로 스타가 되고 싶은 수완 씨에게 뭐라고 대답해 줘야 할까.

"잘하긴 하는데…… 개성이 없어서…… 모창가수 출연하는 예능 같은 데 출연하면 인기 있을 거 같아요! 그런 예능 출연해서 데뷔한 연예인도 있잖아요!"

나름 장단점을 분석해서 '제3의 길'을 제시했다고 생각했는데 수완 씨는 샐쭉 토라졌다.

"탐정이라면서 해결해 주는 것도 하나두 없구, 남들한텐 그냥 하루지만 나는 이러면 공부리듬 깨진단 말예여!"

"공부 제대로 안 하잖아요! 공부하겠다면서 제대로 안 먹고 다니면, 체력 떨어져서 오래 공부할 수 있어요?"

"합격하고 나서 면접 보기 전에 살 빼려면 늦어여. 평소에 다이어트 해 놔야 돼여. 열공해 놓고 면접에서 떨어지기 싫어여."

"면접이랑 다이어트가 무슨 상관인데요?"

"면접 답변은 다 고만고만할 거니까 첫인상으로 결정될 텐데, 면접관도 사람인데, 뚱뚱하면 첫인상 별로잖아여."

"채용비리 터진 거 보니까 외모보다 인맥이던데요."

"칫, 내가 무슨 말만 하면 아니라고 하고! 이럴 거면 왜 찾아오겠다고 협박하면서 만나자고 했어요?"

"이거 주려고 만나려고 했어요. 공무원 시험 준비하느라

제대로 안 먹을 것 같아서 제대로 된 외식 좀 시켜 주려고
했는데 잘 안 된 거고."

수완 씨의 반창고 붙은 손목에 투어말린 팔찌를 끼워 줬
다. 내 손목둘레에 맞춰서 샀더니 헐렁했다. 역시 안 될 놈
은 안 된다더니 오늘따라 되는 게 하나도 없다.

"왜 착한 척을 해여?"

큰 눈을 깜빡이며 천진하게 물어보니까 화를 낼 수도 없
다. 나도 똑같이 눈만 끔뻑거렸다.

"고맙긴 한데여, 탐정님이 하고 싶어서 맘대로 팔찌 사
주고, 먹을 거 사 준 거잖아여."

"의뢰인님이 다 동의했잖아요. 아무거나 먹어도 된댔잖
아요. 팔찌는, 제 오지랖이라 칠게요."

"아픈 사연 있어서 떡볶이 못 먹는댔잖아여. 근데 저 보
란 듯이 막 먹었잖아여. 저느은, 데뷔도 못하고 말만 공시
생이지 사실 백수고, 탐정님은 돈 버니까! 저 보란듯이 막
펑펑 쓰면서! 비싼 데 가서 외식 '시켜 준다'고 하고 선물
같은 거 막 하잖아여. 유명한 유튜버도 못 될 거라고 후려
치면서 자기 하고 싶은 대로 마음대로 하고 나서 저한테
고맙다는 소리 들으려고 하잖아여."

"미안해요. 악의는 없었어요. 제가 눈치가 없어서요."

"눈치가 없는 게 아니라 배려가 없잖아여! '탐정놀이'나

260

하고 돌아다니니까 진짜 치열하게 사는 제 심정 모르죠? 그러니까 지질하게 뒷조사나 하고 다니는 탐정 주제에 남한테 모창가수나 하라고 막말하져!"

"내가 '탐정놀이'면 그쪽은 '연예인병'이죠! 내가 기획사 사장처럼 '할 수 있다, 잠재력 있다, 근데 네가 노력을 안 하는 거다' 이런 말로 희망고문 안 해 주고 사실대로 말하니까 기분 나쁘죠? 치열하게 산다면서 공부 안 하고 유튜브하고 있는 게 찔리죠? 맨날 연습하고 공부하고 준비만 하는 거 지겹죠? 그런데 이런 거 때문에 기분 상했다는 걸 인정하기 싫으니까 나를 나쁜년 만들고 있잖아요! 가식 그만 떨어요. 연예인도 아닌데 이미지 관리할 필요 없잖아요. 나한테 '착한 척'이라고 하기 전에, 자기자신한테나 솔직하게 사세요."

수완 씨가 입을 삐죽이고 볼을 부풀리며 울었다. 투어말린에 치유 효과 같은 건 없었다. 투어말린한테도 사기 당했고 자기 과거를 실종시켜 달라는 의뢰인한테도 농락당했다. 수임 여부를 내가 아니라 의뢰인이 결정해 버렸다. 의뢰인이랑 싸우기나 하고, 잘하는 짓이다. 그러니 쏟아져 들어오는 카톡 중에 그런 사기꾼의 메시지가 눈에 쏙 들어왔겠지. 평소였다면 스팸 취급 했을 텐데.

— 전일도 탐정이죠? 나 김경찬입니다. 할아버님 유튜브 보고 연
  락드렸습니다.

　할아버지의 채널 구독자는 대체 어디까지 퍼져 나간 걸
까. 김경찬은 종편, 케이블방송의 사건 재연 프로그램에 몇
번 나온 적 있는 탐정이었다. 주로 자극적인 치정, 살인, 폭
력 사건을 다루는 그 프로그램에 전문가 패널로 출연해서
사건을 해설했다. 멀끔하게 생겨먹고, 말발도 있어서 가끔
중년 여성 타깃 예능에 나와서 각종 막장 사건을 유쾌하게
떠벌리기도 했다. 경찰이나 변호사가 아닌 탐정에게 의뢰
하는 사건이란 대개 음습해서 당사자가 나서기 어렵고, 공
식 기록으로 남길 수도 없으니 탐정이 말하는 '사건의 진
상'은 검증할 방법이 없다.
　"만나 보니 젊은 여자 탐정이 딱 부러지게 생겼네."
　탐정이야, 관상가야? 이 아저씨, 첫인상이 별로다.
　"진로 일찍 정해서 경력도 쌓고, 요새 젊은 애들답지 않
게 기특해."
　연예인, 공무원, 유튜브 스타 중에 뭐가 되겠단 건지 셋
다 하겠단 건지 갈피를 잡을 수 없던 의뢰인에게서 원망만
듣고 수임도 못한 직후만 아니었다면 나도 입에 발린 칭찬
에 헤벌쭉하지 않았을 거다.

"나같이 바쁜 탐정이 왜 시간 쪼개가며 방송 출연하는지 압니까? 사람들이 탐정에 대해 가지고 있는 편견을 반박해 주려고 그래요. 탐정이 수사권 없다고 체념하고 맨날 남 뒷조사나 하고 다니지 말고 강력 사건 같은 것도 해결해야 흥신소라고 무시당하지 않지. 내가 살인, 강도, 폭행 사건들 조사한 거 봤지요? 경찰이 무능해 보일까 봐 말 안 하지만 내가 자문해 주고 경찰이 해결했다고 한 사건도 많습니다."

탐정은 단서를 알아보고 사기꾼은 호구를 알아본다. 평소였다면 눈을 가늘게 뜨고 "아저씨, 탐정이 아니라 셜록 덕후 아니세요? 경찰에 자문하는 탐정, 그거 딱 셜록인데?" 했겠지만 사람이 마음이 약해지면 머리도 나빠진다.

"그런데 그런 사건을 어디서 찾느냐? 재벌이라든가 사회적 체면이 중요한 사람들 있죠? 그런 사람들이 경찰 대신 탐정을 찾아요. 이런 사람들은 돈이 중요한 게 아니거든요. 유능한 탐정이 필요하지. 이런 사람들이 일반인처럼 인터넷 검색해서, 아니면 남들한테 '야, 나 이번에 와이프 바람난 증거, 누구 탐정한테 받아냈다, 너도 연락해 봐라.' 이런 식으로 추천 받아서 탐정 찾는 거 아니겠지요? 우리 협회에 의뢰하면 우리가 적절한 탐정을 매칭해 주는 겁니다. 내가 전일도 탐정을 봤더니 아주 똑똑해서, 조금만 체계적으로 훈련 받으면 우리 협회에 정식 등록해서 제대로 된 사건도 맡고, 돈도 많이 벌고, 무엇보다 탐정이 뭔지도 잘 모르고 '탐정 그거 흥신소 아냐?' 같은 헛소리나 해대는 일반인 말고, 탐정의 가치를 인정해 주는 의뢰인하고 일하는 보람이 있을 겁니다."

머리가 제대로 돌아갔다면 그런 비밀스러운 사건을, 아무리 각색했다고 해도 그렇지, 방송에서 떠들어대면 탐정의 윤리에 어긋나는 거 아니냐고 의심했을 거다. 아니면 은퇴한 탐정인 할아버지나 현직 탐정인 엄마 아빠한테 먼저 알아봤겠지. 그런데 손녀가 못 미더워서 사건 수임 못 해서 굶고 살까 봐 내 연락처나 뿌리는 할아버지, 탐정으로 밥벌이 못 할까 봐 경찰 공무원 하라고 했던 엄마, 엄마보다 일 못하는 아빠한테 얘기해 봤자 "김경찬 탐정이 본업 팽개치고 방송물만 먹더니 눈이 삐었네." 할 게 뻔하다는 생각이 들어 버렸다. '제대로 된 사건'을 해결하고 나서 엄마, 아빠, 할아버지, 의뢰인한테 '탐정의 가치'를 인정받고 싶었다.

"우리 협회에 등록해서 교육 받으려면 일단 입회비랑 교육비가 있어요."

"그거 사기 아니에요?"

"역시 명탐정이야. 입회비는 협회 운영비니까 내셔야 하는데, 교육비는 정식 등록하면 절반을 돌려줍니다. 가끔 교육만 받고 협회 이름 팔아서 개인활동 하려고 하는 사기꾼 같은 놈들이 있어서 그거 방지하려는 보증금 같은 겁니다."

"……비싸요?"

"에이, 자기계발을 아까워하면 발전이 없어요."

모바일 뱅킹으로 그 자리에서 계좌이체를 하는데 잔액부족이었다. 민망해서 웃으면서 잔액부족 메시지가 뜬 폰 화면을 김경찬 탐정한테 보여 줬는데…… 오해했나 보다.

"그렇게 안 봤는데, 어린 여자애가 세상 무서운 거 모르네. 어른을 멕이려고 해? 지금까지 속아 주는 척 들어놓고, 막판에 사람 빡돌게 하네."

막말을 듣고 나서야 정신이 들었다. 꿈이 있으면 간절함이 있고, 간절함은 약점이 된다. 사기꾼은 그 약점을 알아보고 파고든다.

"출연하시던 방송에 사기꾼이라고 제보할까요? 피해자 찾아내서 경찰에 신고할까요? 진짜 탐정이라면 항상 녹음기와 초소형 카메라를 자동차 블랙박스처럼 갖고 다니는 게 탐정의 기본이라는 거 아셔서 조심하셨을 텐데요? 제가 다 찍고 있던 거 못 알아차렸으면 탐정도 아니죠. 녹음할 땐 나도 대화에 끼어들어야 합법인 건 알고 계시죠? 화장실, 탈의실, 남의 신체는 절대 찍으면 안 되고요."

사기꾼이 쌍욕 하면서 가고 나서도 자리에서 일어나지 못하고 자책했다. 내가 '젊은 여자애'라서 만만했을까. 몇 년이나 탐정을 했는데 왜 일반인처럼 걸려들었을까. 나는 사기 당할 뻔한 피해자인데 자꾸 내 탓을 하게 된다. 왜 나도 당해보고 나서야 의뢰인의 심정을 알게 되는 걸까. 이미 늦었는데. 난 대체 왜 이것밖에 안 되는 인간일까. 이게 다 의뢰인 때문에, 아니 의뢰인 때문에 썽이가 생각나서 심란해져서 사기꾼을 못 차단한 거다. 나는 왜 썽이한테도 상처 주고, 의뢰인하고 싸우고, 매번 기선제압해서 이기려고만 할까. 썽이도 의뢰인도 왜 지들이 힘든 걸 나한테 화풀이했을까.

"오빠, 썽이한테 문자든 카톡이든 페이스북 메세지든 DM이든 아무거나 보내."

"네가 고3 때 짝사랑했던 애?"

"닥치고, 일단 걔한테 내가 연락해도 되는지만 물어 봐."

오빠는 바로 통화를 했다.

"야, 썽! 너 아직 휴학하고 알바하냐? 급한 일은 아닌데, 내 동생이 지금 옆에 있거든? 왜 그러냐, 갑자기? 긴장했냐? 저번에 나 만났을 때도 애 뭐하고 다니는지 잘 지내는지 구남친처럼 물어봤으면서? 얘가 지금 당장 너 바꾸래."

나 아직 마음의 준비가 안 되었는데?

"어…… 그냥 뭐 좀 물어볼 게 이떠……."

의뢰인 생각을 하다가 말투가 비슷하게 나와 버렸다. 썽은 "너 또 뭐 먹다가 혀 깨물었어?"라고 대꾸했다. 이래서 얘가 오빠랑 친한가 보다.

* * *

내가 너무 예뻐져서 못 알아볼까 봐 눈에 띄는 뉴스보이캡을 쓰고 나갔는데 썽은 한눈에 날 알아보더니 "어떻게 고3 때랑 하나도 안 변할 수가 있어?" 하고 진심으로 놀랐다. 썽과 떡볶이, 튀김, 순대 세트에 치즈토핑을 추가해서 먹었다. 학교 다닐 때는 썽이랑 학교 앞 노점상에 서서 컵떡볶이 먹었는데, 이제는 분식집에 앉아서 접시에 담긴 떡볶이 먹고. 성공했다, 전일도.

썽이 알바하는 카페 사장은 시급을 정말 확실하게 챙겨준댔다. 손님 없는 시간대에는 근태기록부에 서명하고 가게 밖으로 내보내는 수법으로. 손님 없는 시간에 자기 계발하라는 '배려'라고 했지만 근처에서 서성거리다가 카페 쪽으로 오는 손님을 보면 잽싸게 카페로 달려가야 하는데 어떻게 자기계발을 하라는 건지 모르겠다. 사장은 딱 최저

임금만 주면서 그마저도 어떻게든 덜 주려고 근태기록부에 카페 안에 없었다고 기록된 시간은 근로시간으로 치지 않았다. 사장 말로는 자기 젊을 때는 길에 쪼그려 앉아 영어 단어 외웠다는데, 젊을 때 그렇게 열심히 살면 나중에 구조조정 당해서 자영업 하면서 건물주한테 월세 뜯기고 프랜차이즈 본사에 갑질 당하면서 알바를 등쳐먹고 살게 된다.

"알바해서 돈 모이면 단편영화 찍으려고. 장학금 받으니까 등록금은 해결되어서 다행이지."

"지금도 공부 잘하나 보다. 장학금 받기 어렵지 않아?"

"집에 돈이 없어서 받는 거야."

"……미안해."

"내가 아무렇지도 않게 말했는데 네가 미안하다고 하면 나는 뭐가 돼?"

썽의 왼쪽 손목에는 무난한 디자인의 손목시계가 있었다. 그걸 보니 어쩐지 조심스레 말이 나왔다.

"내가 눈치도 없고 배려도 없고 내 마음대로 말하는데, 악의는 없으니까 욕할 수도 없어서 당하는 사람 입장에선 짜증나지? 고3 때도 내가……."

썽도 아직 기억하고 있었다.

"그때 내가 먼저 막말했잖아. 너 질투해서 그랬어. 우리 엄마아빠는 영화감독 같은 건 특별한 사람들이나 하는 거니까 나같이 평범한 사람은 대학 졸업하고 취직해야 한다는데, 너는 담임한테 대놓고 수능 안 보고 탐정될 거라고 하니까 주관 있고 멋있어 보여서."

"내가 담임한테 대든 거 어떻게 알았어? 나 고3 때 학교에선 완전 얌전하게 눈에 안 띄게 조용하게 지냈는데?"

"그러니까 눈에 띄지. 남들은 다 죽어라 공부하는데 수업시간에 추리소설 읽고 있으면 면학 분위기 깨진단 말이야. 애들이 너한테 눈치 줬는데도 네가 꿋꿋하게 읽던 거마저 읽기에 주관이 뚜렷하다고 생각했는데, 그냥 신경을 안 쓴 거였어?"

모의고사가 몇 등급 나왔는지, 수시는 어느 대학에 넣어야 안전한지……. 그런 대화에 낄 수가 없어서 내가 반 전체를 왕따 시키고 있던 무렵에 유일하게 나하고 얘기하던 애가 썽이였다. 그날 고개 숙이고 오답노트 만들던 애들 속에서 교실 뒤쪽의 썽이를 발견하고 걔의 왼쪽 손목을 받치고 양호실에 데려갔던 애가 나였고.

"대단하다. 나는 타협해서 영화 대신 언론학 전공하는데 너는 진짜로 탐정이 되고."

"대단하긴 뭐가 대단해. 이런 탐정이 되고 싶은 게 아니었는데. 총도 좀 쏘고 더러운 뒷골목도 헤매고 다니고 칵테

일도 마시고 외제차로 추격전도 하고 국정원의 의뢰를 받아 국제 테러 조직의 음모를 간파하고, 하얀 베딩 깔린 호텔 침대에서 일어났더니 옆에 미남계 쓰다가 나한테 반해서 기밀을 누설하고 희생하는 조직원도 있어야 하는데."

"그건 탐정 아니고 스파이 아냐?"

"아니면 거물 정치인이 실종되어서 추적하다 보니 거대한 정치적 음모와 마약 밀거래와 야쿠자와 마피아와 갱단과 삼합회가 얽혀 있어서 비밀스러운 거래를 하게 되고……."

"그건 느와르……."

"아이돌 톱스타가 납치되어서 내가 구출해 주고, 그 아이돌이 나한테 반해서 따라 다니다가 사생팬한테 발각되어서……."

"왜 갑자기 장르가 로맨스야?"

"내가 되고 싶던 건 심각하고 거창한 사건을 해결하는 간지 쩌는 탐정이었는데, 막상 탐정이 되니까 잠적한 집주인, 집 나간 와이프, 출근 안 한 직장인 찾는 코지 미스터리 장르나 찍고 있어. 그렇게 일해도 돈이 없어서 사기도 못 당하고……. 탐정이 사기 당할 뻔 했단 건 어디 가서 얘기도 못 하겠고……."

"일상추리물로 나가다가 '사기 당할 뻔' 정도의 위기면 재밌지."

"넌 시나리오 그렇게 써?"

"지금 쓰고 있는 건 알바비 떼먹는 악덕사장들 하나씩 죽이는 액션스릴러인데……."

"너는 시나리오를 쓰는 거야, 데스노트를 쓰는 거야? 주인공이 너야?"

"……주인공은 귀엽고, 재미있고, 용감하고, 다정하고, 눈치는 좀 없고, 여자, 탐정……."

"내가 탐정이지 연쇄살인마야?"

"……너인 거 어떻게 알았어?"

"네가 아는 여자 탐정이 나 말고 또 있겠냐. 사장은 못 죽이지만 알바비는 받아내 줄 수 있는데. 너네 사장이 휴업수당 체불하는 건 불법이라서 노동청에 신고하면 되니까……."

"휴업수당 받아내고 짤리면 다시 알바 구해야 돼. 여기는 그나마 빡세지 않아서 괜찮은데 다른 데는…… 열탕 지옥 벗어나려다 한빙 지옥 떨어질 수도 있어. 그냥 소재 하나 얻었다고 생각해야지. 영화감독 되어서 알바 때려치우면 그때 신고할 거야."

오빠를 통해 근황은 계속 입수하고 있었지만 만나서 얼굴 보고 얘기하는 건 고3 이후 처음이었다. 고3 때도 이런 대화를 했다. 졸업하면 뭐가 되고 싶은지. 썽이는 진지하고 현실적이었고 나는 꿈이 컸다. 그때도 썽이는 고민이 많았고 나는 그걸 해결해 주고 싶었다. 탐정은 의뢰인의 고민을 해결해 주는 직업이니까. 진짜 잘 나가는 탐정이 되어서 썽이 앞에 슈퍼 히어로처럼 짠 하고 나타나고 싶었다. 그런데 여전히 해결해 줄 수 있는 게 없다.

"리얼리티가 중요하잖아. 시나리오 자문 해 줄까? 자문 탐정 하나 두는 거 어때?"

썽은 말이 없었다.

"몇 년 만에 만나자마자 내가 너무 들이대서 부담스러워?"

"지금은 자문료 줄 돈이 없는데……."

얘는 나를 너무 잘 안다. 내가 공짜로 뭐 해 줄 인간은 아니지.

"자문료 대신에, 영화 잘 되면 나 드레스 하나 맞춰 줄래?"

"……좀 생각해 봐도 될까?"

"자문 안 받을 거야? 돌려 말하지 말고 돌직구로 거절해도 돼. 사실 내가 그렇게 유능한 탐정은 아니라서. 나도 멋있게 막 머리 굴리면서 추리도 하고 탐문하면서 단서 찾고 싶은데, 의뢰인의 하소연이나 들어주고, 사건 당사자들 설득해서 말발로 사건을 해결하고 있어. 늘 결정적인 단서는 의뢰인들이 스스로 찾아내는 것 같아. 의뢰인들 눈에도 내가 탐정으론 안 보이는 걸까? 그러니까 나한테 신세한탄이나 하는 거겠지?"

"네가 말을 진짜 잘하니까, 의뢰인들이 너한테 얘기하면서 스스로 답을 찾을 수 있는 거야. 내가 지금 너랑 얘기하다 보니 정리가 좀 되는 것처럼……. 너는 용감하고 강해 보여서 사람을 안심시키거든. 사람이 안심하면 침착해지면서 머리가 돌아가잖아. 네가 아니었으면 의뢰인들이 그렇게 해결 못했을 거야."

왜 자문을 받겠다 말겠다 답이 없어. 썽이한테도 거절당하나 보다. 이게 아닌데. 이러려고 만난 게 아닌데. 그때 일을 마무리하면, 의뢰인이 될 뻔한 수완 씨한테도, 앞으로 만날 다른 의뢰인한테도 뭐라고 말해야 할지 알 수 있을 것 같았는데. 내가 의뢰인에게 뭘 잘못한 건지 알 수 있을 것 같았는데. 그러면 더 괜찮은 탐정이 될 것 같은데. 해결된 게 하나도 없다. 타임리프 하듯이 그때의 썽이를 다시 만나 그 일을 해결하면 수완 씨한테도 휘둘리지 않고, 사기꾼 따위한테 당하지 않는 내가 될 줄 알았는데.

"나는 아직도 답을 못 찾았는데. 그때, 너 왜 그런 말 했어? 진짜로 날 질투한 거였어? 네가 그 후로 날 어색해 했잖아."

"미안해. 너도 진로에 대해 고민이 많았을 텐데 너무 가볍게 말해서……. 그때 내가 좀……."

"그건 나도 아는데, 네가 그때 왜 굳이 나한테 그런 말을 했는지 정답 좀 알려 줘. 그걸 알아야 내가 제대로 사과하지. 나도 그 상황에서 그렇게까지 지지 않고 받아칠 필요까진 없었는데…… 미안해. 그때 넌 나한테 대체 무슨 말을 듣고 싶었어?"

"역시 탐정이라 취조 잘한다, 너."

"시계 풀어 봐."

하얀 빗금 같은 흉터가 살짝 남아 있었다.

"지금은 안 아파?"

"언제 적 일인데."

"그때 왜 이랬어? 그러고서 왜 날 봤어? 왜 나한테만 와서 그런 말 했어?"

"나도 그때 내가 왜 그랬는지 모르겠어. 성적도 원하는 만큼 안 나오고, 부모님이랑 선생님은 자꾸 내가 아직 어려서 현실을 모른다면서 영화 말고 비슷한 언론학을 전공하라고만 하니까 너무 답답해서……. 그래서 그랬는데 막상 피 보니까 당황스럽고 무서워서, 너한테 위로 받으려고, 그땐 어려서…… 말하는 게 서툴러서…… 미안해. 너는 안 놀라고 양호실 데려다 줄 것 같았어. 그런데, 교실로 돌아오니까 남들은 다 안 흔들리고 공부하는데 나만 나약한 것 같아서 아무도 모르게 숨기고 싶었어. 그래서 너 피해 다닌 거야. 지금 생각하면 그런다고 감출 수 있는 게 아닌데. 너하고 멀어지기만 하고. 다시 널 만날 때는 그때와는 다르게 좀 멋있어진 걸 보여 주려고 했는데……."

썽이는 내게 잡힌 손목을 빼지 않았다.

"나한테 이런 흉터 있는 거 선생님도 모르고 엄마아빠도 몰라. 너 말고는 아무도 몰라. 근데 사실…… 요새도 가끔 이런 흉터를 만들고 싶어질 때가 있어. 과 동기들은 언론고시 준비하거나 취업 준비하는데 나 혼자 막 사는 거 같을 때, 내가 재능이 없는 거 같을 때, 입봉은 결국 부모님이 오래 기다리면서 돈 대 줄 수 있는 금수저들이나 할 수 있는 게 아닐까 하는 생각이 들 때."

"그럴 때 어떻게 견뎌?"

"생각을 다른 데로 돌려. 네 생각…… 아니, 그 시나리오 생각하면서. 이거 찍어서 영화제에서 상 받고 유명해져서 차기작 찍어야지, 그런 상상하면서. 그런데 사실 내가 그 정도 재능이 없으면 어쩌지, 하고 두려워질 때도 많아.

겁먹고 주저하느라 얕게 여러 번 그어 괴물의 잇자국 같아 보이기도 하는 흉터를 잡은 채로 말했다.

"야, 두려워하지 마. 네 꿈이 널 잡아먹게 두지 않을 거야, 내가."

썽이는 내 손…… 말고 손목을 잡았다.

"너도, 자꾸 대단하고 유능하고 간지 쩌는 탐정이 되고 싶어질 땐 나한테 말해. 네 의뢰인들이 너한테 말하는 것처럼. 내가 너처럼, 탐정처럼 들어 줄게."

* * *

수완 씨에게 카톡을 했다. 사실 나도 공무원 시험 공부하다가 때려치우고 내 마음대로 하고 싶은 대로 탐정이 되었는데, 돈은 별로 못 벌고 있다고. 간절함이나 '지원 동기'보다는 일단 시작해서 잘하는 게 훨씬 중요하고, 잘하려면…… 어떻게 해야 하는지는 아직 잘 모르겠다고.

— 수완 씨, 우리 같은 나이인데, 말 놔도 되나요?

— ㅇㅇ

— 코인 노래방 가자.

— 공부해야 하는데;;

— 지금 공부에 집중 못 하고 있는 거 다 알아. 나도 해 봤어.

챙 없는 베레모를 쓰고 나갔다. 수완이와 코인 노래방에서 동전을 넣고 방방 뛰며 악을 쓰며 노래를 부르고 춤을 췄다. 수완이는 목이 마르다면서도 탄산음료는 마시지 않았다. 막판에는 동전만 넣고 노래는 고르지 않고 마이크를 잡고 소리를 질렀다.

"내가 대체 뭘 잘못했냐!"

"내가 왜 실력도 매력도 없냐! 사장새끼가 무능한 거지! 심사위원 지들이 뭘 알아! 옛날 사람들!"

"노력 따위 때려 치워!"

"사장새끼 나쁜 새끼!"

"망해라! 망해라! 다 망해 버려라!"

수완의 유튜브 채널에 새로운 영상이 올라왔다. 제목은 '보고 있나, 사.장.새.끼.'였다. 영상 속에서 수완이는 데뷔곡이 될 뻔한 정체모를 뽕기 넘치는 노래를 진지하게 열창하고 있었다. 손목에는 내가 준 투어말린 팔찌가 있었다.

'보고 있나, 사.장.새.끼.'의 조회수는 처참했다. 수완이는 연습생 시절 근성으로 계속 도전했다. 로드숍 세일에 맞춰서 뷰튜버도 되어 보았다가 SPA브랜드를 돌며 빵빵하게 채운 쇼핑백에서 유행템을 하나씩 꺼내는 쇼핑 하울부터 흔한 먹방에 슬라임 만지작거리는 ASMR까지……. 남들 하는 건 한 번씩 다 해 봤는데, 남들만큼 뜨질 않았다. 내 일처럼 갑갑해서 꼰대처럼 참견했다.

"주제를 하나 잡아서 진득하게 해야 구독자가 늘지. 지금처럼 잡스럽게 이것저것 다 하면 있던 구독자도 떨어져 나간다니까."

"유튜브 하는 게 은근 돈 많이 드니까 빨리 광고 수익 벌고 싶어서 못 기다리겠어. 히잉. 화장품 슬라임 쇼핑하울 다 돈 주고 사서 해야 하잖아. 집에서 공시 수험 비용 받아내는 것도 눈치 보여 죽겠는데. 공시 때려치우고 워홀 가서 호주 해변이라도 찍을까? 눈 딱 감고 공부해서 합격한 다음에 연애하면서 커플 영상 찍는 게 나을까? 조카 있으면 육아 영상 찍을 수 있을 텐데. 고양이 입양할 돈은 없으니까 길고양이 밥 주는 거 라이브 할까? 뭔가 돈 안 들고 신박한 거 없나? 이런 거 어떨깡? '현직 탐정 썰 푼다-썰록.'"

"의뢰인의 비밀보장 의무가 있어서 그런 거 하면 안 돼."

"진짜 나는 간절함도 없고, 매력도 없고 잘하는 거 하나도 없는 것 같아. 이러니 되는 게 하나도 없지."

"공무원을 할 거야, 유튜버를 할 거야?"

"둘 다 하면 안 돼? 공무원 하다 망하면 유튜버 하구 유튜버 하다 망하면 공무원 하구. 원래는, 유튜버 해서 광고 수익으로 공시 수험 비용 대려구 했는데."

수완이는 요새 메이크업 하고 머리끝부터 발끝까지 풀

세팅 하고 나서 책상 앞에 앉아 공부하며 수험서에 사각사각 필기하는 ASMR에 수험생 일상 브이로그에 수험생 고민 상담에 야식 먹는 먹방까지, 이것저것 다 때려 넣은 스터디 영상을 찍고 있다. 공시 학원 실전 모의고사 점수는 합격권과 별 차이 안 나긴 하는데 그 차이가 좁혀지질 않는다고 한다. 올해 공무원 데뷔, 아니 합격은 불가능해 보이니까 스터디 영상이 대박 나서 '공시 요정'이 되는 게 수완이의 새로운 꿈이다.

* * *

썽이는 분식집에서 시나리오를 보여 줬다.

"내가 진짜 열심히 해서 서른 전에 해외 영화제 나갈게. 그때 너 웨딩드레스 해 주면서 제대로 프러포즈할게."

"네가 해외 영화제 가게 되면, 자문탐정이니까 나도 레드카펫 밟아야 한다고 우겨서 해외여행 하려고 드레스 사 달라는 거였는데? 간 김에 명함도 좀 돌리면서 글로벌하게 탐정 해 보려고. 웨딩드레스가 아니었는데?"

썽이가 고민하는 것 같아서 도망칠 수 없게 손목을 꽉 잡았다. 고3 때 지혈하려고 손목을 꽉 잡았던 그때처럼.

"자식한테 엄마 성 물려주는 거 어떻게 생각해? 우리 집

안 대도 내가 잇고 가업도 내가 계승해야 된단 말이야. 우리 오빠는 망했어."

"내 성에는 이름을 뭘 붙여도 안 멋있어. 너무 평범해서. 너네 집안은 조선 건국 초기에 숨어 사느라 성을 왕씨에서 전씨로 바꾼 고려 왕족 출신이라며. 네가 예전부터 나 세 뇌시켰잖아. 너랑 결혼하는 남자는 무조건 너네 집안으로 들어가는 거라고. 그런데 만약에, 애한테 전씨 성까지 붙였는데 애가 탐정은 안 하겠다고 하면?"

"그럴 리가 없어. 내가 진짜 멋진 탐정이 될 거니까. 어떤 사건이든지 다 해결해 버리는 것만 보고 자라서 탐정은 정말 좋은 직업이라고 저절로 세뇌당하게 될 거야."

"'진짜 멋진 탐정'이 되려면 어떻게 해야 되는데?"

"몰라, 나도. 하나씩 닥치는 대로 들어오는 사건 해결하다 보면 어떻게든 뭐든 되겠지."

썽이도 나같이 귀엽고, 재미있고, 용감하고, 다정하고, 눈치는 좀 없는 여자 좋아하는 거 보니까 딱 전씨 집안 남자다. 우리 집안 남자들의 이상형이 다 그렇지.

"해외 영화제 가면 뒷풀이, 아니 이브닝 파티도 하겠지? 드레스 슬릿 사이에서 명함 꺼내서 시체에 꽂아 놓고 호텔에서 유유히 빠져 나오려면 지금부터 뭘 준비해야 할까?"

"외국어 공부?"

이럴 때 눈치 없이 현실로 돌아와서 분위기 깨는 건 내 남자답다.

"제대로 된 탐정이라면 자동차 블랙박스 찍듯이 항상 녹음기와 초소형 카메라를 갖고 다니는 게 기본입니다, 기본. 언제 어디서 단서가 나올지 모르니까 항상 준비하고 있어야죠. 제가 일가족 연쇄 살인사건 해결할 때도……."

분식집에서 틀어 놓은 TV에서 어디서 들어 본 목소리가 나왔다. 김경찬 저 사기꾼 새끼가 또 TV에 나와서 입을 털고 있었다. 내가 한 말이긴 한데 저 내용은 아니었는데.

"너 저 탐정 알아? 너네 업계에서 유명해? 너도 경력 쌓으면 저런 사건 맡는 거야?"

"아니. 난 실종탐정이라니까. 그리고 탐정의 눈으로 볼 때, 저 새끼 사기꾼이야."

나는 여전히 강력 사건이나 유명인이 얽힌 사건을 멋지게 해결하는 대단하고 거창한 탐정이 되고 싶었다. 그러려면 일단 저 사기꾼부터 잡아야겠다 생각하는 참에 방송을 보고 있던 썽이가 문득 물었다.

"너 설마 아까 내가 했던 말 찍은 건 아니지?"

"내 눈동자로 찍어 뒀지."

"쿨피스 마시고 취했어?"

썽이는 내가 마시던 쿨피스를 한 모금 마셔 보았다. 역시 매운 떡볶이에는 달달한 복숭아맛 쿨피스다. 썽이한테 고백받던 순간은 촬영도 저장도 하지 않았다. 떠올릴 때마다 다르게 기억하려고. "너 그때 왜 그랬냐."고 자꾸자꾸 물어보려고. 머릿속에서 로맨스 영화를 상영하려고. 어쩌다 멜로, 가끔은 코미디, 때로는 스파이, 누아르, 슈퍼 히어로.

썽이의 왼쪽 손목에는 시계가 없었다. 나랑 만날 때만 시계를 풀어 놓는다고 했다. 썽이의 손을 잡고 희미한 흉터에 호오 입김을 불었다. 다시는 아프지 말라고.

사람이 자랑하면
귀신이 질투한다

말이 씨가 된다, 아니 간절히 바라면 온 우주가 도와준다, 아니 꿈은 이루어진다. 실종된 셀러브리티를 찾아내거나 강력 사건을 수임해서 코지 미스터리 탐정 말고 본격 하드보일드 미스터리 스릴러 액션 탐정이 되고 싶다고 노래를 부르고 다녔더니 이런 행운이 찾아 왔다. 물론 나에게 행운이면 의뢰인에게는 불운이겠지만.

　하늘은 스스로 돕는 자를 돕는다더니, 그날 그 장소에서 그런 일이 생길 줄이야. 이게 다 에리히 프롬 덕분이다. 연애를 책으로 배워 보겠다고 제목만 보고 『사랑의 기술』을 사서 전철 안에서 읽다가 덮어 버렸다. 연애의 테크닉을 다룬 섹시한 책인 줄 알았더니 철학책이었다. 다른 책 사려고 다시 서점에 갔더니 유명 웹툰 작가의 사인회를 하고 있었다. 남자 작가가 여자친구와의 달달한 일상을 그린 웹툰이었다. 그래, 처음부터 너무 서두르지 말고 밥 먹고 커피 마시고 영화 보는 소소한 연애부터 시작하자. 온 김에 사인도 받고.

그렇게 한 시간쯤 서 있는데 줄이 줄어들질 않았다. 출판사 직원은 작가가 잠시 화장실 갔다는 말만 반복했다. 삼십 분쯤 지나도 작가가 돌아오지 않으니까 출판사 직원이 급똥 참는 사람처럼 제자리에서 왔다 갔다 하며 땀을 흘리기 시작했다. 어딘가로 계속 카톡을 보내고 소곤거리며 통화를 하더니 죄송하다고 고개를 숙이며 작가의 상태가 심각해서 사인회를 종료한다고 했다. 작가의 데뷔작은 똥과 방귀가 난무하는 개그툰이었다. 차기작으로 일상연애툰을 그리면서도 종종 예민한 장을 개그 소재로 삼았기 때문에 다들 납득하는 분위기였다. 출판사 직원은 원하는 문구, 주소, 이름, 연락처를 적어 두고 가면 사인된 책을 택배로 보내주겠다고 했다.

돌발 상황이라 그런지 출판사 직원이 흔들리는 눈동자로 불안해하면서 허둥대느라 사인회가 중단된 지 한 시간도 더 지나서야 줄이 사라지기 시작했다. 내 차례가 왔을 때 원하는 문구로 '누구든 무엇이든 찾아 드립니다. 전일도 탐정.'이라고 적었다. 출판사 직원의 눈이 커졌다. 직원에게 속닥였다.

"작가님 혹시 화장실에서 기절하셨나요? 아니면 화장실 말고 다른 문제인가요?"

"……화장실 문제가 맞습니다. 지금 설사 때문에 계속 들락날락 하시느라……. 오죽하면 필명이 '장이 예민하고 섬세하다'고 해서 '장민세'겠어요."

기회가 오면 잡아야 한다.

"작가님이 화장실에서 오늘 내로 안 돌아오시면 저한테 의뢰하세요. 산 채로 잡아…… 아니 확실하게 찾아 드립니다."

"작가님 어디 갔는지 아세요?"

"화장실 갔다면서요."

* * *

슬픈 생각을 해야 하는데……. 예를 들면 통장 잔고라든가, 또는 통장 잔고, 그러니까 통장 잔고 같은 거 말이다. 효과는 '변비엔 요구르트'보다 빨리 나타났다. 보안요원을 만나자마자 눈물이 줄줄 흘러 내렸다.

"조카를 잃어 버렸어요…… 혼자서 화장실 갔다 온다고 했는데……."

사인회를 하던 서점은 대형 쇼핑몰 안에 있었다. 이모와 함께 온 8살 남자 아이를 찾는다는 방송이 울려 퍼지고, 쇼핑몰의 모든 출입구가 닫혔다. 범인은 이 안에 있…… 아니 실종자가 이 밀실 안에 있으면 좋겠지만 시간이 꽤 지난 후라서 이미 쇼핑몰 밖으로 나갔을 수도 있었다. 보안요원과 CCTV를 봤다. 장민세는 급하게 화장실로 달려 들어갔다가 얼마 후에 나와서는 주위를 두리번거리며 의류 매장으로 들어갔다. 대충 옷을 고르더니 코너형 사각 탈의실에 들어가서 나오질 않았다. 매장 직원이 탈의실 문을 두드리다가 열쇠로 문을 열고 빈 탈의실에서 뭔가를 주워서 나왔다. 탈의실에서 실종된 사람이 장기가 사라진 채로 몇 달 후 뒷골목에서 발견되었다는 도시괴담인가? 설마 탈의실 문이 다른 차원으로 건너가는 통로는 아니겠지.

"아, 여기 보여요. 조카가 언니랑 집에 간 거였네요."

쇼핑몰의 문이 열렸다. 장민세가 사라진 탈의실에 들어갔다. 문이 2개 달려서 옆 매장과 공동으로 사용할 수 있는 탈의실이었다. 탈의실 바닥에 남겨져 있던 건 장민세의 신용카드였다. 그 와중에 옷값은 계산하려고 했구나. 장민세는 이 매장으로 들어와 탈의실에서 옷을 갈아입고 옆 매장으로 빠져나간 거다.

장민세가 연재 중인 웹툰이 올라오는 날은 3일 후였다.

예상했던 대로 작가의 건강상 이유로 휴재한다는 공지가
올라왔다. 댓글의 사인회 목격담을 읽었다.

설탕보다 설렁탕(Love**)**
작가가 사인회 도중에 갑자기 화장실 좀 가겠다고 자리를 박차
고 일어나서 뛰어가서 퍼포먼스인 줄 알았는데, 진짜였다.

대충살자(Ddong**)**
나 바로 앞에서 어떤 여자분이 폰이랑 종이 내밀면서 사인해 달
라고 했는데, 사인도 못하고 뛰쳐나가더라. 급하긴 했던 듯.

똥줄 타겠다. 왜 연락이 안 오냐…… 할 때쯤 웹툰이 연
재되던 플랫폼 쪽에서 카톡이 왔다. 플랫폼 오픈 때부터
연이어 대박을 터뜨려서 '개국공신' 대우를 받는 작가가
연재를 중단하고 사라졌는데 손 놓고 있을 순 없었겠지. 연
재중인 웹툰은 조회수 1위였다. 흰색과 빨간색 스트라이프
비니를 쓰고 같은 무늬의 니트를 입고 나갔다. SNS에서 장
민세의 웹툰을 발견하고 계약한 이후로 쭉 같이 일해서 이
제는 사적으로도 친구처럼 만난다는 담당 PD는 날 보자
마자 정답을 맞혔다.

"'월리를 찾아라' 콘셉트인가요?"

"동그란 뿔테 안경도 쓰고 올 걸 그랬죠?"

장민세는 마감 시한을 넘겨서 PD에게 이번 작품은 당분간 휴재해야 할 것 같다고만 카톡을 보냈다. 이유를 물어도 답이 없고, 이제는 아예 집도 비우고 카톡이며 메일이며 확인은 하는데 답은 없이 잠적해 버려서 일단 기다리는 중이라고 했다.

"여친이랑 헤어져서 실연의 충격과 소재 고갈로 완결하려는 거 아닐까요?"

"이거 오프 더 레코드인데, 민세 작가님은 여친 없어요. 드래곤 타 봐야 판타지 쓰고, 사람 죽여 봐야 스릴러 영화 찍는 건 아니잖아요. 일상툰이라고 해도 그게 100% 작가 얘기는 아니에요. 1인칭 소설이 전부 자전적 소설은 아닌 것처럼요."

"그럼 맨날 화장실 급하고, 방귀 뿡뿡 뀌고 다니는 것도 허구에요? 매일 아침 쾌변이라면 솔로인 것보다 더 충격인데요. 변비라면 그래도 이해해 줄 수 있겠지만."

"장이 예민한 건 사실이에요."

"혹시 장민세 작가님…… 화장실에서 지려서…… 옷 갈아입고 그대로 집으로 가 버린 후에 아직까지 이불킥 하고 있는 거 아닐까요?"

"만약 그랬으면 소재 생겼다고 좋아할 사람이지 쪽팔려

할 사람은 아니에요.”

"사인회에서 작가님이 황급히 뛰쳐나가기 직전에 사인 받으러 온 사람 누군지 아세요? 스냅백에 마스크로 얼굴을 다 가려서 누군지 모르겠던데요. 혹시 그 사람을 피해 도주하고 잠적한 거라면…… 짐작가는 사람 있어요? 채권자라거나……?”

"최근에 대출 없이 서울에 있는 아파트로 이사했으니까 돈 문제는 아닐걸요.”

"그럼 혹시 구 여친?”

"제대로 연애 해 본 적이 없댔는데요.”

"대체 뭘 보여 준 걸까요? CCTV로도 그분이 작가님한테 뭘 보여 줬는지 확인불가여서요.”

"웹툰을 프린트해 온 거 아니었을까요? 사인은 받고 싶은데 책 사는데 돈 쓰기는 싫어서.”

"혹시 범죄일까요? 사생팬이 작가를 납치해서 군만두만 먹이면서 자기만 볼 수 있는 만화를 그리라고 강요한다거나…….”

"제가 납치해서 감금하고 마감 좀 지키라고 갈구고 싶네요. 웹툰으로 뜨더니 방송 출연이랑 광고가 우선이라서 매번 마감 늦어서 나까지 퇴근 못 하게 하고……. 사람이니까 떴으면 변해야죠. 앗, 이건 ‘오프 더 레코드’입니다.”

"혹시 누군가에게 협박당하고 있다는 얘기 한 적 있나요? 평소와 다르게 불안해 보였다거나?"

"항상 똥마려운 강아지 꼴이라서 특별히 불안해 보이진 않았는데요. 협박은 작가님이 저한테 했죠. 다른 플랫폼에서 연재 제의 들어온다고. 자꾸 마감 재촉하면 그쪽으로 갈 거라고. 농담이라고 했는데, 그게 지한테나 농담이지."

PD가 계약서를 내밀었다. 처음 보는 액수의 착수금이었다. 올라가려는 입꼬리에 힘을 줬더니 입가에 경련이 날 것 같았다.

"이 정도 금액이면 현상금 아니에요?"

"예고 없이 무단펑크낸 작가님이 내야 할 일종의 벌금, 위약금 그런 거에 플러스 좀 했어요. 이따가 광고 영업팀하고도 회의해야 하는데 진짜 대책이 없네요. 언제까지 휴재하겠단 말도 없고."

친하다더니 걱정하는 기색은 별로 없었다. 뒷수습에 짜증내고 번거로워 할 뿐이었다. 말로는 깍듯하게 작가님이라고 하면서도, 협조를 핑계로 나한테 장민세 뒷담화를 할 수 있어서 즐거워 보이기까지 했다.

아직 녹화분이 남았는지 주말 심야 예능에는 장민세가 나와서 쌍꺼풀 없는 그윽한 눈빛으로 일반인들의 썸을 보면서 "밥 먹고 술 마시고 영화 보고 카페에서 얘기하고, 이런 게 연애라면 사랑이 뭐가 그렇게 대단한 걸까 하고 생각한 적이 있었는데, 여친을 만나니까 그냥 같은 공간에서 숨만 쉬어도 너무 행복하더라고요." 따위 멘트를 날리고 있었다. 장민세가 현재도 과거에도 연애를 해 본 적 없다는 '오프 더 레코드'를 떠올리니까 손발이 오그라들 것 같았다. 스튜디오의 다른 연예인 패널들과 비교해도 꿀리지 않는 아이돌 같은 외모, 똥 얘기로 자기를 낮춰서 남을 웃기는 개그 센스, 정치적 이슈에는 절대 의견을 내지 않아서 적을 만들지 않고 구설수에도 휘말리지 않는 철저한 중립성, 연예인들과 함께 한 사진만 SNS에 올리고 별다른 태그도 달지 않아서 말실수 없이 인맥과 인기를 자랑하는 깨끗한 자기관리, 아버지가 대기업 부장을 하다가 퇴직한 평범한 월급쟁이 집안의 흙수저로 태어나 열심히 고액과외 받으면서 명문대에 갔으나 과감하게 웹툰 작가라는 꿈을 찾은 성공신화, 믿어주신 부모님께 집을 사 드렸다는 얘기를 웹툰과 방송에서 계속 떠들어대는 위화감 넘치는 효심, 20대에 서울의 아파트를 대출 없이 사는 재력이 있음에도 치킨이 비싸다고 툴툴대는 겸손함, 여친이 우울하다고 하면 즉시 함께 해외여행을 떠나는 로맨틱한 여유와 배려를 갖춘 완벽한 장민세 작가가 하루아침에 사라질 이유는 없어 보였다. '#장민세 표절'이라는 단 하나의 해시태그만 빼면.

* * *

웹툰이 완결이 아니라 휴재가 되고, 여전히 예능에 장민
세 작가의 출연분이 방송되자 웹툰에 이상한 댓글이 나타
나기 시작했다.

널리 퍼트려 주세요. 장민세 작가님이 제 글을 표절했습니다. 제
가 3년 전에 제 블로그에만 올렸던 로맨스 소설이 장민세 작가님
의 웹툰과 유사합니다. 대사도 그대로 갖다 쓰고 있습니다. 장민
세 작가님은 저에게 아무런 사전동의를 받지 않았습니다. 평소
에 웹툰을 보지 않아서 모르고 있었다가 최근에 장민세 작가님
의 웹툰이 드라마화된 걸 보면서 이상해서 찾아보다가 알게 되
었습니다. 장민세 작가님에게 메일을 보냈으나 답은 없었고 웹
툰은 계속 연재되었습니다.
저는 일반인이고 장민세 작가님은 너무 유명한 웹툰작가고 연예
인이나 다름없는 유명인이라서 이걸 공개하면 혹시나 작가님의
팬들에게 비난 받지 않을지 장민세 작가님에게 소송이라도 당하
는 건 아닐지 너무 무서워서 오래 고민하고 망설였습니다. 그러
나 저는 떳떳합니다. 어떠한 수정이나 조작도 없습니다. 제 블로
그를 보시고 판단해 주세요. 제가 바라는 건 장민세 작가님의 공
개 사과와 연재 종료입니다. 그것 외에 어떠한 것도 원하지 않습

니다.

이런 댓글이 복붙되어 '#장민세 표절' 해시태그로 SNS
로 퍼지고 있었다. 장민세 작가의 실종이 파도였다면 이건
쓰나미였다. 블로그 작성자 닉네임은 '카르마'였다. '업보'란
뜻인가. 의미심장하네.

댓글에 나온 블로그 상단에는 3년 전인 작성일자가 선
명했다. 장민세의 웹툰은 작년부터 연재 중이었다. 나이도
먹어 가는데 계속 유치한 방귀 뽕뽕 개그툰이나 그리기는
민망하고, 연애는 안 해 봤는데 연애 일상툰은 하고 싶고,
그러다 보니 표절을 했나 보다. 드라마 판권은 얼마에 팔았
을까? 광고주들한테는 얼마를 물어줘야 하나? 집을 팔면
감당이 될까? TV 속의 장민세는 "연애는 내 세계를 완전
히 바꿔 놓는 엄청난 경험이죠. 그 사람을 만나기 전의 나
로 절대 다시 돌아갈 수 없어요."라는 드립을 치고 있었다.
이제 세계가 완전히 바뀌는 경험을 하겠네. 인기 웹툰 작가
로는 절대 다시 돌아갈 수 없겠지.

의뢰인은 자정이 넘어서야 나에게 카톡을 했다. 하루 종
일 회의 하느라 목이 쉬었다고 했다. 표절 얘기는 자기도
처음 알았다고, 회사도 피해자라고, 장민세랑 연락이 닿아
야 진짜로 표절인지 확인하고 사과문이라도 쓸 텐데 왜 대

체 아직도 소재 파악도 못 하고 있냐고, 출국 기록이라도 뽑아 봐야 하는 거 아니냐고 나를 닦달했다. 목은 쉬어도 카톡할 손가락 힘은 남았나 보다. 즉시 카르마의 블로그에 비밀 댓글을 달았다.

안녕하세요. 장민세 작가와 관련된 쪽에서 의뢰를 받은 전일도 탐정입니다. 장민세 작가가 공개사과를 하기 위해 먼저 몇 가지 확실하게 확인할 게 있어서 연락드렸습니다.

사인회에 왔을 때처럼 검은 스냅백에 검은 마스크, 검은 상하의를 입고 약속 장소인 강남의 흔한 프랜차이즈 카페로 왔기에 한눈에 알아볼 수 있었다.

"사인회에서 그 새끼, 아니 장민세한테 뭘 보여 주신 건가요?"

'그 새끼'란 호칭에 경계가 풀렸는지 모자와 마스크 안의 얼굴이 웃었다.

"폰으로 블로그 보여 주고, 화면이 작아서 안 보인다고 할까 봐 친절하게 프린트도 해서 보여 줬어요."

"그런데요. 지금 블로그에 공개된 내용은 최근까지 연재된 장민세 작가의 웹툰 내용이랑 동일하고, 그 이후로는 안 쓰셨더라고요? 누가 보면 웹툰을 소설로 옮겼다고 하겠어요. 소설이 웹툰보다 먼저 나왔다는 것만 빼면요."

"블로그 업로드 날짜 조작한 거라고 의심하시는 건가요? 장민세가 더는 표절할 게 없어서 휴재를 했다고 의심하는 게 더 합리적이지 않나요?"

"아뇨. 혹시 카르마 님이랑 장민세랑 사귄 사이 아니었을 까 의심하는데요. 카르마 님은 님대로 장민세랑 연애한 얘 기를 로맨스 소설이라고 썼고, 장민세는 장민세 대로 그걸 현재 연애 중인 것처럼 일상연애툰으로 그리고요."

"내가 장민세 구 여친인데 앙심 품고 장민세 앞길 막는다는 건가요?"

"사전 동의 받고 둘 사이의 일을 그리라는 게 절대 무리한 요구는 아니죠. 혹시 두 분이 안 좋게 헤어지셨어요?"

"사귄 적도 없는데요. 친구도 아니고 지인도 아니에요."

"각자 우리나라에 알려지지 않은 원작을 표절한 걸 수도 있죠?"

"제 거는 오리지널 스토리에요. 저는 장민세 같은 인간이 아니에요."

"블로그에 올린 로맨스 소설은 왜 완결이 안 났어요? 뒷 이야기는 뭐였어요?"

"시작은 잘했는데 마무리를 못 하겠더라고요. 저처럼 장편을 시작해 놓고 완결 못 내는 '프로 시작러'들 많아요."

"블로그에 왜 이웃도 없고 다녀간 블로거도 댓글도 없고 구독자도 없어요? 혹시 그동안 비공개였던 거 아니에요? 비공개였으면, 장민세도 볼 수 없어서 정말로 희귀한 우연의 일치라고밖에는 볼 수 없는데요."

"계속 공개였어요. 3년 전 블로그 통계는 제공되지 않아서 장민세가 어떻게 이런 이름 없는 블로그까지 찾아왔는지는 모르겠어요. 비 로그인 상태로 아니면 타인의 ID로 블로그를 보고 나가면 흔적이 안 남을 수 있겠죠."

"그래도 웹툰은 대박났는데 같은 내용의 웹소설은 이렇게까지 방문자 수가 없는 건 수상한데요."

"지금 아무 웹소설 사이트나 들어가 보세요. 독자 반응 없는 웹소설이 널렸어요. 그게 다 재미없어서 그러겠어요? 작가 이름값도 없고 플랫폼 프로모션 덕도 못 보고 SNS에서 화제 되지도 않고 운이 나빠서 그런 거죠. 제 블로그도 그렇고요. 지금 계속 저를 의심하시는 건가요?"

"누군지 밝힐 수는 없지만 제 의뢰인은 장민세를 별로 좋아하지 않는 분이라서, 장민세가 표절했다는 정말 확실한 증거를 잡아서 카르마 님의 결백을 밝히려고 하는 거예요."

"의뢰인은 어느 정도 영향력 있는 사람인가요?"

"장민세를 띄워 주진 못해도 실수로 돌부리에 걸려 넘어진 장민세를 구렁텅이에 밀어 넣고 다리를 부러뜨릴 수 있을 정도는 되죠. 장민세를 웹툰계에서 영원히 제명시킬 수도 있을 걸요, 아마."

이 정도면 평범한 월급쟁이 PD가 '암흑의 거물'로 보이겠지.

"먼저 제 말을 믿어 주셔야 돼요."

"새끼손가락 걸고 도장, 복사까지 할까요? 아니면 각서 쓰고 공증 받을까요?"

나름대로 농담이라고 했는데 그게 나한테나 농담이었던 모양이다. 카르마는 진지했다.

"현재에서 장민세의 웹툰을 보고 3년 전으로 타임리프해서 그 내용을 제 블로그에 올렸어요. 표절은 제가 한 거죠. 이렇게라도 장민세를 엿먹이려고요."

……내가 지금 뭘 들은 거지? 챙 있는 모자가 있었으면 흔들리는 동공을 감출 수 있었을 텐데 괜히 비니를 쓰고 나왔다.

"타임리프 했다는 증거 있어요?"

"없어요."

"타임리프는 어떻게 하는 건데요?"

"잠들 때 내 의지랑 상관없이 되던데요."

"왜 하필 3년 전이에요?"

"3년 전에 저는 취업 준비생이었고, 자존감이 가장 낮았을 때였고, 그때 장민세는 웹툰작가가 되었고, 되자마자 대박이 났어요."

3년 전에 나는 공시생이었다. 사명감이 있었던 것도 아니고 공부를 잘하는 편도 아니고 하루 종일 공부하려니 엉덩이가 들썩거렸지만 그렇다고 달리 할 것도 없어서 웹툰을 보면서 시간을 때웠다. 장민세의 데뷔작은 생각 없이 낄낄대며 머리 비우기 딱 좋았다. 웹툰을 보는 5분도 안 되는 시간이 하루 중 유일하게 웃음이 나오는 순간이었다.

"지금은 뭐 하세요?"

"웹소설 작가 지망생요."

나는 지금 탐정이다. 내가 공시생에서 탐정이 되는 동안 장민세도 신인에서 인기 웹툰 작가로 성장했다. 장민세가 웹툰만 그릴 때는 '갓민세 작가님'이라고 한 적도 있었지만 점점 연예인이 되어 가면서 자기 인기에 자아도취된 장민세가 왠지 모르게 재수 없어 보였다. '사는 동안 많이 버세요.'라면서 꼬박꼬박 결제해 가면서 보았는데 막상 많이 버니까 서운해진다. 좋아하던 작가가 잘 되면 축하하는 게 진정한 팬의 자세인데, 내가 자격지심인가 싶기도 했다. 한 시절을 함께 한 웹툰작가의 몰락을 바라는 이런 마음은 대체 뭘까.

"어쩌다가 타임리프를 하시게 되었어요?"

"'사람이 자랑하면 귀신이 질투한다'는 말 들어 봤어요?"

"옛날에 자식 자랑하면 귀신이 잡아간다고 해서 귀한 자식일수록 개똥이 같은 천한 이름 지어주던 그런 거요?"

"네, 그런 거요. 그 귀신이 들러붙었어요."

화장실 다녀오겠다며 나간 카르마는 돌아오지 않았다. 손끝도 대지 않은 커피잔만 남겨두고. 귀신에 홀린 것 같았다. 장민세의 연애툰 초반에는 돈 없이 연애하는 웃픈 내용이 많았다. 여친에게 인형을 선물해 주고 싶어서 인형 뽑기로 '한방'을 노렸는데 인형은 안 뽑히고 돈만 날려서 차라리 그 돈으로 인형을 샀으면 될 뻔 했다고 후회하고, 폭염에 무료로 갈 곳이 없어서 에어컨 틀어주는 국립중앙박물관을 하루 종일 손잡고 돌아다니고, ATM에서 입금해도 되는 푼돈을 굳이 은행 창구에서 입금하면서 객장에 비치된 믹스커피를 가져와서 테이크아웃 종이컵에 타 먹으며 허세를 부리고, 그 모든 걸 항상 즐거워하며 데이트비용 같은 건 걱정 말고 꿈을 향해 노력하라는 애교 많고 사랑스러운 여자친구……는 뇌내망상으로 만들어낸 '개념여친' 이었을까. 의뢰인은 연예계 가십 얘기하듯 시부렁거렸다.

"아, 그건 여친 빼고 사실이래요. 다 자기가 겪어 본 거라고 하더라고요. 한 이삼 년 집안이 어려웠던 적이 있었대요. 작가님 아버지 퇴직하시고, 퇴직금 털어서 오피스텔 분양 받아서, 그 오피스텔이 완공되고 월세 받기 전까지 집안에 작가님 알바 수입 말고는 돈 들어오는 데가 없었대요. 그때 진짜 힘들었다고 하더라고요."

"워킹푸어보다 불쌍한 게 하우스푸어라더니, 불우이웃 돕기 성금이라도 기부해 주고 싶네요."

역시 친해지는 데는 제3자 뒷담화가 최고다. 아니, 뒷담화는 아니다. 탐정의 직업윤리는 의뢰인의 비밀보장이고, 의뢰인의 윤리는 숨기지 말고 다 털어놔서 수사에 협조하는 거다.

"장민세한테 원한을 품을 만한 사람, 혹시 짐작 가는 사람 없어요?"

"원한까지는 모르겠는데, 안티는 많았죠. 한두 명 꼽기도 어려울 만큼. 본인은 몰랐겠지만. 근데 그것도 옛날 얘기고 지금은, 여전히 1위이기는 하지만, 그냥 무관심한 사람이 더 많아지는 거 같아요. TV에 출연한 이후로 점점 작가님의 인기도는 올라가는데 웹툰은 재미가 없어져서 그런가 봐요. 처음엔 웹툰 홍보하려고 방송국에 갔는데……."

'명문대 출신 훈남 웹툰 작가' 콘셉트로 처음 출연했던 예능에서 MC는 장민세를 집요하게 몰아붙였다.

"웹툰 원작으로 한 드라마가 엄청 떴잖아요. 얼마 벌었어요?"

"그냥 뭐…… 변기에 금칠할 정도? 화장실을 도금할 정도는 안 되고요."

"정확하게 얼마예요? 한 장? 두 장?"

"부모님 집 사 드리고 동생 결혼자금 대 줄 정도는 벌었어요."

"아버지 차도 외제차로 뽑아드렸죠? 아버님이 자랑 많이 하시겠어요?"

"아버지가 걸어서 나가셔도 되는 친구들 모임에 굳이 차 끌고 나가세요."

"이번에 독립도 하셨다고? 나 혼자 사는 예능에서 섭외 안 들어와요?"

"아직 새 집이라서 촬영한다고 남이 막 들어오고 그러는 거 좀 별로……. 마감하고 창밖으로 한강 보면서 혼술하는 소소한 행복, 놓치지 않을 거예요."

벼락부자가 되었으면 차라리 명품로고 처바르고 스웩 있게 돈자랑을 하라고. 개념장남 코스프레 하지 말고. 처음에는 지질하고 궁상맞고 촐싹대는 일상툰으로 떴으면서. 허세는 개그일 때나 재미있지 현실이 되면 재수 없다. 진짜로 돈 없는 독자에게 공감하는 척 하려고 '신분 숨기고 서

민 체험 하는 언더커버 재벌 2세'처럼 억지로 꾸역꾸역 에
피소드 만들어서 자기 얘기라고 우기지 말라고. 부모님께
집과 차를 사 드리고 한강뷰 아파트에서 감상에 젖을 수
있는 재력이 평범한 자식의 도리인 것처럼 그려서 독자들
빈정 상하게 하지도 말고. 이럴 거면 왜 일상툰을 계속 그
리는 걸까? 주변에 공감해 주는 사람이 없어서 독자한테
자랑하는 건가?

"작가님은 '일상툰 속의 나'와 '실제의 나'를 분리시키고
싶지 않아 했죠. 독자들이 웹툰 주인공을 좋아하는 걸 실
제 자신을 좋아하는 걸로 착각했어요."

장민세의 일상툰 초기에 나왔던 친구들의 이야기가 점
점 사라질수록 재미도 없어졌다. 변하지 않고 장민세의 옆
에 있는 인물은 가상의 여친과 의뢰인밖에 없었다. 야근하
다가 잠깐 짬내서 나온 의뢰인과 편의점에서 삼각김밥에
컵라면을 먹었다.

"작가님도 저도 첫 작품이었어요. 저는 막 취업하고, 작
가님은 첫 연재 시작해서 같이 눈물 젖은 삼각김밥 먹던
시절이었죠. 아니지, 작가님은 저랑 삼각김밥 먹고 나서 혼
자 후식으로 하겐다즈 아이스크림 먹었겠네요. 그땐 우리
같이 꼭 성공하자고 했는데, 저는 3년차 직장인이 되었고,
작가님은 연예인이 되셨네요. 광고로 버는 돈과 방송출연

으로 얻는 인지도가 웹툰으로 버는 돈과 명예보다 훨씬 크니까 이제 더는 본업에 충실하라고도 못 하겠어요. 작가님도 혼자 웹툰 그리는 것보단 연예인 만나고 명품 협찬 받는 게 더 재미있겠죠."

"PD님은 장민세 편이에요, 아니에요? 진짜 찾고 싶은 거 맞아요?"

"탐정님은 누구 편인데요? 진짜로 장민세 찾아내려고 나랑 작가님 뒷담화하는 거 맞아요?"

나는 왜 그렇게 장민세를 찾아내서 이 사건을 해결하려고 안달일까? 왜 나는 본 적도 없는, 모르는 사람의 몰락을 원할까? 물론 정의감도 있었지만 악의도 없진 않다. 출발선은 나랑 비슷했는데, 일상툰에 공감했는데, 나 같은 독자들이 열심히 봐 줘서 인기를 얻고 연예인 같은 게 된 건데, 장민세가 딱 나만큼 성공하지 않고 나보다 더 성공해 버려서 질투가 났다. TV에서 장민세가 연예인 행세 할 때마다 아니꼬웠다. 인간은 재미를 원한다. 최정점에 올랐던 인간이 자멸하는 과정만큼 재미있는 건 없다.

"언제까지 작가님 찾아낼 수 있어요? 빨리 알려 줘요. 작가님이랑 부산에 행사 가야 하는데, 금요일까지 작가님이 안 나타나면 취소해야 하니까요. 하루 늦어질 때마다 벌금 걷겠다고 탐정님 계약서에 쓸 걸 그랬네."

편의점을 나서는 길에 의뢰인과 하겐다즈 아이스크림을 사 먹었다. 하겐다즈는 다른 아이스크림과 따로 진열되어 있었다.

"이번에 출장비가 나왔는데, 작가님은 호텔, 저는 모텔인 거예요. 회사 입장에서는 작가님이 수익을 내니까 작가님 우대하는 데 들어가는 돈은 투자고, 직원한테 들어가는 돈은 비용이죠. 회사가 작가님한테 해 주는 거 반만 저한테 해 줬으면 두 배로 일할 텐데. 작가님이 해맑게 맛집이랑 관광 물어보면서 가이드 취급해도 웃으면서 케어해 드리고. 자본주의가 이렇게 무섭습니다."

의뢰인과 헤어져 돌아오는 전철 안에서 장민세의 웹툰을 다시 봤다. 요새 인기가 약간 떨어져서 그런지 타임리프하듯 과거 회상으로 돌아가 초반의 지질한 느낌을 다시 찾으려고 발버둥치는 중이었다. 휴재하기 전 올린 최신 화는 여친과 사귀게 된 에피소드를 다뤘다. 3년 전, 데뷔작이 잘나갔다고는 하지만 차기작도 잘 될지 불안하던 장민세를 여친이 삼겹살집에서 위로해 주면서 사귀게 되었다는 내용이었다.

"오빠는 사랑하는 게 그렇게 쉬워요? 말로는 다 쉽죠. 난 꾸물대는 거 싫어요."

그녀의 입술에 살짝 입을 맞췄다. 삼겹살 기름 때문에

미끌거렸다. 그녀는 볼을 붉혔다.

"어려울 게 뭐 있어."

사랑은 발굴이 아니라 발견이다.

입술이 미끌거려서 제대로 된 키스에 실패하는 게 개그 포인트였다. 카르마가 내게 보여 준 블로그의 비공개 포스트는 달랐다.

* * *

그는 동기들을 삼겹살집으로 불렀다. 우리 학과에서 취업한 사람 중에 '취업턱'을 낸 건 그가 유일했다. 가고 싶지 않았지만 어떤 핑계를 대도 그의 성공을 배 아파하는 추레한 자격지심으로 보였다. 핑계를 생각해 내는 내가 초라해 보여서 눈 딱 감고 나갔다. 그는 와인을 턱턱 시켰다. 취준생 형편에는 버거운 호사였다. 하얀 유니폼 입고 고급스러운 이베리코 흑돼지를 구워 주던 직원이 그를 알아 봤다.

"장민세 작가님이죠? 사인 좀 해 주세요."

"사인 하면 할인 되나요?"

그는 데뷔작의 성공을 만끽했다. 그 자리에 불려 나온 동기들은 모두 입으로는 축하한다고 하면서 고기를 돌 씹 듯 씹었다. 그는 성공과 와인에 취해서 "남들은 다 하고 싶은 거 해서 좋겠다고 하는데, 너네가 창작의 고통을 알아? 하루 종일 머리 쥐어뜯다가 마감 전에 떠오르면 존나 죽어라고 그리는 거야. 나 눈도 아프고 목도 아프고 허리도 아프고 치질도 올락말락 해."라고 주사를 부렸다. 그런 말은 동료 작가에게나 해야 했다. 취준생이자 웹소설 작가 도전만 하고 있는 나한테 그 돈과 인기를 줬으면 창작의 고통은커녕 하루 종일 웃을 수 있을 것 같았다.

"야야, 무턱대고 자소서 쓰기 전에 내 강약점, 내가 진짜로 좋아하고 잘하는 게 뭔지 하루 종일 생각하면 답이 딱 나와. 난 그게 웹툰이었어. 그걸 찾아서 꾸준히, 처음에는 반응 없어도 하다 보면 성공해. 꿈을 따라가라고. 왜 다들 취업 아니면 공무원만 생각 해?"

분위기가 점점 가라앉았다. 그걸 견디기 어려워서 분위기를 깼다.

"오빠는 사는 게 그렇게 쉬워요? 말로는 다 쉽죠. 난 꿈을 따르는 거 싫어요."

그가 갑자기 키스를 했다. 너무 놀라서 입을 꽉 다물었다. 삼겹살 기름 때문에 미끌거리는 내 입술 위에서 그의 술냄새 나는 입술이 미끄러졌다. 너무 당황스러워서 무슨 말을 해야 할지, 어떻게 행동했어야 하는 건지 몰라서 몸이 굳었다. 얼굴이 확 달아올랐다.

"어려울 게 뭐 있어."

그가 유들유들하게 웃었다. 자기를 좋아하지 않는 사람이 있을 리 없다는 순진한 오만함이었다. 좌절도 겪어 보지 않고 미움도 받아 보지 않은 어린애의 천진한 잔인함이었다. 일시불로 계산하고 나가면서 그는 카운터에서 사인을 하고 사장과 사진을 찍었다. 온 세상이 그의 것처럼 보였다.

"너 오빠랑 언제부터 사귀고 있었어?"

동기의 물음에 아무 말도 할 수 없었다. 그렇게 보였겠지, 남들 눈에는.

* * *

"제 주변 사람들은 웹툰에 나오는 장민세 여친이 저인 줄 알아요. 거기 나오는 인물들은 다 실존인물을 모델로 한 거니까요. 저는 그 이후로 계속 장민세를 피해 다녀서 마주친 적도 없는데."

"그 타임리프 시켜 준 귀신은 장민세 같은 놈 안 잡아가고 뭐 했대요?"

"저한테 붙어서 계속 그때 생각이 나게 하죠. 제가 바라는 건 장민세 안 보고 소식 안 듣고 사는 것밖에 없었는데, 부모님도 TV 보시면서 '너도 그 뭐냐, 소설 그만 쓰고 장민센가 하는 애처럼 웃긴 웹툰 그리면 안 되냐? 걔는 일기장에나 쓸 내용 선 몇 개로 찍찍 성의 없이 그려도 인기 많던데.' 하시고. 기분전환 하러 SNS를 해도 누가 자꾸 장민세를 캡처하고 리트윗하고. 3년 동안 계속 저 자신한테 물었어요. 장민세는 정말로 잘못 들은 걸까요? 제가 그때 술 취해서 혀가 꼬여 있었으니까……. 그때 술만 안 먹었어도……."

"기억의 왜곡인지, 거짓말인지, 정말 잘못 들은 건지…… 카르마 님은 어떻게 생각해요?"

"차라리 잘못 들은 거였으면 좋겠어요. 정확하게 듣고도 제가 만만해서 그랬던 거라고 생각하고 싶지 않아요. '사랑은 발굴이 아니라 발견'이라는 건 뭘 암시하는 거였을까요?"

"그건 그냥 개소리죠. 자기도 그게 뭔 소린지 모를걸요."

"그때 바로 장민세한테 따졌어야 했을까요? 그깟 웹툰작가가 뭐라고…… 그랬으면 장민세가 그딴 내용 안 그렸을까요?"

"그래서 타임리프한 거예요?"

"바보같이 당하고 있지 말고 그때 장민세 뺨을 후려쳤어야 했는데…… 싫다고 말하고 그 자리에서 사과를 받거나……. 자꾸 그때로 돌아가게 되더라고요. 저는 절대로, 다시는, 타임리프 하고 싶지도 않고, 장민세를 어디서도 보고 싶지 않아요. 장민세가 웹툰작가가 아니라 평범한 직장인이었다면 괜찮았겠죠. 제게 이거 말고 더 좋은 방법이 있었을까요?"

"제가 더 좋은 방법을 찾아볼게요."

화장실 간다며 사라지기 전 카르마가 마지막으로 내게 물었다.

"그때, 정말로 장민세가 잘못 들었던 걸까요? 제가 일을 크게 만들고 있는 걸까요?"

최대한 단호하게 답했다.

"뭘 들었어도, 그런 짓을 하면 안 되죠."

의뢰인에게선 하루에 네 번씩 연락이 왔다. 내가 너무 스트레스 받지 않게 규칙성 있게 자기가 하루 네 번 인공눈물 넣을 때 재촉하는 거라고 했다. 배려심에 눈물이 나올 것 같았다. 채권추심업자로 전업하셔도 잘 하시겠는데.

"지금 중요한 건 장민세의 소재지를 알아내는 게 아니라 장민세의 문제를 해결해 줘서 스스로 기어 나오게 하는 거라서 해결방법을 찾는 중이라고요."

"그동안 뭐 하면서, 어디까지 찾으셨는데요? 들어나 봅시다."

"제 말, 믿어 주실 거죠? 의뢰인과 탐정 사이엔 신뢰가 필수잖아요…… 사실 저도 믿기 어려워서요. 제가 잘못 들은 게 아니라고 해 줄 사람이 필요해요."

내가 그동안 아무 것도 안 한 건 아니다. 의뢰인한테 타임리프 어쩌고 하면 안 믿을 것 같아서 고민한 거다. 하지만 의뢰인의 추심, 아니 추궁, 아니 업무진행상황 체크를 더 이상 버틸 수 없었다. 예상대로 의뢰인은 타임리프 얘기에서 "탐정이 아니라 스토리 작가였어요?"랬다가 예상외로 '3년 전 그 사건' 얘기에는 진지해졌다.

"그 카르마란 사람하고 만나게 해 줘요. 네고 좀 하게."

"실망할 텐데요……."

"아니 지금 소개팅 하자는 게 아니잖아요. 업무 때문에 만나는 건데, 제가 실망을 왜 해요?"

"아니, 의뢰인 님 말고 카르마 님이요. 제가 의뢰인 님을 '암흑의 거물'처럼 얘기해 놨거든요……."

"그건 제가 알아서 잘 할게요."

"대뜸 돈으로 해결하려는 건 아니죠? 그런 건 탐정한테나 통하는 거라……."

의뢰인과 함께 장민세가 사인회를 했던 서점 안에 있는 카페에서 카르마를 만났다. 알아서 잘 한다던 의뢰인은 몇 년 전 입사면접 보러 다닐 때 입고 그 후로는 입을 일이 없었다는 살짝 작아진 정장을 입고 선글라스를 끼고 나왔다. '암흑의 거물'보다는 불법도박꾼 같아 보였다. 카르마도 도둑처럼 검은 색으로 풀 착장하고 검은 마스크까지 끼고 나와서 비주얼로는 둘이 어울리긴 했다. 의뢰인은 콘셉트가 마음에 들었는지 선글라스를 낀 채로 카르마를 응시하며 말했다.

"솔직히 타임리프는 못 믿겠는데, 작가님이 3년 전에 추행했다는 건 카르마 님을 믿어요."

카르마가 '네고'를 했다.

"돈은 필요 없어요. 장민세는 사과도 은퇴도 안 할 거 뻔하니까, 최신 회차 내용을 '사실대로' 수정해 주세요. 그럼 표절은 우연의 일치라고 원만하게 해결했다고 할게요."

의뢰인은 장민세에게 카톡을 했다. 우리 셋 다 아무 말 없었다. 분위기가 너무 어색했다. 이럴 땐 뒷담화라도 해야 할 것 같아서 나 혼자 주절거렸다.

"장민세 작가, 사고칠 줄 알았어요. 방송에서 국민MC 멘트 가로챌 때부터 불안하더라고요. 방송에서 신인 아이돌한테 '인기도 없으면서.'라고 하는 거, 시청자들은 방송용 멘트인 줄 알지만 장민세는 그거 진담으로 하는 말이죠? 연예인처럼 띄워 주니까 자기가 연예인 급인 줄 알고."

의뢰인의 스마트폰이 울렸다.

"작가님한테 드디어 연락 왔네요. 그동안 호텔에서 생각 좀 정리했다는데요. 자기는 결백하다고 억울하다고 표절 안 했는데 왜 법적 조치도 안 취하냐고, 자기를 케어 안 해 준다고 지랄, 아니 난리 났네요. 그러면 왜 그렇게 도주했 냐고 했더니 카르마 님이 소란 피울까 봐 일단 자리를 피 한 거라고, 빨리 표절인지 아닌지 법원에서 판단해 보자고, 요새 악플 때문에 우울증이 왔다고……."

"최신 회차는 다시 그리겠대요?"

"카르마님이 자기 뮤즈인데, 영광 아니냐고 하던데요. 자기는 진짜로 그렇게 들었대요. 카르마님이 자기한테 호감이 있었다고. 작가님 말도 사실일 거예요."

카르마가 치를 떨었다.

"모욕이 아니라 영광이라고요?"

나도 어이가 없었다.

"의뢰인 님이 황희 정승이에요? 장민세 말도 맞고 카르 마 님 말도 맞게?"

의뢰인이 변명, 아니 변호, 아니 우회적 비난을 했다.

"작가님이 나쁜 사람은 아니에요. 소시오패스라서 그렇 지. 남의 집에 불 지르면 못된 놈이고, 불난 집에 부채질하 면 나쁜 놈인데, 작가님은 불난 집 앞에서 셀카 찍을 놈이 죠. 진짜로 온 세상이 자기 편, 아니 자기 팬이라고 확신했으니까 듣고 싶은 대로 듣고 하고 싶은 대로 했을 거예요. 작품이 재미없다는 악플은 있었어도 자기를 이렇게 대놓고 인신공격하는 악플은 처음이라 요새 정말 많이 힘들 겁니다."

카르마가 예상했다는 듯 착 가라앉은 목소리로 말했다.

"지금 저더러 장민세를 이해해 주라는 건가요?"

의뢰인이 격하게 손사래를 쳤다.

"아뇨. 이해를 하지 말라는 건데요. 사람은 이해할 수 있지만, 귀신은 이해할 수 없잖아요. '사람이 자랑하면 귀신이 질투한다'는 거, 자만하는 사람은 귀신에 홀리는 것처럼 자기 성공에 취해서 타인에 공감 못 하게 되고, 마음대로 하다가 주변사람들의 시기를 사서 자멸하게 된다는 뜻이라고, 어렸을 때 할머니가 그러셨어요. 기다리세요. 귀신이 장민세를 망하게 할 때까지. 그리고…… 저 좀 잠깐만 탐정님하고 얘기 좀 하고 오는 것도 기다려 주세요."

의뢰인은 서점을 한 바퀴 돌았다.

"3년 전에도 있었고, 3년 후에도 있을 책이 뭐가 있을까요?"

"그런 책은 역시 고전이겠죠? 『사랑의 기술』밖에 생각나는 게 없는데……."

"그거 혹시 19금이에요? 『카마수트라』 같은……?"

"그런 기술 아니고요. 건전한 철학책인데요."

의뢰인은 책을 펼쳐서 여기저기 뭔가 끄적였다.

"장민세는 어떻게 한대요?"

"알아봤더니 진짜로 타임리프를 한 건지, 카르마 님의 블로그가 해킹이나 조작은 아닌 것 같아요. 그럼 혹시나 법적으로 작가님이 표절한 게 아니라고 판결 나온다고 해도, 의혹이 완전히 해소되진 않겠죠. 표절이라고 사과하는 건 작가님이 당연히 싫다고 할 줄 알았고요. 일상툰이라고 해도 100% 사실과 같은 건 아니니까 카르마 님 말대로 수정하는 걸로 수습하고, 다음 회 내용을 어떻게든, 잘, 대충 해결해 보면 어떻겠냐고 했더니 지 분을 못 이겨서 악을 쓰더라고요. 답답해 죽겠네요. 진실이나 자존심이 뭐가 중요해요. 닥친 문제를 해결하는 게 중요하지."

물론 권선징악보다는 돈이 중요하지만, 나는 누가 나쁜 놈인지, 숨겨진 진실은 뭔지 알아내서 명쾌하게 사건을 해결하려고 탐정이 되었다. 그게 탐정으로서 이 사회에 기여한다는 자존심이었는데, 이번 사건은 뭐가 진실인지 모르겠다.

"작가님은 진실공방으로 끌고 가고 싶어 했어요. 카르마 님이 자기 엿 먹이려고 덫을 놓은 거라고. 제가 스토리를 다 뒤집을 거냐고 했더니 포기했지만요. 자기는 제대로 들었고, 웹툰도 절대 수정 안 할 거고, 이제 저희 쪽에는 연재 안 하겠대요. 복수하겠다고 벼르더라고요. 아예 필명 새롭게 만들어서 다른 곳에서 신인처럼 완전 새로운 그림체랑 스토리로 작품 연재해서 1위하면 그때서야 '사실 내가 장민세였다' 하고 짠 나타날 거래요. 그때까지 '장민세'는 실종인 거죠."

"장민세가 다시 나타나면 카르마 님은 어떻게 해요?"

"꽤 오래 못 나타날 거예요. 그런 스타일로는 신인으로 데뷔하기 쉽지 않을 걸요. 유명 작가 버프를 안 받으면 어렵죠."

의뢰인은 카르마에게 『사랑의 기술』을 내밀었다.

"귀신 퇴치용 부적이에요. 지루한 철학책이라고 하니까 이거 읽다가 잠들면 타임리프 같은 건 안 될 거예요. 동그라미 친 페이지 이으면 제 폰 번호입니다. 만약에 또 타임리프 되면 그 번호로 연락 주세요."

"왜 저한테……?"

"누굴 싫어하는 데 이유가 없듯이 누굴 좋아하는 데도 이유가 없잖아요. 조그만 미움이 쌓여 증오가 되듯이 조그만 마음이 쌓여 애정이 되는 거잖아요."

욕하면서 닮는다더니 의뢰인의 말투도 장민세처럼 허세 쩔었다.

며칠 후 장민세의 웹툰은 수정 없이 연재종료 되었다. 작가님의 개인 사정으로 연재종료 되어서 죄송하고, 그동안 사랑해 주신 독자님들께 감사드린다는 뻔하고 흔한 공지문이 나갔다. 장민세가 출연하던 예능은 다른 연예인을 섭외했다. 1위 하던 웹툰이 없어졌다고 플랫폼이 망하지는 않았다. 독자들은 별로 서운해 하지 않았다. 세상은 생각보다 장민세에게 관심이 없었다. 의뢰인이 계약서에 적었던 액수는 일 원 한 푼 오차 없이 내 통장에 입금되었다. 어쩐지 승리감에 도취되어 장민세스러운 '멋진 말'을 떠벌였다.

"어른이 된다는 건 넓은 세상에서 많이 시도하고 자주 실패하면서 내가 생각보다 대단한 사람이 아니라는 걸 알아가는 과정이니까, 장민세도 이번에 '실패'하고 나면 지가 뭘 잘못했는지 알고 철이 들겠죠?"

의뢰인은 회사 앞 편의점에서 캔맥주를 마시다가 내 쪽으로 시선을 돌렸다.

"탐정님은 장민세가 어떤 사람인지 알아요?"

그러고 보니 나는 장민세와 직접 만난 적도 얘기해 본 적도 없었다. 의뢰인과 카르마의 말만 들었다. 가해자의 변명은 들어줄 필요가 없긴 하지만. 난 카르마가 누군지도 모른다. 타임리프했다는 증거도 없다. 카르마의 블로그는 다시 비공개로 전환되었다.

해결된 건 아무것도 없었다. 정의는 실현되지 않았다. 혹시나 피해자인 카르마를 비난하는 2차 가해자들이 있을까 봐 장민세의 실체를 까발리지 못 하고 엉뚱하게 표절작가로 몰아갔다. 이 정도 성추행으로는 장민세를 감옥에 처넣지 못하니까 장민세를 실종시킬 다른 더 좋은 방법이 없었다.

"장민세가 자기는 결백하다면서 이걸 보내 줬어요. 자기가 그날 거기 있던 사람한테 찍어 달라고 했다더라고요."

동영상 속에는 장민세와 여자가 있었다. 여자는 뒷모습만 찍혀서 누군지 알아볼 수 없었다. 여자의 목소리는 주변 소음에 묻혀 잘 들리지 않았다. "어려울 게 뭐 있어."란 장민세의 목소리가 들렸다. 장민세가 갑자기 입을 맞추는 동안 여자의 몸은 뻣뻣하게 굳어 있었다. 너무 무섭고 당황해서 얼어붙어 버린 것 같았다. 낄낄대며 손뼉 치는 소리와 "우오오" 하는 환호가 들렸다. 동영상 속의 남자는 분명히 장민세였다. 뭐에 쓰인 것처럼 기괴하게 온 얼굴을 일그러뜨리며 활짝 웃었다. 어떤 주저함도 망설임도 고민도 없이 확신에 가득 찬 너무나 순수한 얼굴이었다.

"장민세는 반성 안 할 거예요. 여자가 자기를 좋아했으니까 몸을 빼지도 않았고 싫다고 하지도 않은 거라고 했어요. 장민세는 항상 자기가 제일 위대하고, 자기가 옳고, 남들은 다 자기를 찬양하거나 시기하니까요. 어쩌면 법도 장민세 편을 들어 주겠죠. 성추행이 무죄라고 나오면 장민세는 피해자 코스프레하겠죠."

"그러니까 귀신이 있는 거죠. 반성도 안 하고 사과도 안하고 처벌도 없으니까 귀신이 대신 복수해 주는 거잖아요."

"탐정님은 귀신을 믿어요? 탐정님도 카르마가 누군지 모르죠? 얼굴도 못 봤죠? 진짜로 장민세를 질투하고 피해자의 복수를 해 주는 귀신이었을까요?"

"의뢰인님도 카르마가 누군지도 모르면서 번호 줬잖아요."

"카르마 눈 봤어요? 이상하게 느낌이…… 제 눈을 보는 것 같았어요."

그러고 보니 카르마의 눈을 제대로 본 적이 없었다. 이미지 검색으로 동영상 속 식당의 인테리어를 검색해서 이베리코 흑돼지 식당을 찾아냈다. 의뢰인과 그 식당을 찾아갔다. 3년 넘게 임대되지 않아 인형뽑기방, 떨이 판매점으로 있다가 최근에 개업했다고 했다. 개업일은 장민세의 사인회가 있던 날이었다.

딸랑, 문에 달린 종이 울렸다. 손님이 들어왔다. 손에 『사랑의 기술』을 들고 있었다.

아무 일도 아니야

"탐정 언니, 저 지금 옥상이에요."

"너 꼼짝 말고 딱 기다려! 나 갈 때까지 거기 있어! 안 그럼 죽여 버릴 거야!"

마지막 말은 하지 말았어야 했는데. 엘리베이터는 20층에서 곧바로 내려오질 않고 17층, 14층, 9층, 6층에서 한 번씩 멈춘다. 오늘이 분리수거하는 날이랬나. 왜 불길하게 4층에서도 멈추고 난리야! 4층 정도는 계단 이용하라고! 급해 죽겠는데, 아니 너어어무 급한데. 꼬장꼬장한 경비원 어르신한테 친구 집에 놀러 온 거라고 거짓말하고 아파트 출입문 열어 달라고 사정하느라 시간을 날려서 마음이 급하다. 발만 동동 구르고 있다가 1층에서 엘리베이터 문이 열리자마자 내리는 사람들을 밀치다시피 하고 달려 들어가 버튼을 부술 듯이 닫힘 버튼을 눌렀다. 저 똥 마려운 거 아닙니다. 오해하지 마세요.

한숨 돌리려다가 숨을 참았다. 밀폐된 공간에 쓰레기 지린내가 꽉 찼다. 내부는 3면이 거울이다. 나와 통화한 애는 꼭대기 층까지 올라가는 동안 거울을 보며 무슨 생각을 했을까. 엘리베이터는 느려 터졌다. 라푼젤 머리 끄댕이를 잡고 올라가도 이거보단 빠르겠다. 초조해서 공연히 손에 잡히는 대로 '귀가 움직이는 토끼 모자' 귀달이에 연결된 토끼 발 모양 공기펌프를 만지작거렸더니 거울 속의 토끼 귀가 쫑긋 올라간다. 왜 쓸데없이 귀엽냐. 지금 이 상황에 안 어울리게. 급하게 나오느라 머리도 못 감고, 현관에 하얀 비니 같아 보이는 게 있기에 주워 들고 나왔더니……. 우리 엄마 아들은 요새 야근하느라 힘든 직장인 여자 친구에게 애교를 보여 주겠다며 왜 이딴 걸 샀는지 모르겠다. 그 얼굴엔 토끼 모자가 아니라 토끼 가면이 어울리는데.

엘리베이터 문이 15층에서 열렸다. 아저씨가 양손도 모자라 발로 거대한 봉지를 밀며 집에서 나왔다. 토막살인이라도 하셨나.

"잠깐만 열림 버튼 좀 눌러 주실래요? 제가 손이 부족해서요. 야! 엘리베이터 왔어! 얼른 그 스티로폼 박스 들고 나와!"

오늘 같은 날은 제발 종량제 봉투에 아무거나 다 섞어서 무단투기 좀 하면 지구가 급사하냐. 아저씨 발치의 봉지를 발로 차서 엘리베이터 문에 괴어 두고 뛰쳐나가 계단을 뛰어 올랐다. 계단 하나를 올라갈 때마다 길게 늘어진 토끼 귀달이가 흔들리며 나를 두드려 팼다. 아파트 옥상 문을 열어젖히자 흑염룡보다 무섭다는 중2가 아파트 화단을 내려다보며 기다리고 있었다.

"흐어…… 흐어…… 느허…… 무슨…… 생각…… 했어……? 혁씨…… 이상한…… 생각…… 한 거…… 아니…… 지……? 흡 하아…….."

박력 있게 의뢰인을 돌려 세우며 탐정의 카리스마를 보여 주려고 했는데…… 숨차고 무릎 아파서 실패였다. 학교 다닐 땐 슬리퍼 신고 매점에서 교실까지 5개 층을 한달음에 클리어하고 복도까지 전속력으로 달려도 말짱했는데. 아니, 토끼 모자를 쓰고 나타난 순간 이미 망한 건가. 교복을 단정하게 입은 단발머리 여중생이 내 토끼 모자를 보고 눈물 맺힌 눈으로 깔깔대며 웃다가 갑자기 정색했다. 감정 변화가 너무 급격해서 위태로워 보였다.

"걔가 죽었을 때…… 제가 왜 그랬을까 생각하고 있었던 거 같아요."

"장례식장에서 오열한 거? 베프였다며. 전혀 예상하지도 준비하지도 못한 갑작스러운 죽음이었으니까 많이 슬프고 충격 받아서 그럴 수도 있지."

"너무 이상했던 것 같아요."

"아니야. 슬퍼서 우는 게 뭐 어때서. 지금은 주변인들도 경황이 없어서 그렇지만 시간이 좀 지나면 너를 이해할 거야. 누구나 너무 큰일을 당하면 이성이 마비되어서 막 나갈 수도 있어."

"제가 저를 이해 못하는 것 같은데 남이 어떻게 저를 이해해요?"

* * *

자소서에 뭐라도 한 줄 더 채워 넣는 심정으로 프로필에 '각종 무술 유단자'라고 적어 놨는데, 이 학생의 부모가 연락해서는 대뜸 자기 딸과 등하교를 같이 해 주고 학원도 데려다 주고 데려올 수 있냐고 했다. 경호원보다는 탐정이 저렴하긴 하지. 딸이 최근에 제일 친한 친구가 죽고 나서 충격을 받았는지 장례식에서 하루 종일 울고 오더니 밥도 잘 안 먹고 공부도 안 한다고 했다. 곧 시험기간인데.

"저는 살아 있는 사람을 찾아 드리는 실종탐정인데요.

죽은 사람을 살리지는 못해요."

"살아 있는 우리 애 때문에 연락 드렸어요."

"어, 음, 혹시 따님이 친구 죽음에…… 책임……이라기엔 그렇고…… 뭔가…… 얽혀 있는 게 있나요?"

자살이었다. 유서는 없었고 CCTV에는 혼자 아파트 옥상에서 떨어진 장면만 찍혀 있었다. 극히 평범한 학생이었다. 성적도 나쁘지 않았고 부모님과의 사이도 무난했고 교우관계도 원만했다. 별다른 취미 없이 학교-학원-집만 오갔다고 했다. 장례식을 치르고 나서 죽은 아이의 부모는 돌연 학교 폭력을 의심하기 시작했다. 따돌림이나 폭행이 아니고서는 그렇게 죽을 아이가 아니라고 했다. 얼마나 애교 있고 사랑스럽고 착한 딸이었는데. 딸의 한을 풀어주겠다며 학폭위를 열고 가해자를 처벌해 달라고, 아니, 자식 죽은 부모가 무서울 게 어딨냐며 다 죽여 버리겠다고 했다. 죽은 아이의 스마트폰에 남은 SNS에는 그 나이 또래 청소년들의 흔한 대화뿐이었다. 다만, 죽기 한 달 쯤 전부터는 같은 반 애들과 모든 SNS에서 아무 말도 없었다. 모든 단체방에서도 사라졌다. 혹시 그 시점에 무슨 일이 생겼는지 합리적으로 의심해 볼 만한 정황이었다. 유가족은 의뢰인의 딸에게 집요하게 연락하기 시작했다. 네가 제일 친했으니까 뭔가 남들이 모르는 걸 알고 있지 않냐며 그악스럽게 추궁했다. 뭔가 아는 게 있으니까 장례식에서 그렇게까지 실신할 듯이 통곡한 거 아니냐고. 집에도 찾아오고 등하굣길에도 불쑥불쑥 나타났다.

"저도 자식 가진 부모라서 이해는 하지만, 저도 제 자식 지켜야 하잖아요. 산 사람은 살아야 하지 않겠어요. 우리 애도 친구가 죽어서 충격 받았는데 그 엄마란 사람이 우리 애 잡아먹으려 들잖아요. 그렇잖아도 여리고 착하고 멘탈 약해서 남한테 싫은 소리 한 마디 못하는 애한테. 그 여자 때문에 우리 애가 공부도 다 놓고 아무것도 못하고 있어요. 우리 애한테 무슨 짓 할지 모르는 그 정신 나간 물귀신 같은 여자를 떼어놔야 되어서요."

"따님보다는 그쪽 부모님한테 제가 더 필요할 것 같은데요? 탐정이 중학생 등하교 도우미를 하는 건 재능 낭비죠."

"걔 죽음에 우리 애 책임이 절대 없다는 걸 밝혀 주세요. 그 집 부모가 꼼짝할 수 없는 증거를 찾아 주세요. 누구든지 뭐든지 찾아 준다면서요. 다시는 그 집 부모가 우리 애 앞에 못 나타나게 퇴치해 주세요."

* * *

그렇게 의뢰인의 딸인 나은이와 함께 학교에 가기로 한 첫

날 아침부터 아파트 옥상에서 첫 대면을 하게 되다니. 8시 30분까지 등교하면 된다고 하더니 왜 8시도 안 된 이 시간에 아파트 옥상에 올라와 있냐고! 이거 의뢰인한테 시간외 수당으로 추가 청구해야겠다.

"걔네 엄마 떼어 놓으라고 우리 엄마아빠가 탐정 언니 부른 거예요? 안 그래도 돼요. 전 그 아줌마 안 무서워요."

"떼어 놓으라곤 안 하셨는데? 그냥 너랑 등하교 같이 해 주라고…… 그 친구랑 같이 다니다가 혼자 다니려면 외로울 테니까. 나이 차이도 얼마 안 나는데 그냥 반말 해."

"걔랑 전에는 같이 다녔는데 요즘엔 같이 안 다녔어요. 저 혼자서도 잘 다녀요. 엄마아빠가 괜히 돈 낭비하는 거 같아요."

말 놓으라는 말을 깔끔하게 무시당했다.

"내가 이미 네 법적 보호자한테 돈을 받아서 같이 다녀야만 돼. 나는 절대 환불은 안 해 드리거든. 네가 이렇게 아침 일찍 옥상에 올라오고 그러니까 그분들이 걱정되어서 나를 너한테 붙여 놓은 거야."

"근데 진짜 탐정 맞아요? 탐정은 다 드라마에 나온 셜록 홈즈처럼 바바리 입고 헌팅캡 쓰고 다닐 줄 알았어요."

"탐정은 의뢰인에게 이입하고 의뢰인을 이해해야 하니까 패션도 의뢰인처럼 하고 다니는 거야."

급하게 나오느라 집에서 입고 있던 추리닝을 못 갈아입고 김밥 같은 검정색 롱패딩으로 가리고 나왔다고 굳이 사실대로 말하진 않았다. 나은이도 교복 위에 전국 중고등학생들이 제2의 교복처럼 입는 검정 롱패딩을 입고 있었다.

"전문가인 위클래스 상담 선생님도 절 이해 못 한 거 같은데, 탐정이 어떻게 절 이해해요?"

"이렇게?"

토끼 모자에 연결된 앞발 모양 귀달이 안에 있는 공기 펌프를 눌렀다. 빠르게 누를 때마다 양쪽 토끼귀가 번갈아 정신없이 올라갔다. 그게 뭐가 재미있다고 나은이는 미친 듯이 웃어 댔다. 곧 시험 기간이면 공부 빼고 다 재미있을 때긴 하지. 그러다가 또 눈동자와 입가에 힘을 주고 웃음을 참고 진지해진다. 엘리베이터를 타고 내려가면서 거울을 보지 못하게 계속 말을 붙였다.

"요새 시험기간이지? 너희 엄마께서 걱정하시더라. 너 공부 안 한다고. 밥도 안 먹고."

"살 빼야 해서 밥 안 먹은 지는 꽤 되었는데, 공부 안 하니까 이제야 알아차린 거 같아요. 저 걱정하는 게 아니라 시험 성적만 걱정하는 거 같아요."

"나도 공부 '안' 해서 엄마아빠가 걱정했어. 머리는 좋은데 노력을 안 한다고."

"저는 우리 반에서 1등 하는데요. 전교에선 5등 안에 들어요."

"그 애는…… 라이벌이었어?"

"걔는 그냥 반에서 10등 안에 들 정도였어요. 저랑 상대도 안 되었던 거 같아요."

2등이 1등을 죽이고 1등 자리를 차지했다는 학교괴담 같은 사연은 아니었다.

"그 친구는……."

"친구 아니었어요."

숙이고 있던 고개를 확 들고 단호하게 말했다.

"베프였다며? '베프'가 '베스트 프렌드' 아냐?"

"처음엔 그랬는데, 죽기 전엔 아니었던 거 같아요."

"왜?"

"걔가 먼저 시작했어요. 저 개무시하는 거. 이건 우리 엄마아빠한테 말하지 마세요. 집에선 몰라요."

"내가 비밀 보장은 확실하지. 근데 왜 집에다간 비밀로 했는데?"

"학폭위로 가기엔 증거도 없고, 엄마아빠가 해결도 못하면서 저만 더 힘들게 할 거 같았어요."

의뢰인 말과는 달리 어쩐지 등굣길이 평화롭다 했더니, 학교 다닐 애가 없어서 뒷일 생각 안 해도 되는 어른이 교문 앞에서 1인 시위를 하고 있었다. '뺑소니 사고 목격자를 찾습니다. 후사하겠습니다.'라는 교통사고 현장의 현수막처럼 '김은수 학교폭력의 가해자에 대해 제보해 주세요.'라는 피켓을 든 아주머니가 여러 명의 교사들에게 둘러싸여 있었다. 교사들은 어떻게 해서든 한때 학부모였던 사람을 다른 곳으로 보내려고 했지만 "너희들이 내 딸 죽인 거야!"라는 절규까지 가릴 수는 없었다. 얼른 눈동자만 굴려서 '전 베프 현 베프 아님'의 옆얼굴을 봤는데…… 웃어? 지금 이 처절한 광경을 보면서? 내 시선을 느꼈는지 살짝 올라갔던 입꼬리가 급히 내려왔다.

"너…… 괜찮아?"

"저는 저 아줌마 심정 이해할 수 있을 것 같아요. 저 아줌마도 저 이해할 거 같고요."

"너는 은수 친구, 아니 같은 반 학생이었고, 저 아줌마는 은수 엄마니까?"

"저 아줌마도 지금 편 들어주는 사람이 없는 거 같잖아요. 선생님들이나 애들이나 다 피하잖아요. 애들은 다른 애들 가만히 있는데 자기만 '배신자' 되기 싫어서 절대 제보 안 할 거고요, 선생님들은 학교가 시끄럽지 않은 게 제일 중요해서 아무 말 안 할 거예요. 아줌마는 왜 그것도 모르고 저러고 있을까요? 다 큰 어른인데. 멍청하게."

"그럼 어떻게 해야 하는데?"

"사실 할 수 있는 게 없어요. 제가 은수처럼 당했으면 우리 엄마아빠는 저렇게 난동 부리지 않고 학교 밖에 높은 사람 찾아다니면서 해결하려고 할 거 같아요. 그게 학교에 들어가면, 입 가벼운 선생들이 막 떠들어대고, 애들은 '쟤 나댄다'고 할 텐데…… 엄마아빠는 자기들이 학교 다니는 거 아니니까 뒷일 생각 안 하고 저지르고선 절 위해 할 건 다 했다고 뿌듯해 할 거예요."

"넌 니네 엄마아빠가 탐정한테 의뢰할 거라고 예상했어?"

"경호 업체 알아보는 건 봤어요."

역시 가성비를 따져 보고 내게 연락한 거다.

"정장 입은 덩치 큰 아저씨들이랑 같이 다니면 너무 눈에 띄어서 유난 떤다고 자동 왕따 예약이니까 경호원은 절대로 안 된다고 했어요. 경호원은 딱 봐도 티가 날 텐데 언니는 탐정 같지 않아서 그나마 괜찮은 거 같아요."

어쩌면 의뢰인은 '친구 같은 탐정'이 아니라 '친구 겸 탐정'으로 나를 골랐는지도 모르겠다.

"은수라는 애는, 진짜로 학교 폭력을 당했어?"

"폭력까진 아니고 왕따요. 근데 걔는 아니었어요. 제가 당했어요."

전교 5등 안에 든다더니 역시 똑똑하다. 나랑 게임을 하자는 건가. 단서를 하나씩만 흘린다. 강아지한테 간식 주는 것도 아니고. 나 하는 것 봐서 내가 지 맘에 드는 말을 하면 자기도 하나씩만 알려 준다. 밀당이 아니라 조련이다.

"구경났어? 빨리들 들어 가! 거기 너! 몇 반이야! 너네 다 벌점이야!"

교사들이 스마트폰으로 촬영하고 있는 학생들에게 삿대질하며 소리를 질렀다. 나를 보고 잠깐 갸웃한 교사도 있었다. 나은이는 은수 엄마에게 시선을 고정했다. 나은이의 시선을 돌리려고 괜히 말을 걸었다.

"오늘 급식에 뭐 나와?"

"돈가스요."

"그럼 나도 오늘 점심은 돈가스로 해야겠다."

"탐정 언니는 누구랑 점심 먹어요?"

"나는 맨날 혼밥인데? 학교 다닐 때부터 혼밥했는데? 애들은 쉬는 시간이랑 밥 먹는 시간에 본성이 나오니까 혼자 먹으면서 다른 애들 관찰했어."

"친구들이 뭐라고 안 했어요?"

"난 친구 없었어."

"탐정 언니는 왜 왕따 당했어요?"

"내가 전교생을 왕따시켰는데?"

"그거 완전 정신승리잖아요."

"'관점의 차이'야."

교사 하나가 이쪽을 보며 은수 엄마의 목소리를 덮으려는 듯 소리 질렀다.

"거기 토끼 모자! 너 뭐야!"

토끼 귀를 쫑긋거리며 나은이에게 속닥였다.

"너도 취직하면 알겠지만, 직장인들은 잡무, 초과근무, 책임을 싫어해. 돈 더 받는 것도 아닌데 귀찮기만 하니까. 그러니까 간편하게 벌점만 매기려고 하는 거야."

"그리고 죽은 학생은 이제 우리 학교 학생이 아니고요. 산 학생은 내버려 둬도 내년만 지나면 졸업해서 우리 학교 학생 아니게 될 거라서요."

교사가 '거기 토끼 모자'를 잡으러 뛰어 왔다. 영민하고 조숙한 10대에게 손을 흔들어 주고 돌아섰다.

"오늘도 잘 버티고, 무사히 하교 시간에 만나자!"

"네. 졸업 때까지만 버티면, 전 저 따위 애들이 못 갈 고등학교에 갈 거니까요."

도도한 얼굴로, 죽은 애의 엄마 쪽은 무시하고, 교문 안으로 보폭 큰 걸음으로 들어간다. 그 정도 자존심이라도 있어야 버틸 수 있는 건가? 이제 더 이상 학생이 아닌 아이의 엄마는 교사들에게 떠밀리면서도 부서진 피켓을 꼭 끌어안고 있었다.

나은이는 왕따를 당한 건 자기였고 죽은 애는 아니었다고 했지만, 분명히 '은수처럼 당했으면'이라고 했다. 교문 앞에서 학생 하나를 잡고 물었다.

"저 아줌마, 왜 저러셔?"

"몰라요."

귀찮은 듯 뿌리치려는 애한테 성인용품점에서 산 수갑을 보여 주며 목소리를 낮췄다.

"토끼 모자가 이상해 보이겠지만, 지금 위장하고 수사 중이라서 이런 거야. 아는 거 다 말해. 수갑 차기 싫으면. 거짓말 하면 수사 방해죄로 구속될 수도 있어."

"진짜 몰라요. 저는 걔랑 안 친했어요. 걔랑 같은 반이었던 최나은한테 물어 보세요. 걔가 제일 친했어요."

몇 명 더 잡고 물어 봐도 똑같이 자기는 안 친해서 모르니까 베프였던 나은이에게 물어보라는 말만 한다. 모두가 부인하면 모두가 용의자다. 외부인만 아니면 학교 안으로 쳐들어가서 하나씩 잡고 대질심문이라도 할 텐데. 그건 죽은 아이의 엄마도 마찬가지 심정이었나 보다. 마지막 지각생이 등교하고 교문이 닫힐 때까지 부서진 피켓이 자기 아이라도 되는 것처럼 꼭 껴안고 교문 앞에 쪼그리고 앉아 울었다. 근처 편의점에서 생수와 휴지와 테이프를 사 와서 엄마였던 사람 앞에 조용히 놓았다. 가다가 뒤돌아보니 생수와 휴지엔 손도 안 대고 테이프로 피켓부터 고치고 있었다.

* * *

아무 일 없었던 듯이 토끼 모자를 원래 있던 자리에 던져두면 안 걸릴 줄 알았는데, 오빠가 냄새를 맡을 줄은 몰랐다. '사랑하는 우리 뉴냐'한테 제일 먼저 보여 주려고 했는데 내가 머리도 안 감고 먼저 써서 부정 탈 거라고 찡찡대서 어쩔 수 없이 돈가스를 사줬다.

"공부 잘하면, 선생님들도 예뻐하고 친구들도 부러워하니까 학교 다니는 게 매일 즐거울 것 같지 않을까?"

"'같지' 않을까"라니, 어느새 말버릇이 옮은 것 '같다'.

"너 같이 공부 못하는 애들은 모르는 고충이 있어. 그런 건 이 오빠님한테 물어 봐야지."

"진짜 재수 없다. 공부 잘했다고 잘난 척이냐?"

"바로 그거야."

"뭐가?"

"공부 잘하면, 주위에서 재수 없다, 잘난 척한다면서 씹어 댄다고."

그래서 죽은 애가 얘를 '개무시'하기 시작했던 걸까?

"아니, 나는 공부 잘해서 재수 없다고 한 게 아니라, 남매는 원래 서로 디스하는 거잖아."

"봐, 누구나 자기가 틀렸다는 걸 받아들이기 싫어한다니까? 너도 지금 변명부터 하잖아."

맞는 말만 하니까 얄미워서 짜증났다. 오빠 새끼의 대왕 돈가스 한 조각을 내 접시로 옮겨 버렸다. 오빠도 지지 않고 내 치즈 돈가스 한 조각을 날름 삼켰다가 뜨거워서 다시 뱉는다. 머리 안 감고 모자 쓴 것보다 더 더럽다.

"중고딩 때는 공부 잘하면 아무런 스트레스 안 받을 거라고 확신하는데, 공부 잘한 애들만 모아 놓은 우리 대학에서 매년 한두 명씩은 자살하고 절반은 우울증이야."

"대학생도 친구가 죽으면 충격 받을 텐데, 대학에도 위클래스 같은 거 있어?"

"상담 인력이 부족해서 예약 잡기 빡세서 그렇지 상담 센터가 있긴 있어. 대학 입장에선 등록금을 낮춰 주거나 학점 경쟁을 줄여 주거나 취업 자리 알선 해 주는 것보단 상담센터 운영하는 게 훨씬 간단하니까. 너 혹시…… 이제 와서 새삼스레 공부 못했던 게 갑자기 우울해졌어? 늦었다고 생각할 땐 진짜 늦은 거라는데……."

"난 공부를 못한 게 아니라 안 한 거라니까! 나 말고."

"의뢰인?"

"난 아무 말 안 하고 비밀 유지 엄수한 거다. 오빠 네가 관심법을 쓴 거지."

"의뢰인이 죽고 싶대?"

"그렇게까진 말 안 했는데."

"의뢰인한테 말을 하고 싶으면, 딱 세 마디만 해. '괜찮아. 그럴 수도 있어. 네 잘못 아니야.' 다른 말은 절대 하지 마. 내가 등록금 내고 공부한 걸 공짜로 막 알려 주는데, 돈가스 한 조각쯤 더 갖다 먹어도 되지?"

누구나 아는 걸 뭐 대단한 전공 지식처럼 얘기한다. 심리학과 '학부생'이면 야매 아냐? 잘난 척을 참아 주려니 소화가 안 될 것 같다. 역시 혼밥이 편하다. 그런데 이 집 돈가스 잘 하네. 얼마나 바삭하게 잘 튀겼는지 입천장이 다 까졌다.

* * *

'혼밥러'라는 동지의식과 교사 뒷담화를 같이 했던 공범 의식 덕분이었는지 나은이는 공부 '안' 했던 나를 자기랑 같은 부류의 인간으로 봐 주었다. 하교 시간에 맞춰서 교문 앞에서 폴짝폴짝 뛰며 놀이공원 알바생처럼 양손을 흔들었더니 나은이는 내 손을 확 잡아 내렸다. 그런데 얘는,

버릇인가? 안 웃어도 될 상황에 웃거나, 웃다가 갑자기 누구한테 들킨 것처럼 급히 얼굴이 굳어 버린다. 그래도 내가 끼는 팔짱은 빼지 않았다. 나은이는 '풋풋해서 굴러가는 낙엽만 봐도 웃는 10대'와는 어울리지 않는 진지한 얼굴로, 종일 학교에서 다물고 있던 입을 열고 나에게 하루 수다의 총량을 채우기 시작했다.

"수련회 가서 밤에 애들끼리 얘기하다가 변태 얘기가 나왔는데요."

'변태'는 아침에 학생들에게 벌점 매기겠다고 소리 지르던 선생이었다.

"도서부 지도 교사인데, 학교 도서관에서 '터치'를 좀 해요."

격려하면서 어깨를 두드리는 척 가슴을 스치거나 등을 토닥여 주는 척 브래지어 끈 위를 더듬거나 책을 추천해 준다면서 시선을 가슴 쪽으로 향하거나…… 실수라기엔 수상하고 성추행이라고 신고하기엔 애매한 수준이었다. 도서관 서가 사이는 사각지대였다. 일단 얘기가 나오자 돌아가며 한 명씩 피해를 증언하고 교사를 욕했다.

"처음 말 꺼낸 애가 누구야?"

"걔가 먼저 했어요. 수련회 가기 전에 저한테 그 변태가 더듬어서 소름 끼친다고 했는데요. 제가 담부턴 혼자 도서관 다니지 말라고 했어요. 저랑 같이 다니자는 얘기였는데, 변태가 아니라 자기를 탓한다고 오해했던 거 같아요. 수련 회 때 같이 다니긴 했는데, 좀 서먹했던 거 같아요."

"널 은근히 저격하려고 그 얘길 꺼낸 거라고 생각했으면, 너는 그 자리가 불편했겠네? 애들은 뭐라고들 했어?"

"변태 앞에선 한마디도 못하는 것들이 그때는 서로 자기가 더 심하게 당했다고 우겼어요. 제가 보기에는, 거짓말은 아니지만 과장이 섞인 것 같았어요. 나중엔 우는 애들도 나오고, 사이비 종교 부흥회 같았어요. 유치해 보이더라고요. 그렇게 힘들었으면 진작 뭐라도 하든지."

세상이 우습고 내가 대단한 인간이고 남이 다 내 발 밑에 있는 것 같고 다 죽여 버리고 싶던 '중2병' 투병 시절이 나에게도 있었다. 이 몸은 고려 왕족의 후손이시고 대대로 탐정 집안의 가업을 이을 후계자시라 아무렇게나 막 사는 평범하고 미천한 너희들과는 다르다……. 비범한 탐정은 원래 일에 몰두하고 집중하느라 일상에선 괴팍해서 일반인들과는 어울리지 않지……. 소설이나 영화를 봐도 가정적이고 친구 많은 탐정은 별로 없다……. 공무원 시험공부를 하던 시절, 졸리면 그 기억을 떠올렸다. 그러면 손발이 오그라들 정도로 창피해서 잠이 확 깼다. 한창 투병하던 때는 재미있는 과목만 공부하느라 화학 공부만 했으니까 카이스트에서 화학 영재라고 특별입학 시켜 줘서 실험실에서 독극물을 제조하다가 국과수에 영입당할 줄 알았다. 겨우 중학생 등하교 도우미 취급 받는 탐정이 될 줄은 몰랐다. 나은이도 세 보이려고 허세 부리다가 위악이 된 걸까.

"저는 진짜로 그런 일 안 당했어요. 공부 잘하는 애들은 선생들도 잘 안 건드려요. 저희 엄마아빠도 좀…… 학부모 회 임원이고…… 학교에도 자주 오니까……. 걔네 엄마도 걔 살아 있었을 때 학교에 가끔이라도 왔으면 괜찮았을지 도 모르는데 지금은 너무 늦은 거 같아요."

나은이는 그날 밤, '사실대로' 자기는 그런 일 당한 적 없 다고 했다. '나는 너네랑 다른 특별한 사람이라서 그 변태 도 날 함부로 못 건드린다'는 '중2스러운' 우월감도 은연 중 에 있었다. 그게 그날의 아이들에겐 '너희가 모자라서 당 했다'로 해석되었다. 갑자기 방 안의 분위기가 싸해졌다.

"너 그 변태 편드는 거야?"

아니라고 하는 게 변명하는 것 같고, 밀리는 것 같고, 지 는 것 같아서 나은은 아무 말 하지 않았다.

"차라리 페이스북 메신저로 욕을 보내거나, 대놓고 때 렸으면 캡처나 녹음을 해서 뭐라도 할 수 있었을 거 같은 데……."

수련회가 끝나고 학교로 돌아 온 같은 반 애들은 나은

에게 아무 말 하지 않았다. '베프' 은수도. 아니, 은수는 딱한 마디 했다.

"이건 '말 안 하기 게임'이야."

거기까지 듣다가 버럭했다.

"베프라면, 널 변호해 주고, 다른 애들이 다 널 따돌려도 너랑 같이 있어 줘야지!"

"그럼 저하고만 친하고 다른 애들하곤 다 말을 안 해야 되는데요."

"그럼 '말 안 하기 게임'이라는 말도 안 되는 소리 말고, 사실 겁이 나서 너랑 더 이상 친구 못하겠다고 했어야지."

그 말은 내가 아니라 은수라는 애한테서 들었어야 했다. 나은이의 입꼬리가 떨렸다. 울면 약해 보일까 봐 억지로 웃는 웃음이었다. 왕따 당하는 동안 나은이는 교실에서 일부러 보란 듯이 자주 웃었다고 했다. 불쌍한 피해자처럼 보이기 싫어서. 세 보이고 싶어서. 너네 같은 애들한테 따돌림 당해도 쫄지 않는다고 보여 주려고. 보란듯이 혼자 도서관에 갔다. 일부러 교무실에 자주 문제집 들고 가서 모르는 거 물어 보는 모범생 짓 해서 선생들한테 예쁨 받았다. '성공해서 복수하려고' 공부도 더 열심히 했다. 이럴 땐 '중2병'이 도움이 되네. 그런데 그게 그렇게 안 보이는 사람도 있었다.

"우리 은수 죽기 전에 너는 뭐했어! 네가 제일 친했다면서, 뭐했냐고!"

아침에 교문 앞에서 봤던 사람이 부러진 부분을 테이프로 칭칭 동여 맨 피켓을 들고 나은이에게 달려들었다. 어쩐지 받은 돈에 비해 할 일이 없다 싶더니…… 피켓으로 한 대 칠 듯하기에 내가 급히 피켓을 쳐든 손을 잡고 팔 힘으로 버텼다. 유도를 배웠으면 뭐 하나. 낙법 모르는 일반인을 매트 없는 길바닥에 내려꽂을 수도 없는데. 그냥 조용히 지나가라고 나은이에게 눈짓을 하는데 얘가 오해했나 보다.

"제가 아무렇지 않게 학교 다니는 게 꼴 보기 싫으세요? 친구가 죽었는데, 어떻게 이렇게 금방 웃을 수 있냐고 욕하고 싶으시죠? 저는 걔한테 아무것도 안 해 줬던 것 같아요. 아줌마는 걔한테 뭐 해 줬어요?"

오빠 말대로, 평범한 사람이라면 누구나 자기가 틀렸다거나 잘못했다는 걸 인정하는 건 최후까지 미룬다. 혹시 은수가 가정에서의 문제 때문에 죽었을지도 모른다는 죄책감을 덮으려고 은수네 엄마는 분명히, 반드시 학교에서 왕따나 폭력이 있었다고 확신했는지도 모른다.

"만약 학교폭력 때문에 은수가 죽은 거라면, 지금이라도 학폭위건 복수건 뭐라도 할 수 있으니까, 이러시는 거 아니에요? 다른 걸로 죽은 거라면, 할 수 있는 게 없는 것 같잖아요."

내가 받은 의뢰가 악만 남은 아주머니의 위협으로부터 나은이를 보호하는 건지, 아이 잃은 불쌍한 어머니가 나은이의 막말에 상처받지 않게 막아주는 건지 헷갈린다. 의뢰인 말과는 달리 나은이가 죽은 친구의 엄마를 도발한다. 이런 애가 '멘탈 약하고 여리고 착하다'고? 자식은 부모 이해 못 하고 부모는 자식 모른다더니. 팔 힘만 가지고는 모자라서 꽉 끌어안고 온몸으로 버텼다.

"은수가, 얼마나 착했는데, 사춘기도 없이, 퇴근하고 오면 이렇게 안아 주던 애였는데, 죽을 이유가 없는데⋯⋯."

이러려고 한 건 아니었는데, 어쩌다 보니 펑펑 우는 어른을 품에 안고 달래고 있다. 나은이가 아주 작은 목소리로 중얼거렸다.

"아줌마, 저도 걔가 왜 죽었는지 궁금해서 미칠 거 같아요. 아줌마는 저 이해할 수 있죠?"

* * *

나은이와 다시 아침의 그 아파트 옥상에 섰다. 이번엔 엘리베이터가 한 번도 멈추지 않고 올라갔다. 주민이 추락사한 후 옥상 문을 잠가 두었다가 인근 건물 화재 이후에 주민들이 옥상 문은 비상대피용으로 열어 둬야 하지 않냐고 해서 다시 열어 두었다고 하니 언제 또 다시 잠길지 모른다.

"사실은요, 걔가 부러웠어요. 걔는 했잖아요. 저는 용기가 없어서 못했는데."

"왜 그런 데 용기를 내. 넌 아직 어리고, 지금 친한 친구 중에 스무 살 넘어서, 아니 당장 고등학교 가서도 계속 만날 친구들 거의 없어. 초등학교 때 친구 중에 지금까지 만나는 애들 거의 없지? 너 자사고 가면, 일반고 간 애들 안 만나게 될걸? 네가 일상 얘길 해도 일반고 친구한테는 잘난 척으로 들리니까. 대학갈 때, 취직할 때, 결혼할 때 친구들은 계속 바뀔 거야. 점점 너랑 비슷한 애들만 만나게 될 거야. 지금은 조그만 교실 안에서 하루 종일 같은 반 애들이랑 붙어 있어서 이 친구들이 엄청 중요해 보이겠지만. 그러니까 친구 없는 김에 공부만 하면 되겠……다고 어른들은 말하겠지."

깜빡하고 평소처럼 막말할 뻔 했는데 마지막에 정신줄 붙들고 수습했다. 위험할 뻔 했다. 오빠 말이라고 대충 들었더니 실수할 뻔 했다. 학교를 졸업하니까 안에 있을 땐 못 봤던 게 보인다. 친구들하고 밥 먹을 땐 식판만 보이지만 혼자 밥 먹으면서 누가 누구랑 같이 먹는지 관찰하면 우리 반 애들의 인물 관계도를 그릴 수 있는 것처럼. 아니, 그냥 내가 '젊은 꼰대'가 되고 만 걸까.

"그 변태가, 저한테도 그 짓을 하려고 했는데요. 책 많이 읽는다고, 성적 잘 나왔다고 칭찬해 주면서……. 근데 저는 싫은 티 내면 그 변태가 안 했거든요. 다른…… 공부 못하거나 엄마아빠가 그냥 그런 애들은 몸을 뒤로 빼고 막 그랬는데도 하고요. 서가 사이가 좁으니까 피할 수가 없잖아요. 걔는, 수련회 때 애들이 그러니까 다 자기 편인 줄 알고 '공론화'를 하려고 했어요."

내가 오해했다. 죽을 용기가 아니라 싸울 용기였나 보다.

"저는 어떻게 될지 알았어요. 뻔하잖아요. 저는 애들 편이 아니라 학교 편이잖아요. 공부 잘하니까. 근데 안 말렸어요. 당해 보라고. 걔가 미웠던 거 같아요."

"너네 학교도 트위터랑 페이스북이랑 인스타그램에 스쿨미투 계정 있던데? 계정주가 걔 맞지? 너네 반 애들한테 SNS에서 차단당하기 얼마 전에 만든 계정 같은데…… 팔로워도 리트윗도 해시태그 복붙도 별로 안 되었더라? 이러면 언론 보도는 기대도 못하지. 공론화가 안 되면 다치는 사람이 나올 텐데…… 은수가 너한테 도와 달라고 하진 않았잖아. 걔는 낙관적이었나 봐?"

"우리 학교는 역사가 오래된 것도 아니고, 졸업생들 중에 유명한 사람도 없고, 학부모들이 높은 사람들이거나 돈이 많은 것도 아니고, 할 거면 초반에 했어야지 이제 와서 하기엔 늦었고, 그 변태가 대놓고 만지거나 누가 들어도 빤은 소리를 하는 것도 아니고, 누가 주목해 주겠어요. 걔는 일단 시작해 버렸으니까 그만둘 수 없었던 거 같아요. 자기 혼자 나대다가 혼자 그만두면 쪽팔리니까요."

차라리 철저하게 무관심 속에 묻혔으면 좋았을 텐데.

"선생님들이 어떻게 하다가 봤나 봐요. 제 발 저려서 검색을 했던 것 같아요."

진상 규명, 색출, 처벌이 시작되었다. 가해자 말고 피해자들이 교무실로 불려갔다.

"걔가 실수를 했어요. 저한테 먼저 알려 줬으면 그러지 말라고 했을 텐데……."

은수는 피해 사례를 동의를 받지 않고 올렸다. 실명 대신 A, B 같은 이니셜로 올리긴 했지만 '왜 요새는 수업 시간에 집중을 못하냐며, 생리 기간이냐고, 여자는 몸이 따듯해야 하는데 그렇게 교복을 허벅지가 다 보이게 입고 다니니까 생리통 있는 거 아니냐고 하며 허벅지에 손 스쳤음'이라고 자세하게 적으면 피해자가 누군지 대놓고 밝힌 거나 마찬가지였다. 교무실에선 '학교 망신'을 시키고 다닌다고 했다. 그 변태 말고 학생들이. 집안에 뭔가 문제가 있으면 집안에서 해결해야지 밖에다가 떠들고 다니면서 '집안 망신' 시키면 안 되듯이 학교 일도 밖에다 떠들면 안 된다고 했다. 그리고 교복은 좀 단정하게 입고 다니라고. 학생 무서워서 어디 생활지도 하겠냐고. 은수는 끝까지 거짓말하지는 못 했다. 계정주가 밝혀지자 교사들은 은수를 걱정하는 척 협박했다. 학교 명예 훼손으로 고소당하거나 징계 먹으면 어쩔 거냐고. 학생들에겐 질문하는 척 이간질했다. 은수가 혹시 자기 혼자 정의로운 척 해서 인기 얻어서 회장 선거 나오려고 준비하는 거 아니냐고.

졸업하려면 내년까지 버텨야 했다. 수행평가 점수는 전적으로 선생 재량이었다. 교무실에서 울고 나온 애들은 은수에게 아무 말도 하지 않았다. SNS에서 은수를 차단하고 자기들끼리 수근거렸다. 나은에게 그랬던 것처럼. 나은은 간략하게 "괜히 SNS에서 뒷담화 깠다가 캡처 당하면 증거가 될 거 같으니까요."라고 했다. 사람을 투명인간 취급하면서 무시하고 고립시키지만 따돌림이나 폭행이라고 할 순 없다. 그냥, 별로 친하지 않았다고 우기면 끝이다.

거기서 그만 됐다면 어땠을까. 누구에게라도, '한때 베풀었던' 나은이나 딸이 더 이상 등하교를 하지 못하게 되고 나서야 매일 교문 앞에 나오는 엄마에게라도 상의했다

면. 이번은 꽝이라 치고 다음 기회를 노렸다면. 실책을 인
정했다면. 학교를 자퇴하고 검정고시를 칠 수도 있고, 졸업
후에 다시 할 수도 있고, 학교 밖에도 세상이 있고, 후퇴가
반드시 패배는 아니란 걸 알았다면. 누군가가 '졌지만 잘
싸웠다'고 말해 줬다면.

"그 다음에는 누가 누군지 모르게 피해 사례를 섞고, 좀
고치고 했더니…… 다들 걔가 개구라쟁이라고 했어요. 사
춘기 여자애가 혼자 선생님을 짝사랑했는데 안 받아 주니
까 선생님 앞길 망치려 든다는 소문도 있었고요. 수행평
가 점수 나쁘게 받고서는 선생님 엿 먹일려고 그랬다는 얘
기도 떠돌았어요. 애들이, 내가 언제 이렇게까지 당했냐고,
걔가 어그로 끌고 있다고 했어요. 걔는 관심종자라고. 저는
다 보고 듣고 있었어요. 근데 걔한테 절대 먼저 말 걸지 않
았어요. 자존심이었던 거 같아요. 오해 받고 따 당하는 게
어떤 건지 너무 잘 알았는데. 걜 이해할 수 있는 사람이 저
밖에 없었는데……."

애들은 애들이었다. 은수는 죽기 전에 나은이에게 폰 화
면에 띄운 '미안해'라는 세 글자를 '보여 줬다'. '말 안하기
게임'에서 지기는 싫었나 보다. 나은이는 그때도 웃어 보였
다. 역시 지기 싫어서.

다음 날 은수는 죽었다. 남자친구랑 헤어졌다느니, 협박

을 받고 있었다느니, 성적이 안 나와서 스트레스를 받았다느니, 사실은 술 취한 아빠한테 밤마다 맞았다느니 하는 무책임한 루머가 교실 안을 떠돌았다. 그 소리들이 다 허공에서 웅웅대서 나은이는 책상에 얼굴을 묻고 엎드려 버렸다.

"네가 은수랑 제일 친했었잖아. 진짜 이유가 뭐야?"

누군가가 수련회 이후 처음으로 나은이에게 말을 걸었다. '말 안하기 게임'의 승자는 나은이었다.

"저는 진짜 이유를 알았던 거 같아요. 제가 그때 '미안해'라는 글자에 아무 말도 안 해서 그런 걸까요?"

"그게 무슨 개소리야!"

또 생각보다 말이 먼저 나갔다. 이럴 때 토끼 모자라도 있었으면 말하고 싶을 때마다 참고 토끼 귀만 쫑긋거렸을 텐데.

"장례식에 갔더니 선생님도 울고 애들도 우는 거예요. 지들끼리 위로하면서. 가증스럽게. 저는 원래 안 울었는데요. 분위기에 휩쓸려서 울었어요. 애들이랑 선생님이랑 다들 제가 걔랑 제일 친했다고 그러니까 주목 받고 싶어서 계속 울었어요. 저 관종이고 어그로충이죠?"

"괜찮아, 그럴 수도 있어. 네 잘못 아니야."

이번엔 제대로 말한 것 같았는데.

"사실 이상하게 안 슬펐던 거 같아요. 겉으로는 우는데 속으로는 새로 나온 아이돌 노래 부르고 있었어요. 애들이랑 선생님들이 다 절 봐서요, 얼마나 슬픈지 인증해야 할 것 같았어요. 장례식장 나와서 애들이랑 헤어지자마자 눈물이 하나도 안 나와서 웃겼어요. 저 사이코패스 같죠?"

"나도 사실 의뢰인들이 심각한 얘기 하면 겉으론 같이 걱정하는 척 하면서 속으로는 '돈 많고 심심하니까 별 거 아닌 거 가지고 탐정 쓰면서 돈지랄 하네.' 할 때 있어. 아, 너네 엄마아빠 얘긴 아니고. 너도 쌓인 감정이 있는데 장례식에서 그게 한방에 풀리겠어? 폭풍전개 드라마도 아니고."

"저도 저를 이해 못하겠어요. 남들도 저를 이해 못 하겠죠? 탐정 언니는 저 이해해요?"

"어? 응…… 이해하지……. 아니, 사실은 이해 못했어. 근데 너 왜 나한테 다 얘기하는데?"

"탐정 언니는 옥상에도 뛰어 올라와 주고, 저 보고 반갑다고 손 흔들어 주고, 제 얘기를 한 번도 반박하지 않고, 절 이해하는지 못하는지 모르겠지만 다 받아 주는 것 같아서요. 창문으로 다 봤어요. 탐정 언니가 걔네 엄마 챙겨 주는 거."

* * *

옥상에서 내려와서 토끼 모자를 두 개 샀다. 이것도 추가 비용으로 청구할 거다. 교문 앞에서 피켓을 들고 "우리 애 죽인 것들은 다 천벌 받을 거야!" 하고 아무도 안 듣는 비명을 지르는 은수 엄마에게 다가가서 토끼 모자를 씌웠다. 귀를 덮었더니 조용해졌다.

"추우니까, 귀 시리시잖아요."

나은이도 토끼 모자를 쓰고 있었다. 둘만 아는 비밀신호로 교신하듯이 나은이와 은수 엄마의 토끼 귀가 동시에 쫑긋거렸다.

"아줌마도 걔가 왜 죽었는지 이해 못하겠죠? 저는 이제 저 자신도 영원히 이해 못하겠어요. 아줌마는 걔가 어떤 애였는지 모르죠? 저도 몰라요. 평생 모를 거 같아요."

나은이의 토끼 모자는 귀가 움직일 때마다 LED가 반짝거렸다. 어쩐지 2000원 더 비싸더라. 겨우 15살짜리가 영원, 평생 어쩌고 한다. 나은이는 나한테 했던 얘기를 은수를 결코 이해 못할 타인에게 했다. 사실은 당신의 딸이 용감했고, 무모했고, 못되먹었고, 상처를 주고받았고, 가해자이자 피해자였고, 자연스럽게 멀어질 수 있었는데 부자연스럽게 떠나 버렸다고. 더 이상은 이해할 수 없게 되었다고.

아무 일도 아니야 353

"우리 애가 왜 겨우 그런 거 때문에 죽어! 좋은 일 하려는 애를 왜 그렇게 몰고 가! 은수 같은 애가 그렇게 선생들이 나쁜 짓 했다고 까발릴 리 없어! 우리 애가 착하지만 겁이 많단 말이야! 왜 딴 애들 다 가만히 있는데 우리 은수만 그랬냐고! 왜 그 변태새끼가 안 죽고 우리 애가 죽어! 우리 애가 왜 혼자 그런 짓을 저질렀어! 엄마가 있는데! 아니야, 다 거짓말이야! 그런 일 있었으면 엄마한테 아무 말 안 했을 리 없어! 항상 학교에서 아무 일 없다고 했어!"

"저도 엄마아빠한텐 아무 일 없었던 척 해요."

"이 가식 덩어리 년아, 더 해 봐. 또 해 봐. 니년이 어떻게 내 딸을 그 따위로 말할 수 있어! 제일 친했다면서!"

"안 친했다고 했잖아요. 선생님들하고 애들이 저한테 다 떠넘긴 거예요. 자기들은 안 친해서 잘 몰랐으니까 책임도 없다고 발뺌한 거예요. 걜 배신한 거예요."

은수 엄마와 의뢰인의 딸 중에 누구를 진정시켜야 할지 몰라서 심판 보듯이 중간에 서서 혹시 모를 물리적 충돌만 방지하기로 했다. 토끼 모자 쓴 비주얼로 험한 말들을 잘도 했다. 나은이는, 그 부모가 생각하는 것보다 훨씬 똑 부러지는 애였다. 이 애라면 괜찮을 거다. 은수 엄마도, 딸이 어떤 사람이었는지 알면 자기 잘못 아니란 걸 알게 될 거다. 나는 둘 다 이해할 수 없을 것 같지만, 둘은 서로를 이해할 수 있을지도 모르겠다.

"왜 진작 나한테 말 안 했어! 다 말해 줬어야지!"

"걔가 미워서요. 사실은, 걔가 죽은 게 미안하지 않아요. 걔가 더 많이 더 오래 싹싹 빌었으면 풀렸을 거 같아요. 미안하다고 직접 말해 줬으면 아직도 미워하진 않을 거 같아요."

"아니야! 내 딸이 왕따 같은 거 당했을 리 없어! 그랬으면 내가 몰랐을 리 없어! 내가 엄만데! 진짜로 왕따였으면 장례식장에서도 선생님들이나 애들이 그렇게 울었을 리 없어! 우리 애가 누구한테 미움 사고 그럴 애가 아니야!"

"바로 다음 날부터 선생님들이 아무 일 없던 것처럼 수업했고요, 책걸상도 바로 빼 버렸고 애들도 아무렇지도 않았어요. 아무도 걔 얘기 안 했어요. 걜 떠올리고 싶지 않은 거예요. 다들 걔하고 조금이라도 관련 있어 보이고 싶지 않은 거예요. 자기네들이 걔한테 어떻게 했는지 잊어버리고 싶은 거예요. 저도 장례식장에서 겉으로 울면서 속으론 노래 불렀어요. 걔도 같이 좋아했던 아이돌 노래였는데, 걔 목소리가 생각이 안 났어요. 아줌마는 걔가 그 그룹에서 누굴 제일 좋아했는지 알아요?"

"네가 뭔데, 뭘 안다고, 이 따위로 말을 해……. 너는 자식 죽은 게 어떤 건지도 모르면서……. 너는 겨우 친구가 죽은 거지만 나는…… 열 친구 죽어도 자식 하나 죽은 거에 비교할 수나 있는 줄 알아?"

"저는 이제 어디 가서 진심으로 못 울 거 같아요. 울 때마다 장례식이 생각나요. 제가 우는 게 진짜 울음인지 모르겠어요. 웃는 건 잘 하겠는데……. 아줌마는 이해할 수 있죠? 저도 아줌마가 저한테 화내는 거 이해할 수 있는 것 같아요."

"너도 친구 없었잖아! 왜 너는 살아 있고 우리 애는 죽었어! 왜!"

말씀이 너무 심하신데, 사실 궁금하긴 했다. 죽을 용기로 살라는, 죽고 싶을 만큼 괴로워 본 적 없는 운 좋고 재수 없는 인간들의 잘난 척은 아니다. 학교 다닐 때 항상 친구가 없었더니 친구가 있다가 없는 게 그렇게 절망적인지 모르겠다. 이런 사건에서 공감을 못 하다니, 나도 사이코패스인 걸까.

"저도 왕따 당할 때 죽고 싶어서 유서를 썼는데, 쓰다 보니까 저 죽으면 재밌어 할 애들은 있는데 슬퍼할 사람은 아무도 없을 것 같고, 제가 죽는다고 바뀔 것도 없을 것 같아서 안 죽기로 했어요. 남 좋은 일 하기 싫어서요. 걔는 아니었나 봐요."

누군가의 죽음에 책임이 없는 사람은 없다. 그걸 아는

사람이 있고 모르는 사람이 있다. 은수의 부모는 교무실을 뒤집어 놓았다. 사립 중학교는 교사 징계권이 학교 법인에 있어서 교육청에서 할 수 있는 게 별로 없다고 했다. 공립 학교 교사처럼 5년마다 다른 학교로 전근 가지도 않는다. 변태는 제자의 죽음에 이어 학부모의 교권 침해까지 연이어 심리적 충격을 받았다며 휴직해 버렸다. 담임은 은수의 '친구'들도 자기 제자라고 했다. 한쪽 편만 들 순 없었다고 항변했다. 은수 엄마는 다시는 교문 앞에서 시위하지도, 나은이 앞에 나타나지도 않았다. 한때 딸의 친구였다가 가해 자가 된 애들도, 그 애들이 멀쩡하게 졸업하는 것도 보고 싶지 않다고 했다. 주인이 없어진 은수의 계정은 영원히 남게 되었다. 계정에 적힌 모든 증언들, 범죄 기록들도 박제되었다.

* * *

오빠는 토끼 모자를 내게 줬다. 이벤트는 실패했다. 오빠 말대로 부정 타서 그런 건 아니고. '여친 뉴냐' 입장에서 생각해 보면, 야근하고 피곤해 죽겠는데 어린 남친이 지 생 각만 하느라고 떼써서 밤늦게 불러내서 한다는 짓이 겨우 '토끼 모자 쇼'면 심드렁하지 않겠냐. 안 괜찮아, 그러면 안 되지, 오빠가 잘못하긴 했지.

* * *

　나은이는 아직도 잘 웃고, 이제 '개' 대신 '김은수'라고 지칭하고 다시 애들과 말하기 시작했고 여전히 공부를 잘한다. 공부 잘해서 판사나 검사가 되고, 정치권에 스카웃되어서 국회의원이 되어 법을 만들어 정의구현을 하겠다고 했다. 아무도 자기가 이런 야심과 계획이 있는 줄도 모르고 그냥 공부 열심히 하는 모범생으로만 본다고 세상을 비웃었다. 가끔 이런저런 거짓말로 외출증을 끊은 나은이와 점심시간에 학교 밖에서 돈가스를 먹는다. 돈가스는 역시 부드러운 살코기 위에 뜨겁고 바삭한 튀김옷이 입천장에 상처를 낼 정도여야 한다. 급식이 아무리 맛있어 봤자 학교 밖에서 먹는 것보다는 맛이 없다. 전국의 학교 공기에는 식욕억제제가 있나 보다.

　"괜찮아, 그럴 수도 있어. 네 잘못 아니야."

　"언니, 나는 괜찮지 않아. 그러면 안 되는 거였어. 내 잘못도 있었어. 무슨 말인지…… 언니는 이해하지?"

　"사람이 사람을 어떻게 완전히 이해하니."

　어쩌다 보니 올 겨울 '최애템'이 된 토끼 모자 귀를 움직였다. 할 말 없을 땐 이게 최고다. 나은이가 입 안의 돈가스가 다 보일 정도로 웃었다. 오빠는 더러웠는데, 얘는 귀여웠다. 이게 뭐라고, 이게 그렇게 웃기나? 얘는 무슨 생각을 하면서 웃는 걸까? 왜 맛있는 거 먹다 말고 눈물이 맺히는 걸까? 나는 이해 못하겠다.

우리들의 미래

"나이가 드니까 다리가 아픈데 자리가 안 나네. 노약자석도 꽉 찼구."

"지하철 공짜로 타면서 염치없이 앉아 가길 바라면 쓰나. 요새 젊은 애들도 힘든데."

"젊을 때는 모르는데, 이게 늙으면 무릎도 쑤시구 다리에 힘두 없어, 아무래두."

"옛날에는 멀리서 어른이 보이면 벌떡 일어나서 자리 양보 했는데, 요새는 가정교육이 안 되어 먹어서. 맞벌이들 하느라 바빠서 애들 얼굴 볼 시간도 없는데 그런 걸 언제 가르쳐."

아까부터 눈 감고 자는 척 하고 있는데 본격적으로 헤드뱅잉이라도 하면서 더 격렬하게 자는 척 해야 하나. 레이스, 조화, 리본, 큐빅에 깃털까지 달린 휘황찬란한 패시네이터를 머리에 얹고 다니는 것만 봐도 내가 보통이 아니란 직감이 딱 올 텐데, 노안에는 그냥 좀 화려한 올림머리로 보이는 걸까. 왜 맞은편 덩치 큰 아저씨 앞으로 안 가고 내 앞에서 승객들 다 들으란 듯이 큰소리로 대화를 하실까. 청력이 약해서 자기도 모르게 말소리가 커지는 걸까, 나 망신 주려고 일부러 목소리 높이는 걸까. 이럴 거면 차라리 대놓고 자리 좀 양보해 달라고 부탁을 하시든가. 내 옆자리 승객도 절대 눈 마주치지 않으려고 에어팟을 귀에 꽂고 고개 푹 숙이고 스마트폰만 보고 있었다.

내가 원래 이렇게까지 '가정교육 안 되어 먹은' 사람은 아닌데 오늘은 예외였다. 너무 오랜만에 하이힐을 신고 나왔더니 발이 다 까지고 발목이 아파서 서 있을 수가 없었다. 고등학교를 졸업하자마자 교문에서 제일 가까운 신발 가게에서 이 하이힐을 샀다. 가느다란 힐로 몸 전체를 지탱하는 위태로움이 '어른의 느낌'이었다. '대리석 바닥을 또각거리며 걷는 당당한 여성 리더'의 비주얼을 상상했으나…… 반창고 덕지덕지 붙인 발을 좁은 구두 속에서 꼼지락대며 어떻게든 덜 아프게 걸으려고 동동대느라 뇌가 발까지 내려갈 것 같았다. 그 후로 신발장 속에 처박아 두고 잊고 살다가 패시네이터에 운동화를 신었더니 영 안 어울리는 것 같아서 특별히 꺼내 신었는데……. 내가 꿋꿋이 자는 척을 하니까 이제는 내 발끝을 툭툭 건드린다. 아 일어난다고요! 일어나면 되잖아요!

뭐야, 등산복 갖춰 입으시고 어디 놀러 가시나 본데, 굳이 '요새 힘든 젊은 애들' 자리 뺏으셔야 했나? 자리 맡겨 놨나. 고맙다는 인사치레도 없다. 그 와중에 서로 앉으라고 양보 하면서 옆자리 에어팟에게 눈치를 준다. 일어나자마자 하이힐 위에서 무게중심이 안 잡혀서 휘청거리다가 아픈 발을 디디고 욕, 아니 비명을 작게 지르면서 비틀댔다. '그 후로도 오랫동안 앉아서 갔습니다.'라는 해피엔딩일 줄 알았던 어르신이 엉거주춤 일어났다.

"어휴, 몸이 안 좋으면 말을 하지 그랬어……."

물어보지도 않았는데 말하기 애매하니까 말을 안 했지. 나도 뒤끝 있게 고맙다는 말없이 고개만 까딱하고 앉았다. 우리 할머니는 이런 분이 아니었으면 좋겠는데.

할머니는 불륜 잡는 탐정이던 할아버지의 의뢰인과 바람이 나서 황혼이혼과 황혼재혼을 했다가 최근에 사별했다. 재혼 후 아들인 우리 아빠와 연락을 끊었고, 몇 년 후 우리 엄마가 되는 여자친구와 한창 연애 중이던 20대의 아빠는 별 타격을 받지 않은 줄 알았으나…… 결혼식에 모친을 부르지 않는 뒤끝을 보여 주었다. 딸이 이미 탐정이었단

걸 모르시던 엄마의 부모님은 '순진한 우리 딸 꾀어서 탐정으로 만들어 버린, 음침하게 남의 불륜이나 잡고 다니는 탐정 사위'를 격하게 반대하느라 결혼식에 오지 않았다. 엄마는 하얀 원피스에 웨딩베일과 부케 없이 번쩍이는 미러볼을 들고, 아빠는 양복에 넥타이를 매고 백구두를 신고 각자의 친구들만 초대해서 마음대로 스몰 웨딩을 해 버렸다. 할아버지는 아들 결혼식에서 불륜탐정 명함을 돌리며 영업을 하셨고.

결혼 후에도 엄마 쪽 친척들은 아빠를 결혼사기꾼 보듯이 봤다. 그러다 보니 나와 오빠도 외가가 어색했다. 아빠는 뒤끝이 '싸다가 중간에 끊고 나온 잔변감'만큼 길어서 할머니에게 우리 남매의 사진 한 장 보내지 않았다. 내 인생에 없던 할머니를 이제야 만나는 건 다 지금 머리에 쓰고 있는 패시네이터 때문이었다.

* * *

"늙으면 외로운 게 제일 사무치니까, 자주 찾아 가서 얼굴도 보여 드리고 같이 맛난 것도 사 먹고 수다도 좀 떨어드리고 그래. 너 그런 거 잘하잖냐."

"외로우면 SNS 하시면 되는데 군이 직접 얼굴 봐야 한다는 거 보니까 우리 할아버지도 어르신 다 되셨네."

"'어르신'이라고 하지 마라. 늙은이 같잖냐. '시니어'라 그
래. 있어 보이게."

"시니어 님, 아들 며느리 손자 다 두고 왜 나한테만 그런
거 시켜요?"

"네가 외모고 성격이고 나랑 제일 닮았으니까 그러지. 내
가 너 키울 때 똥 기저귀 갈아주고 손에 물마를 새 없이
날마다 온갖 채소랑 고기 다져가며 이유식 만들어 먹이고,
잠 들 때까지 안고 다니느라 손목이 다 나갔는데 그거 하
나 못 해 준다고오, 아이고 내가 서러워서 어디 살겠냐아.
이게 다 오냐오냐 하면서 손주 녀석 잘못 키운 내 탓이다
아아."

"또 이러신다. 뚝! 눈물도 안 나는데 우는 척 하는 거 다
알아요. 랩을 할 거면 나한테 말고 「쇼 미 더 머니」에 나가
서 하시라니까."

"……요새 뭐 필요한 건 없냐?"

"좀 예쁘고 특이한 모자요. 평범하고 무난한 건 많으니
까."

"네가 그동안 모자 사 모은 거 다 팔면 집 한 채는 사겠
다!"

"물정 모르는 소리 하신다. 요새 집값이 얼마나 비싼 줄

알아요? 모자가 아니라 나를 팔아도 집은 못 사."

"하여튼 할애비가 말하는 데 한 마디를 안 지려구. 확실하게 사서 보낼 테니까 제발 잘 해라. 네 할머니가 너한테 정 들고 익숙해져야 내가 귀국하고 나서 다시 잘 해 볼 수 있지."

우리 할머니는 영국 왕실 결혼식에 쓰고 가도 될 패시네이터를 '확실하게' 사 주는 우리 할아버지 같은 분은 아니겠지. 할아버지는 할머니가 '전씨 집안 여자' 같지 않은 '전형적인 현모양처'인 줄 알았는데 결혼 생활 이십 몇 년 만에 이혼 서류 들이댄 걸 보니 전씨 집안 여자 같기도 하고, 그동안 어떤 여자랑 살았는지 모르겠다고 했다. 뭘 좋아하는지, 뭘 하고 싶은지도 몰랐다고.

"대체 '전씨 집안 여자'가 뭐예요? 엄마는 전씨 집안 여자 같고 나는 아니라며. 기준이 뭔데? 나도 말하고, 행동하고, 생각하잖아."

"넌 순서가 틀렸잖나! 생각하고, 말하고, 행동해야지. 일단 아무 말이나 해 놓고 수습하고 후회하면 어쩌냐! 넌 니네 엄마 안 닮고 대체 누구 닮아서 그러냐."

"할아버지 닮았다며."

* * *

엄마는 내가 할머니를 만나러 가는 걸 말리지는 않았지만 좋아하지도 않았다.

"내가 못살아. 왜 본인 생각만 하신다니. 버스하고 여자는 떠나면 잡는 게 아니라는 말도 모르신대? 할아버지가 할머니한테 같이 유럽여행 가자고 하셨는데 할머니가 거절하셨다며. 그럼 쿨하게 받아들이셔야지 왜 손녀까지 들이대면서 질척거리시는 거야, 대체."

"할아버지 말로는 떠나간 버스는 택시 타고 따라가서 잡으면 된다는데?"

"아버님은 택시가 아니라 자전거라서 못 잡아. 뭘 믿고 그렇게 대책 없이 집 팔아서 해외여행 가셨나 했더니 전부인이 새남편한테 유산으로 받은 집에 들어가서 빌붙어 사시려고 그러는 거 아냐?"

"엄마 입장에선 할아버지 모시고 한집에 사는 것보다는 낫지 않아?"

"할머니 전업 주부셨다며. 기술은 없고 나이만 많으셔서 돈 벌 구석이 없으실 거 아냐. 니네 아빠 말이, 사별하신 후로 새벽이랑 늦은 밤마다 동네 돌면서 박스 주우시는 것 같은데 한두 개밖에 못 주우신다고 그러더라. 아버님이랑 재결합 하시면 우리 집에서 매달 생활비 좀 드려야 할 텐데, 그럼 우리 집 형편이 좀 빠듯할 거 같아서 그러지."

"그런 걱정은 안 해도 될 것 같은데? 할아버지가 요새 잘 버시잖아. 젊은이들이 뭘 상담해 와도 국가에서 막 퍼 줘서 젊은 애들이 잘 살아야 결혼도 하고 불륜도 해서 불륜탐정이 벌어먹고 살 수 있다고 대답해 주는 '불륜할배'로 유튜브 하셔서. 나보다 더 잘 버는데?"

"아버님은 자기가 잘못해서 이혼당한 게 뭐 자랑이라고 매일 유튜브에서 말씀하신대니? 내가 니네 할머니래도 남아 있는 정마저 다 떨어지겠다. 아니다, 니네 할머니도 할아버지랑 비슷한 분이니까 결혼을 했겠지. 할머니네 집은 주택연금 넣어서 상속도 못하신다니까 이제 와서 시어머니 노릇은 안 하시겠지, 설마. 아니 그러게 아버님도 집 팔지 말고 주택연금이라도 넣으셨어야지! 왜 그렇게 주책도 대책도 없이 사신다니, 진짜!"

할아버지가 패시네이터를 사면서 '요런 모자를 고를 줄은 상상도 못했겠지?' 하며 킬킬대는 모습이 '안 봐도 유튜브'였지만 나는 이 패시네이터를 쓰고 대중교통으로 가서 할머니랑 인증샷을 찍어서 할아버지한테 보내드릴 거다. 할머니는 할아버지처럼 유머 감각과 친화력이 있고, 전형적인 할머니처럼 자애롭고 인자하고, 지하철의 노인들과는 다르게 젊은이들의 고충도 이해해 줄 거다. 나랑 얼굴을 맞대고 어떤 표정을 지어야 할아버지를 기함하게 할지 키득댈 거다. 우리 할머니는 할아버지가 기억하는 현모양처도 엄마가 우려하는 불쌍한 독거노인도 아닐 거다.

"너 나중에 할아버지도 모자라서 할머니 병수발 들고 싶지 않으면, 할머니가 널 보고 '이 영감 하고는 다시는 엮이지 말아야겠다'고 학을 떼게 해 드려. 네가 우리 가족 중에 할아버지랑 제일 닮았잖아."

"그건 좀 먼 미래 아냐? 왜 벌써부터 그런 걸 걱정해?"

"할아버지가 언제까지 정정하실 거 같아? 어르신들은 건강한 것 같다가도 한 순간에 훅 가셔. 할아버지야 탐정 일할 때 인맥 쌓은 것도 넘겨주시고 김장도 담가 주시고 손주들도 키워 주셨으니까 우리 가족이 부양해야겠지만, 여태 왕래도 없던 할머니까지 돌봐드려야겠어? 너무 야박하다고 생각하지 마. 너도 이제 물정 모르는 순수한 어린애가 아니니까 현실적으로 생각해야 돼. 노인 한 분 모시는 데 한 사람만 갈아 넣어서 되는 줄 알아? 너랑 네 오빠도 동원되어야 한다고."

"아빠랑 오빠는 뭐래?"

"우리 아들은 연애하느라 생각이란 거 자체가 없고, 니네 아빠한테는 어머님 모실 거면 혼자 그 집 들락날락하면서 보살펴 드리라고 했어. 나는 이제 와서 며느리 노동할 생각 없다고."

그럼 나는 할아버지와 엄마와 아빠 사이에서 뭘 어떻게 해야 할까. 늘 그래왔듯이 일단 할머니를 만나서 얘기해 보고 그 다음에 생각해 볼까.

* * *

할머니가 혼자 산다는 아파트 현관에는 웬 여자구두가 놓여 있었다. 할머니가 면접용 까만 색 구두를 신고 다닐 리는 없는데?

"누구세요? 전 할머니 손녀인데……."

"흘므느, 즈 스름 누구……야?"

눈물자국 난 볼이 미어지게 과자를 먹고 있던 20대 중후반쯤 되어 보이는 여자가 나를 불청객 보듯 봤다. 할머니는 다정하게 그 인간한테 믹스커피를 먹여 주면서 등을 토닥여 줬다. 그쪽이 누군지는 모르겠지만, 우리 할머니거든? 내가 손녀거든?

"어…… 왔니? 아, 얘는 '전일도'라고, 내 아들의 딸이고, 얘는……."

"할머니, 나 갈게."

급하게 일어서는 여자를 할머니가 손을 잡아서 앉혔다.

"그러지 말고, 온 김에 자구 가."

안쓰러워 죽겠다는 듯이 손등을 쓸어주면서 나는 쏙 빼고 둘이 꽁냥댄다.

"저녁이라도 먹구 가. 조기 구워 줄게."

난 생선은 구이 말고 회 좋아하는데. 조기 말고 연어 좋아하고. 그 인간은 부엌으로 가서 할머니랑 둘이서 뭐라뭐라 쫑알거리고 나는 둘 사이에 낄 분위기가 아니라서 조용히 방에 들어갔다. 혹시 내 뒷담화 하나? 누군데 우리 할머니한테 어리광이야? 사회복지사? 그 정도 형편은 아직 아닌가? 그럼 어르신 말벗 되어드리는 봉사활동 하면서 스펙 쌓는 대학생? 아니면 순박한 노인들 쌈짓돈 뜯어내려는 사기꾼?

방에 있는 오래 된 PC와 스마트폰 바탕화면은 할머니의 전남편 사진이었다. 우리 할아버지보다 훨씬 잘생겼다. 이런 분 보고 살다가 이제 와서 우리 할아버지가 눈에 들어올 리 없지. 방은 횡했다. 할머니는 별다른 취미도 없어 보인다. 뭔가 몰두할 거리가 없으면 하루 종일 떠난 사람 생각만 나겠지. 아무래도 SNS 계정을 만들어 드려야겠다, 작은 글씨는 불편하실 테니까 데스크탑으로 알려 드려야겠다, 고 시작을 했는데 어느 새 할머니 PC의 검색기록을 뒤지고 있다. 기업 채용 사이트 검색한 걸 보니 지금 부엌에 있는 인간이 자주 와서 자기 컴퓨터처럼 사용한 것 같은 데…… 등산용 로프 묶는 방법, 수면제, 번개탄, 고독사, 동물 안락사약…… 그러고 보니 고양이 없는 집에 고양이 사료는 왜 있지? 이 새끼 정체가 뭐야?

할머니는 계속 생선살을 발라 정체 모를 인간의 밥 위에 얹어 주다가 나한테는 가끔 생각나면 한 점씩 줬다. 나도 뼈는 치킨 뼈밖에 안 발라 봐서 생선에 젓가락질 잘 못하는데.

재혼한 후에 할머니는 아이 봐 주는 일을 했다. 백일짜리 핏덩이가 열세 살이 될 때까지 할머니가 끼고 키운 '손녀나 다름없는' 아이가 나랑 같이 밥을 먹고 있는 고미래 씨다. 진짜 손녀는 한 번도 안 보고 남의 손녀는 돈 받고 키워 주셨다는 거구나.

"그이 딸들이 결혼을 반대했어. 내가 자기네들 아버지 재산 노리고 결혼하려고 자기 엄마 불륜 까발리고 이혼시켰다고. 그 애들 엄마는 그만 파헤치라고 내가 일도 할아버지를 설득하려고 했는데, 그 인간이 집에만 오면 쉬려고만 하고 밖에서 하는 일을 설명하기 귀찮아해서……. 그이가 나랑 재혼하면서 그 애들한테 재산분할해 준 거 보고 내가 재산 보고 결혼한 건 아니란 건 알았겠지만 나랑 자기네들 엄마랑 전혀 다른 타입이었던 게 그애들한텐 마음의 상처였겠지. 그이는 이혼은 해도 딸들하고는 계속 얼굴 보고 살려고 했는데 딸들이 연락을 끊어 버렸어. 그이가 그러니까 나도 내 아들을 편하게 볼 수가 없더라고. 일도 애비한테 염치도 없었고. 근데 또 한편으론 내가 그동안 정말 최선을 다해 키웠으니 일도 애비도 날 이해해 줄 거 같기도 했는데…… 나도 그이도 각자 손주들 나고 자라는 거 건너건너 듣기만 했지. 생활비 좀 보탤 겸 아이 돌보미를 하는데, 미래가 정말 내 손주 같더라. 키운 정이라는 게 있으니까…… 내 자식 키울 때는 잘 키워서 지 앞가림 하는 놈 만들어야 한다는 부담이 있었는데 손주는 부담 없이 사랑만 주면 되니까 내 자식보다 더 이뻤지."

할머니는 어쩐지 내가 아니라 미래 씨한테 변명하는 것 같았다.

"진짜 할머니 할아버지는 멀리 사셔서 명절날 한 번씩 보면 '요새 공부 잘 하냐', '대학 어디 가냐', '취직 언제 할 거냐' 이런 것 물어봐서 숨이 막히는데 할머니는 나한테 그런 거 안 물어보고 매번 얼굴이 반쪽 되었다고 힘들지 않냐고 뭐 먹이기만 하니까…… 엄마아빠한테는 미안하기만 한데, 할머니한텐 안 그래도 되니까……. 나도 할머니가 더 편해."

미래 씨도 할머니가 아니라 나한테 하는 말 같았다.

"할머니는 미래 씨 보면서 나 안 보고 싶었어요?"

"재혼까지 한 마당에 너네 할아버지랑 다시 얽힐까 봐서도 연락을 잘 못하겠더라."

할머니와 미래 씨의 변명 아닌 변명을 들을수록 왠지 내가 구질구질한 불청객 같았다. 예약 잡고 찾아온 건 나고, 연락도 없이 나보다 먼저 들이닥쳐서 내가 먹어야 했을 과자 먹으면서 울어서 분위기 망친 건 미래 씨였는데. 피는 물보다 진하다는데, 이 물은 프리미엄 탄산수라서 피보다 진한가? 왠지 내가 지고 있는 것 같아서 할아버지처럼 눈물 없이 들을 수 있는 랩을 읊어드렸다.

"아빠는! 할머니가 연락 한번 안 하는데도! 그래도 엄마라고! 할머니가 새벽에 동네 돌아다니면서 뭐 하신다고! 걱정을 하는데!"

미래인지 현재인지는 그렇잖아도 힘들게 사는 우리 할머니한테 찾아와서 징징거렸어야 했냐! 할머니가 새벽에 뭐 하는지도 모르지? 그런데 할머니 대신 미래인지 파래인지가 대답했다.

"아 그거…… 길냥이들 밥 주고 길고양이 급식소 만들 박스 줍는 건데……."

"아빠도 할아버지도 동물 안 좋아하는데? 털 날리고 냄새 난다고 한 번도 동물 키운 적 없다는데?"

"어렸을 때부터 집에서 강아지 길러서 동물을 좋아했는데 식구들이 싫어해서 못 기르다가, 그이랑 강아지 입양하려고 했더니 나이 들어서 산책시켜 주기 힘들 것 같아서 못 하고, 이제야 미래랑 길고양이 돌봐주러 다니는 게지."

아빠가 미행했다며! 새벽마다 폐지 줍는다며! 오빠가 누굴 닮아서 미행을 못하나 했더니 아빠 닮았나 보다. 할아버지가 왜 그렇게 며느리가 경력단절 될까 봐 무서워서 우리 엄마를 등 떠밀어서 내보내고 손주 육아를 책임졌는지 알겠다. 탐정이었던 할아버지가 보기에 아들보다는 며느리가 훨씬 탐정 일도 잘 하고 돈도 더 잘 벌 게 뻔했으니까 그랬겠지. 할머니가 뻘쭘해 하는 나에게 괜히 말을 붙였다.

"모자 화려하네. 젊을 때 쓰고 싶은 거 다 쓰고 입고 싶은 거 다 입어 보고 해 보는 것도 좋지."

이제야 '메이드 인 브리튼 핸드메이드 패시네이터'를 알아보시네. 내가 이 집에 들어온 지가 언젠데.

"할아버지가 사 준 거예요. 한번 써 보실래요?"

"늙어서 그런 거 쓰기엔 남사스럽잖니."

미래 씨 눈치라도 보는지 할머니는 손사래까지 치며 거부했다. 오랜만에 만난 손녀 서운하고 민망하게. 미래 씨는 날 거들어주지 않았다. 내가 나중에 혹시나 미래 씨 편들어 주나 봐라. 미래 씨 일이라면 적극적으로 방해할 거다.

"자고 갈 거지? 너 어릴 때는 내 옆에 딱 붙어서 잤잖니."

내가 아니라 내 옆의 미래 씨한테 하는 말이다.

"어릴 땐 그랬지……."

그 애는 이미 혼자서도 잘 자는 어른이 되었는데. 할머니 냄새 나는 꽃무늬 이불을 좋아할 리 없지. 짭짤한 스낵 과자에 달달한 믹스커피도 미래 씨 어릴 때 입맛에서 업데이트가 안 되었다. 미래 씨도 지금은 나처럼 쿠키랑 아메리카노를 좋아할 거다. 조기에 된장찌개보다는 스팸에 파스타를 좋아하게 되었을지도 모른다. 할머니는 미래 씨가 어릴 적에 멈춰 있지만. 할머니가 나한테 안 물어보면 서운할 것 같아서 내가 먼저 철벽을 쳤다.

"저도 집에 가서 잘게요."

미래 씨와 나는 애매하게 서로의 눈치를 보며 함께 할머니의 집을 나섰다. 또각거리는 두 쌍의 하이힐 뒤로 수상한 발소리가 따라 붙었다. 어두워서 잘 보이진 않지만 분명히 누군가 나를 미행하고 있다. 얼마 전에 오빠가 했던 말이 떠올랐다.

"야, 너 얼마 전에 나랑 같이 갔던 맛집 골목 알지? 아까 거기서 누가 모자랑 마스크로 얼굴 가리고 내가 나오는 거 기다리고 있다가 주머니에 양손 찔러 넣고 길 막고서 술 취한 척 알짱거리면서 시비 거는 거야. 딱 보니까 각이 나오던데? 내가 비켜 달라고 어깨라도 건드리면 쓰러져서 뒹굴면서 합의금 뜯어내려고 하는 거. 흉기는 없는 것 같기에 '야, 일도야, 오랜만이다!' 하고 아는 척 하면서 어깨동무하고 껴안는 척 하면서 목 조르기 했지. 그 순간 떠오르는 만만한 이름이 너밖에 없으니까. 근데 그 새끼, 네 이름 듣더니 순간적으로 움찔하던데? 너 혹시 원수지고 다니는 사람 있냐?"

오늘은 힐을 신어서 발차기가 어려운데…… 미래 씨한테 딱 붙어서 팔짱을 끼고 최대한 자연스럽게 친한 척을 했다.

"언니, 오늘 면접 망쳤어도 실망하지 마. 다음에 잘하면 되잖아."

"이게 하반기 마지막 면접이었어……요."

발소리가 꽤 가깝다. 등 뒤가 싸하다. 이 대화도 다 들리겠지.

"내년 상반기가 있잖아! 요샌 졸업하자마자 취업하는 사람 별로 없다던데."

"졸업하고 일 년 동안 계속 떨어졌는데 내년에도 계속 떨어지면 어쩌지……. 오랜만에 서류 합격한 거였는데……. 진짜 열심히 했는데……. 고3 때보다 더 열심히 했는데⋯⋯. 쉬지 않고 살았는데⋯⋯. 이제 더 쌓을 스펙도 더 딸 자격증도 없는데⋯⋯. 해외 경험이 있어야 한대서 부모님 노후자금 털어다가 해외도 다녀왔는데⋯⋯. 대체 뭐가 부족한 건데⋯⋯."

"무슨 일 하려고 하는데?"

"뭘 하고 싶은 건 없고, 어떻게 살고 싶은지만 있는데, 이사 스트레스 없이 혼자서 독립해서 살 수 있게 안전하고 햇빛 잘 들어오는 내 집이 있었으면 좋겠고, 지금은 할머니랑 길고양이 밥 챙겨 주지만 돈 벌면 유기된 고양이 입양하고 싶고, 하루에 여덟 시간 자고, 일주일에 한 번은 데이트하고, 한 달에 한 번 공연 보러 다니고, 일 년에 한 번은 유럽은 못 가더라도 아시아로 해외여행 가고 싶고, 자기계발은 이제 좀 쉬고 취미 하나쯤 가지고 싶고⋯⋯. 그러려면 오늘 면접 본 회사에 붙었어야 했는데⋯⋯."

미래 씨 눈에 달이 번졌다. 할머니네서 이런 얘기 하면서 울고 있었던 걸까. 이러면 눈치 없이 할머니 집에서 미적대면서 속 좁게 질투나 하고 있던 내가 미안해지잖아. 미행자는 역 앞에서 사라졌다.

＊ ＊ ＊

"할머니는 대체 할아버지 뭐 보고 결혼했어요? 외모는 안 본 것 같은데."

"그때는 탐정이 멋있어 보였지. 내가 왕년엔 문학소녀여서 추리소설 많이 읽었거든. 추리소설에 가정적인 탐정이 없다는 걸 빨리 알아챘어야 했는데. 아니면 셜록보다 뤼팽을 좋아했어야 했어."

"켄지는 제나로랑 결혼해서 애도 낳고 잘 사는데……."

"니네 할아버지는 매일 탐정 일 한다면서 밖으로만 돌고 일요일 점심에 라면 한 끼 끓여 주는 걸로 생색내고 집안일은 주부가 하는 거라며 집 안에선 손 없이 살았는데 그때는 다 그렇게 사는 줄 알았지."

"할아버지 지금은 갈비찜도 할 줄 아는데."

"그 인간이 하면 잘해. 그런데 안 했어. 내가 하니까. 그래도 라면은 참 잘 끓였는데. 마늘이랑 고추기름 넣고. 아주 가끔 생각날 때가 있어, 그럴 때는 정말로 라면만 끓이고 라면 국물 기름기 있는 냄비에 흰 그릇 같이 넣고 설거지통에 쌓아놓던 거 떠올리면 입맛이 뚝 떨어지지."

"할아버지 많이 변했어요. 자기 말로는 '손에 물마를 새 없이' 쌍둥이 손주 키우고, 가는 곳마다 꼬박꼬박 라이브

방송도 하고, 게스트 하우스 공동주방에서 한 상 차림해서 외국인들 먹이고."

"사람은 고쳐 쓰는 거 아니다. 옛날 버릇 어디 안 가. 옛날 사람 만나면 다시 옛날 버릇 나오게 되어 있어. 결혼할 때는 '손에 물 안 묻히게 해 주겠다'더니 결혼하고 나서는 '고무장갑 사 줬으니까 된 거 아니냐' 하고 있고 자식 교육이나 이사는 다 나 알아서 하라고 손 놓아 버리고 자기는 생활비 벌어다 주느라 바쁘다고만 하고 남들도 다 이렇게 사는데 왜 내 마누라만 밖에서 일하는 사람 발목 잡느냐고 하고. 위장 근무 한답시고 제비족처럼 돌아다닐 때도 일하는 거라고만 하고 해명이 없고. 뭐만 하면 일 평계를 대니까 탐정이라면 지긋지긋한데 아들 키워 놨더니 지 애비 닮아서 가업이랍시고 탐정일 하니까 탐정 집안에서 왠지 소외감 느껴지더라. 그러니 점점 더 집에서 나만 오도카니 말이 없어지고. 일하는 재미에 빠져서 자식 크는 것도 못 본 사람이 이혼하고 나서 자식하고 둘이 남으니까 그제야 집 꼴이 말이 아니라고 징징대는데, 내가 집안일 하는 식모도 아니고. 그런데 그때는 이미 미운정도 없을 때라. 난 이제 그놈의 탐정 집안이 싫다."

"새로 결혼하신 분은 괜찮았어요?"

"그이는 내 말 잘 들어 줬는데…… 알고 보니 그냥 말수가 적은 사람이었지. 남자는 다 거기서 거기다."

"그래도 첫 번째 남편이랑 두 번째 남편 중에 고르면
요?"

"잘생긴 놈이 낫지. 내용물이 비슷하면 포장지가 이뻐야
지. 성격 나쁜 놈은 늙을수록 고약해지는데 잘생긴 놈은
늙어도 잘생겼어."

"할머니는 혼자 살기 적적하지 않아요?"

"날 사랑한다는 사람하고도 살아 봤고, 내가 좋아하는 사
람하고도 살아 봤으니까 이제는 날 아껴 주면서 살고 싶지."

"친구는 있어요?"

"아들 친구 엄마, 남편 친구 와이프들하고는 이혼하니까
관계가 끊어지고, 동네 친구들은 이사 몇 번 하면서 연락
두절 되고, 내가 혼자 사회생활을 안 해 봤으니 내 친구는
없고……."

* * *

미행자가 또 따라 붙는지 확인하려고 일부러 눈에 잘 띄
는 패시네이터를 쓰고 할머니네 들락거리는데 그날 이후로
내 뒤를 밟는 사람이 없다. 내가 착각한 게 아니었는데. 할
아버지는 할머니한테 밑작업 잘하고 있냐고 매일 나를 채

근하는데 할머니는 할아버지의 SNS 팔로워 신청을 다 차단해 버렸다. 전남편과는 가끔씩만 만나서 아직 살아 있는지 확인이나 하는 사이면 된다고. 그렇게 탐정 집안이 싫다던 할머니에게 의뢰가 온 건 내가 미행자의 연락을 받은지 얼마 안 된 때였다.

"미래가, 없어."

"와, 할머니도요? 저도 미래가 없어요. 요샌 CCTV도 널려 있고 지인들 SNS 추적하면 기록이 다 나와서 실종되기도 어려워요. 실종탐정이란 게, 기술이 발전할수록 사양산업이더라고요. 경찰 말고 탐정 찾아오는 의뢰인들이 들고 오는 사건은 사실 실종이 아니라 잠적이죠."

"미래가…… 처음엔 갑자기 친손녀가 나타나서 서운해서 안 오는 줄 알았는데, 안 와. 아무데도 없어. 전화도 안 받고. 길고양이 밥그릇은 꼬박꼬박 채워 놓는데."

"아…… 그 미래요? 걱정 마세요. 제가 할아버지보다 일 잘해요. 누구든 무엇이든 잘 찾아 드립니다. 할머니한텐 특별히 패밀리 세일가에 해 드릴게요."

"나도 같이 가자. 어떻게 집에서 가만히 기다리기만 하니. 뭐라도 해야지."

할아버지에게 헐값에 넘겨받은 차에 시동을 걸며 메시지를 보냈다.

― 김경찬 씨죠? 나 전일도 탐정입니다. 이번엔 뭐 보고 연락했냐 사기꾼 새끼야!!!

바로 답이 왔다.

― 지금 당장 얼마쯤 보내줄 수 있습니까? 언니분이 상태가 좀 안 좋으신데.

피싱 사기를 치려면 제대로 쳐야지. 김경찬은 탐정인 척 하고 TV 나가서 가짜 사건 떠들어대는 사기꾼이었다. 나한 테는 있지도 않은 탐정 협회 교육비를 뜯어내려고 했는데 내가 그걸 녹음해서 방송국에 찔렀다. 그날 바로 방송에서 하차 당하고 이제는 좀 회개하고 반성하고 조용하고 성실 하게 사나 했더니 이 개새끼가 제 버릇 강아지 못 주고 아 직도 이런다. 진정하자. 귀여운 강아지를 욕하면 안 돼.

― 언니 같은 거 없는데요.
― 거짓말 치시네? 저번에 할머니 댁에서 다정하게 팔짱 끼고 나 오는 거 다 봤는데?
― 자매는 팔짱 끼고 다니나 보네요? 남매는 절대 그런 짓 안 하 는데. 그쪽이 그날 미행한 거 다 알고 있었어요. 하려면 잘 해

라, 좀. 우리 친오빠한테 목이나 졸리지 말고.

— 말이 짧으십니다? 내가 전일도 씨보다 오빠인데?

— 그쪽이 먼저 말 놨잖아. 어른 대 어른이면 서로 곱게 존대합시

　다? 민증 까기 전에 내가 그쪽 허위 경력부터 까발릴까요?

— 제발 좀 그래 주시죠. 언니님 좀 떨쳐 버리게.

— 언니 없다니까.

　주전부리를 바리바리 싸 들고 조수석에 탄 할머니는 "그
렇게 맨날 폰만 잡고 있으니까 몸이 축나고 공부 안 하고
친구도 없고 폰 그거 좋을 거 하나도 없다."고 잔소리를 해
댔다. 몸은 지금 딱 괜찮고 공부는 원래 안 했고 친구는
SNS로 사귀고 있는데요.

　할머니는 차가 신호에 걸릴 때마다 내 입에 간식거리를
쏙쏙 넣어 줬다.

　"고양이에 미래 씨에 나까지, 할머니는 누구한테든 무엇
이든 먹이는 걸 좋아하나 봐요? 할아버지도 내가 집에 가
면 계속 먹였는데."

　"평생 했던 게 남편이랑 자식 먹이는 거였으니까. 할 줄
아는 게 이거밖에 없지. 이제 누구 먹이는 거 지겹고 남한
테 받아먹고 싶은데, 근데 또 해 먹일 사람이 아무도 없으
니 외롭고, 내가 왜 아직도 살아 있나 싶고…… 그 인간이

나한테 받아먹었듯이 며느리한테도 그럴 줄 알았는데. 지
아들은 가끔 들여다보기만 하면 알아서 잘 크는 줄 알았
던 인간이 혼자서 손주 둘을 쑥쑥 키울 줄 누가 알았겠어.
그 인간이 밖으로 나돌다 못해 그 나이에 혼자 해외까지
가는 사람인 줄도 몰랐고."

"같이 가지 그러셨어요. 이제는 할아버지한테 받아 드셔
야죠."

"그때는 그이가 죽은 지 얼마 안 되었을 때라 내 감정 추
스르기도 벅찼고…… 이 나이에 해외 나간다는 게 무서웠
지. 그런 데 쓸 돈이면 자식이나 손주 줘야지 왜 나한테 쓰
나 싶기도 했고. 늙어서 돈 나올 구멍 없으면 악착같이 아
껴야 혹시 아플 때 자식한테 신세 안 지지. 물려줄 재산도
없는데. 요새 애들은 우리 때랑 다르게 해외 잘 나가더라.
미래도 해외 나갔다 와야 취직 된다면서 다녀오던데, 너는
어디 다녀왔니?"

"아직도 엄마아빠 집에 얹혀사는데 여행갈 돈이 어딨어
요?"

"요새 애들은 돈 없다면서 차 사고 해외여행 가고 놀 거
다 놀고 먹을 거 다 먹고 살 거 다 사고 그러면서 저축 안
하고 집값 비싸서 집 못 산다, 소리만 하더라."

"요새는 평생 저축해도 집 못 사요. 어른들은 젊을 때 이

런저런 경험해야 한다면서 차 사서 멀리 여행 간다고 하면 낭비래요. 대학 가고 나서 놀고 취직하고 나서 돈 쓰고 집 사고 나서 여행 가라고 하고, 대학 가면 스펙 쌓아야 되고 취직하면 늙어 죽을 때까지 집 못 사게 월세 뜯어가고 집값 올려놓고선, 집 사는 거 포기하고 여행에 돈 쓰면 경기 어려운데 잘도 해외여행 간다고 해요. 어쩌라고요."

종합병원 주차장에 차를 댔다. 최근에 샀는지 새하얀 의사 가운을 입은 김경찬이 마중 나왔다.

"우리 전일도 탐정님, 패션쇼 오셨나? 병원 복도에서 런어웨이 하시려고?"

"'런어웨이'가 아니라 '런웨이'겠죠."

"몰라서 그런 거 아니고 말실수입니다."

"말실수는 무의식 속의 소망이 튀어나오는 거라고 프로이트가 그랬다는데, 지금 엄청 도망가고 싶으신가 봐요?"

집에 갈 때마다 할머니가 "이거는 니네 아빠 때문에 학교에 불려갈 때 입었던 거, 이거는 아들 졸업식 때 입었던 거, 이거는 상견례하면 입으려고 사뒀던 거⋯⋯." 하면서 자꾸 복고풍 의상을 가져가라고 했다. 아껴 입느라 새 거나 다름없다면서. 미래 씨는 이런 옷 입을 일 없다며 안 가져갔다. 지금은 면접용 정장과 도서관용 츄리닝과 알바용 유니폼만 있으면 된다고 했다. 새 옷은 취업하고 나서 입겠다고 미뤘다. 덕분에 차례가 나까지 넘어온 거다. 어깨가 강조된 80년대 파워 숄더 재킷이 패시네이터와 어울리길래 진과 캐주얼한 상의에 믹스매치해서 입고 파이톤 무늬 슬립온을 신었다. 뛰고 달리고 발로 찰 수 있게.

"이번엔 의사세요? 출세하셨네? '박재원'은 또 누구실까?"

"이 병원 홈페이지에 얼굴 사진 안 올린 의사가 '박재원'이어서."

"양심은 없어도 경로사상은 있죠? 할머니랑 왔으니까 점심 좀 사시지? 진료 중에 나와서 바쁘시겠지만."

할머니는 검은 옷을 입고 가는 조문객들의 뒷모습을 보았다.

"그이 장례식장이 이 병원이었는데…… 그이 가고 나서 뭐 해야 하나 막막할 때 요양보호사 자격증 따서 간병일하란 얘기 들었는데, 그이 마지막에 병수발 들어보니까 못 하겠더라. 환자 부축하고 씻기고 먹이느라 관절 나가는 것보다 하루하루 죽어 가는 사람 곁에 있는 게 마음이 너무 힘들어서. 아기도 손 많이 가지만 아기는 점점 할 줄 아는 게 많아지는데, 늙은이는 내 손이 갈수록 할 수 있는 게 없어지니까. 나중엔 사랑도 옅어지고 일단 내가 힘드니까 원망도 들고, 나는 저러고 죽지 말아야지, 고통 없이 빨리

가야지, 진작 연명치료중단 서약서 써 놔야지, 절대로 주변 사람 고생시키지 말아야지 하는 다짐만 들더라. 가고 나니까 그런 생각했던 게 후회되는데……."

사기꾼은 야박하게 병원 매점에서 컵라면을 샀다. 할머니만 특별히 즉석죽 사 드리고. 사기꾼과 나는 동시에 컵라면 뚜껑을 열었다. 둘 다 성격이 급해서 대충 익은 꼬들꼬들한 면발을 후룩거리며 흡입했다.

"미래 씨하고 전일도 씨하고 반대 방향이었죠? 전일도 씨 먼저 간 다음에 자연스럽게 미래 씨랑 같은 칸에 탔습니다."

그리고 미래 씨 옆에서 손목시계를 풀어서 떨어뜨렸다. 미래 씨가 주워 주면서 손이 닿으면 말을 걸려고 했단다. 미래 씨한테 뺨 한 대 맞고 '나에게 이렇게 대한 여자는 네가 처음이야!'라도 하지 그랬냐. 그러거나 말거나 미래 씨는 다른 승객들처럼 폰만 들여다보느라 옆에서 뭐가 떨어지건 말건 신경도 안 썼다. 1차 실패. 사기꾼은 에어드랍을 쐈다. 이 칸에 불법촬영하는 변태가 있는 것 같다고. 2차는 성공. 미래 씨가 두리번거리는 시선에 맞춰 사기꾼도 미래 씨에게 절박하게 눈짓을 하고서 다급하게 손목을 확 잡고 다음 역에서 내렸다.

"'현재야, 얼른 내려야지, 오빠랑.'이라고 했죠."

재연은 굳이 안 해도 되는데. 목소리는 왜 쓸데없이 나직하게 깔고, 눈물까지 글썽였어? 전철 문이 닫히자마자 사기꾼은 바로 손을 놓고 굽실거리며 사과했다.

"아까 전철 안에서 불법 촬영하던 놈이 계속 그쪽을 쳐다보면서 따라 내리려고 하는 것 같아서 아는 사람인 척했어요. 죄송합니다. 저 때문에 내리셨으니까 택시비 드릴게요."

미래 씨는 그 상황에서 '이상하게도 오늘은 운수가 좋더라니.' 하면서 냉큼 택시비 받을 사람은 아니었다. 다음 전철을 기다리는 동안 시간을 번 사기꾼이 꿀 떨어지는 눈빛을 장착하고 말을 붙였다.

"'현재'는, 제 여동생이에요. 아니, 여동생이었죠. 지금은 이 세상에 없으니까요. 현재랑 많이 닮으셔서 저도 모르게 '현재야,'라고 불렀나 봐요. 예쁘고, 사랑스럽고, 뭐든지 잘했는데, 취업하려고 면접 보고 오는 길에 그만……. 한동안 전철 타는 것도 힘들었는데, 오랜만에 탔더니 현재랑 닮은 분을 만났네요."

사기꾼은 가짜 의사 명함을 건넸다. 혹시 괜찮으면, 연락 달라고. 전철에서 내리는 척 하고 얼른 옆 칸에 타서 미래 씨를 미행했다. 미래 씨는 전철에서 내리자마자 명함을 버렸지만 사기꾼은 우연인 척 다음 날 아침 도서관 가는 미래 씨 앞에 나타났다. 그날은 부담스럽지 않게 가벼운 눈인 사만 하고, 그 다음 날은 마침 카페 앞을 지나가다가 만나서 커피를 사 주고, 그러다가 미래 씨의 이름을 알게 되었던 날 드디어 "현재가 보내 준 미래군요. 우리 인연인가 봐요."라는 계산된 멘트를 날렸다.

"뭘 좋아하는지 계속 물어봤어요. 좋아하는 꽃, 동물, 음식, 연예인, 색깔, 영화……. 요령은 이겁니다. 절대로 내가 좋아하는 걸 먼저 말하지 말고, 미래 씨 답을 먼저 듣는 거. 그러고선 '어, 그거 저도 좋아하는데. 그거 좋아하는 사람 흔치 않던데. 취향 고급지네요. 우리 정말 잘 맞네요. 저랑 취향이 똑같네요. 우연이 계속되면 인연이라는데 어쩜 이렇게 좋아하는 게 계속 겹칠 수 있죠.' 이런 추임새를 끊임없이 넣어주면 세뇌가 되게 되어 있어요."

"그런 수법으로 성공한 적 있어요?"

"미래 씨 같은 여자 꼬시는 거 아주 쉬워요. 힘든 상황에서 자존감 떨어져 있고 심리적으로 취약한 여자 말입니다. 일단 내가 겉보기엔 잘났는데 내면엔 비밀이 있어서 이걸 털어놓을 수 있는 여자를 절박하게 찾는 남자가 되어야 하죠. 드라마에 괜히 '마음에 상처가 있어서 차가운데 내 여자한테만 따뜻한 재벌 남자 주인공'이 나오는 게 아니라니까요. 연락도 밤에, 새벽에 나 정말 힘들고 괴로운데 네 생각이 났다고 너 없으면 난 죽었을 거라고 급하게 하는데 매일 하면 안 되고 불규칙적으로. 그러면 여자는 자기가 이 남자한테 '온리 원'인 줄 알아요. 자기 쓸모를 그런 데서 찾는 거죠. 사실 만만한 여자일 뿐인데. 그러고서 여자의 자존심을 요령 있게 올려 줍니다. '너 진짜 괜찮은 사람인데 남들이 널 몰라준다, 그런데 나만 그걸 알아준다, 그러니까 넌 내가 없으면 안 된다.'를 주입시키는 겁니다. 의심하는 것 같으면 일부러 병원으로 불러서 의사 가운 입은 거 보여 줘서 안심시키고. 잘 들어요. 내가 일도 씨 걱정되어서, 필드에서 굴러서 터득한 노하우를 오빠의 마음으로 공짜로 풀어놓고 있는데. 탐정 하면 인간들 속 다 알 거 같지만 그래 봤자 일도 씨 같은 여자애들은 나 같은 놈한테 걸리면 다 넘어 간다니까. 인간은 머리랑 가슴이랑 따로 놀거든."

할머니가 끼어들었다.

"속아 주는 척 하는 여자도 있어. 제비들 쓰는 수법은 예나 지금이나 다 거기서 거기구만 뭘 잘난 척이야. 젊은이가 정직하게 살아야지 어디서 못된 것만 배워가지고."

"할아버지는 제비 아니었다니까. 제비로 위장한 거지. 어쨌든, 그런데, 미래 씨 꾀서 뭐 하려고 했는데요?"

"뻔한 거죠. 라면 먹여서 보내려고 했지. 이 여자 장악했다 싶으면 결혼하자고 하려고. 의사씩이나 되는 남자가 결혼까지 하자고 하니까 뿅 가겠죠. 그런데 이때 한 템포 쉬어 가면서 결혼 전에 개인 클리닉 차려서 자리 잡으려고 하니까 돈 좀 보태 달라고 하고. 미래 씨가 넘어가서 돈 보내 주면 잠수 타고. 돈 때문에 동동거리는 거 자매가 모른 척 할 수 없을 테니까 전일도 씨한테도 타격이 있겠다, 그러면 복수는 완결이다 하고 계획을 완벽하게 세웠는데…….”

“그랬는데 미래 씨는 안 넘어왔다?”

“나는 가짜 의사인데 그 여자는 진짜 환자였더라고요. 제대로 미쳤어요.”

사기꾼은 아카데미 남우주연상급 연기를 했다. VIP석 티켓 예매해서 공연도 보여 주고 손잡고 야경도 보고 면접용 정장만 입던 미래 씨에게 화사한 원피스도 입혀 주고 무릎 꿇고 반지도 바치고 전망 좋은 레스토랑에서 스테이크에 와인도 먹였다.

“잠깐, 자금 출처는? 백수가 돈이 어디서 나셨을까? 설마 피라미드 연쇄사기로 돌려막기?”

“떳떳하게 탐정 일 해서 벌었어요! ……고양이 탐정. 내가 집 나간 고양이는 기가 막히게 찾거든. 우리 집 고양이가 상습 가출냥이라서…….”

뭘 요구해도 여자가 미안해서라도 거부할 수 없을 만큼 해 주고 나서 기름진 걸 먹었더니 후식으로 얼큰한 라면이 당긴다고 하며 자기 오피스텔로 데려가려고 했는데…….

"오빠, 나 사랑해요?"

"뭘 당연한 걸 묻고 있어, 우리 곤듀님."

'곤듀님'이라니…… 설마 '공주님'? 이 아됴띠가 가지가지 하셨네?

"그럼 나 좀 죽여 줘요. 오빠는 의사니까 병원에서 몰래 약 빼 돌릴 수 있죠? 조금씩 빼 돌리면 모르잖아요."

그제야 미래 씨가 좋아하는 색은 검정, 꽃은 국화, 음식은 육개장이었던 게 떠올랐다.

"우리 둘이 운명이라고 했잖아요. 내가 뭘 하든 나랑 같은 생각이라고 했잖아요."

"곤듀님, 오빠 믿지? 결혼하면 오빠가 너 세상에서 제일 행복하게 해 줄게. 돌이켜 보면 바보 같은 생각을 했다고 웃는 날이 올 거야. 겨우 취직 좀 안 된다고 이렇게까지 좌절하고 그러지 마. 기업에서 너를 알아 주지 않더라도 너는 가치 있고, 사랑스러운 사람이야. 네가 못해서가 아니라 회사랑 네가 궁합이 안 맞는 것뿐이야. 내가 너를 알아봤듯이 너를 알아보는 기업이 어딘가에 반드시 있어. 거기서 일하면 돼. 결혼하고 나서 공무원 시험 준비 해도 되고."

"오빠, 입에 발린 뻔한 소리하지 말아요. 이만큼 했는데 안 되면 안 되는 거야. 이력서에 공백기에 취업 준비 했다고 적으면 무능해 보일까 봐 할머니 간병했는데 이제는 돌아가셨다고 거짓말 쓰는 것도 못해먹겠고, 대기업은 나이 많아서 떨어지고 중소기업은 오버스펙이라고 걸러지거나 면접에서 '우리 회사 남자 직원들이 좀 짓궂은데 잘 다닐 수 있겠어요?' 같은 소리에 얼굴 경련 나게 웃는 것도 짜증나요. 공무원 시험? 수능에 토익에 자격증에 시험 시험 시험 이제 지겨워. 나는 할 만큼 했어. 최선 다 했어. 이제 더는 아무것도 못 하겠어요. 숨 쉬는 것도 힘들어요."

'돌아가신 할머니'가 설마 우리 할머니?

"내가 그렇게 쓰라고 알리바이 만들어 줬는데도 잘 안 되어서 미안했지……."

그런다고 그렇게 쓰면 안 되지. 아니지, 채용 담당자들은 100세 시대에 1년쯤 쉰 게 뭐 그렇게 흠이라고 공백기에 시비를 걸어. 이러니까 1년만 안식년 주면 근로의욕과 건강이 회복될 사람들이 휴직을 못 해서 퇴사를 하니까 회사에 손해, 사회에 손실, 개인에 고통이 되잖아. 1년 공백기 생기는 게 두려워서 젊을 때 하고 싶은 거 마음대로 시도도 못 해 보는 사람이 얼마나 많아. 어쩌면 자기도 몰랐던 재능을 발견했을지도 몰랐을 사람들이 무난하게 살다가 나이 들어서 내가 누군지 모르겠다면서 사는 게 공허하다고 일탈하다가 바람피우고 그러니까 불륜탐정이 먹고 살…… 이게 아닌데?

"죽고 싶은 거, 우울증 증상이야. 오빠가 의사잖아. 보면 알아. 마음의 감기니까 약 먹으면 그런 생각도 사라져."

"취업이 안 되어서 우울한 건데, 약 먹으면 취업이 되나요?"

"우리 곤듀님, 많이 지쳤구나. 이제 좀 쉬어. 결혼하면 오빠가 너 먹여 살릴 수 있어."

"오빠, 나는 공주가 되고 싶은 게 아니에요. 이제는 제발 더 이상 부모님 신세 안 지고 누구한테도 도움 받지 않고 혼자 벌어서 혼자 쓰고 학자금 대출도 얼른 상환해 버리고, 가끔 부모님 용돈도 드리고 싶은데, 제대로 월급 주는 회사엔 취업이 안 되고, 죽어라 알바 해 봤자 나 하나 먹여 살리기도 힘들어요. 한 사람 몫도 못하는데 살아서 뭐 해. 살아 봤자 자원낭비지. 내가 죽는 게 환경보호야."

"그래도 살다 보면 좋은 날이 오니까 희망 잃지 말고."

"의대생, 인턴, 레지던트 하면 의사가 된다는 희망이 있으니까 버티는 거잖아요. 근데 알바 열심히 하면 중소기업 정규직 되고 중소기업에서 일 잘 하면 대기업 경력직 된다는 희망이 없어요. 첫 직장이 비정규직이면 평생 비정규직이에요. 평생 지금처럼, 아니 갈수록 지금보다 못하게 내리막길 굴러야 해요. 이렇게 평생 알바 하다가 저축도 못하고 집값은 계속 오르니까 더 작고 먼 집으로 밀려나고 나이만 먹으면, 뭐가 있어요? 이걸 멈추려면 내리막길에서 아예 튕겨져 나가는 수밖에 없어요."

"곤듀님, 미래야, 너 잘못되면 부모님이 얼마나 슬퍼하시겠어?"

"그래서 이러는 거예요. 우리 부모님이 저 이렇게 하찮게 살라고 사교육비 들이부은 거 아니에요. 대학은 잘 갔으니까 지금 죽으면 '아쉬운 딸'이 될 수 있는데 이렇게 계속 살면 '어디 가서 말도 못 꺼내는 딸'이 된단 말이에요."

"야, 다른 사람들이 너처럼 산다고 다 죽어? 너보다 못한 사람들도 잘 살아. 너 지금 그 사람들 모욕하고 있는 거야."

"저는 제가 원하는 삶의 수준이 있어요. 누구는 밥만 먹고 살아도, 개똥밭에 굴러도 이승이 낫다고 할지 모르겠지만 저는 품위 있고 여유롭게 살고 싶어요. 노인들 국민연금 내 주기 위해 금수저들 노예로 살고 싶지 않아요."

"살다 보면 어떻게든 다 살아져."

"어떻게든 살지 않고 내가 원하는 대로 살고 싶다고 말했는데, 오빠 내 말 안 듣죠? 하루 8시간 일하고 퇴근해서 시 읽고 악기 연주하고 노후도 설계하는 편의점 알바 같은 건 북유럽은 몰라도 우리나라에선 힘들잖아요."

"그게 네 잘못은 아니야. 기회의 문 자체가 너무 좁은 거지. 세상이 잘못된 건데 네가 왜 죽어."

"죽어서 세상을 바꿀 거예요. 오빠, 저 언론고시도 준비했던 거 알죠? 기사로 내기 좋게 보도자료, 인터뷰, 내러티브 저널리즘 형식으로 다 써서 언론사에 예약 발송했어요. 저 죽고 나면 기사가 나올 거예요. 오빠 이름은 안 밝혔어요. '닥터 케보키언'이라고만 했어요."

"무슨 기사……?"

"경제학에 수요공급의 법칙 있죠? 우리나라는 지금 '괜찮은 일자리'를 원하는 취업 준비자는 너무 많은데 일자리 공급은 적잖아요. 공급을 늘릴 수 없다면 수요를 줄여야죠. 저출산은 시간이 너무 많이 걸리니까 안락사로 당장 수요를 줄이는 거예요. 국가에서도 청년들한테 줄 복지 혜택에 쓸 세금보다 안락사 시키는 비용이 더 싸게 먹힐 거예요. 의사결정 능력 있는 성인한테 본인 동의 받으면 문제없잖아요. 그럼 실업 문제도 해결되고 '너 말고도 일할 사람 많아'가 통하지 않으니까 남은 사람들도 정당한 돈 받으면서 하고 싶은 일 할 수 있고. 아무것도 없는 청년백수가 죽어 봤자 아까울 거 없잖아요."

"넌 그냥 도피하는 거야. 거기에 왜 안락사란 이름을 붙이고 나한테 약까지 구해 오라는 거야?"

"저는 죽는 것보다 실패하는 게 더 두려워요. 죽는 것까지 실패하고 싶지 않아요. 그래서 확실하게 의학의 도움을 받으려는 거예요. 오빠, 이게 나 도와주는 거예요. 다른 방법으로 죽으려면 아프잖아요."

"그러다 기사 안 나면 개죽음이야. 취업 준비생이 처지 비관해서 자살, 누가 관심 가지겠어?"

"제 사연 잘 팔려요. 젊고 예쁜 20대 여자, 명문대 나온 취업 준비생. 언론사에 이력서용 증명사진도 보냈어요. 밝고 자신감 있고 희망차 보이는 주인공의 반전 사연처럼 보이라고."

"조금 일하고 조금 벌고 조금 쓰고 살면 돼. '미니멀리즘'이 요즘 뜨잖아."

"젊고 건강할 땐 그렇게 살 수 있는데, 늙거나 큰 병 걸리면 대책 있어요? 오빠가 뭘 모르나 본데, 조금 벌수록 많이 쓰게 되요. 돈 없어서 난방비 아끼면 폐렴 걸려서 마지막 잎새 카운트다운 하는 거예요. 그리고 우리나라에 조금 일하고 조금 버는 일이 얼마나 있어요? 많이 일하고 조금 벌지."

"넌 무슨 애가 그렇게 극단적이야. 내가 너 책임진다니까. 가족이란 이름의 사회안전망이 있잖아, 우리나라는. 내가 클리닉 열면 된다니까."

"부모한테 더 이상 부담 주는 거 미안해서 알바 하는데 오빠한테 도움 받을 수는 없어요. 오빠, 지금까지 많이 받았으니까, 마지막으로 오빠 도와줄게요. 오빠도 나 도와줘요. 지금 사는 집 보증금이 얼마 안 되어서 보험 가입했어요. 제가 죽으면 오빠가 수령인이에요. 그 돈으로 클리닉 여는 데 보탤 수 있어요."

"약을 그렇게 내 마음대로 빼돌릴 수 있는 게 아냐. 관리가 얼마나 철저한데. 걸리면 나만 다치는 게 아냐. 관련된 의사, 간호사 줄줄이 조사 받아. 일 크게 만들지 마."

"어차피 나가서 클리닉 열 거니까 잘리는 건 안 무섭잖아요. 오빠가 약을 안 주면 예약발송 취소하고 타살처럼 자살할 거예요. 그러면 오빠가 제일 먼저 수사 받아요. 제가 최근에 보험 가입했고, 가족도 아닌데 보험금 수령인이니까. 제가 계획대로 죽으면 보험금으로 변호사 구해요. 이 안락사가 자살 아니고 타살이라고 주장해요. 사회적 타살이 맞긴 맞잖아. 닥터 케보키언이 죽였다고 해요. 닥터 케보키언이 오빠라는 거 들키지 말고. 오빠가 잘하면 돼요. 보험금 수령하고 싶으면."

"곤듀야, 오빠는, 동생이 죽어서 트라우마가 있어. 제발

이러지 마. 나한테서 현재와 미래를 다 가져가 버리지 마. 네 보험금으로 클리닉 개업하면, 내가 행복할 거 같아?"

"오빠, 저는요, 지금까지 하고 싶은 게 아니라 할 수 있는 것만 하면서 살았어요. 잘하는 게 공부밖에 없어서 공부해서 성적 맞춰 대학 가고 내가 가고 싶은 회사가 아니라 날 받아 주는 회사에 가려고 했는데, 아무데서도 안 받아 주니까 할 수 있는 게 없으니까 이제야 내가 하고 싶은 대로 죽으려는 거예요."

사기꾼은 일단 시간을 달라고 했다. 미래 씨한테도 시간을 두고 다시 생각해 보라고 했다. 그러고서 내게 연락을 했던 거다. 할머니가 다 들으라고 혼잣말을 했다.

"내가 맨날 '쓸모없는 늙은이는 죽어야지.' 하고 한탄을 했더니 젊은 애가 취직 못해서 죽는단 소리를 했지. 늙으니까 입이 방정이다. 앞길 창창한 젊은 애가 왜 꼴랑 그런 거 가지고 죽는다는 소릴 하냐, 나는 늙어서 그런가 이해가 안 되네. 돈도 잘 벌면서 판판히 놀겠다는 건 도둑놈 심보 아니냐. 누가 그렇게 돈을 주냐. 옛날에는 다 바지런히 일하고 밤늦게 퇴근했는데."

그러다가 할아버지랑 대화가 없어져서 이혼했다면서요. 사기꾼이 사근사근하게 설명을 하려고 했다.

"요즘 애들은 창창하지가 않아요, 할머님. 그리고 한국

경제가 이만큼 발전했으면! 북유럽처럼 사람값이 비싸서 조금 일하고 많이 벌어서 저녁이 있는 삶을 살아야 하는 겁니다. 그래야 저 같은 프리랜서도 라면 말고 소고기 먹고 살죠."

"그쪽은 프리랜서 아니고 사기꾼이고요."

사기꾼은 떠들어댔더니 목이 마른지 남은 컵라면 국물을 한입에 마셨다.

"그 여자를 취직시키면 오케이니까, 공유 오피스 얻어서 사장 대역 하나 세우고 스타트업인 척 해서 가짜로 취직시켜 볼까 계획했는데 가성비가 너무 안 나와서 때려치웠어요. 생각할수록 빡치네. 내가 등쳐먹으려고 했는데 지가 날 이용해 먹으려고 했던 거였어?"

"사기꾼 아니라면서?"

"사기 아니고 전일도 씨한테 복수하는 거라니까."

"이 사건, 저한테 의뢰하실 거죠?"

"왜 갑자기 진지하게 존댓말을 해요? 무섭게."

"의뢰인님께는 존대해 드립니다. 수임료는, 의뢰인님이 저한테 사기쳐 드시려고 했던 딱 그 금액으로 맞춰 드리겠습니다. 선불로 입금 부탁드립니다. 최선을 다하겠습니다, 의뢰인님. 입금되면 뭐든지 해결해 드리는 전일도 탐정입니다."

* * *

"뭐라고 해야 설득이 될까…… 죽을 만큼 노력해야 평범하게 사는 나라에서 마음대로 대충 살라고 할 수도 없고. 그렇다고 해외 취업은 뭐 쉽나? 생각할수록 짜증나네. 명문대 나와서도 '괜찮은 일자리'에 취업 안 된다고 징징대면 나 같은 고졸은 어쩌라고."

"사람마다 다 자기 고민이 있는 거지. 폐지 줍거나 태극기 들지만 않으면 노인네들은 아무 걱정 없이 앉아서 늙기만 하면 되는 줄 아는 애들 같은 소리 한다."

나답게, 일단 의뢰부터 받아 놓고 해결 방법을 고민하는데 할머니가 옆에서 계속 참견한다.

"설득을 하긴 뭘 하냐. 아무 말 없이 맛있는 거나 먹이면 되지. 지금은 무슨 말을 해도 소용없어. 옆에서 아무리 뭐라고 해도 안 들려. 이 나이 되어서 돌이켜 보면 다 언젠가 지나가는 일인데, 그 순간 겪고 있는 사람한테는 미래가 안 보이거든."

"소용이 없어도 말은 해야죠. 할아버지가 할머니 사랑한다면서 집에서 아무 말 안했으니까 몰랐잖아요. 표현하지 않는 사랑이 무슨 사랑이에요. 아무 말 안 하고 지켜만 보면 어떻게 알아."

"남들이 말릴 수가 없다니까 그러네. 젊을 때는 망할 게 뻔해도 지가 하고 싶은 거 다 해 봐야 돼. 안 하면 병 나. 포기가 안 되지. 포기하면 지는 것 같아서. 이거 놓치면 다시는 기회가 없을 것 같지. 미래도 그럴 거야. 걔가 하고 싶은 게 죽는 거라서 문제지. 나 이혼할 때도 그랬다. 이렇게 사는 게 아닌 것 같고 한번 지긋지긋해지니까 눈에 뵈는 게 없더라. 이렇게는 더 이상 못 살겠고, 한번 이혼 생각이 드니까 그게 정답인 것 같고."

"그래서 할아버지가 이혼하지 말자고 그렇게 애절하게 애원했을 때 설득이 안 된 거예요? 할아버지가 그때 목숨 걸고 호소했다고 했는데……."

"니네 할애비가 그때 딱 하루 단식투쟁했어. 너무 편하더라. 밥상을 차려 주면서 매달려도 모자랄 판에……. 그래도 그 인간 요 전번에 만났을 때 셰프 모셔다가 된장 파스타도 대접하는 거 보니까 철들긴 했네."

"우리 할아버지가 전에는 지질하셨죠. 지금도 가끔 좀……."

할머니가 웃음을 참았다. 할아버지, 미안.

"부모님하고 살다가 결혼하고선 계속 아내랑 엄마로 살았지. 집안일이란 게, 눈 뜨면 출근이고 눈 감으면 퇴근이 잖니. 집이 직장이고. 살면서 내 공간과 시간이 없으니까 내가 뭘 좋아하는지, 누구의 무엇도 아닐 때 내가 어떤 사람인지 모르는 채로 살았지. 아들이 군대 가고 나 혼자 빈집에 남으니까 마음이 너무 허하더라. 설거지하려고 그릇을 잡는데, 몇십 년을 했던 일인데, 지겹고 신경질 나고 도망치고 싶더라고. 인생을 돌이켜 보는데 남편과 아들밖에 없으니까 원망을 그쪽으로 하게 되더라. 그때는 그게 가족의 문제인 줄 알았지. 남편과 아들에게서 도망치면 다 해결될 줄 알았어. 그때 마침 그이가 날 꼬셨지. 다른 남편이랑 살면 괜찮을 줄 알았지. 그이가 날 구하러 온 왕자님 같았어."

"엄마나 아내로 안 살았으면 뭐가 되었을 거 같아요? 할머니는 좋아하는 게 뭐예요?"

"찾아보려고 하는데 이제는 돈도 건강도 안 따라주고 뭐만 하려고 하면 맨날 인터넷으로 뭐 신청하라고 해서 젊은 애들 도움 받아야 하고……. 젊은 애들 낸 세금으로 이거저거 복지도 받아야 하고……. 주변에 폐 끼치지 않아야 성가신 늙은이 소리 안 듣는데, 젊은 애들이 멋지다고 하는 노인들은 여유 있게 살면서 이것저것 도전하는 노인인데 나는 당장 하루, 한 달 사는 게 빠듯하니까……. 노인들이 폐지 주울 걱정 없이 살아야 젊은 애들도 노후 걱정이 없어서 저축 안 하고 소비를 하고 그래야 경제가 살고 기업에서 채용도 팍팍하고 미래 같은 애들도 취직해서 돈 벌고 결혼해서 애 낳고 살다가 늘그막에 로맨스도 하고 그래야 니네 할아버지 같은 불륜탐정도 돈 벌어서 손주한테 용돈도 주고……? 내가 뭔 소릴 하는 거지? 그래도 몇십 년 같이 살았다고 어떻게 이런 걸 닮냐 그래."

'젊은 애들'이라고 하지 말고 대놓고 미래 씨라고 하시지?

"그분이 없었더라도 우리 할아버지랑 이혼했을 것 같아요?"

"참고 살았겠지. 내 재산이 없어서 독립할 집을 못 구해서. 애 키우고 집안일하는 데 월급 받은 거 아니니까. 이제 와서 생각하니 이혼까지 하지 않았더라도 별거라든가…… 휴가라든가…… 주부 은퇴라든가…… 다른 길도 있었을 텐데. 아니다. 별거나 주부 은퇴를 했으면 더 빨리 이혼했을 수도 있지. 내가 뭘 좋아하고 뭘 하고 싶은지 진작 알게 되어서. 사람은 누구나 잠깐이라도 지금의 삶에서 도망쳐서 쉴 공간과 시간이 필요해. 난 그걸 지금서야 혼자 되어서 갖게 되었지만은……."

"미래…… 언니도 도망칠 공간과 시간과 체력과 돈이 필요할까요?"

*　*　*

할머니 말대로 미래 언니를 말릴 수는 없는데 아주 망하면 안 되니까 사기꾼에게 미션을 줬다. '그것'을 '내가 정한 장소'로 늦지 않게 정각에 맞춰서 가지고 나오라고. 사기꾼은 정오의 편의점에서 흰 가루 한 봉지를 은밀하게 내 주머니에 찔러 넣었다. 조심스럽게 새끼손가락에 묻혀서 맛을 봤다.

"왜 이렇게 셔욧!"

"색소가 들어가지 않은 순수한 비타민이라서 그럽니다. 발포 비타민은 넣으려다 말았어요. 몸에 좋으니까 더 드시지? 내가 이거 정체를 알아볼 수 없게 가루로 만드느라고 아주 개고생을."

계속 들어줄 필요가 없어서 말을 끊었다.

"동시에 메시지 보낼까요? 이 컵라면이 식기 전에 미래 씨한테 답을 받을 수 있을 것 같은데."

"누가 더 먼저 답신을 받나 내기할까요? 내가 이기면 동업합시다. 이번 수임료는 동업하기 위한 신뢰자본으로 생각하고 통 크게 쏜 겁니다. 내가 5 먹고…… 마음에 안 드시나 본데, 그럼 내가 너그럽게 4 먹고."

"내가 96 먹는 걸로 가죠. 이게 싫으면 다시는 내 눈에 보이지도 내 귀에 들리지도 마시고, 미래 씨한테서도 깨끗하게 떨어지시죠."

  —약을 구했어. 사람 시켜서 보낼게. 왜 오빠가 사랑한 사람들
    은 다 오빠 곁을 떠나는 걸까. 너를 만나 다시 사람이 되었는
    데, 이제 다시 밤마다 네가 남긴 것들을 끌어안고 들개처럼 울
    기만 하겠지.

  —할머니가 라면 먹으러 오래요. 토요일 점심마다 먹었던 대로
    계란이랑 우유 넣어 준대요.

  평소대로라면 뜨거운 물 붓고 1분 만에 젓가락을 댈 텐데 둘 다 컵라면 뚜껑을 폰으로 고정하고 신중하게 조리법대로 3분을 기다렸다. 누가 먼저 면발이 붙기 전에 폰을 집어 드나 눈치게임을 하고 있는데 할머니에게서 카톡이 왔다.

  "미래 언니, 지금 할머니 댁에 온다는데요?"

  "이건 반칙이야! 당연히 죽기 전에 소울푸드 먹고 싶겠지!"

  내 컵라면과 우유를 사기꾼한테 주고 뛰쳐나갔다. 라면에 우유를 넣는다니, 대체 무슨 괴식이야? 치즈라면에서 기름기 뺀 맛일까? 아, 할아버지 보고 싶다. 할아버지표 마

늘과 고추기름 넣은 특제 라면 먹고 싶다. 우리 할아버지도
토요일 점심마다 라면 끓여 줬는데.

* * *

"어린애들은 뜨겁고 매운 거 잘 못 먹으니까 라면에 찬
우유 부으면 빨리 식고 매운 것도 덜 하고 고소한 맛도 나
고, 계란까지 풀면 영양가도 있고. 미래네 엄마아빠가 몸에
안 좋다고 집에서 라면 못 먹게 하니까 우리 집에 와서 먹
었지."

"라면은 원래 몸에 안 좋은 자극적인 맛으로 먹는 건데."

"너는 젊은 애가 든든하게 밥 먹고 다녀야지, 왜 라면만
먹고 다니니. 그것도 환경호르몬 나오는 컵라면을."

"나 원래 밥 별로 안 좋아하고 면이나 빵 좋아하는데요.
할아버지가 그렇게 삼시세끼 집밥 먹여서 키워 봤자 다 헛
수고라니까."

설거지가 귀찮아서 치즈 넣은 컵라면을 먹으면서 미래
언니도 우유라면보다 치즈라면을 더 좋아하는 건 아닐까
궁금해졌다. 죽기 전에 먹는 소울푸드로는 익숙한 옛날 맛
이 그립긴 하겠지만. 미래 언니는 담담하고 차분했다.

"할머니, 나 취직 되었어. 이제 신입사원 연수 가야 되어

서 한동안 못 와. 갔다 와서도 야근이랑 주말근무 많을 거라 거의 못 올 거야. 이제 친손녀 있으니까, 심심하진 않을 거야. 그죠? 할머니 댁에 자주 올 거죠?"

이따가 어떻게 수습하려고 벌써부터 혼자 신파를 찍냐.

"아, 네, 뭐, 그럴게요. 사람들도 좀 많이 만나고."

"미래야, 내가 유일하게 마음껏 사랑한 애가 너인 거 알지? 널 제일 사랑하는 거 알지?"

할머니, 나는? 나는 몇 번째로 사랑하는데? 열 손가락 깨물어 안 아픈 손가락은 없어도 덜 아픈 손가락은 있다던데, 그래도 내가 두 번째는 되겠지? 미래 언니는 말이 없었다. 사기꾼도 돈 뜯어내려고 잠복하고 미행하고 돈 쓰고 데이트하고 노오력을 하는데 할머니가 말 한 마디로 그렇게 쉽게 죽겠다는 사람을 살릴 수 있을 리 없다. 말만 하지 말고 액션을 해야지.

나랑 짠 시나리오대로 할머니는 알리바이를 만들러 미래 언니가 좋아하는 과자를 사다 준다고 잠시 근처 마트에 가는 척을 했다. 미래 언니는 할머니가 나가자마자 신발을 신었다. 현관문에 기대서 미래 언니의 앞길을 막았다.

"박재원 만나러 가? 그럴 필요 없어. 내가 만나고 왔어."

"오빠를 어떻게 알아……요?"

"나 탐정인데? 뒷조사가 취미고 미행이 특기인데?"

하얀 가루를 들이 댔다. 미래 언니의 눈빛이 흔들렸다.

"그 새끼, 완전 사…… 겁쟁이야. 괜히 복잡한 일에 연루되기 싫으니까 나한테 이거 맡기던데? 복약 지도까지 해 주면서. 나 못 믿겠으면 김…… 박재원한테 연락해 보든가."

"안 말려……요? 나중에 후회하지 않겠어……요?"

"내가 왜? 우리가 그만큼 친해? 딱 말 놓을 만큼만 친한 거 아냐, 언니?"

미래 언니는 가루를 가만히 보기만 했다.

"이거 진짜 오빠가 줬어……요?"

"안 믿겨? 설마, 사랑해?"

"오빠가 고마웠어……요. 오빠가 물어봐 준 덕분에 내가 뭘 좋아하는지 뭘 참을 수 없는지 내가 어떤 사람인지 알게 되어서. 나한테 그런 거 물어본 사람 없었거든……요. 끝까지 날 말릴 줄 알았어요. 그런데 그런 오빠가……."

"개새끼였지. 아니다. 강아지는 귀엽지. 개불 같은 새끼. 처음부터 돈 뜯어내려고 접근한 거야."

"나 죽으면 할머니한테 뭐라고 할 거야……요?"

"라면이 소화가 잘 되는 음식은 아니니까 급체하는 바람에 이승탈출 돌연사? 먹고 죽은 귀신이니까 비주얼은 좋겠다. 죽을 거면 그냥 여기서 죽는 게 낫지 않을까? 경찰이나 119 인력 낭비 하지 말고. 괜히 낯선 사람이 언니 시체 마주쳤다가 트라우마 생기는 것보다는 결혼, 임신, 출산, 육아, 이혼, 재혼, 사별, 노화 별의별 일 다 겪어 본 할머니가 발견하는 게 그나마 나을 것 같은데. 내가 위로도 잘해 드릴 거고. 걱정 마. 할머니한텐 혐의가 안 돌아가니까. 김…… 박재원이 검출 안 되는 걸로 처방했대. 고통 없이 훅 가라고 마약 성분을 좀 넣어서 죽기 전에 환각이 보일 거래."

미래 언니는 어렸을 때 할머니 품에서 잘 때 덮었던 꽃무늬 이불 속에서 좋아하는 향수를 뿌리고 태아처럼 몸을 둥글게 말고 눈을 감고 흰 가루를 한입에 털어 넣었다. 엄청 시겠다. 셀프 벌칙인가. 당장 환각이 보여도 이상하진 않겠다.

* * *

미래 언니는 지옥을 체험했다. 드라마나 영화에서 보고 배운 건 있어서 나은이는 정신 좀 차리라고, 눈 감고 누워 있던 미래 언니의 멱살을 잡아 흔들었다. 아직 안 죽은 사람은 진짜로 죽이고 이미 죽은 사람은 부활시켜서 다시 죽일 것 같았다. 15살이면 한창 힘이 남아돌아서 주체가 안 될 때였다. 이 정도면 이게 환각인지 현실인지 꼬집어 볼 필요도 없겠다.

"제가요, 친구가 자살했어요. 걔가 죽은 후에도 저 잘 웃고 공부도 잘 하고 아무렇지도 않은 거 같은데, 사실은요. 계속 생각해요. 시험 볼 때도, 은수는 이제 시험 안 보겠지. 오빠들이 이번에 컴백한다는데, 은수가 있었으면 같이 덕질할 텐데. 이제는 오빠들 노래 잘 안 들어요. 엄마는 아무것도 모르고, 덕질 안 하고 공부한다고 좋아해요. 졸업할 때도 은수가 생각날 거 같아요. 은수는 고등학교 교복 못 입어 보겠지. 대학 갈 때도 결혼할 때도 은수가 못하는 걸 할 때마다 생각이 날 거 같아요. 사실, 친구는 아니었던 거 같아요. 죽기 전에 서로 말도 안 했어요. 근데요. 그 후로는 말할 때마다 생각하고 말해요. 죽기 전에 내가 무슨 말을 해서 은수가 죽은 걸까. 다른 말을 하면 안 죽었을까. 은수한테 무슨 말을 했어야 했을까. 말하는 거, 말 안 하는 거 모두 전보다 좀 무서워진 거 같아요. 지금 이 말은 왜 했냐면, 안 친한 친구가 죽어도 이렇다고 말하고 싶었던 거 같아요."

공부 잘 하는 애라서 그런지 후회도 애도도 암기과목 복습하듯이 계속 반복하나 보다. 나은이는 미래 언니는 구할 수 있을 거다. 손, 아니 말로.

"누구……세요?"

제일 친했던 친구가 자살한 이후로 그 친구 어머니가 자기 딸이 왜 죽었는지 알려 달라고 습격해서 얘네 엄마아빠가 비싼 경호원 대신 싼 맛에 탐정에게 의뢰해서 알게 된……이라는 복잡한 설명을 군이 사실대로 하진 않았다.

"환각입니다. 과거와 미래의 너 자신입니다."

플라시보 효과인지, 나은이에게 먹살 잡히고서 아직 제정신이 돌아오지 않았는지 미래 언니는 일어나 앉아 게슴츠레한 눈빛으로 나은이와 나를 바라보았다. 동의도 구하지 않고 언니 얘기를 내 의뢰인이었던 사람들한테 해서 미안하긴 한데, 일단 목숨은 구하고 봐야 하잖아. 119도 긴급 상황에선 집주인 동의 없이 문 부수고 들어가서 인명구조 하는데.

"연예인 누구 좋아하세요?"

미래 언니는 나은이와 은수가 좋아하는 아이돌을 댔다.

"이번 주 음악방송에서 컴백무대 한대요. 볼 거죠?"

미래 언니가 나은이가 무서운지 고개를 끄덕였다. 이번 주까지는 수명연장이다. 제발 무대가 좋아야 할 텐데.

"'고미래'라고 했어요? 역시 이름이 문제야. 제 이름도 '이루리'예요. 이름이 미래 시제인 사람들이 뭔가 잘 안 풀려요. 내가 미래 씨 시절 거쳐서 미래 씨도 원서 한 번쯤 집어넣어 봤을 회사 입사했어요. 미래 씨의 미래가 뭔 줄 알아요? 지금은 목숨이 뭐야, 영혼을 팔아서라도 취직하고 싶죠? 막상 입사해 보면 문과 출신 여자? 볼펜 같은 비품이에요. 사무실 복사기도 나보단 중요한 일 하겠다. 언제 결혼해서 육아휴직 쓰고 애 때문에 프로젝트 못 맡겠다고 뺀을 거냐고 각도 재면서 능력 발휘할 기회를 안 주고선 능력이 검증되지 않아서 기회를 안 준대. 지금은 불안해서 못 놀겠죠? 취직하면 내 돈으로 맘 편히 놀 거 같죠? 지금 놀 수 있을 때 놀아요. 입사하면 퇴사하고 싶고 출근하면 퇴근하고 싶은데, 카드값이랑 월세랑 생활비랑 야근이랑 피로랑 이러다 언제 잘려도 이상하지 않겠다, 잘리면 뭐 해 먹고 사나 하는 걱정 때문에 못 놀아요."

이게 염장이야, 악담이야, 말이야, 방귀야? 30대 직장인 버전 미래 역할을 맡은 나의 전 의뢰인이자 할머니 손주의 여친은 무덤을 파헤치고 겨우 살아 나온 사람을 좀비 잡듯 죽이려고 하나 보다.

"뭐 먹고 싶어요? 전 요새 사무실에 마카롱 한 개씩 두고 '출근을 해야 마카롱을 먹을 수 있다' 하면서 아침에 일어나요. 남친이 알려준 방법인데, 효과가 아주 없진 않더라고요."

"술……."

마트 가는 척 했다가 몰래 귀가해서 엿듣고 있는 우리

할머니 상처 받으시겠다. 그러게 미래 언니는 생선구이, 우유라면, 스낵 과자, 믹스커피 말고 더 맛있는 걸 좋아할 수도 있다니까.

"달달하게 깔루아라떼 타 줄까요? 푸딩에 위스키 부어서 먹어 볼래요? 와인? 아니면 소맥 폭탄주?"

기껏 몸에 좋은 비타민 먹여 놨더니 왜 몸에 안 좋은 술을 먹이는 건데!

"편하게 말 놓을게. 내가 그 나이에 딱 미래 씨처럼 살았다? 미래 씨는 착해서 부모님 부담 덜어 드리려고 알바 하는 거고 나는 부모님이 없는 거나 마찬가지여서 닥치는 대로 일한 건 다르긴 한데. 미래 씨 희망이 없다고 했지? 나도 그 나이 땐 그랬거든? 그런데 살다 보면 계속 불행해질 수도 있는데, 행운이 오거나 귀인을 만날 때가 올 수도 있다? 나는 생각 없이 소개팅 앱 가입했다가 소개팅하면서 파스타를 처음 먹었는데 너무 맛있는 거야. 파스타 요리하는 쉐프라고 속이고 결혼까지 했는데, 이 남자가 내가 요리책 보고 겨우 흉내 내는 파스타가 맛있다네? 그때부터 진짜로 셰프가 되고 싶고, 매일매일 새로운 파스타 하고 싶어서 하루하루 더 살고 싶고. 사람이 살다 보면 어떻게 될지 모르니까 내일은 혹시나, 내년엔 혹시나 하면서 사는 거야. 그러니까 이번 주에 로또 사. 꽝이면 다음 주에 또 사고. 그렇게 일주일씩 설레면서 사는 거야. 근데 어떤 파스타 좋아해? 말 많이 하고 나면 배고프니까 먹어야지? 귀신도 제삿밥 먹는데. '홍동백서'니까 동쪽에 토마토소스 파스타, 서쪽에 크림소스 파스타로 차려 줄까?"

'아직 취업 못한 30대의 미래'는 원래 목소리보다 한 톤을 높여 외국어를 하는 듯 어색한 말투로 애써 밝게 말했다. 운이 좋아서 집도 꿈도 가족도 있다지만 소속이나 지위를 얻기 전까지 꿈을 따라가는 삶은 모호하고 침침하니까. 미래 언니는 몇 년 후에도 정착하지 못하고 헤매고 있는 자신을 어떻게 보았을까. 나도 이번 주엔 로또나 사야겠다. 비트코인도 망했으니까 이제 답은 로또밖에 없다. 로또 당첨자 발표 날 때까지는 시간을 벌었다.

"미래 씨! 안주는 뭐로 할래요? 아 할머니, 아무리 안주를 든든하게 먹어야 한다고 해도 밥상에 소주 반주는 좀 아니죠."

"파스타 면이랑 생크림은 없으니까 우유 자박하게 졸이고 라면 면발 넣어서 파스타 할게. 그러면 까르보나라 비슷한 맛이 나. 미래 씨, 우유랑 라면 좋아하지?"

왜 하필 그런 파스타를…… 우리 할머니 우유라면이랑 비교 되게. 30대 의뢰인 둘은 부엌에서 파스타를 요리하고 폭탄주를 말면서 자기들끼리 친해져서는 할머니까지 껴서 서로 고민 상담을 해 주고 있다.

"남친이, 귀엽고 귀여운데, 그거밖에 없다니까. 내 나이에는 이 남자가 마지막일 거 같은데, 얘랑 결혼하는 게 잘하는 짓일까?"

"우리 신랑도 허술하고 귀여워서 내가 아는데, 그 결혼 좀 그렇긴 하다. 남친이 네 말 잘 들어?"

"여자가 능력 있으면 굳이 결혼 안 해도 돼. 내가 결혼 두 번 해 보니까 그래."

할머니는 왜 손주 혼삿길을 막고 그러세요. 오빠 좀 집에서 빨리 치워 버려야 하는데. 공시생이자 유튜버이자 전직 아이돌 연습생인 수완이는 스마트폰부터 들이 댔다.

"이거 찍어서 유튜브 올려도 돼여?"

"안 돼. 절대 하지 마."

단호한 반응에 수완이 조용히 스마트폰을 내려놓고 항복하듯 두 손을 들어올렸다. 손목에 내가 준 투어말린 팔찌가 보였다.

"저기요, 저는 공시 준비하면서 공부하는 거 유튜브에서 하고 있어여. 아이돌 하려고 진짜 새벽까지 연습했는데여, 잘 안 되어서여. 근데 공부도 안 되고 조회수도 안 나오거든여. 이제 와서 전공 공부 해 봤자 학교가 별로라서 어차피 취업 안 될 거 같거든여. 근데 좋은 대학 나와도 취업이 안 되어서 이러면 저는 어떻게 해여. 진짜 아무것도 안 돼여? 하다 보면 하나라도 걸리는 게 있지 않아여?"

미래 언니도 이랬겠지. 열정을 가지고 노력하고 도전하라는 말은 아무나 했다. 그러다 안 되면 어떻게 해야 할지는 누구도 말해 주지 않았다.

"어, 안 돼. 그래서 내가 죽으려는 거야. 더 이상은 할 수 있는 게 없으니까. 매일 밤마다 불안, 초조, 긴장 속에 잠드느니 영원히 자려고."

손목의 흉터를 치유 효과가 있다는 투어말린 팔찌로 감고 있는 사람에겐 잔인한 얘기였다.

"아무리 노력하고 이것저것 도전해두? 이거 한 문제만 더 풀고, 오늘 영상 하나만 더 올리구 하다 보면 안 돼여?"

"이제 경쟁도 노력도 하기 싫어. 당장 내가 안 행복한데 누구 좋으라고 그 짓을 하고 살아. 언제 좋아질지 진짜로 언젠가 좋아지는지 너무 막연하잖아. 이까짓 걸로 죽냐는데, 더 어려운 사람도 산다는데, 있는 놈들이 징징댄다는데, 그럼 누가 죽고 싶어야 사망 자격 시험에 합격시켜 줄 건데. 목표는 높게 잡으라면서, 이 정도 사는 거에 불만족하면 왜 안 돼. 난 작년이나 재작년으로 돌아가면, 그만 노력하고 얼른 죽으라고 말해 줄 거야. 그나마 덜 힘들 때 끝내라고."

"근데 저는 끝내지지가 않아여. 데뷔는 포기했는데도 유튜브에서 남들이 저 봐 주는 게 좋고요, 연습생 때 커버댄스 했던 노래 나오면 몸이 춤을 기억하는 게 짜릿해여. 몇 년 동안 실패를 해도 진짜로 질리진 않아여."

"슬프지 않아? 응답 받지 못하는 노력을 하는 거."

"좋은 데 어떡해여. 저는 아직도 그런 게 좋아여."

"난 잘하는 것도 없고 좋아하는 것도 없어. 그래서 더 살아 있을 이유가 없어."

"어떻게 사람이 좋아하는 게 없을 수 있어여? 혼자 있을 때 뭐해여?"

"그냥 이런저런 생각 하면서 누워 있어."

"그러니까 아무 의욕 없고 생각만 많져. 저는 매주 한 번씩 머리 식힐 때 혼코노 해여. 언니두 내일 갈래여? 저 이번에 컴백하는 아이돌들 안무 다 연습했는데. 내일 가서 부르고 음방 보면 더 재밌어여."

미래 언니는 패기는 없는데 따박따박 대꾸는 잘했다. 내가 면접관이면 저렇게 한 마디도 안 밀리는 지원자는 무조건 합격인데, 면접 보고 입사해 본 루리 언니는 "저러니까 면접에서 탈락했지."라고 했다. 면접에선 면접관이 원하는 대답을 하는 도전정신을 보여 줘야 하는 거라고 했다. 그게 무슨 맛있고 살 안 찌는 음식 같은 소리야.

할머니는 '혼코노'가 '혼자 코 골면서 자는 노인'이냐고 물어 봤다. '혼자 코인 노래방'인데. 구석에서 조용히 대화를 듣던 나은이가 슥 다가와서 자기도 같이 가고 싶다고 했다. 수완이는 신이 나서 나은이에게 안무를 가르쳐 주겠다고 했다. 슬플 땐 K팝 댄스를 추는 거라며. 친구 앞에서 춤추면 친구도 좋아할 거라고…… 추모공원에서 파워풀 섹시 칼군무는 좀 아닐 거 같은데.

혼코노에 같이 가고 싶은 사람은 나은이뿐만이 아니었다. 부엌에서 어른들을 기웃거리던 여덟 살 가윤이도 나은이가 간다고 하니까 자기도 가고 싶다고 다 들리게 중얼거렸다. 어릴 땐 어른들이 하는 건 다 비밀스럽고 멋있어 보여서 뭐든지 따라 하고 끼어들고 싶긴 하지. 얘 눈에는 자소서 쓰는 것도 재미있어 보일 거다.

"언니 알바에요?"

어린이답게 "거기 있는 거 다 언니가 먹을 수 있어서 좋겠다." 같은 귀여운 소리나 할 줄 알았더니 얘는 "공부 못해서 알바 하는 거예요?" 한다.

"엄마아빠가요, 편의점 언니가 담배 바로 못 내주고 버벅거리니까, '명문대 애들은 방학에 대기업 인턴 하는데 공부 못하는 애들은 이런 데서 알바 하니까 그거 하나 빠릿빠릿하게 못한다.'고 했어요."

천진난만하게 상처 주네? 이 언니 지금은 이래도 명문대 나온 언니인데, 왜 취직 못하고 알바 하냐면…… 구조적인 문제로 청년실업이…… 자본주의의 모순이…… 우리나라 인구구조가…… 수요와 공급의 법칙이……. 어떻게 해야 최대한 어렵고 복잡하게 설명하는 척 할 수 있을까 고민하는데 미래 언니가 차분하고 또렷하게 말했다.

"우리 엄마아빠도 나 어렸을 때 매일 '공부 못하면 저렇게 산다.'고 했어. 명절날 교양 없이 막말하는 친척들 뒷담화 하면서 '대학도 못나왔으니까 저러지.' 했고, 못사는 동네 지나갈 때 '너 공부 못하면 나중에 이런 데 산다.'고 했어. 중산층처럼 살지 못하는 게 지옥인 것처럼 겁을 줬어. 무서웠어. 나는 뭘 좋아서 한 적이 없어. 나쁘고 싫은 걸 피하기 위해 했어. 혼나지 않기 위해 공부했어."

"저도 공부 안 하면 혼나요. 엄마가 막 학원비가 얼만 줄 아냐고 소리 질러요."

"엄마아빠는 내가 겨우 취업 문턱에서 미끄러졌다고 중산층 진입조차 못하게 될 거라곤 상상도 못 했을 거야. 그때는 명문대 나오면 회사를 골라서 갔다고 하니까. 내가 '저렇게' 살지 않기 위해 열심히 살았는데도 어쩌다가 '저렇게' 사는 줄은 모를 거야. 내가 엄마아빠보다 더 열심히 살았는데 왜 더 못사는지 이해 못 할 거야."

직장인이든 무직이든, 기혼이든 비혼이든, 집이 있든 없든 공부를 잘하든 못하든 몇 살이든 내 의뢰인 중에 행복한 사람은 없었다. 한국인은 늘 불안을 감추려 악에 받혀서 산다. '설마 나는 아니겠지?' 하면서. '남들 다 하는데 나만 안 할 수 없다.' 하면서. '저렇게 살지 않기 위해' 공부하는 시간에 '저렇게 살아도 되는' 세상을 만들었어야 했다.

"언니도 엄마아빠한테 혼나요? 어른 되면 안 혼나요?"

"어른은 엄마아빠한텐 안 혼나. 나 자신한테 혼나."

"저는 혼나서 공부하기 싫으면 문제집에 낙서해요. 언니도 그림 그리는 거 좋아해요? 나랑 같이 그릴래요?"

어린이와 같이 그릴 때는 일부러 어린이 수준에 맞춰서 못 그려야 하는데, 미래 언니는 어린이라고 봐 주지 않고 최선을 다해 눈코입과 팔다리가 제대로 달린 사람을 그렸다.

"나도 크면 언니처럼 잘 그릴 수 있어요?"

"너도 크면…… 나처럼 될까? ……나도 내가 이렇게 될 줄은 몰랐는데."

할머니가 좁은 집에 모인 많은 사람들을 불렀다.

"셰프님이 해 주신 파스타 먹어라. 배고프니까 험한 생각이 들지. 배부르면 다 좋아 보이는데."

역시 셰프라서 라면으로도 까르보나라 맛을 낸다. 같은 우유와 라면인데 할머니표 우유 라면보다 훨씬 고급지다. 할머니, 미안. 내가 연기는 해도 거짓말은 못 해.

"……저 안 죽었죠? 너무 맛있어서……요. 죽었는데 이렇게 생생하게 맛이 느껴질 리가 없어……. 이 사람들 다 뭐……?"

"세헤라자데래요. 세헤라자데처럼 하루하루 죽음을 연기하며 현재를 견디다 보면 미래가 오고, 그렇게 살다 보면 자연사하겠죠."

루리 언니는 벌써 취해서 "먹고 죽자!" 하고 있다. 죽는 얘기 좀 하지 말라니까.

"쪽팔려서 죽고 싶다……. 나도 모르는 사람들이 내가 왜 죽고 싶어 하는지 다 알고……."

나은이가 똑 부러지게 일침을 놨다. 기껏 위로와 힐링을 해 놨더니.

"뉴스에 나오려고 했다면서요. 이 정도 뒷감당은 예상했어야죠. 죽은 사람은 죽어 버리면 끝이지만 남은 사람들은 악의와 호기심 섞인 뒷담화를 감당해야 한다고요."

미래 언니는 라면 파스타를 먹으며, 길고양이 밥을 챙겨 줘야겠다고 했다. 죽을 생각에 정신 팔려서 그동안 신경을 못 썼다고. 그럼 누구야? 길고양이 밥그릇이 비어 있던 적은 없었는데?

* * *

미래 언니가 음악 방송을 본방사수하고 코인 노래방에서 댄스 강습을 받고 추모 공원에서 차마 춤은 못 추고 주위를 경계하며 율동 비슷한 걸 하는 동안 길고양이 밥그릇 근처에서 잠복을 했다. 새벽에 잠결에 봐도 낯익은 인상착의가 사료와 물을 빈 그릇에 부었다.

"내 눈에 보이지 말랬죠! 미래 언니 확실하게 떨어뜨려 줬는데도 왜 아직도 이 동네에 알짱대는 건데!"

"사람은 미워해도 고양이는 굶기지 말라는 말, 모릅니까?"

"여기 미래 언니 구역이거든요? 내일부터 영역 지키러 나올 거니까 서로 자기 구역 지킵시다?"

박재원, 아니 김경찬은 사람한테 돈 뜯어서 고양이들 먹이는 건가? 고양이 탐정이란 말은 사기가 아니었나? 사기꾼 주제에 길고양이에겐 따뜻한 걸까? 설마 그 사이에 사람이 변했나? 뭐야, 이 새끼?

　　　　　　　＊ ＊ ＊

　미래 언니는 이제 나에게 어색하게 말끝에 '요'를 붙이지 않고 말을 놓는다. 나는 진작 친근하게 반말했고. 미래 언니의 과거와 미래, 나의 의뢰인들, 세헤라자데들은 수호천사라도 되는 것처럼 자주 미래 언니가 나쁜 생각하나 감시한다며 할머니의 집에 놀러 온다. 손에 뭐라도 하나씩 들고. 할머니는 파스타 만드는 걸 배우고 수완에게 부탁해서 그걸 동영상으로 촬영하곤 한다. 우리는 그날이 환각이 아니었다는 걸 증명하려고 다 같이 인증샷을 찍었다. 화면이 꽉 찼다. 할아버지가 여기에 끼어들 자리가…… 없어 보였다. 하나둘셋 소리에 맞춰 할머니 머리에 패시네이터를 얹었다. 웃고 무표정하고 눈 감고 다른 델 보고 흔들리고 입을 쭉 내밀고 어색해하는 얼굴들 속에 나의 현재와 우리의 미래가 있었다.

용꿈이면 면천이라

수탉이 손아귀에서 벗어나려고 버둥거렸지. 놓칠까 봐 힘주어 잡고 있었어. 닭을 먹어 본 적은 있어도 죽이는 건 처음이었거든. 모가지를 비틀어야 하는데, 죽지 않으려는 닭의 몸부림이 만만치 않았단다. 눈을 질끈 감고 모가지를 꺾으려는데 자꾸 손이 헛돌더라. 닭의 목뼈가 부러지는 뚝 소리가 나야 하는데 겁먹은 닭의 비명만 들렸단다. 한 손으론 눈을 가린 닭을 도마 위에 올리고 다른 한 손으로 칼을 들어 닭의 목을 향해 내리쳤지. 헛칼질을 몇 번 하고 애먼 데를 빗맞혀 닭이 몇 군데 피를 흘리고 나서야 죽일 수 있었단다. 쓸데없이 잔인하게 죽인 꼴이 되었지. 진이 빠지고 손은 피범벅이 되고 내가 이 짓을 했구나 싶고 엉망으로 잘린 닭 모가지의 단면에서 피와 뼈를 보니 구역질이 나더구나. 급히 부엌 밖으로 뛰쳐나가 쪼그리고서 빈속에 헛구 역질을 하는데 누가 가만가만 등을 쓸어주었지.

"옥이 아주머니한테 좀 도와 달라고 하지 그랬어."

"내가 해야만 해."

"오늘밤에 거기 갈 거야? 무슨 꿍꿍이로?"

"아무것도 모르면서 참견하지 마."

"내가 아는 걸 말해 볼까? 너 역적의 딸이지?"

"함부로 말하지 마. 아버지는 역적이 아냐. 역적은 이 집 대감이야."

"임금님은 이 댁 대감이 공신이고 네 아버지가 역적이라 고 할걸. 나야 누가 임금이 되건 누가 역적이고 누가 공신 이건 상관없지만."

"너 같은 천한 것들은 그러겠지."

"너도 지금은 천것이야. 그 전엔 반가 규수였지만."

"나를 알고 있었어?"

"얼굴이 희고 손이 고운 걸 보니 험한 일 안 해 봤단 거 고, 기생이었으면 첩으로 들어왔지 계집종으로 들어왔을 리 없고, 그럼 며칠 내에 죄인의 여식으로 노비가 되었단 거고. 대감마님께서 널 보면서 '성격이나 얼굴이나 제 아비 를 쏙 빼닮았구나.' 하신 걸 보면 대감마님이 알 정도의 집 안이었단 건데, 그런 집안이 처벌을 면하지 못할 정도의 중

죄면 반역죄일 거고. 맞지? 곱게 자란 귀한 집 따님이 왜 그렇게 순순히, 널 노비로 삼은 대감마님이랑 동침하려고 해? 대감마님이 무서워서?"

"네가 알 필요 없어."

"내가 널 도와줄 수도 방해할 수도 있어."

"손에 물 안 묻히고 자랐더니 고생하기 싫어서, 첩이 되어 편하게 살려고 그런다. 됐니?"

"너 그 말을 믿었어? 얼굴 좀 반반한 계집종 있으면 시비로 들인 다음에 손목 잡으면서 '내가 어젯밤에 용 나오는 길몽을 꾸었는데, 네 몸에서 옥동자를 얻으려나 보다' 하는 거? 그거 꼴에 양반이라고 입 터는 거야. 그놈은 자면서 방귀 뀔 때마다 용꿈 꾼다니까? 옥동자를 낳긴 뭘 낳아, 아침에 똥구멍에서 황룡이나 낳지."

"이 집안은 종놈들이 감히 뒷담화를 해 대는 걸 보니 기강이 엉망이구나."

"안 보이는 데서는 나랏님도 욕한다는 속담 몰라? 안채 마님더러 문중에서 뭐라는 줄 알아? '웃어른에겐 온화하고 아랫것에겐 엄격하여 기강이 바로 잡히고 집안이 평온하다.'는데 그게 무슨 뜻이게? 강한 놈한테 강하고 약한 놈에게 약하단 거야. 너 오늘 밤 그 방에 들어가면 내일모레쯤 안채 마님한테 경을 치고 대감마님은 모른 척하고 너만 당하는 거야. 첩은 얼어 죽을 첩, 그렇게 해서 첩이 될 것 같으면 이 집안 계집종 중에 첩이 수두룩하게?"

"피할 방책이 없다면 차라리 내 발로 걸어 들어가야지."

"내가 도와줄게."

"네가 왜?"

"그러고 싶으니까."

"그러지 마."

"내가 어떻게 도와줄지 궁금하지 않아?"

"하나도 안 궁금해."

그랬더니 그 애가 부엌으로 성큼 들어갔지. 닭 피를 그릇에 받고 있던 찬비가 그 애를 반갑게 맞았단다.

"오늘은 또 뭐 얻어먹으러 왔누?"

"꿀 조금만요."

"그거 귀한 건데…… 오늘은 달달한 게 당기나? 응?"

"딴 데 쓰려고 하는데요. 아이, 제가 오늘 뭐 해 먹일지 고민하지 마시라고 닭 잡으시라고 딱 정해드렸잖아요? 그러니까 꿀 조금만요, 네에?"

"옜다, 아유, 어쩜 이리도 아양을 잘 떠누. 이러니 내가 맘 약해져서 안 챙겨줄 수가 없지. 니네 엄마는 이런 아들 두고 어떻게 눈 감았대니."

"또, 또, 울컥하신다. 저는 괜찮은데 아주머니가 왜 매번 울어요?"

"너도 자식 낳아 봐라. 남의 자식도 내 자식 같아서 안쓰럽고 그러지."

"전 자식 같은 거 안 낳을 건데. 종놈이 자식 낳아 봤자 주인댁 재산이나 늘려 주는 거 아녜요?"

"사는 게 네 맘대로 되냐. 사람이 한 치 앞도 모르는데."

"그건 그렇죠. 아주머니도 제가 꿀 달라고 할 줄 몰랐잖아요?"

"어이구, 꿀 타령이 어쩨 그치지를 않누."

그 애는 닭 피와 꿀을 받아서 나갔단다. 닭털을 뽑고 배를 갈라 내장을 꺼내고 찹쌀을 채워 푹푹 끓이는데 사랑채 마당이 소란스럽더라. 헤실헤실 웃고 다녔던 애가 어찌된 영문인지 머리를 풀어헤치고 뻗대고 앉아서 아이고 아이고 곡을 하고 있지 뭐냐.

"네 이놈! 누가 죽기라도 했느냐! 여기가 어디라고 대성통곡을 하느냐!"

"문득 생각하다 보니 원통하고 절통해서 웁니다. 어미는 달라도 이놈도 도련님처럼 대감마님의 핏줄이거늘 왜 형을 형이라 부르지 못하고 아버지를 아버지라 부르지 못한단 말입니까! 어미의 신분으로 양반과 상놈이 정해지고 아비의 핏줄은 아무 상관없다니 이런 법이 어뎄답니까! 한 집

안에서 매일 뵙는 분께 효를 다하지 못하니 이거 어디 서러워서 살겠습니까!"

"계집종의 자식이 누구 씨인 줄 어찌 아느냐!"

"이놈의 태몽이 용꿈이랍디다!"

대감의 얼굴은 붉으락푸르락하고 노비들은 어금니를 꽉 물고 웃음을 참느라 입꼬리가 씰룩대고 곡하던 애는 그러거나 말거나 방성통곡을 하고…… 참으로 볼 만한 구경거리였단다.

"저놈이 미친 소리를 해대니 정신 차릴 때까지 몹시 쳐라!"

노비들 얼굴에서 웃음기가 싹 걷히더라. 그때 왜 내 마음이 덜컥 내려앉았는지 모르겠구나. 대감의 명이 추상 같으니 별 수 있겠느냐. 초노가 마당에 멍석을 펼치고 그 아이를 끌어다가 둘둘 말아 매질을 하는데 어찌나 머뭇거림 하나 없이 착착 진행되는지 이 집에선 이런 일이 예사인가 아니면 미리 준비를 해 둔 건가 의심스러울 지경이었단다. 장작 패듯이 사람을 치는데 멍석이 붉게 물들고 그 아이가 묶인 몸을 요동치며 어찌나 악을 쓰며 비명을 질러대는지 저러다 금방이라도 죽을 것 같아 무서워 치맛단만 말아 쥐었단다. 내가 제 말을 믿지 않고 기어코 내 뜻대로 하려 하니까 저 같은 얼자를 낳아도 첩은 안 될 거라고 보여 주는

가 싶어서 미안한 마음을 그칠 수 없었다만 내가 할 수 있는 게 없었단다.

한참을 그러다가 멍석이 더 이상 움직이지 않고 소리도 나지 않으니 매질하던 초노가 코 밑에 손을 대서 숨이 붙어 있나 보는데 혼절한 그 아이 입에서 피가 주르륵 흘러나왔지. 초노가 그 애를 멍석 채로 업어 행랑채로 데려갔단다. 상노인 애가 그 지경이니 시비인 내가 김이 오르는 삼계탕을 사랑채에 들고 갔는데, 그놈은 사람을 그렇게 곤죽을 만들어 놓고도 국물에 찰밥 말아 가며 닭죽까지 잘도 처먹더구나.

그날 밤에 그 애가 기거하는 행랑채에 찾아갔단다. 부녀자가 밤에 외간 사내 거처에 홀로 찾아간다는 건 꿈도 못 꿀 일이었지만 어차피 버릴 몸, 마지막으로 보고 싶더라. 너무 미안해서 그랬지 다른 뜻은 없었단다. 밖에서 귀를 기울이는데 앓는 소리도 들리지 않아 설마 아직도 깨어나지 못한 건지 혹시나 죽은 건 아닌지 온갖 흉한 생각이 들어 아주 조금 문을 열어 보았는데 이불 속에서 미동도 하나 없고 숨소리도 들리지 않고 방이 싸늘하더구나. 놀라서 급히 안으로 달려 들어갔는데 이불 속에 베개로 사람 형상만 흉내 냈고 정작 사람은 없지 뭐냐. 마음을 가라앉히고 생각을 가다듬어도 영문을 모르겠더구나. 벌써 송장을 치

운 건가 했으나 그렇다면 저 이불 속에 베개들은 다 뭐란
말인가 싶어서 일단 이부자리를 원래대로 해 두고 나왔지.
이대로 다시는 만나지 못하는 것도 팔자려니 하고 사랑채
로 갔단다.

행랑채에 들르느라 예정보다 늦어졌는데 사랑채는 어둡
고 섬돌 위엔 신발이 두 켤레였단다. 손 안에 은장도를 만
지작거리는데 안에서는 제대로 비명도 지르지 못하고 숨
넘어 가듯 짧게 으헉 으헉 하는 소리와 뭔가를 두들겨 패
는 듯한 소리만 들렸지. 예상했던 상황이 아니라서 밖에서
머뭇거리기만 하고 있는데 으헉 소리가 잠잠해지고 문이
열리더니 옷도 제대로 추스르지 못한 계집종 하나가 뛰쳐
나왔지. 그 틈에 내가 은장도를 쥐고 들어가려는데 그 계
집종이 내 손목을 낚아채어 안채 쪽으로 달렸단다. 손이
축축했지. 얼결에 같이 달리다가 안채 담을 넘었단다. 안채
가 사랑채보다 담이 낮으니까 그런 거였지. 반가의 안채는
바깥출입이 드문 부녀자들이 바깥 구경을 할 수 있게 지
반을 높이고 담을 낮추거든. 집 밖 담벼락에 기대 주저앉
은 계집종이 그제야 내 손에 쥔 은장도를 알아차리고 소곤
거렸지.

"달거리 중이라 사흘만 기다려 달라더니 그게 아니라
달빛 없는 그믐을 기다린 거였구나? 닭도 제대로 못 잡으

면서 이런 조그만 칼 한 자루로 사람 목을 쉽게 딸 수 있을 줄 알았어? 죽이고 나면, 그 다음은 어쩌려고 했는데?"

멍석말이 당했던 사내종이었단다.

"나도 자결하려고 했지."

"너무 뒷일을 생각 안 한 거 아냐?"

"아버지를 역적으로 몰아 우리 가문을 멸문시키고, 어머니는 관비가 되기 전에 자결하시고, 나와 우리 집 재산을 차지하려고 혈안이 되었던 자에게 희롱당했으니……. 부모의 원수는 불구대천이니 저놈을 죽이고 나서 죽으려고 아직 안 죽었는데 이제 내가 살아서 뭐 해."

내가 아직도 놀림 당하는데, 아니 그게, 그때는 목소리 안 내고 소곤거렸으니까, 곱상하니 치마까지 입고 있으니까 사내로 안 느껴져서, 나도 감정이 격해져 있었으니까…… 내가 끌어안고 울었지. 그 애가 어린애처럼 같이 울먹였어.

"야아아…… 울지 마아……. 나도 엄마의 원수랑 같은 하늘 같은 지붕 아래서 살고 있는데. 죽긴 왜 죽어어……."

"내가 어렸을 때 우리 아버지에게 사돈 맺자고까지 했던 놈이 이리도 흉악한 놈이었다니……. 그런데 이렇게 잘 산다니……. 대체 하늘의 도(道)라는 게 있는 걸까……."

내가 한숨을 쉬니까 그 아이도 따라 쉬며 중얼거렸지.

"고자로 만들어 버렸어야 했어. 밟지만 말고 확실하게 잘라 버렸어야 했는데……."

"왜 나를 방해했어……. 왜 그랬어……."

"네 계획을 몰랐으니까 일단 오늘밤만이라도 내가 너인 척 하고 어떻게 잘 때워 보려고 했지. 그믐이라 달빛도 없으니까 치마로 얼굴 가리고 들어가서 불부터 후 불어 버리고 부끄러운 척 요리조리 몸을 피했더니 발정 난 개처럼 난리가 났더라고. 새벽까지만 버티다가 잘 빠져 나오려고 했는데 그놈이 채신머리없이 후다닥 저고리 고름 풀고 더듬으면서 '네 아비가 날 간신이라 쓴 상소가 피로 쓴 듯한 명문이라던데, 그 간신이 제 딸을 취하는 것을 구천에서 피눈물 흘리며 보라고 해라.'고 해서 밟아 버렸지. 그 짐승만도 못한 놈이 급하게 다리 사이로 들어오려다가 뭐가 닿으니까 엄청 놀라더라고. 그 틈에 잽싸게 일어나서 급소를 밟았지. 말도 못하게 아플 거야. 기절한 것 같던데."

"노비가 양반 폭행하는 거 죽을 죄 아냐? 너야말로 이제 어쩌려고?"

"나라고는 생각도 못할 거야. 내가 평소에 치마 두르는 버릇이 있는 것도 아니고."

"맞았던 자리는 괜찮아? 피까지 토했는데."

"참 빨리도 걱정해 준다."

"네가 너무 말짱해 보여서 잊고 있었어."

"말짱해. 다 짜고 친 거야. 오늘 왜 닭을 잡았게? 닭 피 굳혀서 선지를 만들어서 삼베 주머니에 넣고 하나는 매 치는 애가 갖고 있고 하나는 멍석에 살짝 꿰매 놨지. 매는 치는 흉내만 내고 내가 몸을 움직여서 선지 주머니 터트리고 소리 지르면서 아픈 척 하고. 이러다 득음하겠다, 싶을 때쯤 기절한 척 하니까 매질하다 말고 와서 숨 붙어 있나 얼굴에 손 대보는 척 하면서 입에 선지주머니 쓱 물려 주면 입 안에서 터뜨려서 피 토하는 척 하는 거지. 그 정도로 맞았으니 오늘밤 내가 자리보전할 거라고 믿고 있을 거야. 내가 그 개자식 침소에 들어갔을 거라고는 꿈에도 생각 못할걸? 피 토할 때까지 맞은 놈이 그렇게 기운이 뻗쳐서 발길질을 했으리라곤 더더욱 생각도 못하고. 이제 한 사나흘 정도는 회복 덜 된 척 하고 누워서 농땡이 쳐야지."

"꿀은 왜 가져갔어? 소리 지르니까 목 아파서?"

"확실하게 하려고 꿀을 데워서 매끈하게 다리털 뽑았지. 따끔해서 눈물까지 찔끔 났는데 그놈은 그런 건 신경도 안 쓰고 덮치더라고."

"몸에 맞지도 않는 깡총한 치마저고리는 누구한테 빌렸어?"

"우리 엄마 건데. 엄마 냄새 맡으려고 한 벌 됐는데 이제는 엄마 냄새가 하나도 안 나. 어렸을 때 엄마가 울고 있으면 나도 슬퍼져서 같이 울면서 얼른 빨리 커서 이 집 나가게 해 준다고 약속하고 또 했는데…… 엄마보다 키가 커졌는데도 여전히 못 나가고 있어. 양반이 계집종 건드리는건 흉이 아니라고 하지만, 수캐도 암캐가 싫다고 하면 그냥 물러나지 강제로 올라타진 않아. 그런데 양반놈들은 개만도 못해. 엄마는 내가 상노가 되어 사랑채에 수시로 드나드니까 안방마님께 해코지 당했어. 겨울엔 얼음장에 빨래시키고 여름엔 불 앞에서 부엌일 시키고 툭하면 매질하고. 그래도 나까지는 괜찮았는데 둘째를 배니까 더 심해졌지. 엄마가 죽으려고 독초를 달여 마셨는지, 애만 지우려고하다가 너무 많이 마셔서 죽었는진 모르겠어. 엄마는 나때문에 산다고 했지만 내가 없었으면 엄마도 안 죽었을 거야. 너는 우리 엄마처럼 되지 않게 하려고 내가, 털도 뽑고, 목도 쉬고, 여장도 하고, 몹쓸 짓도 당할 뻔 하고, 발길질도하고, 담도 넘고, 그리고, 또, 또, 뭐가 또 있지? 널 위해 뭔가 많이 한 거 같은데……?"

"……이번 한 번은 이렇게 넘어간다 치고, 다음엔 어쩌려고?"

"그땐 또 그때 가서 생각해 봐야지."

"……도망갈까?"

"갈 데 있어?"

"……없어."

"……들어가자."

한두 걸음 걷다가 그 애가 나를 돌려세워 마주 보았단다.

"우리끼리 입은 맞춰야지."

그 찰나에 머릿속에서 온갖 생각이 다 지나가더라. 입맞춤으로 끝날까, 지금 여기가 입 맞추기 적당한 때와 장소인가, 내 첫 입맞춤을 얘랑 하게 되는 걸까, 혼인도 안 한 처녀가 이래도 되는 걸까…….

"대감놈이 정신 들면 제일 먼저 오늘 밤에 오기로 했던 네가 왜 안 왔는지 불러서 물어볼 거 아냐. 어느 놈 소행인지 궁금할 테니까. 그럼 이렇게 말해. 왔는데, 방이 어두워서 이미 주무시는 줄 알고 돌아갔다고 해. 혹시 뭐 본 거 없냐고 하면 일단은 없다고 하고, 그래도 꼬치꼬치 캐물으면 안채 쪽으로 달려가는 그림자를 본 것 같다고 해. 괴한이 안채로 갔다고 하면 사람들이 처첩과 딸과 며느리 중에 누가 괴한이랑 사통한 걸까, 아니면 누가 무슨 일을 당했을까 궁금해 할 거 아냐. 그러면 말이 더 불어날까 봐 덮어버리자고 할 거야. 나는 밤새 앓느라 아무것도 모르는 거고."

아무 말 안 하고 가만히 있길 잘했지. 그때 했던 생각 중에 하나라도 입 밖에 냈으면 두고두고 놀림거리가 되었을 거다.

다음 날 아침에 이부자리를 정돈하러 사랑에 갔더니 대감놈이 이불 속에서 끙끙대면서 왜 안 왔는지 추궁하기에 전날 입을 맞췄던 대로 둘러대었단다. 그놈이 앓는 꼴을 보니 볶은 깨를 솥 채로 퍼먹어도 그것보다 고소할 순 없을 것 같더구나. 행랑채로 돌아왔더니 호노가 분통을 터뜨리고 있더라.

"지난밤에 사내가 여장하고 들어와서 발길질을 했다는 게 말이 되나! 의원을 부르라면서 어디가 어떻게 편찮으신지는 말씀을 안 하시니 대체 어쩌라고! 밖으로 소문 나가지 않게 노비들 입단속하면서 그놈을 잡으라는데, 아는 건 하나도 없으시다면서 성만 내시니 어쩌란 거냔 말이다!"

"꿈꾸신 거 아니우? 아니 이젠 하다하다 용꿈도 아니고 별 개꿈을 다 꾸시는구만. 의원님 모셔다가 꿈 안 꾸고 잠 깊이 자는 약이나 지으라 하면 되지 않겠수?"

"내 말이, 딱 그 말이라니까! 야, 너는 뭘 잘했다고 드러누워 있냐! 일하기 싫으니까 운신할 수 있는데도 꾀병부리는 거 아니냐! 너 툭하면 일 안 하고 노닥거릴 궁리만 하는데, 그러다가 경친다. 이 댁이 잘 되어야 너도 떡고물이라도 하나 더 떨어지는 거야. 괜히 종살이를 해도 부잣집에서 하라는 말이 있는 게 아니다."

심부름할 상노가 매 맞은 자리가 아물지 않았다며 이불 뒤집어쓰고 있으니 별 수 없이 호노가 나갔단다. 병구완을 해 준다며 옆에서 바느질하던 침비가 호노가 보이지 않자 마자 욕을 했지.

"염병할, 뭐가 딱 그 말이야. 글자 좀 아는 것 말고 지가 우리랑 다른 게 뭐가 있다고. 그래봤자 지도 종놈이구만. 지가 이 집안 아드님이라도 되는 줄 아나. 맨날 지가 다 옳고 지가 다 잘해서 호노 자리에 있다고 여기는 게지. 아픈 애한테 꾀병이 뭐야. 지만 바지런히 몸 부서져라 이 댁에 충성하고 남들은 다 노닥거리면서 밥 축낼 궁리만 한다고 투덜거리기나 하지. 호노가 뭐 벼슬이라도 되는 줄 알고 지랄도 풍년이셔."

약발이 잘 받는지 대감놈은 아무도 찾지 않고 잘 잤단다. 꾀병 부리던 상노는 이제 좀 괜찮아졌다며 침비를 내보내고 나를 찾았고.

"내가 오늘 종일 누워서 생각해 봤거든? 같이 도망가자. 한두 번은 임기응변으로 넘길 수 있어도 저놈은 언젠가는 너를 범하고야 말 거야. 나도 이런 성질머리로는 이 집구석에서 목숨을 부지 못할 거고. 봤잖아. 피 토할 때까지 패는 거."

"어디로 도망가도 추쇄를 피하진 못할 거야. 빈손으로 도망쳐 봤자 고리대 쓰다가 투탁하여 다시 노비가 될 수밖에 없고."

"그러니까 면천하고, 한 몫 잡아서 나가야지."

"어떻게?"

"너 글 쓸 줄 알지? 네가 도와줘야 해. 다른 노비들도 끌어들여야 하고. 노비 문서를 빼돌리고 땅문서를 위조해서 이 집안 땅을 노비들 앞으로 돌려놓을 거야. 이 집안을 망하게 할 거야. 노비도 땅도 되찾지 못하게."

그 애가 베개 속에서 종이를 한 뭉치 꺼냈단다.

"글을 알아서 호노가 되면 편해지니까 글 배우려고 서찰 전달하는 심부름을 할 때마다 몰래 서찰 위에 종이를 대고 글자를 따라 뾰족한 걸로 꾹꾹 눌러서 대감 필체를 그대로 베껴 놓은 거야. 난 언문은 통달했고 한자는 더듬더듬 인명이랑 고을 이름 정도만 읽을 줄 알아. 너라면 여기 있는 글자를 집자해서 대감놈 글씨로 가짜 상소나 서찰도 쓸 수 있겠지?"

"호적이나 땅문서는 어떻게 꺼낼 건데? 관청에서 문서는 어떻게 수정할 거고?"

"그걸 관리하는 호노인 송아지 아저씨도 끌어들여야 하는데, 저 충복을 돌려세우려면……."

"쉽지 않을걸. 호노가 뭐하러 이런 위험한 일에 가담하겠어. 가난한 양반보다 부잣집 호노가 더 나은데. 양반도 이 집 호노한테는 함부로 못해. 호노를 욕보이는 건 그 주인인 이 집안을 모욕하는 거니까."

"'그래봤자 종놈'이라는 걸 알려줘야 해."

"그 자리는 자기가 잘해서 얻은 자리가 아니라 대감마님 마음대로 줄 수도 뺏을 수도 있는 자리고, 대감마님이 그 자리를 다른 종놈에게 줘 버리면 호노고 뭐고 아무것도 아닌 거야. 그러느니 먼저 대감마님을 배신하겠단 마음을 품게 해야 해."

"그거 괜찮은데?"

"이 댁 대감 서찰들을 읽다 보니까 왜 신하가 임금을 갈아치웠는지 알게 되었어. '내가 이렇게 직언만 하는 충성스러운 신하인데 그걸 알아주지 못 하다니 폭군이다. 임금이 임금 같지 않으면 나라를 걱정하는 내가 바꿔야 한다.' 이러면서 임금도 폐위하고 그걸 반대했던 신하들도 역적으로 몰고……"

몰래 틈날 때마다 서찰을 읽었단다. 논공행상을 논하며 나와 우리 집 재산을 차지하려고 다른 공신들과 협상하던 서찰에서 내가 나올 때마다 치를 떨었지. 나를 차지할 수 있다면 우리 집의 노비들은 누구에게 가건 상관없다는 구절에서 손이 떨렸단다. 아버지가 저를 두고 '성품이 옹졸해서 큰일을 맡길 인재가 못되는 간신'이라 평했던 글이 그렇게도 싫어서 이렇게까지 잔인하게 앙갚음했나. 같은 스승 아래 수학한 벗이 글을 더 잘 쓴다는 것이 그리도 속이 들끓는 일이었나. 그 글로 자신을 비판했던 것이 그리도 사무쳤나. 사람이 어쩜 이리도 잔학무도할 수 있을고.

"지금 네가 먹을 갈고 있는 벼루가 낯익지 않으냐. 그게 네 아비가 쓰던 벼루다. 그걸로 그 숱한 상소문도 썼겠지. 네 아비는 붓을 검처럼 휘둘렀다. 수많은 적들이 네 아비의 몰락을 바랐고, 위급한 때에 아무도 네 아비를 돕지 않았다."

못들은 척 계속 먹을 갈았단다. 그때 그 애에게 거기 말고 입을 밟아서 다시는 말을 못하게 하라고 했어야 되었는데. 아버지는 강직하셨단다. 충신이셨지. 타협하지 않으셨단다. 충의를 위해서라면 목숨을 초개처럼 버릴 수 있는 분이셨지. 글의 내용이 바르다면 읽는 사람의 마음쯤은 아무 상관없다고 여기셨던 분이셨다. 누가 도와주길 바라지도 않으셨을 분이셨단다. 홀로 달을 벗 삼아 약주를 드시면서 비분강개하셨지. 혼자 독야청청하신 분이셨단다. 하지만 가솔들은…… 아버지는 충신으로 역사에 이름을 남기시겠지만 이름 없이 죽거나 노비가 될 가솔들은 생각지도 않으셨겠지. 아버지는 나나 어머니에게 뭘 쓰고 계시는지 보여 주지 않으셨단다. 혼자만 신하로서 절개를 지키면 혼탁한 세상에 가솔들은 어찌되어도 상관치 않으셨는지…… 아버지가 뭘 쓰시는지 알았으면 살 길을 찾아 떠나거나 진작 누군가에게 도움을 청할 수도 있었을 것을. 아버지는 먹물이 아니라 가족들의 피로 글을 쓰셨던 셈이었단다.

놈이 또 내 손목을 잡고 옷고름 쪽으로 손을 뻗는데 밖에서 그 애 목소리가 들렸단다. 내가 사랑채로 가면 뒤따라오라고 했거든.

"편찮으시다 하여 문안 겸 사죄드리러 왔습니다요. 긴히 드릴 말씀이 있어 들어가 보겠습니다요오."

"어흠, 지금은 곤란……."

말을 마치기도 전에 그 애가 쓱 들어왔단다. 나는 갈던 먹을 놓고 얼른 물러났지.

"이놈이 우매하여 그때 말은 버릇없이 하였지만 충심만은 알아주시기를 간곡히 청합니다요."

"내가 너그러이 용서하니 다음부턴 방자하게 굴지 말아라. 이만 나가 보아라."

"송아지 아저씨가 많이 걱정하던데, 괜찮으십니까? 대감마님을 노망난 어르신 취급하는 것도 아니고…… 꿈자리가 사납다고 의원을 부르라며 유난 떠신다고 하던뎁쇼. 그 꿈이 혹 예지몽이면 어쩌려고 저리 안이하게 구는지 어린 저는 잘 모르겠지만……. 아니면 요즘 뭔가 근심이 있으셔서 꿈이 흉흉하신 거면 이놈이 할 수 있는 힘껏 근심을 덜어드리려 합니다만……. 괴한이 이 집에 든 게 사실이라면, 반드시 잡아야 하지 않겠습니까. 잡히지 않았으니 또 올지도 모르는데……. 분명 대감마님께 상해를 가하지 않았습니까. 송아지 아저씨는 그 말씀을 잠꼬대로밖에 여기지 않지만……."

"그놈이 못하는 말이 없구나. 너는 신경 쓸 거 없다. 나가서 일이나 하거라."

"저……."

"왜 나가질 않느냐."

"글을 배우고 싶은데…… 이놈이 차마 감히 대감마님께 배움을 청할 수는 없고, 송아지 아저씨에게 저 글 좀 가르치라고 말씀 좀 해 주십쇼. 송아지 아저씨가 충심이 깊지만 아무래도 피붙이만 하겠습니까. 송아지 아저씨가 대감마님이 개꿈 꾸신다고 걱정하느라, 재산관리도 좀 틀리는 것 같던뎁쇼. 그래도 평소엔 꼼꼼하게 잘하니까 이놈이 배워 두었다가 나중에 때가 되면 대감마님 근심이 없게 하고 싶습니다요."

언변이야 예나 지금이나 화려하지. 한 번에 두서너 가지 이야기를 섞어 하면서 듣는 이 혼을 쏙 빼놓아서, 듣고 싶은 말만 골라 듣게 되는 화법 말이다. 나중에 '네가 그때 이 말 하지 않았냐.' 하면 '아뇨, 저 말 했습니다.' 하고. 그제서 되짚어 보면 '저 말'도 하긴 했거든. 시간이 지날수록 생각할수록 '내가 대체 무슨 말을 들은 거지.' 하고 혼란에 빠지게 하는 현란한 말발로 불리할 때마다 미꾸라지처럼 빠져나가지. 그때 대감놈은 호노가 뒤에서 저를 잘근잘근 씹으면서 노망난 노인네 취급한다는 얘기만 들은 거란다.

그날 호노는 영문도 모르고 안채 마님과 땅문서 노비 문서 다 꺼내 놓고 하나하나 맞춰 보고 고방 문을 열고 쌀 가마니를 세야 했단다. 사람의 일에 실수가 없을 수는 없지 않겠느냐. 사소한 실수가 몇 개 발견되었단다. 안채 마님은 아랫사람들에게 엄하신 분이라고 했지 않니. 호노는 노비들 앞에서 꾸중을 들어야 했단다. 실수가 아니라 재산을 몰래 빼돌리려는 것 아니었냐는 호된 추궁도 뒤따랐지. 그걸로 끝이 아니었단다.

호노에게 상노와 같이 옆 동네 대감의 형님 댁에 다녀오라는 명이 떨어졌지. 상노는 여느 때처럼 출발 전에 몰래 서찰을 뜯어보고 내게 건네줬단다.

"이거…… 이 집 호노를 매질하라는 내용인데?"

"이 집안에선 호노를 매질할 노비가 없으니까 대신 벌해 달라는 거지. 복날에 우리 집 개 잡아먹긴 어려우니까 남의 집 개랑 바꿔서 잡아먹는 거랑 같은 거지, 뭐. 개나 종놈이나. 자기 발로 못 걸어올 정도로 팰 거라 나까지 보내는구나. 업고 오라고."

"'이 서찰을 받으면 술이나 한 병 내 주라'고 고치면 될까? 그거면 대감놈이 '형님이 서찰을 읽고도 아우에게 너그러이 호노를 용서하라고 했나 보다' 하고 받아들일 수도 있으니까."

아무 일 없이 술 한 병을 받고 돌아오는 길에 상노가 호노에게 서찰을 보여 주었더니 태어나서부터 평생을 종놈으로 살아 온 사내가 이루 말할 수 없는 얼굴을 했다더구나.

"뭘 이런 거 가지고 그래요. 아저씨도 우리 엄마 때렸으면서."

"종놈이 거역할 힘이 어딨냐."

"살살 때리는 척만 할 수도 있었잖아요."

"이 댁 나으리들 명을 충실히 이행하는 게 충심이었으니까. 노비가 충심이라도 없으면 진짜로 사람도 아니니까. 양반들이 임금께 하는 충성, 노비도 주인한테 하는 거란 말이다."

"이 댁 대감마님은 임금님을 갈아치웠는데요? 임금이 임금 같지 않으면 그래도 된다면서."

상노가 호노의 손에서 술병을 빼앗아 한 모금 꿀꺽 마셨다더라.

"평생 종놈으로 살 거예요? 어느 날 갑자기 잘못도 없이 남의 집에서 매 맞는 종놈이 좋아요? 아저씨가 아무리 일 잘해 봤자 평생 종놈이고 아저씨 자식들도 대를 이어 천것이라고요."

"난 알음알음 재산 모아 놨다. 내 자식들은 면천시켜 줄 거다. 나는 평생 하던 짓이 이 짓이라 못 나가겠지만."

"뒤에서 꼬불처 놓은 게 얼마나 많기에…… 혹시 땅문서 관리하면서 먼 조상대에 가지고 있던 땅들을 야금야금 아저씨 앞으로 돌려 둔 거 아네요?"

"정당하게 모은 거다."

"이 댁 어르신들이 그거 믿어 줄까요? 신공 바치면 곧바로 매질하면서 더 숨긴 거 내놓으라고 할걸요. 노비들이 납속해서 면천하려고 할 때마다 양반 댁에서 하는 짓이 그런 짓이니까. 이미 아저씨를 신뢰하질 않고 있잖아요. 그럼 재산만 뺏기고 호노 자리도 내놓아야 되고 아저씨 자식들은 여전히 노비에서 못 벗어난다니까요. 아저씨, 지금보다 위세 부리진 못해도 마음 편히 살고 싶지 않아요? 남의 집 만 석 재산 관리하는 것보다 내 백 석 재산 만지고 사는 게 훨씬 실속 있지 않아요? 이 집안 노비 문서, 땅문서 가지고 관청 드나드는 거 아저씨가 다 하잖아요. 글도 알고. 그러면 이 집안에서 나가도 어느 고을 아전으로는 못 살겠어요? 양인이 되면 자손들이 과거도 볼 수 있고, 혹시 알아요? 아저씨 증손주쯤 되면 과거 급제해서 떵떵거리면서 노비 부리고 살 수도 있겠지요."

호노가 술병을 받아 한 모금 마셨지. 비어 버린 두 모금은 맹물로 채워 넣었단다. 부엌에선 그 술을 반주로 해서 먹을 저녁상을 차리고 있었지.

"대감마님은 꿈을 얼마나 흉흉하게 꿨기에 날마다 보양식을 찾으신다냐. 등 따시고 배부르면 잠이야 잘 오겠다만. 맨날 고기 손질을 해대니 오십정은 되겠네."

"오십정요?"

"반백정은 되겠다, 그 말이지. 백의 반은 오십이니깐."

웃어른이 농담하시면 재미없어도 웃어 드리는 게 예의란다. 억지로 피식 웃었더니 찬비 옥이 아주머니가 내 어깰 어루만지며 크게 웃었단다.

"아이구, 이제 좀 웃네. 말도 없이 조용히 지 할 일만 해서 새침한 줄 알았더니."

"웃을 일이 없잖아요. 보양식 먹고 회복하면 할 짓이 뻔한데……."

"계집종이 대감마님 방에 드는 거야 드문 일이 아니지……. 그 녀석도 사정 빤히 알아서 그런 걸로 너한테 성내거나 흠 잡진 않으니까 걱정하진 말구. 눈 딱 감고 참어. 별 수 없잖어. 종년 팔자가 그렇지. 에구, 가여워서 어쩌누."

그 애가 떠오르더구나. 옥이 아주머니 치마폭에 얼굴을 묻었지.

"저 좀 도와주세요. 이번 한 번만이라도 무사히 넘어갈 수 있게요. 제발요. 상한 음식이라도 주세요. 토사곽란이라도 하면 거기 안 가도 되겠지요."

"뭘 그런 흉한 소리를 하누. 아픈 척만 하면 되지 않니."

"그놈은 제가 아파도 눈 하나 깜빡 안 할 놈이잖아요. 전염병이라면 모를까……."

"그거지! 전염병!"

옥이 아주머니는 밥풀을 짓이겨서 내 얼굴에 점점이 묻히고 붉게 칠했단다. 얼굴에 울긋불긋 물집이 잡힌 듯하였지.

"이게 딸 시집보내려고 연지곤지 찍는 거면 얼마나 좋겠누."

옥이 아주머니는 딸이 둘인데 이름이 금이, 옥이였단다. 아주머니에게는 금이야 옥이야 귀한 딸이라서 그랬지. 금이랑 옥이가 어릴 때 얼굴에 이렇게 밥풀을 붙이고 아픈

척 해서 엄마를 놀랜 적이 있다는 게 기억났다고 했더랬
지. 금이도 옥이도 크면 종년 팔자일 게 뻔한데, 그나마 편
한 외거노비로라도 나갔으면 좋겠다고, 아주머니는 새삼 심
란해했단다. 나는 내가 양반이었을 적에 그들 부모에겐 귀
한 아들딸인 노복들에게 어찌 대했나 생각하니 얼굴이 절
로 화끈해졌단다. 나는 같은 사람인데 반가 규수였을 때와
계집종이었을 때가 대접이 이리 다르니, 예전에 노복들이
나를 대한 것은 내 인품을 보고 대한 것이 아니라 내 신분
을 보고 설설 기었을 뿐이었겠지. 그런데 난 그때 그걸 몰
랐단다.

"금이랑 옥이가 아예 양인이 되면요?"

"그럴 재산이 어딨누."

"도와 드릴게요. 도와주세요."

그날 행랑채 노비들이 다 같이 얼굴에 밥풀을 찍어 바르
고 드러누웠단다. 누가 봐도 괴질이었지. 의원을 부르면 금
방 들통 나지 않겠냐고 하겠지만 그 집은 노비가 죽을병이
아닌 이상 의원을 부를 집안이 아니었거든. 외거노비들이
그날 하루 일을 대신하고 솔거노비들은 행랑채에 격리되었
지. 아무도 들여다보지 않아서 작당모의하기 좋았단다. 노
비들의 이름이 적힌 문서를 보면서 그 아이가 손가락을 꼽
았단다.

"소지, 명문, 초사, 입안, 이 집안 호적까지 다 위조하면 일단 면천은 하겠네요."

송아지 아저씨가 버럭 했어.

"야 이놈아, 그게 그렇게 쉬운 줄 아냐? 호적은 3년마다 기재하니까 3년 내에 들킨다. 그거 위조하려면 서리한테 뇌물깨나 먹여야 할 텐데, 서리가 뇌물 안 먹고 고발하기라도 하면 다 죽어."

초노인 산놈이가 그 애 편을 들었지. 산놈이 나이가 서너 살 더 많았는데, 내가 오기 전까진 그 애랑 가장 가까운 사이여서 둘이 작당해서 사고치고 농땡이 부리고 다녔다고 했단다.

"여태껏 얘 말 들어서 손해 본 거 없었잖우. 얘 말 들으면 자다가 떡은 안 나와도 힘들 때 노닥거릴 순 있었잖우. 아저씨도 이러면 안 되시지. 내가 장날에 나뭇짐 속에 아저씨네가 캔 나물 같은 거 숨겨 가서 팔아 줘서 아저씨네 식구들 쏠쏠하게 벌었구만⋯⋯. 아, 아저씨, 때리지 마요! 어차피 지금 다들 한탕 해먹고 튀려고 하는 건데!"

옥이 아주머니가 진지하게 말씀하셨지. 글자로 옮기자면 궁서체로 적어야 할 것 같았단다.

"얼굴에 점 찍고서 영 다른 사람이 되었다고 우기면⋯⋯ 안 통하려나?"

어른이 흰소리할 때는 웃어드리면서 농담으로 들은 척 넘어가는 게 예의란다.

"분재기를 미리 쓸 일은 없겠죠? 그럼 땅과 노비를 좋은 사람에게 팔아 버리지요. 그 사람한테 선처를 부탁하면 되겠네요. 이 집 사람들은 양반 체면 때문에 고상하게 시나 읊고 조정 일이나 신경 쓰시느라 관에 드나드는 건 송아지 아저씨가 알아서 하시니까 노비랑 땅 파는 것도 송아지 아저씨가 혼자 하실 수 있지요?"

"누구한테 팔게? 아는 사람이 있나?"

상노가 나를 돌아보았단다. 내가 생각해 놓았던 걸 술술 얘기했지.

"노비 신분을 감출 양인의 호적을 새로 만들고 그 양인에게 이 집안의 땅과 노비를 몽땅 팔아넘기려고요. 내가 나를 사고 이 집의 땅을 사는 거지요. 막년이 아주머니는 침비니까 규방에 드나드시면서 괴한이 안채에 침입했다느니 그런 불안한 얘기 자주 흘리듯이 말씀하세요. 그러다가 땅에서 '우연히' 인형이 묻힌 걸 발견하셔야 해요."

"그럼 이 집안 나으리들은 빈털터리가 되나? 곱게만 사시던 분들이 거친 밥에 베옷 입고 어찌 사시누. 그분들이 뭔 죄가 있다고."

옥이 아주머니가 뒤로 몸을 빼니까 막년이 아주머니가

옥이 아주머니를 붙잡았지.

"이때껏 떵떵거리고 사셨으니까 노비로도 한번 살아 보시라 그래야지. 지금껏 우리가 일한 삯을 따지면 땅값은 나와."

"이 댁에서 먹여 주고 재워 준 게 있는데……."

"먹여 주고 재워 준 거보다 훨씬 많이 일했어! 누가 들으면 삼시세끼 소고기 먹이면서 비단금침에 재워 준 줄 알겠네!"

그 아이가 내 눈치를 봐서 아무렇지도 않은 척 밥풀 붙은 얼굴로 씩 웃었단다.

"가짜 호적이랑 땅문서 만들어야 하니까 일단 이름을 하나씩 짓자구요. 송아지, 막년이 이런 이름 말고 양반 같은 이름으로. 본관이랑 성도 만들고. 작명 하나씩 해 드릴게요. 먼저 송아지 아저씨는, 재물복 많게 쇠 금, 재물 재, 소 우 써서 김재우. 옥이 아주머니는 정이 많으니까 정씨에, 딸들이 보석 같으니까 보석할 때 보에, 음식 잘 하시니까 맛 미, 정보미. 산놈이는 나무 수풀 임씨에 자유로울 자에 잘 놀라고 흥 해서 임자흥, 막년이 아주머니는."

"난 오래 살고, 복 많고, 잘 사는 이름으로 해 줘."

"그럼 편안할 안씨에 목숨 수에 복 복 안수복요!"

사실 양인 부인네는 이름이 필요하지 않단다. 족보에도

호적에도 성씨만 기록되지. 성씨가 없는 천한 여인네들이나 이름이 필요한데, 기왕 성 짓는 김에 좋은 글자로 이름도 지으면 좋지 않겠니. 회동을 마치고 흩어지는 길에 그 아이가 으슥한 곳에서 날 잡았지.

"얼굴에 그거, 내가 떼 줄게."

얼굴에 붙인 붉은 밥풀을 하나하나 떼다가 이마와 양 볼에 하나씩만 남겨 두고서 그 애가 중얼거렸지.

"꼭 연지곤지 같다."

"그럼 남겨 둘까?"

내가 얼굴을 가까이 들이밀었고 그 애 입술이 내 이마에 닿았단다. 이마에 한 번, 양 볼에 한 번씩, 세 번. 한 번은 아쉽고 두 번은 어정쩡하고 그래서 삼세 번이라고들 하잖니. 나도 그 애 얼굴에 입술을 댔지. 달콤하고 짭짤했단다. 그 애가 눈을 감은 채로 물었지.

"홍주야, 왜 그랬어? 혹시 나중에 신원하고 가문의 명예를 회복하려면 성을 바꾸면 안 되잖아."

"난 아버지 성으로 살지 않을 거야."

"그럼 다른 성으로 하든가."

"왜?"

"너는, 내 맘도 모르고……."

모르긴 뭘 몰라. 다 계획이 있으니까 그랬지. 눈치 없기는. 그 애를 남겨두고 수복이 아주머니한테 갔단다.

"내가 아기씨랑 안채 별채 마님들 옷을 다 지어 입혔는
데…… 아기씨 배냇저고리도 내가 만들고 이 댁 며느님이
시어머니 저고리 제대로 바느질 못해서 동동거릴 때 내가
다 해 줬지. 겨울이면 한 땀 한 땀 대감마님 누비 두루마기
도 짓고. 내 새끼는 깨벗고 다녀도 이 댁 사람들은 내 손으
로 지은 버선부터 두루마기에 장옷까지 단단히 여며 입고
다녔지. 그럼 뭐 하냐. 내 새끼 댕기 하나 제대로 못 해줬는
데. 아기씨 비단 치마 짓고 손가락만 한 자투리 천이 남아
서 쓰기도 애매하고 버리기도 아까운 거 그걸로 댕기 하나
해 줬는데, 어디 감히 종년의 아이가 비단댕기를 드리냐고,
나더러 도둑년이라고, 그 천 쪼가리를 기어코 뺏어서 알뜰
살뜰하게 조각보를 만들라더라."

행랑채에서 침비, 아니 안수복 아주머니가 인형을 바느
질하며 토로하는 걸 가만히 들었단다. 비단댕기를 허락하
면 은비녀를 탐낼까 봐 그랬겠지. 은비녀 탐내면 마나님 머
리 꼭대기 앉고 싶어 할까 봐 노여웠을 테고. 허나 도련님
분가하실 때 딸려 가느라 하루아침에 먼 고을로 가는 딸
아이한테 비단댕기라도 딱 하나 해 주고 싶었을 어미에게
'손을 자를 것을 훈계로 끝냈다' 하여 너그럽다 자부하지
않았다면, 수복 아주머니도 인형 배 속에 '이 집안 여인의

태에서 왕이 태어난다'는 글귀를 수놓지 않았을 거란다.

"마님, 이거 아기씨가 갖고 노시던 거예요? 뒷마당에 굴러다니던데요."

안채 마님은 인형을 태우고 입단속을 하고 집안을 샅샅이 뒤졌단다. 이 집 주인은 임금을 갈아치웠지 않니. 누구라도 역모를 할 수 있고 역모 혐의를 뒤집어씌울 수도 있지. 양반이 그러한데 노비들이 주인을 배신하는 게 안 된다고 할 도리가 있겠니. 마님은 이 댁 가장을 폭행하고 안채로 숨어들어 흉한 인형을 놓고 간 괴한이 아직 이 집안을 떠돌고 있나 뒷간까지 다 열어젖혔지. 다른 인형이 또 있는지 찾느라 마당을 파헤치고 장롱과 문갑을 다 비웠단다. 내가 장독대 뒤에서 인형을 하나 더 찾아냈다고 소리쳤고, 그 틈에 김재우 아저씨가 도장과 문서들을 꺼냈지. 그 애가 얼른 농 안에 가짜 문서들을 대신 넣었단다. 초노인 자홍이도 고방의 쌀가마니들을 지겟대로 푹푹 찔렀단다. 고방 바닥에 쌀이 다 흩어져 어지러우니 괴한이 여기서 생쌀을 씹어가며 버틴 것 같다고 우기기 좋더라. 의원을 불러와서 회임한 사람이 있나 진맥을 해 보기까지 했지.

"'이 집안'이라고 했으니 일단 따님과 며느님들은 비구니로라도 보내서 잠시 연을 끊으면 어떠하십니까. 아님 따님은 일가친척에 잠시 양녀로 들이고 며느님은 멀리 보내거나……."

"네년이 뭐라고 감히 불경한 말을 하느냐!"

"이년이 가만히 있다가 노비가 되어 봐서 드리는 충언입니다."

노비의 말은 짐승의 울음과 같은지 내 말은 씨알도 먹히지 않았단다. 이 집안 사내들이 집안에선 아랫도리를 잘 간수하는 걸로 결론났지. 그 다음은 내가 할 일이었단다. 그 애가 내 옆에서 먹을 갈았어.

"내 태몽이 용꿈이었어. 꿈에 용이 붉은 여의주를 어머니 치마폭에 떨어뜨리더래. 그래서 붉을 홍에 구슬 주, 홍주라고 이름 지었대. 아들인 줄 알았는데 딸이어서 부모님이 서운해 하셨다는데, 아들이 아니라 딸인 덕에 살아남았지."

나는 아버지를 닮은 딸이었단다. 붓을 검처럼 휘둘렀지. 대감놈의 이름으로 필체로 아버지의 글을 썼지. 옹졸하여 큰일을 맡길 만한 인재가 못된다, 탐욕이 과하고 충렬함이 부족하여 흑심을 품은 탐관오리니 엄히 수사하여 본을 보이라, 자괴가 심하여 아집이 되니 일을 그르칠지라, 성품이 잔인하여 덕이 부족하고 아랫사람의 신망을 잃은지 오래라……. 대감놈과 거사를 도모했던 공신들을 비난하고 물어뜯었단다. 붓에서 먹물이 아니라 핏물이 뚝뚝 떨어졌지. 사람을 살리는 글이 아니라 죽이는 글을 썼단다. 서찰을 봉하고 상노가 마지막으로 서찰을 전하러 나섰지. 호노가 대감마님의 도장을 찍은 문서를 나눠 주었고. 이 집에서 안수복에게 막년이와 딸과 땅을 팔고 안수복이 막년이에게 딸을 돌려주고 땅을 주고 면천 시켜 주고, 김재우에게 송아지 아저씨와 땅을 팔고 김재우가 송아지 아저씨와 자식들을 양인이 되게 해 주고, 정보미에게 옥이 아주머니와 딸들을 팔고…… 내가 나의 주인이 되어 나를 사고 면천시켜 주고 땅도 준 셈이었지.

그날은 그믐이었단다. 벽서를 썼지. 이 댁 대감이 역모를 도모한다고. 새 임금이 인재를 알아보지 못하고 간신을 기용하니 종묘사직이 위태롭고 나라가 혼란하고 백성이 도탄에 빠질 위기니 아직 새 임금의 치세가 안정되지 못할 때에 왕을 바꾸고자 한다고. 초노였던 산놈이, 아니 새로운 이름으로 임자홍이 야음 속에서 발 빠르게 벽서를 붙이고 다녔지. 노비들은 그날 밤에 자홍이를 길잡이 삼아 산을 넘어 뿔뿔이 흩어졌단다. 손에 땅문서를 꼭 쥐고. 이제 해가 뜨면 새로운 동네에서 호적을 새로 만들고 과거는 묻어 버리고 양인이 되어 서로 영영 만나지 말고 살 작정이었단다.

* * *

    대감과 반정을 도모했던 자들 중에 대감의 몰락을 반대하는 자는 없었단다. 위급한 때에 아무도 대감을 돕지 않았지. 대감은 누가 벽서를 썼는지 그들이 낮에 어떤 서찰을 받았는지 끝내 몰랐단다. 이제 정말로 나를 쫓아올 사람이 없어진 게야.

* * *

"네가 글을 잘 썼나 보다."

"이제 다시는 글을 쓰지 못할 거야."

"읽기는 할 거지?"

"응."

"그럼 나 시 쓰는 거 가르쳐 줘. 이제 양인이니까 시 쓰는 거 배워서 과거 급제해서 가문을 일으켜야지."

"시는 제대로 쓰려면 십 년은 공부해야 되는 거야."

"알아. 그러니까 다른 것도 아니고 시를 가르쳐 달랬지. 십 년을 가르쳐 주고, 안 되면 더 오래…… 이렇게까지 말했으면 눈치 좀 채라!"

"너야말로 왜 눈치가 없어! 왜 내가 너랑 같은 성을 써

넣었는지 알아? 기왕에 새로운 가문을 만드니까, 너랑 나랑 가문의 공동 시조가 되려고 그랬던 거야. 그럼 내 성도 네 성도 다 물려줄 수 있잖아."

"아니, 나는…… 동성동본이길래…… 의남매 하자는 줄 알고 섭섭해했지……. 네가 날 사내로 안 봤잖아."

성과 이름을 정할 때 그 애는 이 씨 성으로 한다고 했지. 기왕 할 거면 왕실 종친인 척 하겠다고. 그건 좀 너무 나간 것 같아서 내가 제안했단다. 전 씨로 하자고. 고려 왕조의 후손인데 숨어 사느라 왕 씨에 획 두 개를 더 그어서 전 씨로 고친 걸로 하자고. 그리고 그 애의 이름으로 '설록'을 썼단다. 눈 속에서도 푸르른. 나한테 너는 그런 의미였다고.

"농사 지어 봤어?"

"아니."

"사람 부릴 줄 알아?"

"아니."

"그럼 땅 팔자."

"그래."

땅을 팔고 그 땅에 달려 있던 노비들을 면천시켜 주고 남은 재산을 털어 책을 샀지. 설록이, 그러니까 너희 아버지나 나나 언변은 수려하잖니. 너네 아버지가 저잣거리에서 책을 읽어 줄 때 절반은 책에 있는 내용이고 절반은 자기가 더 재미있게 덧붙이고 각색한 거라 책을 빌려간 사람들이 속았다고 분개하는데 아주 속인 건 아니란다. 너희 아버지는 저잣거리에서 소문을 수집하고 나는 사내들이 못 들어가는 규방에 가서 실감나게 책을 읽어 주면서 그 집 사정을 알아내지. 반가에는 어디나 어두운 구석이 있단다. 감추고 싶은 비밀도 있고 숨겨진 서얼도 있고 도망가고 싶어 하는 노비도 있고…… 그런 걸 몰래 해결해 주는 거란다. 너희 아버지가 도망가고 싶은 노비 네 명을 모아오면 더 싸게 해 준다고 흥정하면서 탈주시켜 주는 동안 내가 마님께 계속 추쇄하고 있다고 거짓으로 고하면서 시간 벌고 있는 거 잘 봐둬라. 이렇게 부부가 합심해야 노비와 주인 양쪽에서 이중으로 받아낼 수 있는 거란다.

이렇게 수완 좋고 명석한 네 아버지가 왜 아직도 시를 다 못 배웠냐면…… 나는 분명히 열심히 가르쳤지. 그런데 그 양반이 진득하니 엉덩이 붙이고 뭘 하는 성정은 아니지 않느냐. 매번 시 좀 지어 보라고 하면 "널 눈에 담느라 책이 눈에 들어오지 않아." 이런 소리만 하는데. 과거 급제는 날 꾀려고 한 말인가 보더라. 그래도 둘이 한 세상 재미나게 살았으니 되었다. 이만하면 잘 산 거 아니겠니.

이게 우리 집안의 숨겨진 내력이란다. 물론 족보에는 고려 왕족의 후손이라고만 쓰고 지금 내가 들려준 얘기는

알음알음 구전으로만 전하려무나. 굳이 기록으로 남기지
말고.

〈끝〉

작가의 말

벌어먹고 사는 게 힘든 날 '이대로 며칠만 사라져 버리
고 싶다'고 중얼거린 적이 있습니다. 그때 '내 발로 돌아오
긴 민망하니까 누가 나 좀 찾아내 줬으면', '그 사람(이라고
쓰고 다르게 읽습니다.)을 없애 버려야지 왜 내가 숨냐!'라
는 두 마음이 동시에 들었는데요. 이 책의 주인공인 전일
도 탐정이라면 그 두 가지를 다 해결해 주겠죠. 제 이야기
를 들어주고 공감해 줄 거고요. '열 번 의뢰하시면 한 번
공짜'라며 영업하는 전일도 탐정이 이 책에서 맡은 사건은
아홉 개입니다. 독자님들이 의뢰하고 싶은 사건을 하나씩
생각해 두셨다가 전일도 탐정에게 상담하시면 기꺼이 "받
고 하나 더!"를 외치지 않을까요? 저는 이 책이 잘 되어서
언젠가 2권, 3권 시리즈가 계속 나오게 해 달라고 할 겁니

다. 그러면 전일도 탐정은 "소원을 빌지 말고 의뢰를 하라고!"라고 하겠죠?

※본문 중 「누구든 실종시켜 드립니다」 편에서 수완이가 공부하는 모습을 방송하는 유튜버가 되는 아이디어는 녹음익 님의 리뷰에서 얻었습니다. 허락해 주신 녹음익 님께 감사드립니다.

탐정 전일도 사건집

1판 1쇄 찍음 2019년 9월 18일
1판 1쇄 펴냄 2019년 9월 25일

지은이 | 한켠
발행인 | 박근섭
편집인 | 김준혁
책임편집 | 최고운
펴낸곳 | 황금가지

출판등록 | 2009. 10. 8 (제2009-000273호)
주소 | 06027 서울 강남구 도산대로 1길 62 강남출판문화센터 5층
전화 | 영업부 515-2000 편집부 3446-8774 팩시밀리 515-2007
홈페이지 | www.goldenbough.co.kr

도서 파본 등의 이유로 반송이 필요할 경우에는 구매처에서 교환하시고
출판사 교환이 필요할 경우에는 아래 주소로 반송 사유를 적어 도서와 함께 보내주세요.
06027 서울 강남구 도산대로 1길 62 강남출판문화센터 6층 민음인 마케팅부

ISBN 979-11-5888-569-4 03810

㈜민음인은 민음사 출판 그룹의 자회사입니다.
황금가지는 ㈜민음인의 픽션 전문 출간 브랜드입니다.